HAYMON taschenbuch 109

MIX
Papier aus verantwortungsvollen Quellen
FSC® C083411
www.fsc.org

Auflage:

4	3	2	1
2020	2019	2018	2017

HAYMON tb 109

Überarbeitete Neuauflage der 2010 bei Styria unter dem Titel „Teuflische Weihnachten" erschienenen Originalausgabe

www.haymonverlag.at

ISBN 978-3-7099-7846-7

Umschlag- und Buchgestaltung nach Entwürfen von hœretzeder grafische gestaltung, Scheffau/Tirol
Umschlag: Eisele Grafik · Design, München, unter Verwendung von depositphotos.com/digitalgenetics (Weihnachtsbaum), bigstock.com/eddygaleotti (Neapel im Hintergrund) und bigstock.com/fransiscah (Brüstung)
Satz: Da-TeX Gerd Blumenstein, Leipzig
Autorenfoto: Heinz Tomek

Gedruckt auf umweltfreundlichem, chlor- und säurefrei gebleichtem Papier.

Prolog aus der Hölle

Er lag allein in der Schachtel, aufbewahrt in der dunklen Ecke eines Kleiderschranks. Bis gestern waren sie noch zu fünft gewesen. Fünf hämisch grinsende Teufel, die geschickte Hände geschnitzt und mit blutroter Farbe bemalt hatten. Harmlose Figuren aus Holz, ein wenig makaber zwar und bei näherer Betrachtung sogar Furcht erweckend, doch sie konnten niemandem etwas zuleide tun.

Seit sie jedoch in die richtigen Hände gelangt waren, hatte sich das Blatt gewendet. Endlich durften sie ihre wahre Natur ausleben. Und jene zur Hölle schicken, die früher oder später ohnedies dort gelandet wären.

Auf ihn, den Größten und Schönsten, aber wartete eine ganz spezielle Aufgabe. Das große Finale. Schließlich war er der Oberteufel, der Clan-Chef sozusagen. Nach seinem Vorbild war das teuflische halbe Dutzend geschaffen worden. Und er war es auch gewesen, der für den mörderischen Plan Pate gestanden hatte.

Seine Stunde aber schlug erst, wenn unsägliches Leid die Sinne verwirrte und nur noch Hass übrig war. Dann genügte allein schon sein Anblick, um Gedanken an Hölle, Tod und Teufel heraufzubeschwören.

Von der Idee zur Ausführung war es dann nur noch ein kleiner Schritt, eine kurze Spanne Zeit, und es war so weit.

Der erste Teufel würde demnächst sein Opfer holen.

1. Kapitel

Die Neapolitaner wollen Blut sehen – aber für sie soll das Opfer bluten, nicht der Mörder. Zuvor aber wird der Delinquent unter lautem Jubel durch die Straßen getragen, und es wäre nicht Neapel, würde man nicht Wetten darauf abschließen, in welcher Reihenfolge ihn seine treuesten Anhängerinnen begleiten dürfen.

Es ist keineswegs selbstverständlich, wem die Ehre gebührt, dem heiligen Januarius auf seinem Geburtstagsausflug zu folgen. Diesmal war es die heilige Teresa, die von den Gläubigen vor ihre himmlischen Kolleginnen Patricia, Agata, Lucia, Maddalena und viele andere mehr gereiht worden war. Dem Applaus nach zu schließen könnte jedoch das nächste Mal durchaus Santa Lucia das Rennen machen. Die Begeisterung für die Heilige aus Syrakus war jedenfalls unüberhörbar am größten.

Elena Martell erhaschte gerade noch einen Blick auf die hoch über den Köpfen schaukelnde Silberbüste des über alles geliebten Stadtpatrons, bevor sie sich in das elegante Kaffeehaus in der Via del Duomo flüchtete. Man musste schon in Neapel geboren sein, um sich freiwillig in dieses Getümmel zu stürzen. Oder ein Tourist, der sich das alljährlich am 19. September und dann nochmals Anfang Mai stattfindende Spektakel rund um das Blutwunder des San Gennaro nicht entgehen lassen wollte. So wie ihre kleine Schar, die sie als Reiseleiterin nun bereits eine Woche lang durch Kampanien geführt hatte.

Nur noch zwei Tage, dachte Elena, während sie den letzten Rest des Milchschaums aus ihrer Cappuccino-Schale löffelte. Eigentlich schade, dass die Reise bald zu Ende geht, denn diesmal waren ihre Gäste besonders nett. Mit einer Ausnahme, aber das wunderte sie schon längst nicht mehr. Ein Ekel war laut ihrer höchstpersönlichen Statistik immer dabei, egal, wie groß oder klein die Gruppe auch sein mochte. Die Statistik irrte nie, denn selbst wenn eine Tour ausnahmsweise einmal ekelfrei sein sollte, dann waren bei der nächsten gleich zwei dabei.

Ob ich dem Raffenseder erzählen soll, was dem „statistischen Ekel“ bei meiner letzten Sizilientour im Mai widerfahren ist? Besser nicht, ein Typ wie der würde das glatt als Morddrohung auffassen! Unwillig runzelte Elena die Stirn. Schon seltsam, dass man sich mit den unangenehmsten Menschen oft am intensivsten befasst! Diesmal würde es keinen toten Teilnehmer in ihrer Gruppe geben, das wäre wohl gegen jegliche statistische Wahrscheinlichkeit! Oder doch nicht?

„Neapel sehen und sterben! Jetzt bekomme ich langsam eine Vorstellung davon, wie das möglicherweise gemeint ist!“ Als könnte sie Gedanken lesen, platzte Adele Bernhardt, die atemlos und mit zerzauster Frisur plötzlich vor ihr stand, mit genau den Worten heraus, die Elena eben durch den Kopf gegangen waren. Mit ihren 75 Jahren war die ehemalige Lehrerin zwar das älteste, aber auch das unternehmungslustigste Mitglied der neunköpfigen Schar.

„Nein, Adele, keine Leichen mehr. Eine im Jahr ist doch wohl genug! Aber was machen Sie schon hier? Sie sollten im Dom sein, denn dort geht es nach der Prozession mit dem Wunder erst so richtig los“, antwortete Elena, während sie mit einer einladenden Geste auf den Platz an ihrem Marmortischchen wies. „Aber vielleicht wollen Sie einen Espresso trinken, bevor Sie sich erneut ins Geschehen stürzen?“

„Leichen? Welche Leichen? Ach so, Sie denken an den seligen Oberstudienrat, der das Zitat falsch interpretiert und Sizilien zum Sterben schön gefunden hatte“, antwortete Adele, bevor sie der Einladung folgte und sich auf dem zierlichen Thonet-Stuhl niederließ. „Nein, ich meine die Vampire vor dem Dom. Es ist unglaublich, was sich dort abspielt. In die Kirche bin ich gar nicht hineingekommen. Vor dem Hauptportal stauen sich die Menschenmassen, dort bewegt sich nichts mehr. Außer den Vampiren, aber denen bin ich gerade noch entkommen!“

„Vampire?“ Verblüfft sah Elena ihr Gegenüber an.

„Blutsauger schlimmster Sorte treiben sich draußen herum. Weibliche und männliche und alle tragen sie rot-weiße Overalls. Jeden, den sie erwischen, schnappen sie sich und schleppen ihn in ihre Höhle.“

„Ach, Sie meinen wohl den Blutspendewagen vom Roten Kreuz?“, lachte Elena. „Die sind jedes Mal pünktlich zur Stelle.“

„Blut spenden, damit San Gennaro blutet? Wie passend! Das gibt es auch nur in Neapel“, erwiderte die alte Dame, bevor sie sich bewundernd umsah. Wie kleine Scheinwerfer brachen sich die schräg durch die hohen Fensterscheiben fallenden Sonnenstrahlen an den verspiegelten Wänden, bevor sie die Kristallluster, von denen gleich ein halbes Dutzend von der vergoldeten Kassettendecke hing, zum Funkeln brachten. Belle Époque vom Feinsten, konstatierte Adele bei sich, nur das Fernsehgerät hinter der Theke ist ein schlimmer Stilbruch. Auch wenn es wie im Moment ohne Ton lief und nur stumme Bilder lieferte.

„Gefällt Ihnen das *Café Partenope?* Es ist zwar nicht ganz so berühmt wie das *Café Gambrinus,* aber es ist fast ebenso schön und die Bedienung ist besser.“ Als wollte er ihre Worte unterstreichen, eilte ein distinguiert aussehender Kellner auf Elenas Wink herbei.

„Wenn Sie erschöpft sind, wird Sie ein *Caffè freddo* am schnellsten wieder auf die Beine bringen. Das ist ein eiskalter Espresso, nur leicht gesüßt, dafür aber mörderisch stark", schlug Elena vor. „Wer Kaffee liebt und kein Problem mit dem Blutdruck hat, ist in Neapel im Paradies."

„Einverstanden. Und zu Ihrer Frage: Ja, das Kaffeehaus gefällt mir außerordentlich gut. Aber der Fernsehapparat gleich neben der eleganten Glasvitrine und den vergoldeten Akanthusblättern ist eine wahre Schande!"

„Der steht nur ausnahmsweise dort. Weil die lokalen Sender das Blutwunder und alles, was sich davor und danach abspielt, live übertragen. Sehen Sie nur, die Prozession ist vorbei und im Dom hat eben die Messe begonnen. Da wird sich vorerst aber nichts tun, denn der gute Januarius macht es gerne spannend. Deswegen sehen Sie jetzt Szenen vor dem Hauptportal. Hier sind auch schon Ihre Vampire, dort hinten links", erklärte Elena.

„Kann man den Ton nicht einschalten lassen?", erkundigte sich Adele, die plötzlich ganz und gar nichts mehr gegen das Fernsehgerät einzuwenden hatte. „Von hier aus sehe ich das ganze Spektakel doch zehnmal besser, als wenn ich zwischen schwitzenden Leibern stecke!"

In einer Stadt, die sich wie keine andere auf die jahrtausendealte Zeichensprache versteht, genügte eine dezente Handbewegung Elenas und schon war der Kommentar deutlich zu vernehmen. Seltsamerweise aber war das wimmernde Folgetonhorn des auf der Via del Duomo steckengebliebenen Rettungswagens, der sich mit rotierendem Blaulicht mühsam seinen Weg bahnen wollte, stereo zu hören. Ein Blick nach draußen erklärte das Phänomen: Die Ambulanz war just vor dem *Café Partenope* von Fußgängern, Mopeds und Autos eingekeilt worden.

„Da muss etwas Schlimmes passiert sein", meinte Elena. „Denn für die üblichen Ohnmachtsanfälle stehen genügend Ambulanzen vor der Kirche bereit. Die sind auch für Herzinfarkte und ähnlich schwere Fälle gut gerüstet."

Wie zur Bestätigung spekulierte auch der TV-Kommentator, was um alles in der Welt bloß passiert sein könnte, dass gleich drei Polizeifahrzeuge ebenfalls versuchten, mit Blaulicht und Sirenengeheul zum Dom vorzudringen.

„Blut. Überall Blut. Und ein Toter!" Bleich wie ein Leichentuch tauchte plötzlich Ludwig Jakubowski vor den beiden Frauen auf. „Ich stand fast daneben. Der Mann hat aufgeschrien und ist dann an die Schulter des Vordermanns gesunken. Umfallen hat er ja nicht können, dazu waren wir alle viel zu dicht aneinandergedrängt. Aber dann gab es auf einmal eine Lücke und da hat man auch schon das Messer in seinem Rücken gesehen. Besser gesagt den Messergriff. Alle Umstehenden haben so lange gebrüllt, bis endlich einer von den Sanitätern zur Stelle war. Da ich ohnedies nichts tun konnte, habe ich geschaut, dass ich wegkam. Was nicht leicht war, wie ihr euch vorstellen könnt."

„Setz dich erst einmal nieder und trink einen Cognac", erklärte Adele resolut. „Du siehst ja furchtbar aus." Doch noch bevor sie die Bestellung aufgeben konnte, war bereits der Kellner mit einer Flasche Courvoisier und dem dazupassenden Schwenker aus schwerem Bleikristall zur Stelle. „Ich habe mitbekommen, dass es dem Herrn nicht gut geht", wandte er sich auf Italienisch an Elena. „Darf es für Sie oder die andere Dame auch etwas sein?"

„Das war sehr aufmerksam, danke vielmals. Nein, wir möchten vorerst nichts. Aber bitte drehen Sie doch den Ton noch etwas lauter. Ich weiß noch immer nicht, was wirklich geschehen ist“, antwortete Elena.

Auch dem Kommentator fehlte noch immer der Überblick. Dafür spekulierten die wenigen anderen Gäste, die sich an diesem speziellen Samstag im *Partenope* eingefunden hatten, bereits umso lauter.

„Mord! Es hat einen Mord gegeben! Vor der Kathedrale“, rief einer der Kellner, der wenige Minuten zuvor hinausgestürmt war. Nach seinen Worten stieg der Geräuschpegel im Lokal um eine weitere Phonzahl an, doch schlagartig wurde es still. Der Fernsehkommentator war endlich an Informationen aus erster Hand gekommen und alle Anwesenden lauschten gespannt.

„Nach neuesten Informationen hat sich vor dem Dom von Neapel ein spektakuläres Verbrechen ereignet. Im dichten Gedränge wurde der 37-jährige Renato Cavallino, der gemeinsam mit seiner Frau und seiner Schwiegermutter am San-Gennaro-Wunder teilhaben wollte, unmittelbar vor dem Hauptportal niedergestochen. Das schwer verletzte Opfer wurde sofort medizinisch versorgt. Wie es um ihn steht, können wir derzeit noch nicht sagen.“

„Der Mann war tot. Mausetot. Oder ich müsste mich sehr täuschen“, sagte Ludwig Jakubowski ruhig. Der Cognac hatte seine Wirkung getan und wieder Farbe in seine Wangen gebracht.

„Entsetzlich. Der arme Kerl. Aber schlimm ist auch, dass jetzt wieder einmal Neapel auf der Anklagebank sitzt. Verbrechen geschehen überall, aber wenn hier etwas passiert, dann schürt das natürlich alle Vorurteile, mit denen diese Stadt zu kämpfen hat.“ Elena wurde nicht müde, ihr geliebtes Napoli bei jeder sich bietenden Gelegenheit zu verteidigen. Und es regte sie jedes Mal aufs Neue auf, wenn ein banaler Banküberfall, wie er überall passierte, italienweit zur Top-Meldung hochgespielt wurde, sobald der Schauplatz Neapel oder Palermo war.

„Sie meinen also nicht, dass die Camorra dahintersteckt?“ Selbst Adele, die spätestens seit ihrer gemeinsamen Sizilienreise von Elenas Liebe für den Süden Italiens angesteckt war, zeigte sich skeptisch.

„Das kann natürlich sein. Aber es kann sich genauso gut um ein Eifersuchtsdrama, einen privaten Racheakt oder was auch immer handeln“, antwortete Elena, während sie sich nach dem Zahlkellner umsah. „Aber jetzt sollten wir langsam aufbrechen. Oder zumindest ich muss mich auf den Weg machen. Sonst sind die anderen noch vor mir beim verabredeten Treffpunkt, und das geht natürlich nicht.“

„Wir bleiben noch ein wenig sitzen und kommen dann nach. *La Campagnola* heißt das Lokal, habe ich mir das richtig aufgeschrieben?“ Adele Bernhardt fingerte einen Zettel aus ihrer Jackentasche. „In der Via dei Tribunali. Welche Nummer?”

„Weiß ich leider nicht. Aber sie können es nicht verfehlen. Sie müssen nach einer Weinhandlung Ausschau halten. Lassen Sie sich von den Stößen an paketierten Teigwaren und Tomatendosen nicht abschrecken. Gegessen wird im Hinterzimmer, und ich muss rechtzeitig dort sein, damit man uns den bestellten Tisch nicht doch noch wegschnappt. Bis gleich.“

Mit energischen Schritten bahnte sich Elena ihren Weg über den von Fußgängern heillos verstopften schmalen Bürgersteig der Via del Duomo, bevor sie schließlich nach links in die rechtwinkelig abzweigende Via dei Tribunali abbog. Im Moment verschwendete sie keinen Gedanken daran, dass sie sich exakt auf der Hauptachse des griechischen Neapolis bewegte, die heute freilich gut und gern vier Meter über dem antiken Pflaster liegt. Das würde sie noch früh genug ihren Gästen erklären müssen, die sich wissbegieriger als erwartet zeigten.

Doch Kulturinteresse hin, San-Gennaro-Fest her, erst einmal würde sie ihre kleine Gruppe mit neapolitanischer Hausmannskost verwöhnen.

2. Kapitel

„Joseph Beuys, der große deutsche Künstler, hat hier fast jeden Tag gegessen, wenn er in Neapel war. Und er war in den siebziger Jahren des vergangenen Jahrhunderts oft in seiner Lieblingsstadt!“ Um einen Sekundenbruchteil war Elena Edmund Raffenseder zuvorgekommen, der eben zu einer seiner unsäglichen Tiraden ansetzen wollte. Offenbar hatte es ihm als einzigem der Gruppe nicht geschmeckt und das wollte er nun lauthals kundtun. Doch Elena war nicht länger bereit, die Launen ihres schwierigsten Gastes einfach hinzunehmen. Die Stimmung war ausgezeichnet, wozu nicht zuletzt der ehrliche Landwein beitrug, den der Kellner, ohne lange zu fragen, in gläsernen Karaffen sogleich aufgetischt hatte.

„Wieso gibt es hier keine Speisenkarte? Ich will wissen, was man hier bietet und was es kostet“, hatte der Passauer, der mittlerweile allen auf die Nerven ging, gefordert, als Elena das mündlich vorgetragene Essensangebot des Tages übersetzen wollte.

„Sie können gern ein anderes Lokal aufsuchen. Eine Pizzeria finden Sie in Neapel an jeder Ecke. Ich kann Ihnen aber auch teurere Restaurants empfehlen.“ Damit hatte Elena ihrem Ekel, wie sie den Elektroingenieur bei sich nannte, gleich zu Beginn den Wind aus den Segeln genommen.

„Ich möchte aber gerne hierbleiben.“ Die unerwartete Schützenhilfe war ausnahmsweise einmal von der Ehefrau gekommen. „Hör dir doch erst einmal an, was es gibt!“

Das war sicherlich die längste Rede, die Elena von Alice Raffenseder je gehört hatte. Gut so, dachte sie. Vielleicht lernt sie es doch noch, sich gegen ihren dominanten Mann durchzusetzen. Höchste Zeit wäre es ja. Seinem Benehmen nach gehört er ins vorvorige Jahrhundert. Dabei sind die beiden in meinem Alter. Er ist nur zwei Jahre älter und sie drei Jahre jünger als ich, also gerade einmal vierzig. Kaum zu glauben, dass es solche Ehen heutzutage noch gibt!

Als Pasta sah das Tagesangebot *Perciatelli Capodimonte* vor, ein Gericht, das selbst Elena auf Anhieb nichts sagte. Wie ein Wasserfall betete der Kellner das Rezept herunter. Er konnte sich noch gut an die sympathische Reiseleiterin, die vor einigen Wochen mit einigen Freunden hier gewesen war, erinnern. „Perciatelli sind glatte, dünne Rohrnudeln“, erklärte er bereitwillig, „25 Zentimeter lang und sie haben einen Durchmesser von etwa fünf Millimetern. Nicht zu verwechseln mit den Bucatini, die Sie wahrscheinlich kennen. Bei denen darf der Durchmesser nicht größer als drei Millimeter sein. Die gibt es aber erst übermorgen! Hausgemacht natürlich.“

„Einen Moment bitte. Ich muss das erst übersetzen. Und danke, dass Sie sich für uns so viel Zeit nehmen. Sie heißen Gianni, stimmt’s?“

„Sì, Signora. Und nichts zu danken. Wir helfen immer gerne. Besonders aber Stammgästen. Und sie zählen doch dazu.“

Elena war erleichtert, dass die Kommunikation mit dem Kellner so klaglos funktionierte. Denn Reisegruppen sah man in dem Lokal, das nach wie vor als ein beliebter Treffpunkt neapolitanischer Künstler, Journalisten und Intellektueller galt, nicht wirklich gern. Auch wenn die versteckte Gaststube mit ihrem halben Dutzend Tischen ohnedies nur für eine kleine Schar Platz bot, so störten Touristen, die sich als solche benahmen, die Atmosphäre empfindlich. Ein Grund mehr, Edmund Raffenseder erst gar nicht zu Wort kommen zu lassen.

„Für die Salsa werden feingehackte Zwiebeln mit einem Salbeizweiglein in Öl angedünstet. Dann gibt man Salamistreifen dazu, die man nach zwei Minuten mit Weißwein löscht. Sobald der Wein verdunstet ist, müssen klein geschnittene Tomaten und etwas Salz in den Topf. Eine Viertelstunde köcheln lassen, Nudeln und Tomatensauce vermischen, geriebenen Parmesan und in Streifen geschnittenen Provolone dazu – fertig!" Gianni untermalte seine Ausführungen mit einer Geste, die man im gesamten Mezzogiorno verstand. Er drehte den gestreckten Zeigefinger in der Mitte seiner rechten Wange, als wolle er ein Loch bohren, was in der uralten Zeichensprache des Südens hieß: Glaubt mir, dieses Gericht ist eine Köstlichkeit.

Auch das galt es zu übersetzen. Erwartungsgemäß bestellten alle die angepriesene Pasta – und Gianni hatte nicht übertrieben. Als Hauptgericht wählte die Gruppe einhellig *Agnello in Fricassea*, was sich als besonders zartes Lammfrikassee mit Erbsen entpuppte. Lediglich Edmund Raffenseder tanzte erwartungsgemäß aus der Reihe, doch auch das war kein Problem. Statt Lamm landete *Braciolone di Vitello*, ein in Scheiben geschnittener Kalbsrollbraten aus dem Rohr, auf seinem Teller.

„Hat es Ihnen geschmeckt?" Elenas Frage war nur rhetorisch zu verstehen, denn offensichtlich waren bis auf eine Ausnahme alle ihre Gäste mit dem deftigen Mahl, das sich wohltuend von der wenig phantasievollen Hotelküche unterschied, rundum zufrieden. Unaufgefordert stellte Gianni das Dessert auf den Tisch.

„Das sind *Susamielli*, Plätzchen mit kandierten Früchten und ganzen Mandeln. Bitte greifen Sie doch zu. Auch die hat Joseph Beuys besonders gemocht", nahm Elena den Gesprächsfaden erneut auf.

„Beuys, Beuys, ich höre immerzu nur Beuys“, nörgelte der Passauer. „Was interessiert mich, was dieser Deutsche gern gehabt hat oder nicht! Ich bin in Neapel und möchte über Neapel etwas hören.“

„Das sollen Sie auch“, antwortete Elena friedlich. Von diesem Ekel würde sie sich nicht provozieren lassen, so viel stand für sie fest. „Beuys hat mehr für Neapel getan, als sie wahrscheinlich wissen. Nach dem schrecklichen Erdbeben vom 23. November 1980 legte er gemeinsam mit dem Galeristen Lucio Amelio den Grundstein für seine Stiftung *Terrae Motus*. Das verwüstete Neapel wurde zur Metapher, zum Gleichnis der Künstlerexistenz schlechthin. Mehr als 50 Kulturschaffende aus aller Welt griffen dieses Thema auf und machten es zum Motiv einer Endzeit- wie Aufbruchsstimmung. Von Siegfried Anzinger bis Bill Woodrow, von James Brown und Nino Langobardi bis Gerhard Richter und Andy Warhol waren viele ganz Große spontan dabei. Und sie stifteten ihre Arbeiten für eine Sammlung, wie es sie ihresgleichen kein zweites Mal gibt.“

„Können wir die Kollektion sehen?“, wollte Maximilian Wild wissen. Elena war keineswegs überrascht, dass sich der allein reisende Antiquitätenhändler aus München auch für moderne Kunst interessierte. Abgesehen von Adele und Ludwig war der stets makellos gekleidete Mann sicherlich der kultivierteste Teilnehmer ihrer Schar.

„Ich fürchte, dafür werden wir diesmal keine Gelegenheit haben. Die Sammlung ist seit Jahren im Königsschloss von Caserta untergebracht. Dort kommen wir bei dieser Reise gar nicht hin und ich hätte erst gar nicht davon erzählt, wenn wir nicht im Stammlokal von Joseph Beuys wären. Jetzt aber muss ich leider zum

Aufbruch drängen. Heute steht noch ein Besuch der Cappella Sansevero auf dem Programm. Anschließend schauen wir dann nach, was sich im Dom Neues tut. Vielleicht hat San Gennaro bereits ein Wunder bewirkt, wer weiß?“ Bei ihren letzten Worten blickte sich Elena nach Gianni um, der mit gezücktem Kugelschreiber bereits parat stand. In Windseile kritzelte der Kellner eine Zahlenkolonne auf das Packpapier, das als Tischtuch und nunmehr auch als Rechnungsbeleg diente.

Bevor es irgendeinen Einwand geben konnte, nannte Elena die für ein Trinkgeld aufgerundete Gesamtsumme und dividierte sie durch zehn. „Pro Kopf und Nase 17 Euro, wenn ich mich nicht verrechnet habe“, verkündete sie.

„Genial. Auf diese Weise sparen wir enorm viel Zeit“, rief Maximilian Wild begeistert aus. „Sie erlauben doch, Elena, dass ich Ihren Anteil übernehme? Ich möchte Sie gern einladen.“

„Jetzt sind Sie mir zuvorgekommen!“ Scherzhaft drohte Ludwig Jakubowski dem Münchner mit dem Zeigefinger.

„Wir könnten die Zeche doch einfach durch neun dividieren. Dann laden wir alle unsere Elena ein“, mischte sich unvermutet Fritzi Kramer ins Gespräch. Die dralle Oberösterreicherin, die sich die Kampanien-Reise zum 50. Geburtstag selbst zum Geschenk gemacht hatte, strahlte, als hätte sie eben das Ei des Columbus entdeckt.

Wie peinlich, dachte Elena, die ihre Rechnungen am liebsten selbst beglich. Gut gemeint, aber eben peinlich. Wie die gutmütige Fritzi samt ihrer Freundin Liesi überhaupt rundum leider ziemlich einfach gestrickt ist. Dafür sind sie nett, alle beide. Was man von gebildeteren Leuten leider oft nicht behaupten kann. Und überhaupt, sei kein Snob, Elena! Energisch rief sie sich selbst zur Ordnung.

„Was halten Sie von einem Espresso? Sie werden es nicht glauben, aber selbst in Neapel, wo man meiner Ansicht nach den besten Kaffee der Welt macht, gibt es noch Steigerungen. Wahre Kenner pilgern ins *Scaturchio*. Sie sehen, die kleine Bar gleich gegenüber der Chiesa San Domenico Maggiore ist gesteckt voll. Denn es sind auch die vielen süßen Sünden, die Sie im Schaufenster sehen, jede Kalorie wert."

Ohne noch einmal einen Blick zurückzuwerfen, steuerte Elena die Café-Konditorei im Zentrum der Spaccanapoli an. Spaccanapoli! Was es damit auf sich hatte, würde sie besser erst morgen erklären. Aus Erfahrung wusste sie, dass die Aufnahmefähigkeit ihrer Gäste Grenzen hatte. Außerdem erwartete sie in wenigen Minuten ein Gruselkabinett der besonderen Art.

„Wer schwache Nerven hat, sollte sich vielleicht noch rasch für einen Grappa oder einen Limoncello entscheiden", schlug Elena vor, sobald sich alle vor der Kaffeehaustür versammelt hatten.

„Was um alles in der Welt erwartet uns", erkundigte sich Fritzi Kramer. „In meinem Reiseführer steht nur, dass wir die Hauskapelle eines neapolitanischen Adeligen zu sehen bekommen."

„Das ist völlig richtig. Don Raimondo di Sangro, Principe di Sansevero, hat um die Mitte des 18. Jahrhunderts den berühmten Bildhauer Giuseppe Sanmartino engagiert. Dieser schuf eine Christusgestalt, die mit Sicherheit einzigartig ist."

„Sanmartino ist mir ein Begriff. Aber der hat doch Krippenfiguren gemacht! Da kenne ich mich aus, schließlich bin ich Krippenbaumeisterin!" Stolz blickte Fritzi in die Runde. „Das wollte ich zwar noch nicht verraten, sondern erst wenn wir die berühmte Krippenstraße besichtigen. Aber wenn Sie schon damit anfangen ..."

„Das steht morgen auf dem Programm, auch wenn wir eigentlich bereits an Ort und Stelle wären. Dort drüben beginnt die Via San Gregorio Armeno, wo das ganze Jahr über Weihnachten stattfindet. Und mit Sanmartino haben Sie völlig recht. Dieser Künstler war sehr vielseitig."

„Und warum sehen wir uns die Krippen nicht gleich an?", mischte sich Edmund Raffenseder, der für seinen Geschmack ohnedies bereits viel zu lange geschwiegen hatte, ein.

„Weil wir nicht alles auf einmal machen können und die Cappella Sansevero jetzt geöffnet hat. In einer Viertelstunde können wir hinein. Morgen Vormittag aber ist sie geschlossen", antwortete Elena. „Also, wer will sich vorher noch ein wenig stärken?"

Alle wollten Kaffee, wie sich herausstellte. „Wer möchte dazu einen Limoncello?", rief Ludwig seinen Reisegefährten zu. „Wenn Elena meint, dass wir unsere Nerven noch brauchen werden, dann erwartet uns sicherlich etwas Aufregendes."

Bis auf das Ehepaar Linda und Herbert Raschke, das sich während der ganzen Reise stets ein wenig abseits gehalten hatte, bestellten alle den aromatischen Zitronenlikör, der, eine Spezialität der Costiera Amalfitana, erst wenige Jahre zuvor seinen Siegeszug durch mitteleuropäische Bars angetreten hatte. Morgen Früh würden die Raschkes die Gruppe bereits verlassen, denn sie hatten eine dreiwöchige Kur auf Ischia vor sich, die sie pünktlich antreten mussten. Sonst würde die Krankenkassa, die den Aufenthalt nach einigem Hin und Her genehmigt hatte, nicht dafür aufkommen.

„Wir gehen schon mal voraus, damit wir noch einen Blick in die Krippenstraße werfen können", meldete sich Herbert Raschke bei Elena ab. „In die Cappella kommen wir dann nach."

Elena hatte nicht zu viel versprochen. Als sie mit ihrer nunmehr auf sieben Personen geschrumpften Schar in dem rechteckigen Raum stand, waren alle wie erstarrt. Allein schon die für das Barock typische Scheinarchitektur zog die Besucher in ihren Bann. Fasziniert betrachteten sie die allegorischen und mythologischen Figuren, die seltsam lebendig wirkten. Da befreit sich ein Mann allein durch die Kraft seines Geistes aus dem Netz des Irrtums, dort protzt Herkules mit seinen Muskeln, die jenen eines Arnold Schwarzenegger in seinen besten Tagen um nichts nachstehen. Auf dem Deckenfresko betet eine Märtyrerin in einer Wolkenglorie den Heiligen Geist an, allem Irdischen entrückt. Leise erklangen die ersten Töne des Mozart-Requiems aus geschickt verborgenen Lautsprecherboxen, eine perfekte Regie für eine Show der Nekrophilie, wie sie Fürst Sansevero gefallen hätte.

Doch all das war nur Staffage für die liegende Gestalt in der Mitte. Der verschleierte Christus von Giuseppe Sanmartino zog alle Blicke auf sich. Ein durchscheinendes Tuch bedeckt Gesichtszüge und Körper des aufgebahrten Heilands, so fein gewoben, dass man meinte, es wäre dem marmornen Leib einfach übergeworfen. Wie auch bei der Allegorie der Schamhaftigkeit von Antonio Corradini, die ebenfalls diese erstaunliche Bildhauerfertigkeit aufweist. Und doch handelt es sich jeweils um ein einziges Monument aus Stein.

Aber ist es das wirklich? Konnten tatsächlich zwei verschiedene Künstler die gleiche Technik bis zur Vollendung beherrschen? Die Neapolitaner sind sich bis zum heutigen Tag nicht sicher, ob bei diesen Skulpturen tatsächlich alles mit rechten Dingen zugegangen ist. Zu zwiespältig, geheimnisvoll und exzentrisch war die Persönlichkeit des Fürsten, der bereits seinen Zeitgenossen als genialer Wissenschaftler, Alchimist und Magier gegolten hatte.

Er war Großmeister der neapolitanischen Freimaurerloge gewesen, aber auch ein Jongleur der Illusionen. Mit einem pyrotechnischen Theater, dessen Feuerwerkskörper wie Vögel zwitscherten, hatte er König wie Volk gleichermaßen begeistert. Und noch heute spricht man davon, dass er während dieses Spektakels in einer Kutsche aus Kork, von schwimmenden Pferden gezogen, über das Meer geglitten war.

Mit gedämpfter Stimme erzählte Elena all diese Geschichten aus längst versunkenen Tagen und ihre Worte wurden untermalt von Mozarts letztem Werk. *Dies irae,* Tag der Rache – wann würde er für Don Raimondo di Sangro wohl anbrechen? Denn sein lange Zeit vor der Öffentlichkeit verborgen gehaltenes „Meisterwerk" gibt nicht nur den Wissenschaftlern nach wie vor Rätsel auf, es ist auch an Schauerlichkeit kaum zu übertreffen.

Elena führte ihre verstummte Schar in die Krypta zu zwei hinter Glas aufbewahrten Gerippen, um die sich wie Zweige eines Baums versteinerte Adern schlingen. Allein der Gedanke, wie es dem Fürsten gelungen sein mochte, diese unheimlichen Menschenbäume zu schaffen, jagt dem Betrachter Schauer über den Rücken. Diese Überreste eines Mannes und einer Frau lassen nur den Schluss offen, dass Don Raimondo seine alchimistischen Versuche an lebenden Wesen, schlimmer noch, an ihm wie Sklaven ausgelieferten Menschen vorgenommen hatte.

Der zweifellos geniale, aber ebenso skrupellose Adelige hatte vermutlich einem Dienerpaar ein Mittel injiziert, das all ihre Adern und Venen quasi zu Stein werden ließ. Das Fleisch verfaulte, die Knochen verrotteten zum Teil, doch die erstarrten Blutbahnen scheinen bis in alle Ewigkeit unverwüstlich zu sein. Und bis heute konnte man in keinem Labor der Welt entschlüsseln, um welche Substanz es sich gehandelt haben mochte. Fest steht nur, dass die beiden Bedauernswerten bei dem Experiment am Leben gewesen sein mussten, denn sonst hätte sich die teuflische Flüssigkeit nicht so gleichmäßig in ihren Körpern verteilen können.

Elena ließ ihre Gäste in der Krypta zurück. Mochten sie so lange bleiben, wie sie wollten, ihr selbst aber stand der Sinn jetzt nach Luft, Licht und Leben. Ein gutes Dutzend Mal war sie in diesem makabren Mausoleum gewesen, doch gewöhnen würde sie sich an diesen Anblick wohl nie.

Leise war Adele Bernhardt an ihre Seite getreten, doch die sonst so eloquente Lehrerin schwieg. Erst als sich auch Ludwig Jakubowski zu den beiden Frauen gesellte, sagte sie fast unhörbar: „Dafür schmort er jetzt in der Hölle. Ich hätte nie geglaubt, dass ich einmal jemand die ewige Verdammnis wünschen würde. Aber wenn jemand die Strafe Gottes verdient hat, dann dieser Mann."

„Vielleicht fragen Sie sich, warum ich Sie hierhergeführt habe?" Elena wartete eine Antwort erst gar nicht ab. „Weil ich glaube, dass man Neapel erst dann versteht, wenn man auch die dunklen Facetten dieser Stadt kennt. Ich will ihr weder die Camorra von heute noch die Grausamkeiten von gestern wegschminken. Wer nur die Sonnenseiten sehen will, begnügt sich damit, die unzähligen Kirchen und Museen zu besichtigen. Dem gilt auch die zwischen den engen Gassenschluchten baumelnde Wäsche lediglich als Folklore. Aber ich möchte Ihnen mehr als nur das sattsam bekannte Klischeebild zeigen. Napoli ist für mich die menschlichste Stadt Italiens. Und zudem die witzigste, spritzigste und humorvollste."

Mittlerweile hatten sich auch die anderen vor dem Portal der Sansevero-Kapelle eingefunden. „Höchste Zeit, dass wir uns ansehen, was sich im Dom Neues tut", forderte Elena ihre Gruppe auf. „Ob San Gennaro wohl schon sein Wunder vollbracht hat?"

„Das ist doch alles ein einziger Schwindel", lästerte Edmund Raffenseder. „Glauben die Neapolitaner denn wirklich daran, dass sich ein seit mehr als eineinhalb Jahrtausenden eingetrocknetes Blut von selbst verflüssigt?"

„Ja, sie glauben daran und sie lieben ihren Stadtpatron über alles. Als der Vatikan zu Beginn der siebziger Jahre des vorigen Jahrhunderts den Heiligenkalender ausgemistet hat, wollte man den Januarius zu einem Heiligen dritter Kategorie abwerten. Sie können sich kaum vorstellen, was damals los war. Die ganze Stadt demonstrierte gegen Rom. Letztendlich haben sich die Neapolitaner durchgesetzt und San Gennaro erhielt seinen ersten Rang in der Reihe der Himmlischen zurück", antwortete Elena. „Daran hatte seinerzeit auch der unselige Principe di Sansevero nichts ändern können!"

„Wie bitte? Sogar am heiligen Januarius hat er sich vergriffen?", wollte Adele Genaueres wissen.

„Ja. Er hat zum Gaudium seiner Gäste das Wunder in einer exakt nachgebauten Monstranz demonstriert und als chemische Spielerei entlarven wollen. Es ist ihm tatsächlich gelungen, eingetrocknetes Blut zu verflüssigen, ohne sichtbar Hand anzulegen. Aber damit hat er sich im Volk keine Freunde gemacht, glauben Sie mir. Und er hat das Experiment auch niemals wiederholt."

Als sich die Gruppe kaum eine Viertelstunde später vor dem Dom einfand, herrschte das gleiche Gedränge wie zuvor. Ein Zeichen dafür, dass sich der Stadtpatron weiterhin Zeit ließ. Auch der Blutspendewagen war noch da. Nur von der Ambulanz, die sich so mühsam zu dem Opfer des Messerattentats vorgekämpft hatte, war natürlich nichts mehr zu sehen.

3. Kapitel

Jeden Moment würde Elena auftauchen, das wusste Giorgio Valentino ganz genau. Sie war mit Abstand die pünktlichste Frau, die er je kennen gelernt hatte, eine Eigenschaft, an die er sich freilich erst gewöhnen musste. So wie an vieles andere auch. Acht Uhr, bei Pietro in Santa Lucia, hatten sie vereinbart. Und wohlweislich saß der Commissario aus Sizilien bereits eine Viertelstunde früher an einem der mit karierten Wachstüchern gedeckten Tische vor der kleinen Trattoria. Oder besser gesagt der Ex-Commissario, denn wäre er noch in seinem Amt, dann wäre er jetzt nicht hier, sondern in seinem stickigen Büro in Trapani.

Nicht zufällig waren sie hier verabredet. Elena liebte das schlichte Lokal auf dem winzigen Inselchen, wo einst eine der märchenhaften Villen des nicht minder sagenhaften Lucullus gestanden sein soll. Seit dem Mittelalter erhebt sich an dieser Stelle die Normannenfestung Castel dell' Ovo, das „Ei-Kastell", denn angeblich ruht der Bau auf einem Riesenei, das auf dem Meeresgrund liegt. Auf so etwas können auch nur die Neapolitaner kommen, dachte Giorgio nicht ohne Neid. Als Sizilianer fehlte ihm jene Gelassenheit, mit der die Bewohner von Bella Napoli schon immer das Leben auf die leichte Schulter genommen hatten.

Melodisch klirrten die Takelagen an den hohen Masten der Jachten, die kaum zwei Meter entfernt an der Hafenmole verankert waren. Eine ideale Begleitmusik zu seinen Gedanken. Zu viel war seit der Begegnung mit Elena über ihn hereingebrochen. Ausgerechnet der Mord an einem deutschen Oberstudienrat am Westende Siziliens hatte sie im Mai zusammengeführt. Ihn, den ermittelnden Commissario der Polizia Statale von Trapani, und sie, die verwitwete Reiseleiterin aus Österreich, die seit einigen Jahren in Taormina lebte.

Kaum vier Monate lag das zurück, und Giorgio war ziemlich bald klar geworden, dass er an einem Scheideweg stand. Nur zu gut erinnerte er sich an den Tag, an dem er seine Entscheidung getroffen hatte, und an alle Argumente, die er für sich selbst ins Treffen geführt hatte. Die Frage an sich war ganz einfach gewesen, nur die Antwort hatte es in sich: Sollte er wirklich sein ganzes bisheriges Berufsleben an den Nagel hängen und neu anfangen? Mit ungewisser Zukunft, denn es war in seinem Alter nicht einfach, nochmals neu zu beginnen. Sollte er wirklich mit 46 Jahren noch einmal durchstarten und das ausgerechnet bei den Carabinieri, die er genauso wie seine Kollegen stets abgelehnt, ja mehr noch, verachtet hatte. Ihrer Arroganz wegen, die sie, wo immer sie auftauchten, gegenüber der in ihren Augen minderen Truppe an den Tag legten.

Er war sein Leben lang Polizist gewesen, ein Beamter der Polizia Statale, die dem Innenminister unterstand, und kein Carabiniere. Kein Mitglied jener Polizeieinheit, die ihr Selbstbewusstsein nicht zuletzt ihrer militärischen Rangordnung verdankte und zum Verteidigungsministerium gehörte.

Nach seinem spektakulären Erfolg, der einen raffinierten Kunstraub verhindert und der Welt ein bis dahin unbekanntes Meisterwerk aus der Renaissance beschert hatte, war der Chef der Kunst-Squadra in Rom an ihn herangetreten. Ob er nicht Lust hätte, künftig für sie zu arbeiten, hatte ihn Colonnello Francesco Nicotra gefragt. Nach entsprechender Einschulung natürlich. Und nicht nur das. Sollte sich alles wie geplant entwickeln, würde er, Dottor Giorgio Valentino aus Trapani, eine neue Zweigstelle der Kunstdiebstahlsjäger in Catania aufbauen.

Als Chef, denn derzeit gab es nur eine Abteilung in Palermo und eine weitere in Syrakus, die bisher wenig erfolgreich agierten. Gefangen im bürokratischen Dschungel und verstrickt in ein undurchschaubares Geflecht aus Protektion und Korruption, waren die sizilianischen Ableger dieser Carabinieri-Spezialtruppe so gut wie nicht existent.

In Rom hingegen galt die investigative Abteilung des „Comando Carabinieri Tutela Patrimonio Culturale", kurz T. P. C. genannt, als die weltweit erfolgreichste Polizeieinheit, die sich ausschließlich mit Kunstraub, Schwarzgräbern, Antiquitätenschmuggel und Fälschungen beschäftigte. Die Italiener waren die ersten gewesen, die bereits 1969 diese Spezialtruppe eingesetzt hatten. Und die Erfolge konnten sich wahrlich sehen lassen, wie ihm Comandante Nicotra bei ihrem ersten Treffen in Rom voll Stolz erklärt hatte. Die Carabinieri hatten seither mehr als eine halbe Million archäologischer Stücke beschlagnahmt, und in ihren Dateien waren die Namen der raffiniertesten Diebe und Schwarzmarkthändler ebenso gespeichert wie die Details von zwei Millionen gestohlenen Kunstwerken.

Das war wahrlich eine andere Liga als jene, in der Giorgio als kleiner Commissario in einer sizilianischen Provinzhauptstadt spielte! Andererseits wusste er nur allzu gut um die Fallstricke, die auf ihn warteten. Ganz zu schweigen von der tödlichen Verachtung aus den Reihen seiner ehemaligen Kollegen. Dass aber auch die neuen ihn nicht mit offenen Armen empfangen würden, war ebenso sicher wie das Amen im Gebet.

Gedankenverloren war Giorgio an jenem heißen Julitag, an dem er sich endlich über seine Zukunft klar werden wollte, die von Palmen gesäumte menschenleere Hafenpromenade seiner Heimatstadt entlanggeschlendert. Um diese Nachmittagsstunde verschlief Trapani die heißeste Zeit. Auch auf den Jachten, die im sicheren Brackwasser vor sich hin dümpelten, regte sich keine Menschenseele, und selbst die Tragflügelboote und Fährschiffe, die das „Festland“ Sizilien mit den Ägadischen Inseln Levanzo, Favignana und Marettimo verbanden, hielten dem Fahrplan entsprechend Mittagspause.

Es war höllisch heiß, wie es im Hochsommer in Siziliens westlichstem Vorposten auch gar nicht anders zu erwarten war. Afrika war nahe, daran ließ auch der Wüstenwind Scirocco, der sich wieder einmal in den verdorrten Palmenblättern verfangen hatte und roten Saharasand durch die ausgestorbenen Gassen der barocken Altstadt fegte, keinen Zweifel.

Bis zum 1. August musste er sich entscheiden, am 1. September könnte er mit der Einschulung anfangen. Nicht in der Zentrale in Rom, sondern in Neapel, der wichtigsten Dependance der Kunst-Squadra. Dort hatte man allein schon mit der Kontrolle von Pompeji, wo sich Schwarzgräber jahrzehntelang schamlos bedient hatten, alle Hände voll zu tun. Dazu kamen einige aufsehenerregende Villeneinbrüche, sowohl in Neapels Nobelviertel auf dem Posillipo als auch auf Ischia und Capri.

Im schmalen Schatten, den ein geschlossener Getränkestand warf, ließ sich Giorgio auf einem Poller nieder. Irgendwann gibt es für jeden eine Stunde der Wahrheit, dachte er. Was will ich? Was erwarte ich von meinem Leben? Seit der Begegnung mit Elena stand es jedenfalls auf dem Kopf. Bliebe er bei der Polizei, dann würde er weiterhin in Trapani leben müssen, denn eine

Versetzung nach Catania war gänzlich ausgeschlossen. Öfter als ein-, zweimal im Monat würde er sie nicht sehen können. Ihre Liebe würde zu einer Wochenendbeziehung verflachen und schließlich enden, wie alle seine Beziehungen seit seiner Scheidung geendet hatten. Mit einem wehmütigen Blick zurück.

Elena! Wie eine Fata Morgana sah er plötzlich ihr apartes Gesicht vor sich. Sah, wie sie sich mit einer energischen Geste die blonden Haare aus der Stirn strich. Sah die Grübchen in ihren Wangen, hörte ihr Lachen, spürte ihre Hand auf seinem Gesicht. Erinnerte sich an die Zärtlichkeit in ihrer Stimme, wenn sie nach stundenlangen Diskussionen über Gott und die Welt mahnte, dass es nun doch vielleicht Zeit wäre, zu Bett zu gehen.

Diskussionen! Mit keiner Frau zuvor hatte er wirklich reden können. Über die Bücher, die er liebte, über die Musik, die ihn berührte, über Gedanken, die aus seinem tiefsten Innersten kamen. Keine Sekunde war ihm an ihrer Seite jemals langweilig gewesen – und es würde ihm bis ans Ende seiner Tage mit ihr gemeinsam niemals mehr langweilig sein.

Eigentlich sind die Würfel längst gefallen, gestand er sich ein. Nur der kleine Schritt, zuzugeben, dass in Wahrheit nur sie der Grund für seinen Aufbruch zu neuen Ufern war, fehlte noch. Genau das aber war der Haken. Konnte er es sich wirklich so leicht machen? Ihr den Schwarzen Peter zuschieben und wenn es mit der neuen Karriere schiefging, sie dafür verantwortlich machen? Er würde es zwar niemals aussprechen, doch das änderte nichts an den Tatsachen. Ohne Elena würde er im alten Trott weitermarschieren. Sein Leben würde ruhig weiterlaufen. Ohne Höhen und ohne Tiefen, dafür aber risikofrei.

Wie mutig oder besser gesagt wie feig bist du also wirklich, Giorgio Valentino? Nicht mutiger oder feiger als die meisten anderen Männer, die er kannte. Aber erst wenn er sich zu der Erkenntnis durchringen konnte, dass er und nur er allein die Verantwortung für sein Leben trug, hätten er und Elena eine reelle Chance.

Die Sonne hatte mittlerweile auch den Schlagschatten des Kiosks erreicht, doch Giorgio spürte die Hitze nicht. Reglos blieb er sitzen. Was würde Mutter dazu sagen? Flüchtig dachte er, dass ihn die Meinung seines Vaters weit weniger interessierte. Dieser hatte sich ohnedies immer aus allem und jedem herausgehalten. Weder zu seiner Hochzeit mit Angelica noch zu seiner Scheidung vor nunmehr auch schon zehn Jahren war ihm ein Kommentar zu entlocken gewesen. Sprachlosigkeit zwischen Vater und Sohn hatte stets ihr Verhältnis bestimmt. Bis heute.

Nur zu gut aber erinnerte er sich jedoch, wie seine Mutter das Scheitern seiner Ehe aufgenommen hatte. Wie jeden Abend saß sie, als er ihr damals reinen Wein einschenken wollte, am Wohnzimmertisch. Und wie immer lag eine aufgeschlagene Patience vor ihr. Ohne aufzublicken, hörte sie sich an, was ihr Sohn ihr mitzuteilen hatte.

„Was möchtest du jetzt, dass ich sage?“, fragte sie, nachdem er verstummt war.

„Ich weiß es nicht. Etwas Tröstliches vielleicht. Oder einen Vorwurf. Irgendetwas!“

„Trösten kann ich dich nicht, das musst du mit dir selbst ausmachen. Aber etwas zum Nachdenken kann ich dir mitgeben. Jeder von uns bekommt vom Schicksal so ein Kartenspiel in die Hand. Ein fertig durchmischtes. Das Leben zwingt uns dann dazu, es nach bestimmten Regeln aufzulegen. Wir wissen nicht, was die nächste Karte bringt. Es kann eine verhängnisvolle sein, dann ist das Spiel aus. Manchmal sogar, bevor es richtig begonnen hat. Wie bei deiner Cousine, die so jung an Krebs gestorben ist. Andere haben mehr Glück, sie dürfen weiterspielen. Aber sie müssen Entscheidungen treffen, welche Karte sie wohin legen. Das kann, muss aber nicht, entscheidend sein, ob die Patience aufgeht oder nicht. Die Reihenfolge, wie die weiteren Karten fallen, ist längst festgelegt worden. Von dem, der sie gemischt hat. Du kannst ihn Gott nennen. Oder Schicksal. Aber du und nur du hast immer wieder die Möglichkeit, dem Spiel durch deine Entscheidung eine Wendung zu geben. Du kannst gewinnen oder verlieren, einzig und allein durch deine Wahl. Außer du hast, wie gesagt, das Pech, dass dir der große Kartenmischer keine Chance lässt."

Er hatte ein gutes Blatt gehabt, bisher. Und seine Entscheidung, sich von Angelica zu trennen, war richtig gewesen.

Giorgio stand auf und klopfte sich den Staub von seiner Hose. Er wusste mit einem Mal, was er zu tun hatte. Elena war aus der Verantwortung entlassen, sie hatte seine Karten weder gemischt noch bestimmt, wie er sein Spiel spielen sollte.

Danke, Mutter! Nichts zu verändern könnte genauso verhängnisvoll sein wie ein energischer Eingriff ins Geschehen, das wusste er jetzt. Und auch, dass es kaum etwas Schlimmeres gibt, als versäumten Chancen nachzuweinen.

Er würde nicht mehr länger ein Commissario der Polizei, sondern ein Capitano der Carabinieri sein. Und wo das alles entscheidende Ass letztlich hinfällt, das wird sich früher oder später ohnedies zeigen.

4. Kapitel

Elena war mit ihrer Gruppe im *Vesuvio* abgestiegen, der teuersten, aber auch traditionsreichsten Herberge von Santa Lucia. Das Hotel, in dem man voll Stolz das Sterbezimmer des großen Enrico Caruso zeigt, wurde vor einigen Jahren vorbildlich restauriert und verbindet seither die Eleganz von gestern mit dem Komfort von heute. „Meine Agentur hat geschickt verhandelt", hatte sie Giorgio am Telefon erklärt. „Außerdem sind es ja nur drei Nächte, und Neapel ist schließlich der letzte Höhepunkt der Kampanien-Tour."

Während Elena mit ihren Gästen aus Deutschland und Österreich Salerno und Paestum, Amalfi, Ravello und Positano, aber natürlich auch Pompeji und Herkulaneum besucht hatte, war Giorgio längst mit Sack und Pack nach Neapel übersiedelt. Seit drei Wochen hauste er mehr schlecht als recht in einer hässlichen Dienstwohnung im ebenso hässlichen Vorort Portici. Und seit fast einem Monat hatte er Elena nicht mehr gesehen. Dementsprechend nervös blickte er dem Wiedersehen entgegen. Gedankenverloren zerkrümelte er ein Stück Brot über dem Körbchen, das ihm der Padrone des Lokals *Da Pietro* ebenso unaufgefordert gebracht hatte wie eine Karaffe Wein und eine große Flasche Mineralwasser.

Würden sie einander fremd geworden sein? Vier Wochen sind eine lange Zeit für eine junge Liebe! Eine Sorge, die sich Giorgio ersparen hätte können. Schon von weitem winkte ihm Elena fröhlich zu. Mit ihrem zielstrebigen Reiseleiterschritt eilte sie über die kurze Steinbrücke, die von der Uferpromenade zum Castel dell' Ovo führt. Fünf Minuten zu früh, konstatierte Giorgio amüsiert. Das ist wieder einmal typisch. Und kaum hatte er den Satz zu Ende gedacht, war seine Nervosität wie weggeblasen.

Gut zwei Stunden hatte Elena Zeit gehabt, sich von den Anstrengungen des Tages zu erholen, und das Ergebnis der späten Siesta konnte sich sehen lassen. In weißen Jeans, einem tomatenroten, ärmellosen T-Shirt und frisch geföhnten Haaren sah sie einfach umwerfend aus.

„Was habe ich bloß für ein Glück", murmelte Giorgio leise vor sich hin, bevor er aufsprang, um Elena mit einem Kuss zu begrüßen. „*Salve, amore mio,* was schleppst du denn da an?"

„*Salve,* Giorgio. Eine Beute, die ich bei den Bouquinisten auf der Piazza del Plebiscito gemacht habe. Du weißt doch, während des San-Gennaro-Fests machen sich gleich gegenüber vom Königspalast Buch- und Antiquitätenstände breit."

„Daran kannst du natürlich nicht vorbeigehen. Zeig her, was hast du gefunden?"

„Eine Rarität. Einen längst vergriffenen Bildband von Luciano De Crescenzo. Dem Autor der schönsten, klügsten Neapel-Bücher, die je geschrieben wurden."

„Elena, willst du mir vielleicht erklären, wer De Crescenzo ist? Ich habe alles von ihm gelesen. Von *Così parlò Bellavista* bis zur Geschichte der griechischen Philosophen. Und natürlich auch *Zio Cardellino,* diese köstliche Parodie auf Karrieren und Karrieristen."

„Entschuldige, aber nach einem Reiseleitertag kann ich das Belehren manchmal einfach nicht abstellen. Meine Gäste kannten De Crescenzo jedenfalls nicht. Mit Ausnahme von Adele und Ludwig natürlich. Aber sie war schließlich Philosophieprofessorin und er Buchhändler."

„Apropos. Dort drüben gehen die beiden, wenn mich nicht alles täuscht. Soll ich rufen? Oder besser noch, ich laufe hin, denn ich glaube, sie haben uns noch nicht bemerkt."

„Du hast die beiden ja seit Mai nicht mehr gesehen. Aber du könntest sie doch auch morgen treffen und dann Erinnerungen an unsere Mörderjagd auf Sizilien austauschen. Beim Abschiedsabend im *Vesuvio*. Den darf ich nicht schwänzen. Nimm dir bitte frei und komm auch. Heute aber bin ich lieber mit dir allein." Zärtlich blickte Elena den Mann an, den sie erst so kurz und doch schon so gut kannte.

„Mit mir und mit Luciano De Crescenzo", antwortete Giorgio salopper als beabsichtigt. Elena sollte nur ja nicht merken, wie gerührt er über ihren Wunsch tatsächlich war. „Also zeig schon her, denn einen Bildband von ihm kenne ich wirklich nicht. Aber vorher müssen wir noch auf unser Wiedersehen anstoßen. Sonst wird der Wein warm und das wäre schade. Auch wenn es kein Champagner ist. Oder wenigstens ein Prosecco. Aber so etwas Nobles gibt es bei Pietro leider nicht."

Folgsam erhob auch Elena ihr Glas, doch nach einem kleinen Schluck stellte sie es wieder ab und griff erneut nach dem Buch. Wenn sie sich einmal in einem Thema festgebissen hatte, ließ sie sich nicht so ohne weiteres davon abbringen. Außerdem eignete sich wohl kaum jemand besser dafür, die leichte Verlegenheit der ersten halben Stunde zu überspielen, als Luciano De Crescenzo. Sie hatten zwar fast täglich miteinander telefoniert, doch aus der Distanz war es seltsamerweise manchmal leichter, Nähe zu verspüren als Aug in Aug. Jetzt saß sie Giorgio endlich gegenüber, doch so richtig bei ihm angekommen war Elena noch nicht. Besser, sie redete einfach weiter.

„Schau, da hat er doch tatsächlich eine Widmung hineingeschrieben. *Un ricordo di una Napoli felice. Eine Erinnerung an ein glückliches Neapel.* Und so etwas gibt jemand her? Das verstehe ich nicht!“

„Möglicherweise stammt das Buch aus einem Nachlass, und die Erben haben die Widmung gar nicht bemerkt. Oder aber es war ihnen egal, denn wer kennt den einstigen Bestseller-Autor heute noch?“

„Jeder. Jeder Neapolitaner, da bin ich mir sicher. Sieh doch, hier wird dokumentiert, wie Neapel außer Rand und Band geraten ist, als seine Fußballer im Mai 1987 zum ersten, aber leider auch zum bisher letzten Mal italienische Meister wurden. Die ganze Stadt war damals himmelblau. Alles war in der Farbe des Calcio Napoli gestrichen, eine *rapsodia in blu*, wie De Crescenzo das nannte. Die Gesichter der Menschen, das Fell der Katzen und Hunde. Himmelblau war das Pflaster der Straßen, himmelblau waren die Autos und Mopeds. Alte Damen trugen riesige himmelblaue Schleifen im Haar. Sogar das Dante-Denkmal hatte man mit einem himmelblauen Umhang geschmückt und dem Dichter das Meisterschaftswappen in die Hand und einen Fußball unter seine steinerne Schuhspitze gedrückt.“

„Du warst aber nicht selbst dabei, oder? In der großen Zeit des Diego Maradona war ich leider nie in Neapel. Der argentinische Fußballgott rangierte in der Heiligenverehrung doch gleich hinter San Gennaro.“ Giorgio hatte sich zwar vorgenommen, Elena nie nach der Vergangenheit zu fragen. Doch während er die Fotos einer vor Freude verrückt gewordenen Stadt betrachtete, konnte er seine Neugier nicht bezähmen.

„Höre ich da vielleicht gar einen leisen Unterton von Neid?“, lachte Elena. „Aber du kannst beruhigt sein. Gewinnen habe ich die Neapolitaner leider nicht gesehen, aber das Jahr darauf verlieren. Seither liebe ich diese Stadt mehr als jede andere in Italien!“

„Das verstehe ich nicht. Seit wann gefallen dir Verlierer? Das passt ganz und gar nicht zu dir!“

„Doch, Giorgio. Dann nämlich, wenn man in der Niederlage grandios ist. Und das waren die Neapolitaner. Damals, im Mai 1988, mussten sie gegen die Mailänder spielen. Schon Tage vor dem alles entscheidenden Match hatte sich ganz Napoli in einen Hexenkessel verwandelt. Bereits Stunden vor dem Anpfiff glich das Stadion San Paolo einem himmelblauen Meer aus Fahnen und Transparenten. Das Häufchen Mailänder mit seinen rot-gelben Fähnchen ging im Blitzblau des Calcio Napoli völlig unter.“

„Hoffentlich auch die hässlichen Parolen. Schon Jahre bevor der unsägliche Umberto Bossi seine Republik Padanien ausrief, hat Norditalien keine Chance ausgelassen, den verhassten Süden zu diskriminieren“, erinnerte sich Giorgio.

„Die ekelhaften rassistischen Sprüche hat keiner beachtet. Dafür aber haben die Neapolitaner ihren Luciano De Crescenzo mit Standing Ovations geehrt.“

„Tatsächlich? Das hast du gesehen?“

„Durch ein paar Beziehungen hatten wir Pressekarten und deswegen Plätze gleich neben der Prominenten-Tribüne. Dort saß auch damals der fesche Bestseller-Autor. Du erinnerst dich, in der Verfilmung seines *Bellavista* spielte er selbst die Titelrolle und seither kannte ihn ganz Italien. Kaum hatten ihn die Neapolitaner entdeckt, intonierten sie begeisterte Sprechchöre. Luciano, Luciano, haben sie minutenlang gebrüllt und dazu stehend applaudiert. Zeig mir doch irgendwo auf der Welt ein Fußballpublikum, das nicht etwa einem Pop-Star, sondern einem Schriftsteller auf diese Weise Rosen streut!"

Wer war wir? Das wollte Giorgio nur allzu gern wissen, doch er hütete sich, die Frage laut auszusprechen. Stattdessen rechnete er rasch im Kopf nach. Im Mai 1987 war Elena zwanzig Jahre alt gewesen. Wenn er sich richtig erinnerte, hatte sie Paul aber erst ein Jahr später kennen gelernt und 1991 geheiratet. Das heißt, sie muss damals mit jemand anderem in Neapel gewesen sein. Rasch blickte er auf, doch Elena schien in ihrem Eifer sein Zögern gar nicht bemerkt zu haben.

„Und wie ging es weiter?", hakte Giorgio nach, bevor ihr die Gesprächspause doch noch auffiel.

„Napoli hat 2:3 verloren – und 90.000 Neapolitaner haben mit Tränen in den Augen der Mailänder Mannschaft applaudiert. Sie haben geweint, sie haben gelitten – und sie haben dem Sieger dennoch gratuliert. Fairer kann man wohl nicht sein! Danach haben sie ihre Fahnen todtraurig eingerollt und sind wie geprügelte Hunde nach Hause geschlichen. Und über Neapel lag zwei Tage lang ein Leichentuch. Es war gespenstisch still, niemand hat gelacht, niemand hat gehupt. Verstehst du jetzt?"

„Absolut. Und wenn ich dieses Buch durchblättere, gleich noch mehr. Schau doch, welches Transparent sie im Siegestaumel 1987 am Opernhaus angebracht haben: *Azzurri, Ihr seid die Zehnte von Beethoven!* Und hier ist eine Aufschrift an der Friedhofsmauer abgebildet: *Ihr wisst nicht, was Ihr versäumt habt!* Hinreißend! So etwas wäre keinem Sizilianer eingefallen."

Zufrieden lehnte sich Elena zurück. Wie gut, dass sie ausgerechnet dieses Buch entdeckt hatte. Mit Worten allein wäre es ihr nicht möglich gewesen, Giorgio ihre Liebe zu dieser Stadt zu erklären. Und ihn auch ein wenig damit anzustecken. Dass sie damit ein Stück von ihrer Vergangenheit verraten hatte, das er nicht kannte, kam ihr gar nicht in den Sinn.

Tatsächlich war sie damals nicht mit Paul in Neapel gewesen, sondern mit ihrer Jugendliebe. Einem Journalisten einer Wiener Tageszeitung, der auch im Urlaub stets das Angenehme mit dem Nützlichen verbunden und eine Reisereportage für die Farbbeilage recherchiert hatte. Begeistert war sie zu allen Interviews mitgetrabt und dadurch vielen interessanten Menschen begegnet.

„Träumst du, *amore*?“, erkundigte sich Giorgio, dem im Gegensatz zu Elena die Gesprächspause sehr wohl aufgefallen war.

„Verzeih, aber ich träume wirklich ein wenig vor mich hin. Daran ist De Crescenzo schuld!“ Was natürlich nicht ganz stimmte, denn in Wahrheit ließ Elena im Zeitraffer ihre Vergangenheit wie einen Film ablaufen. Die glücklichen Jahre mit Paul, ihrem Ehemann aus Südtirol, mit dem sie in Rom gelebt hatte. Ihm verdankte sie, dass aus der kleinen Werbetexterin Helene Hubinek nach ihrer Übersiedlung nach Italien die weltgewandte Elena Martell wurde. Eine selbstbewusste Frau an der Seite des international gefragten Bildhauers Paul Martell, die für ihn alles gewesen war: Geliebte, Ehefrau, Managerin – und Weggefährtin.

Bis zuletzt, als er mit 45 Jahren an einem Gehirntumor starb und sie in grenzenloser Verzweiflung zurückgelassen hatte. Fünf Jahre war das jetzt her und noch immer drückte ihr die Erinnerung an sein langes, furchtbares Sterben die Kehle ab. Daran konnte auch der neue Mann an ihrer Seite, den sie erst vor wenigen Monaten in ihrer Wahlheimat Sizilien kennen und lieben gelernt hatte, nichts ändern.

„Eigentlich sollten wir allmählich etwas zu essen bestellen“, unternahm Giorgio den zweiten Versuch, Elena aus ihrer Versunkenheit zu reißen. „Oder hast du etwa keinen Hunger?“

Mittlerweile waren sämtliche anderen Tische von Pietros Trattoria bis auf den letzten Platz besetzt. Der Padrone servierte höchstpersönlich, was nicht weiter schwierig war, denn bei ihm gab es tagaus, tagein lediglich zwei Gerichte: *Spaghetti alle vongole veraci* und *Cozze alla marinara*. Giorgio und Elena orderten die Pasta und schon wenige Minuten später konnten sie sich über die aromatisch duftenden Nudeln mit den echten Venusmuscheln hermachen.

„Hast du eigentlich jemals unechte gegessen?“, wollte Elena wissen, während sie ungeduldig das zarte Muschelfleisch aus der Schale stocherte. „Ich jedenfalls nicht.“

„Darüber habe ich noch nie nachgedacht. Vielleicht gibt es die unechten gar nicht? Eine interessante Frage“, gab Giorgio zurück, während er die mit reichlich Petersilie und Knoblauch gewürzten Spaghetti um die Gabel wickelte. „Da lobe ich mir die Miesmuscheln, denn da gibt es keine Fälschungen.“

„Achtung, Jobfalle“, unterbrach ihn Elena vergnügt. „Seit du bei der Kunst-Polizei bist, sollte man mit dir besser nicht über falsch und echt diskutieren. Aber jetzt im Ernst. Macht dir deine neue Aufgabe Spaß? Wenigstens hast du es nicht mehr mit Leichen zu tun!“

„Spaß ist das falsche Wort. Es ist hochinteressant und ich muss unendlich viel lernen. Und das macht mir Freude. Große sogar“, antwortete Giorgio mit halbvollem Mund. Doch als er den Rest des Bissens hinuntergeschluckt hatte und mit näheren Erklärungen fortsetzen wollte, fiel ihm Elena ins Wort. Denn kaum hatte sie von Leichen gesprochen, fiel ihr schlagartig ein, was am Vormittag auf dem Domplatz geschehen war.

„Entschuldige, dass ich dich unterbreche. Hast du gehört, dass heute ein Mann beim San-Gennaro-Fest ermordet wurde?“

„Ja, sie haben darüber in allen Nachrichtensendungen berichtet. Man hat ihm ein Küchenmesser in den Rücken gestoßen. Er muss sofort tot gewesen sein. Aber gottlob geht mich das nichts mehr an!“

„Dann hat Ludwig also recht gehabt!“

„Was hat denn er damit zu tun?“

„Er ist fast daneben gestanden, als es passierte. Und während der Fernsehkommentator noch erklärte, der Mann wäre schwer verletzt, stellte Ludwig bereits fest, dass dem armen Kerl wohl keiner mehr helfen könnte.“

„Der gute Signor Jakubowski hat es offenbar mit gewaltsamen Todesfällen. In Sizilien wird ein Reisegefährte erschlagen, in Neapel ein Chauffeur niedergestochen. Pass auf, dass er nicht nach Wien kommt. Nach dem Gesetz der Serie hast du dann dort das nächste Mordopfer!“

„Also wirklich, der arme Ludwig kann weder für den einen noch für den anderen Toten etwas. Aber du sagst, das Opfer war ein Chauffeur?“

„Ein Busfahrer der Verkehrsbetriebe von Neapel, hieß es. Mehr weiß ich nicht und mehr will ich auch nicht wissen!“

„Ja, der Abend ist viel zu schön, um über Tote zu reden. Mir hat heute Nachmittag die Sansevero-Kapelle vollauf gereicht. Mein Bedarf an Makabrem ist jedenfalls gedeckt.“

Erleichtert wollte Giorgio das Thema wechseln. Doch bevor er einen Bummel durch die romantischen

Gässchen im Schatten des Castel dell'Ovo vorschlagen konnte, schrie Elena entsetzt auf. „Hast du gesehen, wo Pietro die Muscheln kühlt? Dort drüben zwischen den Booten, in einem Eimer im Hafenwasser! Das darf doch nicht wahr sein. Sollen wir alle Cholera bekommen?"

„Ach Elena, übertreib nicht so schamlos. Die letzte Choleraepidemie ist glücklicherweise schon lange her. Und warum soll er die Muscheln nicht mit Meerwasser frisch halten?"

„Weil das Meerwasser im Hafen von Santa Lucia alles andere als sauber ist!", gab Elena aufgebracht zurück. Doch dann gewann einmal mehr ihr Humor, der sie in solchen Situationen nur selten im Stich ließ, die Oberhand. Lachend griff sie nach Giorgios Hand: „Morgen können wir uns gratulieren, denn wenn wir das hier heute unbeschadet überstehen, wirft uns nicht so leicht etwas um! Dann sind wir immun gegen Bakterien und Viren aller Art."

Hand in Hand verließen Elena und Giorgio in bester Laune das Lokal. In schweigendem Einverständnis strebten sie dem Eingang des *Vesuvio* zu und ebenso schweigsam betraten sie Elenas Hotelzimmer. Es war zwar bereits neun Uhr, doch noch immer spiegelte der Golf von Neapel einen Hauch des Abendrots wider. Wie ein Scherenschnitt hob sich in der Ferne die unverwechselbare Silhouette von Capri vom Himmel ab, während ab und zu bereits der Scheinwerfer eines Fischerbootes aufblitzte. „Zum Verlieben schön", brachte Elena gerade noch heraus, bevor ihr Giorgio mit einem Kuss den Mund verschloss.

Dass er die Abendausgabe des *Mattino* bei Pietro liegen gelassen hatte, fiel ihm erst ein, als er mit dem Bus unterwegs zu seinem Quartier in Portici war.

Aus der Tageszeitung „Il Mattino"

MORD BEIM SAN-GENNARO-FEST

Busfahrer in der Menschenmenge vor dem Dom niedergestochen – Täter noch unbekannt

von Luigi Carone

NAPOLI (20. September) Das Blutwunder des San Gennaro ist in diesem Herbst von einem grausamen Verbrechen überschattet. Inmitten der tausendköpfigen Menschenmenge vor dem Hauptportal des Doms wurde Samstagvormittag der Busfahrer Renato Cavallino, 37, mit einem Fleischmesser von hinten niedergestochen. Der Mann, der mit Ehefrau und Schwiegermutter unterwegs war, um Zeuge der wunderbaren Blutverflüssigung zu werden, erlitt schwere innere Verletzungen, denen er noch am Tatort erlag.

Obwohl zahlreiche Umstehende Zeugen des Mordes gewesen sein mussten, konnte der Täter unerkannt entkommen. Die wenigen Personsbeschreibungen, die den Kriminalisten der Mordkommission unter der Leitung von Commissario Franco Verbelli gemacht wurden, sind so vage, dass nicht einmal mit Sicherheit gesagt werden kann, ob es sich bei dem Mörder um einen Mann oder eine Frau handelt. Auf der 35 cm langen Tatwaffe, die im Rücken des Opfers stecken geblieben war, konnten ersten Angaben zufolge keine Fingerabdrücke festgestellt werden.

Cavallino war vor wenigen Wochen als Fahrer eines Schulbusses abgezogen und in den Liniendienst versetzt worden, nachdem man ihn verdächtigt hatte, Kinder und Jugendliche mit

Drogen versorgt zu haben. Die Polizei musste ihn jedoch mangels an Beweisen laufen lassen. Für die Kriminalisten ist es nicht ausgeschlossen, dass die Bluttat vor dem Dom dem Drogenmilieu zuzuschreiben ist. Unter den Gläubigen hat das Verbrechen Entsetzen und Ängste hervorgerufen. Man befürchtet, dass das Blutwunder diesmal nicht eintritt, was bekanntlich seit jeher als Unheil bringendes Omen gilt.

* * *

Wie jeden Sonntag kontrollierte Salvatore Curri auch diesmal, ob in der Sakristei alles für die erste Morgenandacht bereitlag. Seit Jahrzehnten kümmerte er sich ehrenamtlich um die kleine Kirche S. Maria del Parto am Fuß des Posillipo, und wenn ihm auch mit seinen nunmehr 76 Jahren die Arbeit nicht mehr so flott von der Hand gehen wollte, so dachte er dennoch noch lange nicht ans Aufhören. Schließlich war auch Don Filippe nicht mehr der Jüngste, und solange der um zwei Jahre ältere Pfarrer die Messe las, würde er in dem Gotteshaus aus dem 15. Jahrhundert für Ordnung sorgen.

Zu seinem Missvergnügen hielt die Kirche, die früher nur zu Zeiten des Gottesdienstes geöffnet war, ihre Pforten bis auf die Mittagspause den ganzen Tag über geöffnet. Und auch die Sakristei mit ihren wunderbaren Schnitzereien konnte jederzeit besichtigt werden. Glücklicherweise gab es in der Kirche keine Kunstwerke zu stehlen. Die einzige Kostbarkeit – ein vom Michelangelo-Schüler Montorsoli gemeißeltes Grabmal – konnte jedenfalls keiner wegschleppen.

Auch die Weihnachtskrippe, die in einer dunklen Ecke der Sakristei das ganze Jahr über aufgestellt blieb und nur im Dezember in den Kirchenraum übersiedelt wur-

de, war nicht von großem Wert. Da gab es kostbarere Exemplare! Aber was war das? Verwundert betrachtete Salvatore eine Figur, die er nie zuvor gesehen und die auch nichts in einer Krippe verloren hatte. Neben dem turbangeschmückten Orientalen, der ein Kamel am Halfter führte, grinste ihn ein blutrot lackierter Teufel an. Salvatore überlief es kalt, als er die hämisch verzerrte Fratze näher in Augenschein nahm.

Ein schlechter Scherz, dachte er, bevor er beherzt nach dem Satan griff, der offenbar den Kameltreiber zu einer Höllenfahrt abholen wollte. Dir werde ich's zeigen! Ohne lange zu überlegen, schnappte der alte Mesner den Teufel an den spitzen Hörnern. Hier wirst du kein Unheil anrichten, murmelte er vor sich hin, während er die Figur in ein mit Spitzen besetztes Altartuch wickelte und in die hinterste Ecke einer tiefen Schublade verbannte. Don Filippe würde er von dem ungebetenen Besucher erst gar nichts erzählen. Der Pfarrer regte sich ohnedies über jede Kleinigkeit unnötig auf.

Zufrieden über seine Entscheidung schlurfte Salvatore zurück in den Kirchenraum. Morgen würde er noch ein Kruzifix von zu Hause mitbringen und zu dem Teufel in die Lade legen. Sicher ist sicher, das sagen sogar die Exorzisten in Rom und die sind Profis! Aber jetzt musste er sich erst einmal um den Blumenschmuck kümmern.

5. Kapitel

Auch an diesem Septembermorgen wölbte sich ein wolkenloser Himmel über Neapel. Seit Sonnenaufgang saß Elena auf ihrem schmalen Balkon im achten Stock, um sich das Feuerwerk an Farben nicht entgehen zu lassen. Noch bevor die Sonne wie ein blutroter Ball dem Meer entstieg, bedeckte ein goldener Schleier das spiegelglatte Meer. Nur wenige Minuten später explodierte der Himmel in einer wahren Orgie aus Orange- und Grüntönen, die nur langsam verblassten und jenem intensiven Himmelblau wichen, das sich in den Vereinsfarben des *Calcio Napoli* wiederfindet.

Statt mich dem Naturschauspiel hinzugeben, sollte ich lieber rekapitulieren, was ich über neapolitanische Krippen weiß, sagte sich Elena pflichtbewusst. Es ist doch schon einige Zeit her, dass ich mich mit diesem Thema beschäftigt habe. Zu allem Überfluss ist diese Fritzi Kramer auch noch Krippenbaumeisterin, was immer das auch heißen mag. Vielleicht sollte ich sie bitten, an meiner Stelle einen Vortrag zu halten? Aber das würde den Raffenseder vermutlich wieder einmal auf die Palme bringen, und es wäre doch schön, wenn wenigstens der letzte Tag der Reise harmonisch verläuft.

Eine kleine Gedächtnisstütze kann nicht schaden, sagte sich Elena, als sie eine schmale Broschüre des lokalen Fremdenverkehrsbüros in ihre geräumige Reiseleitertasche schob. In den *Presepi napoletani* konnte sie im Fall des Falles nachschlagen.

Es war zwar erst acht Uhr Früh an diesem Sonntagmorgen, doch Elenas Gruppe hatte sich bereits vollzählig im Frühstücks-Salon versammelt. „Die Raschkes lassen Sie nochmals recht herzlich grüßen“, trompetete Liesi Oberhauser vom anderen Ende des Saals, sobald sie ihre Reiseleiterin erblickte. „Sie sind vor etwa einer halben Stunde zum Hafen gefahren."

Offenbar möchte sie, dass ich mich zu ihr und ihrer Freundin an den Tisch setze. Aber da kann sie lange warten! Ohne das auffordernde Winken der beiden Oberösterreicherinnen zu beachten, steuerte Elena den hinter einer Säule versteckten Tisch an. Zwei Espressi und einen Cappuccino später sah die Welt gleich viel freundlicher aus.

„Ich muss mit Ihnen reden!" Bevor Elena antworten konnte, hatte Adele Bernhardt bereits einen Stuhl herangezogen und unaufgefordert Platz genommen. Jedem anderen Teilnehmer hätte sie dieses Benehmen übel genommen, doch mit der pensionierten Lehrerin verband sie seit ihrem sizilianischen Abenteuer trotz des Altersunterschiedes und des förmlichen „Sie" eine Freundschaft.

„Was haben Sie auf dem Herzen, Adele?"

„Gar nichts. Aber ich wollte Ihnen erzählen, dass ich mich gestern lange mit Alice Raffenseder unterhalten habe. Ihr Mann war nicht immer so, sagte sie. Aber er leidet nun schon seit einigen Jahren unter schweren Depressionen und bisher hat ihm noch keine Behandlung und keine Therapie helfen können."

„Der arme Kerl! Jetzt verstehe ich einiges. Danke, dass Sie mich aufgeklärt haben." Mit Schaudern dachte Elena an Pauls ältesten Freund, der an dieser tückischen Krankheit zerbrochen war. Solange ihm seine Welt noch „dunkelbunt" erschienen war, hatte er gekämpft. Doch irgendwann war sie nur noch schwarz gewesen und er hatte seinem Leben durch einen Sprung aus dem Fenster ein Ende gesetzt.

„Seien Sie heute auch besonders lieb zu Ludwig. Er zeigt es zwar nicht, aber er hat den Schock über die gestrige Bluttat vor dem Dom nicht so ohne weiteres wegstecken können."

„Zu Ludwig bin ich immer nett", antwortete Elena. „Aber vielleicht tröstet es ihn, dass das Mordopfer vermutlich ein Rauschgifthändler gewesen ist. Und zwar einer von der schlimmsten Sorte. Das sind diejenigen, die Kinder mit dem Teufelszeug versorgen. So steht es jedenfalls im heutigen *Mattino*. Sehen Sie selbst."

„Wie gut, dass ich einen Intensivkurs in Italienisch belegt habe. Dante kann ich zwar noch nicht im Original lesen, aber für eine Tageszeitung reichen meine Kenntnisse inzwischen allemal."

Während sich Adele über den Artikel hermachte, warf Elena einen Blick in ihre Unterlagen. Diesmal würde sie nicht einfach dahinplaudern können, dafür würde schon die Krippenbaumeisterin sorgen. Am besten, ich informiere mich noch kurz im Internet, überlegte Elena. Dann stehe ich nicht völlig ahnungslos da. Bis zum Aufbruch habe ich noch gut eine halbe Stunde Zeit.

Selbstverständlich stand den Gästen des Fünf-Sterne-Hauses ein Internetanschluss in der Bibliothek zur Verfügung, was die Recherche für Elena einfach machte. „Das ist ja unglaublich", murmelte sie vor sich hin, als sie wenige Minuten später unter dem Stichwort Krippenbauschulen in Österreich gleich 138 Eintragungen fand. Wer sich mit dem Titel Krippenbaumeister schmücken wollte, musste sich ein fundiertes Fachwissen über Materialien, Farben, Elektroinstallationen und Krippenbotanik aneignen. Damit nicht genug, er sollte auch die verschiedenen Krippenarten kennen wie beispielsweise heimatliche und orientalische Krippen, Schneekrippen, Wurzelkrippen, Stilkrippen oder historische Krippen. Die Figuren selbst waren ebenfalls eine eigene Wissenschaft. Da gab es geschnitzte und solche aus Wachs, auf Papier gemalte und wiederum andere aus Hanf, Stroh und noch vielen anderen Materialien.

Um all das zu erlernen, benötigte man vier Kurse in vier Jahresetappen mit einem Zeitaufwand von jeweils 40 Stunden. Erst dann konnte man vor einer Kommission zur Abschlussprüfung antreten. Und auch die hatte es in sich! Neun Fragen aus insgesamt 45 Themenbereichen wie Geschichte, Symbolik und allgemeiner Krippenbau wurden gestellt. Danach mussten die Probanden innerhalb von nur 40 Stunden eine komplette Meisterkrippe fabrizieren. Mit allem Drum und Dran.

„Sie machen wohl Ihre Hausaufgaben", stellte Maximilian Wild fest. Elena fuhr erschrocken auf. Von ihr unbemerkt hatte der Münchner die Bibliothek betreten. „Aber lassen Sie sich nicht stören, ich wollte nur nachsehen, ob für mich irgendwelche Mails gekommen sind. Doch das hat auch Zeit bis Nachmittag."

„Ich bin schon fertig. Denn so rasch, wie ich geglaubt habe, werde ich ohnedies nicht viel klüger", seufzte Elena auf, die über die erste Eintragung noch nicht hinausgekommen war.

„Krippen sind ein umfassendes Thema. Ich selbst habe auch einmal mit dem Gedanken gespielt, einen Kurs zu besuchen. Auch in Bayern sind wir auf diesem Gebiet ziemlich rührig. Der Aufwand war mir allerdings dann doch zu groß", antwortete der Antiquitätenhändler. „Da habe ich lieber mein Wissen über historische Krippen vertieft. Sie wissen doch, dass wir im Bayerischen Nationalmuseum in München die größte Sammlung an neapolitanischen Krippen besitzen?"

„Das ist mir bekannt, leider habe ich sie mir noch nie angesehen. Aber jetzt mache ich Ihnen Platz. Nein, nein, das ist kein Problem, ich muss ohnedies gehen. In der Lobby warten vermutlich schon einige aus unserer Gruppe. Um neun Uhr geht es los.“ Elena loggte sich aus und überließ Maximilian Wild den Bildschirm.

Da steht mir ja einiges bevor, sagte sie sich auf ihrem Weg in die Hotelhalle. Ihre Krippenkenntnisse waren mehr als dürftig, doch das hatte bei ihren bisherigen Führungen durch die Via San Gregorio Armeno durchaus gereicht. Vielleicht habe ich Glück und wir treffen Signor Zampognaro an. Wenn er meinen Gästen sein Sortiment erklärt, brauche ich nur zu übersetzen.

Der Gedanke, dass sie Neapels bekanntesten Krippenbaumeister für ihre Zwecke einspannen könnte, stimmte Elena sogleich etwas heiterer. Sie kannte den Mann zwar nicht persönlich, doch das bereitete ihr kein Kopfzerbrechen. Fausto Zampognaro, dessen Name unübersehbar über dem größten Krippenladen der Via San Gregorio Armeno prangte, zählte in Neapel zur Prominenz.

Kaum ein Woche verging, in der er nicht gemeinsam mit dem Bürgermeister oder irgendeinem Stadtrat im *Mattino* abgebildet war. Weil er wieder einmal als inoffizieller Botschafter Neapels etwas gespendet oder organisiert hatte, damit die Augen der Welt auf seiner heiß geliebten Stadt ruhten. Und in jedem Interview betonte er aufs Neue, dass er tagtäglich in seinen Werkstätten oder in seinem Verkaufslokal zu finden war. Nur auf diese Weise könne er absolute Top-Qualität garantieren.

Vor der Rezeption hatten sich alle bis auf Maximilian Wild wie von Elena vermutet bereits zehn Minuten vor der vereinbarten Zeit eingefunden. „Ich habe eine Überraschung für Sie“, begrüßte Elena ihre Gruppe, die ihrem Ratschlag gefolgt war, keine Kamera- oder Handtaschen mitzunehmen. Bei keinem schlang sich ein Riemen um die Schulter, niemand hielt etwas in den Händen, das größer war als ein winziger Fotoapparat. „Statt zu Fuß in die Altstadt zu pilgern, was uns gut und gern eine halbe Stunde kosten würde, fahren wir mit zwei Taxis hinauf zum Castel Sant' Elmo auf dem Vomero. Weil uns die Raschkes verlassen haben, sind wir mit mir nur noch acht Personen. Das geht sich locker mit zwei Fahrzeugen aus."

„Und was machen wir dort oben?", wollte Fritzi Kramer wissen, die es offenbar gar nicht mehr erwarten konnte, endlich mit ihren Fachkenntnissen zu brillieren. „Wir wollen doch in die Krippenstraße!"

„Keine Sorge, Frau Kramer, die Krippen kommen schon nicht zu kurz. Aber vom Vomero aus können wir Neapel aus der Vogelperspektive betrachten. Erst wenn Sie von dort auf das Häusermeer hinunterblicken, verstehen Sie, warum die Spaccanapoli so heißt. Übersetzt bedeutet der Name nämlich *Spalte Napoli* und Sie werden sehen, dass der schmale Straßenzug die Altstadt tatsächlich in zwei nahezu gleich große Teile spaltet. Die Kerbe verläuft übrigens exakt dort, wo bereits der *Decumanus inferior,* die untere, in Ost-West-Richtung verlaufende Hauptstraße, das antike Neapel durchquert hatte."

„Im Stadtplan gibt es aber keine Spaccanapoli. Oder ich finde sie nicht", unterbrach Edmund Raffenseder Elenas Ausführungen.

„Sie werden Sie auch auf keiner Karte entdecken", erklärte Elena bereitwillig. „Das ist keine offizielle Bezeichnung. Außerdem ändert die Straße alle paar hundert Meter ihren Namen. Aber kein Neapolitaner spricht davon, dass er in die Via Pasquale Scura geht, wenn er die ersten Meter der Spaccanapoli meint. Oder in die Via Maddaloni, die Via Capitelli, die Via Benedetto Croce und so weiter. Ich kann Ihnen auswendig gar nicht sämtliche Namen aufzählen, die alle dieselbe Straße meinen."

Als die Taxis vorfuhren, stellte sich pünktlich auch Maximilian Wild vor dem Hotelportal ein. Das Panorama, das Neapel an diesem sonnigen Septembersonntag bot, war einfach umwerfend. Wie eine Krone aus Stein thronte das sternförmige Castel Sant' Elmo im sanften Morgenlicht. Ganz so, als hätte es die düstere Vergangenheit der Anjou-Festung nie gegeben. Statt als Gefängnis diente das vorbildlich restaurierte Bauwerk aus dem 14. Jahrhundert nunmehr als stilvoller Schauplatz für Ausstellungen und Empfänge.

„Fahren wir mit dem Taxi auch wieder hinunter?", ließ Fritzi Kramer nicht locker. „Von dort oben brauchen wir zu Fuß doch ziemlich lange, bis wir wieder in der Altstadt sind. Und die Zeit wird uns dann bei den Krippen fehlen."

„Lassen Sie sich nochmals überraschen. Aber ich garantiere Ihnen, Sie werden rechtzeitig bei Ihren Krippen sein", beruhigte Elena die Österreicherin. Um jeder weiteren Diskussion aus dem Weg zu gehen, verfrachtete sie kurzerhand das Ehepaar Raffenseder gemeinsam mit Fritzi und Liesi in einen Wagen. Sie selbst hatte mit der Gesellschaft von Adele, Ludwig und Maximilian Wild das bessere Los gezogen.

„Danke, dass Sie mir nicht die beiden Damen angehängt haben!" Fröhlich zwinkerte der Münchner seiner Reiseleiterin zu. „Oder waren da gar egoistische Motive im Spiel?"

„Wie kommen Sie darauf", entrüstete sich Elena ebenfalls mit einem Augenzwinkern. „Sie habe ich retten wollen. Denn es ist mir nicht entgangen, dass zumindest eine der beiden an Ihnen höchst interessiert ist. Und Sie sich, um es gelinde zu sagen, permanent auf der Flucht befinden."

„Wir beschützen unseren Max schon vor den Avancen der lüsternen Liesi!" Adele konnte es nicht lassen, ebenfalls einen Kommentar abzugeben. „Ein allein reisender Mann im passenden Alter, der noch dazu gut aussieht, ist nun einmal das geborene Opferlamm!"

„Schluss jetzt!" Ungewohnt energisch riss Ludwig Jakubowski das Gespräch an sich. „Das ist unser letzter Tag in Neapel und den will ich wirklich nicht mit Tratsch und Klatsch vergeuden. Reden wir doch lieber über etwas Interessanteres als über diese biedere Hausfrau, die sich schon als Femme fatale fühlt, wenn sie ihre Haare in diesem grässlichen Wechseljahre-Rot färbt!"

„Ich kenne Pompejanisch-Rot, Zinnober-Rot oder Tomaten-Rot. Aber was um alles in der Welt ist Wechseljahre-Rot?"

„Diese ausgeblichene Karottenfarbe, die sich so viele Frauen im Klimakterium zulegen. Ist Ihnen das noch nie aufgefallen? Egal, ob sie blond, brünett oder gar schwarzhaarig waren, kaum tauchen die ersten grauen Haare auf, wollen sie feurige Rotschöpfe sein. Ein Phänomen, das es zu ergründen gilt."

„Ergründet wird jetzt erst einmal, wie es nach unserem Rundblick weitergeht", wollte Adele wissen.

„Wenn wir uns sattgesehen haben, nehmen wir die Funicolare. Erstens macht eine Fahrt mit der Standseilbahn Spaß und zweitens bringt sie uns auf direktem Weg an unser Ziel. Die Endstation liegt unmittelbar am Beginn der Spaccanapoli."

„Funiculì, Funiculà", trällerte Adele los, als Elena abrupt ihre Ausführungen beendete. Ihr Handy hatte gemeldet, dass eine SMS eingetroffen war, und die

konnte eigentlich nur von Giorgio sein. Und so war es auch. „Bin auf Capri. Kann heute Abend nicht kommen. Grüß bitte Adele und Ludwig von mir. Alles Nähere später. *Ciao, amore*. Giorgio."

Die Grüße würde sie später bestellen, jetzt sollten ihre Gäste lieber aus dem Fenster blicken und eine weitgehend unbekannte Facette Neapels genießen. Auf dem Vomero spannen sich keine Wäscheleinen zwischen engen, dunklen Häuserschluchten. In Neapels Nobelviertel promeniert man elegant gekleidet auf breiten, hellen Gehsteigen und weit ausladenden Plätzen. Gepflegte Alleen aus Platanen und Robinien werfen ihre Schatten auf das lichte Pflaster, auf dem sich Tische und Stühle der Konditoreien und Kaffeehäuser, aber auch so mancher Bücherstand breitmachen. Fast könnte man meinen, in Paris zu sein, in einem bürgerlichen Quartier mit einem Hauch von Boheme.

„Übrigens, Adele. Was Sie eben gesungen haben, könnte neapolitanischer nicht sein", erklärte Elena noch rasch, bevor sie aussteigen mussten. „Das Lied war eigentlich eine Auftragskomposition. Weil die Standseilbahn hinauf auf den Vesuv kein Erfolg war, setzte die Betreibergesellschaft auf einen Werbesong, der sofort zum Hit wurde. Die Bahn gibt es längst nicht mehr, *Funiculì, Funiculà* aber kennt heute noch alle Welt."

Die Taxis hielten auf der Piazza vor dem Kloster San Martino, das zu Elenas Bedauern nicht auf dem Besichtigungsprogramm stand. Auch für das hier unmittelbar über ihnen aufragende Castel Sant' Elmo würde keine Zeit bleiben. Elena hatte ihre Gäste allein der Aussicht wegen hier heraufgebracht. Stumm blickte ihre kleine Schar auf das tief unter ihnen liegende Napoli. Gestochen scharf erhoben sich die Kuppeln und Türme der unzähligen Kirchen aus dem Rostrot des Häusermeeres, das perfekt mit dem tiefen Blau des Golfs harmonierte. Als hätte ein Riese mit seinem Schwert einen Kuchen geteilt, zeichnete sich die Spaccanapoli als dunkler, schmaler Schnitt durch die sonnenbeschienene Dachlandschaft ab. Nur die unverwechselbare Silhouette des Vesuv war im Morgendunst, der einen heißen Septembertag versprach, mehr zu erahnen als zu sehen.

Kein Straßenlärm drang hier herauf, lediglich das Tschilpen der Spatzen, die sich im Geäst weit ausladender Pinien niedergelassen hatten, war zu hören.

Undenkbar, dass an diesem friedlichen Sonntag etwas Schreckliches geschehen könnte.

6. Kapitel

Nur noch wenige Millimeter, dann wird die scharfe Schneide der Guillotine den Kopf des Delinquenten mit einem einzigen Schnitt vom Hals trennen. Es wird noch immer hingerichtet in Neapel, allerdings unblutig und im Kleinformat. Denn das Haupt, das nun in den Staub rollt, misst kaum fünf Zentimeter. Dafür gehört es keinem Geringeren als Silvio Berlusconi, der seit seinen unsäglichen Kapriolen und internationalen Peinlichkeiten zumindest in Napoli einen Gutteil der Sympathien eingebüßt hat.

Vor dem Cavaliere war die zweifelhafte Ehre, auf einem Marktstand in Neapels Krippenstraße geköpft zu werden, dem Lega-Nord-Chef Umberto Bossi zuteilgeworden, der unter den verlegenen Blicken eines Zigarre rauchenden Bill Clinton sein Puppenleben hatte lassen müssen. Jetzt stehen Clinton und seine Monika Lewinsky ebenso wie ein dümmlich grinsender George W. Bush unbeachtet im Hintergrund.

Einzig und allein Toto hat seinen Platz in der ersten Reihe zu keinem Zeitpunkt aufgeben müssen. In seinem schwarzen Anzug, der ebenso wie die Melone zu seinen Markenzeichen zählt, passt Italiens beliebtester Volksschauspieler perfekt zu der makabren Szenerie. Als Personifizierung des vogelnasigen Pulcinella, der neapolitanischen Variante des spanischen Don Cristóbal, des englischen Punch oder deutschen Hanswurst, hatte Principe Antonio de Curtis unter dem Künstlernamen Toto als Aushängeschild des italienischen Films international Karriere gemacht.

„Sehen Sie sich in aller Ruhe um“, forderte Elena die um sie gescharte Gruppe auf, als sie die Via Gregorio Armeno erreicht hatten. „Aber bleiben Sie bitte in der Nähe. Ich bin gleich wieder da." Ohne sich noch einmal umzublicken, strebte sie einem nur wenige Meter entfernten Geschäftsportal zu. „Da ist er ja", stellte sie erleichtert fest, als sie Fausto Zampognaro hinter den blitzblank geputzten Scheiben seines Verkaufslokals entdeckte.

„Signore, mein Name ist Elena Martell und ich habe eine große Bitte", stellte sie sich artig vor, als sie den Laden betrat.

„Womit kann ich Ihnen behilflich sein?" Unauffällig musterte der gepflegte Mann mit den grau melierten Haaren die blonde Frau. Was er sah, gefiel ihm, und deshalb setzte er ein freundliches Lächeln auf, obwohl er heute Morgen ganz und gar nicht gut gelaunt war. Eigentlich sollte er jetzt in seinem Fitness-Club sein, um die Kaloriensünden vom gestrigen Bürgermeister-Empfang abzuarbeiten. Doch weil sein Geschäftsführer wieder einmal geschlampt hatte, gab es Verzögerungen mit der für New York bestimmten Lieferung. Drei Josef- und zwei Maria-Figuren der obersten Preisklasse waren noch immer nicht fertig und auch eine ganze Schafherde sowie vier Kamele fehlten.

„Ich bin Reiseleiterin und normalerweise habe ich kein Problem, meine Gruppen durch Ihre Straße zu führen. Aber diesmal ist nicht nur ein Antiquitätenhändler aus München dabei, der sich besser auskennt als ich. Eine der Damen ist geprüfte Krippenbaumeisterin und ich fürchte, dass ich mich mit meinem Halbwissen schrecklich blamieren könnte."

Ohne es zu ahnen, hatte Elena den richtigen Ton getroffen. Denn nichts bereitete Fausto Zampognaro mehr Vergnügen, als vor einem neuen Publikum mit seinen Kenntnissen zu brillieren. Mit seinen 52 Jahren konnte er auf sein Lebenswerk stolz sein. Dabei war ihm der Erfolg wahrlich nicht in die Wiege gelegt worden. Als ältestes von zehn Kindern gab es in seinem Geburtsort Boscoreale nur bescheidene Berufschancen. Er hätte Aufseher in Pompeji werden können wie sein Vater. Oder gar nur Landarbeiter in einem der Weingüter am Fuße des Vesuv wie zwei seiner Brüder. Doch das Schicksal sah Besseres für ihn vor.

Sein kinderloser Onkel Bruno, der einen unbedeutenden Krippenladen samt Werkstatt besaß, hatte ihn als Vierzehnjährigen zu sich geholt. Fausto lernte nicht nur das Handwerk von der Pike auf, er war ehrgeizig genug, um sich zum Restaurator ausbilden zu lassen. Nebenbei belegte er Sprachkurse, und so beherrschte er heute sowohl Englisch als auch Deutsch. Schritt für Schritt baute Fausto seine Hausmacht auf, bis er es zum größten Krippen-Exporteur Neapels gebracht hatte.

Dass er seine Erfolge nicht zuletzt der Ehe mit Anna Maria Constantini verdankte, vergaß er selbst nur allzu gern. Die Tochter eines hochkarätigen Camorristen hatte ihm Tür und Tor zu jener Gesellschaft geöffnet, ohne die in Neapel nichts, aber auch schon gar nichts läuft.

„Bringen Sie mir Ihre Touristen. Wenn mein Deutsch nicht ausreicht, müssen Sie allerdings dolmetschen. Aber kommen Sie bitte gleich, später habe ich keine Zeit mehr." Was konnte Elena mehr erwarten? Strahlend blickte sie Fausto in die kleinen, grauen Augen, die hinter einer sündteuren Designerbrille listig funkelten.

Eigentlich sieht er wie ein Bauer aus, dachte Elena despektierlich, als sie winkend auf ihre Gruppe zulief. Da kann er noch so viel für sein Aussehen ausgeben, sich in maßgeschneiderte Anzüge kleiden und die Haare geschickt färben lassen, seine Gene werden ihn immer verraten. Er kommt von ganz unten und ist weit oben gelandet. Wie jedem Neapolitaner war auch Elena damit klar, dass der wenig mehr als 1,70 Meter kleine Mann mit der untersetzten Figur und den groben Gesichtszügen ein hochrangiges Mitglied der Camorra sein musste. Die Cosa Nostra in Amerika, die Mafia auf Sizilien und in Apulien, die 'Ndràngheta in Kalabrien oder die Camorra in Neapel, eigentlich sind es überall die gleichen Verbrecherorganisationen, auch wenn sie verschiedene Namen tragen! Aber darüber würde sie mit ihren Gästen sicherlich nicht sprechen.

„Unsere Krippen, und ich rede jetzt nur von den Weihnachtskrippen, können Sie mit den in Deutschland bekannten Arten nur bedingt vergleichen“, begann Fausto Zampognaro seinen Vortrag, den er offenbar schon öfter gehalten hatte, in fließendem Deutsch. „Bei Ihnen stehen die heilige Maria, das Jesuskind und der heilige Josef im Mittelpunkt des Geschehens. Auch wir verehren die Madonna und den Gottessohn, doch sie sind nicht im Zentrum des Interesses. Unsere Krippen zeigen viele, viele Alltagsszenen. Oder besser gesagt, einfache Leute, die freilich so dargestellt werden, wie der Adel seinerzeit das Volk sehen wollte.“

Fausto holte tief Luft und setzte seine Rede fort, bevor jemand eine Zwischenfrage stellen konnte. „In den Krippen aus dem Barock hat keiner Hunger und niemand ist krank. Zufrieden mit ihrem Leben verkaufen Fisch- und Obsthändler, Bäcker und Metzger ihre in Hülle und Fülle vorhandenen Waren. In den Wirtsstuben wird hemmungslos geschlemmt, getrunken und getanzt. Und nicht selten findet sich ein Kräuterweiblein oder eine Spaghetti kochende Bäuerin in unmittelbarer Nähe der Heiligen Drei Könige oder gar neben dem Strohlager mit dem Christuskind.“

„Stimmt es, dass eigene Manufakturen die Stoffe in verkleinerten Ausgaben nachgewebt haben?“ Fritzi Kramer hatte nur darauf gelauert, dass der Krippenhändler wieder einmal Atem schöpfen musste. „Sogar die Knöpfe und Gürtelschnallen, Schmuckstücke und auch die winzigen Haken und Ösen der Mieder hat man angeblich in Miniaturformaten hergestellt, oder?“

„Das ist richtig, Signora. Ich nehme an, Sie sind die Krippenbaumeisterin, von der Signora Martell mir erzählt hat.“ Charmant lächelnd gab Fausto der vor Wichtigkeit fast platzenden Friederike Kramer die Hand. „Im 18. Jahrhundert hat sich der neapolitanische Adel seine Krippen einiges kosten lassen. Die Hirten trugen eigens angefertigte kniekurze Tuchhosen, Fellwesten und Schlapphüte, die Bürger wiederum kleidete man in halblange Seidenhosen, Leinenhemden und Westen mit zweireihig angeordneten Silberköpfen aus mit Blümchen besticktem Stoff.“

„Die Silberarbeiten stammten übrigens meistens aus Augsburg“, mischte sich zu Elenas Erstaunen Maximilian Wild ein, der sich bisher im Hintergrund gehalten hatte.

Fausto war über die neuerliche Unterbrechung wenig begeistert, zumal er noch nie gehört hatte, dass deutsche Silberschmiede die bis ins kleinste Detail liebevoll ausgeführten Colliers, Ringe und Armreifen angefertigt hätten. Deswegen ging er auf den Zwischenruf erst gar nicht ein, was ihm ein erstauntes Stirnrunzeln des Münchners eintrug.

„Wenn Sie möchten, zeige ich Ihnen mein Prunkstück.“ Ohne eine Antwort abzuwarten, öffnete Fausto Zampognaro die hinter einem dunkelgrünen Samtvorhang verborgene Tür im hintersten Winkel des Geschäftslokals. „Hier darf niemand außer mir abstauben“, erklärte er stolz, als er die begeisterten Mienen seiner Besucher betrachtete. Selbst Elena, die für dieses Genre bisher nicht übermäßig viel übrig gehabt hatte, konnte sich der Magie dieses Raumes nicht entziehen.

An der Decke angebrachte Spots beleuchteten raffiniert eine der schönsten Krippen, die Elena jemals gesehen hatte. Mit Darstellern, die lebendiger nicht sein konnten. Um dem Dampf des Kochtopfs zu entgehen, wendet sich die Hausfrau vom Herd ab, während ein Hund die heruntergefallenen Nudeln vom Boden aufleckt. Am Küchentisch hebt ihr Mann, hungrig und müde von des Tages Arbeit, ein Glas Wein zum Mund. Die Kinder spielen zu seinen Füßen, der Großvater schmaucht sein Pfeifchen, in der Gaststätte nebenan geht es bereits hoch her – mit Wein, Weib und Gesang. Draußen am Feld, am Rand dieses mit Alltagsleben erfüllten Dorfes, nähern sich drei Weise aus dem Morgenland, begleitet von schnauzbärtigen Musikanten und Tänzerinnen in nahezu durchsichtigen Pluderhosen. Ein grimmig dreinblickender Muselmane führt das Leitkamel, dem eine schwer beladene Karawane folgt.

Erst auf den zweiten Blick bemerkt der Betrachter in unmittelbarer Nachbarschaft von Wirtshaus und Bauernhof einen Stall, in dem ein Baby von seiner Mutter ungeniert an die Brust genommen wird, während Ochs und Esel kauend zusehen. „Es ist alles da, wie es die biblische Überlieferung verlangt. Maria und Josef, das Christuskind, die fremden Könige mit ihren Gaben, die herbeieilenden Hirten und die jubilierenden Engel, aber in Neapel erstarren wir nicht vor Ehrfurcht.“

Fausto Zampognaro war fast am Ende seiner Ausführungen angelangt. „Christus ist geboren! Wunderbar! Aber das ändert nichts daran, dass das Vieh gefüttert werden muss, und auch der Topf am Herd würde verglühen, wenn ihn keiner herunternimmt. Die Kinder sollen ins Bett und auch der Wirtshausgast hat sich sein Essen redlich verdient. Die Welt bleibt nicht stehen, nur weil der Erlöser geboren wurde – und so wird bei uns weiterhin gearbeitet und gefeiert, geliebt und gelitten."

Vorsichtig griff er nach einer Figur inmitten der heimwärts strebenden Schafherde. „Das bin ich", erklärte er lachend. „Mein Name bedeutet Dudelsackspieler und zu einer neapolitanischen Krippe gehört nun einmal mindestens ein *zampognaro.* Aber bitte verwechseln Sie das nicht mit *zampóne,* denn das ist ein gefüllter Schweinsfuß! Ein typisches Essen in den Weihnachtstagen und zum Jahreswechsel." Mit diesen Worten verließ er seine Schatzkammer, sodass der Gruppe gar nichts anderes übrig blieb, als ihm zu folgen. Schade, sagte sich Elena. Wie gern wäre dieser Fausto Zampognaro ein Mann von Welt. Aber mit diesem plumpen und völlig unnötigen Scherz hat er sich dieses Image jedenfalls kaputt gemacht!

„Wie alt ist Ihre Krippe und wie viele Figuren sind es?" Fritzi Kramer wollte es ganz genau wissen. „Mindestens hundert, würde ich schätzen!"

„Gut geraten. Sie sehen hier 81 Menschen, 38 Tiere, 14 Engel und etwa 200 Gebrauchsgegenstände", antwortete Fausto wie aus der Pistole geschossen. „Alle Figuren sind Originale, gefertigt von den besten Krippenbaumeistern Ende des 18. Jahrhunderts."

„Ein Museumsstück! Von unschätzbarem Wert, würde ich meinen. Wie sind Sie bloß daran gekommen? Und haben Sie keine Angst, dass man Ihnen diese Kostbarkeit stehlen könnte? Sie haben zwar Gitter vor den Fenstern, aber für einen Profi dürfte das kein ernstzunehmendes Hindernis sein!" Maximilian Wild konnte es kaum fassen, was er in diesem Hinterzimmer zu sehen bekommen hatte.

„Einen Fausto Zampognaro bestiehlt man nicht!“ Durchdringend sah der Geschäftsmann den Münchner an. Nur Elena wusste diese Antwort sofort richtig zu deuten. Wie wahr, kein Neapolitaner würde es wagen, sich am Eigentum eines hochkarätigen Camorristen zu vergreifen! Maximilian Wild aber gab sich mit dieser Antwort keineswegs zufrieden.

„Ihr Optimismus in allen Ehren und hoffentlich täuschen Sie sich nicht. Aber bitte sagen Sie mir doch, wo Sie dieses Meisterwerk aufgestöbert haben.“

„Nicht mir, sondern meinem Onkel, von dem ich vor nunmehr 15 Jahren das Geschäft übernommen habe, war dieses Glück beschieden“, antwortete Fausto Zampognaro pathetisch. „Durch Zufall und dank der Fürsprache der Madonna hat er die Krippe auf dem Dachboden eines verfallenen Palazzo entdeckt. Gleich hier um die Ecke in der Via Nilo. Nur wenige Tage später ist der in den letzten Kriegstagen schwer beschädigte Bau eingestürzt. Hätte Zio Bruno die Krippe nicht gerettet, sie wäre unter dem Schutt begraben worden und für immer verloren gewesen.“

Ob das so wohl stimmt, fragte sich Elena skeptisch. Aber eine schöne Geschichte ist es allemal. Klugerweise ließ sie sich ihre Gedanken nicht anmerken.

„Sämtliche Figuren waren natürlich in einem verheerenden Zustand und ich habe sicherlich mehrere hundert Stunden aufgewendet, um sie zu retten“, fuhr der Krippenbaumeister fort. „Ich hatte damals bereits meine Restauratorenprüfung abgelegt und so konnte ich alles selbst machen.“

„Sie sind auch Restaurator? Meine Hochachtung!“ Unvermutet mischte sich Ludwig Jakubowski, der sich bisher abseits gehalten und im Verkaufslokal umgesehen hatte, ins Gespräch. „Diese Figuren hier in den verglasten Regalen sind aber keine Originale?“

„Nein, das ist meine Musterkollektion, gefertigt nach den Vorbildern der barocken Krippe“, erklärte Fausto Zampognaro. „Was Sie hier sehen, ist beste neapolitanische Handwerkskunst. Wenn Sie möchten, gebe ich Ihnen einen Katalog mit. Sie finden aber auch alle näheren Angaben mit den genauen Maßen und den Preisen im Internet. Wir exportieren unsere Figuren in alle Welt. Erst heute sollte eine Lieferung nach den USA verschickt werden, aber leider hat es eine Verzögerung gegeben. Sie werden verstehen, dass ich mich darum kümmern und deshalb allmählich verabschieden muss.“ Mit einem routinierten Lächeln drückte Fausto jedem einzelnen seiner Besucher die Hand, bevor er sich Elena zuwandte.

„Signora, es war mir ein Vergnügen!“

„Vielen Dank, Signor Zampognaro“, gab Elena ebenso höflich zurück. „Wir haben in Österreich zwar auch wunderschöne Krippen, aber Ihre ist schon etwas ganz Besonderes.“

„Sie sind aus Österreich? Vielleicht sogar aus Wien?“

„Ich bin Wienerin, lebe aber auf Sizilien.“

„Schade, denn dann werden wir einander in Ihrer Heimatstadt leider nicht sehen. Ich komme in wenigen Wochen nach Wien, um Neapel bei der internationalen Krippenausstellung würdig zu vertreten.“

„Davon weiß ich ja gar nichts. Wann und wo findet diese Ausstellung statt?“

„Im Advent. Eröffnet wird sie am 8. Dezember, dem Marien-Feiertag. Knapp zwei Wochen lang werden in der Wiener Hofburg erstmals Krippen aus aller Welt gezeigt, und da darf Napoli natürlich nicht fehlen. Seit Monaten arbeite ich an einer Krippe aus den Beständen des Museo San Martino."

„Doch nicht an der berühmten Krippe Cuciniello?"

„Nein, seine größte und schönste Krippe verleiht Neapel nicht", lachte Fausto Zampognaro. „Aber seine zweitschönste, die im Keller des Museums schon seit Jahren auf eine Restaurierung gewartet hat. Mir wurde die Ehre zuteil, diese Arbeit durchzuführen, und natürlich werde ich die Krippe höchstpersönlich aufstellen."

„Dann sehen wir einander sicher, denn ich werde Weihnachten mit meiner Mutter in Wien verbringen. Vielleicht kann ich mich dann bei Ihnen für Ihre heutige Gastfreundschaft revanchieren und Sie auf einen Kaffee beim *Demel* oder im *Hotel Sacher* einladen."

Flüchtig dachte Elena daran, was wohl Giorgio zu ihrem Rendezvous mit einem Camorrista aus Neapel sagen würde. Sie musste es ihm ja nicht unbedingt erzählen. Denn sosehr sie auch ihre neue Liebe genoss, ihre Selbstständigkeit würde sie nicht aufgeben. Und dazu gehörte nun einmal, dass sie ihre eigenen Entscheidungen traf.

Fausto Zampognaro blickte der Reiseleiterin aus Wien nachdenklich nach. Wer in Sizilien lebte, kannte sich mit den Spielregeln des Südens aus, und nichts konnte er bei seinen Plänen weniger brauchen als eine aufmerksame Beobachterin. Aber er wischte seine Bedenken rasch zur Seite. Was könnte ihm diese Frau schon schaden?

Doch wie hätte er auch ahnen können, dass ihm die zufällige Begegnung des heutigen Tages in nur wenigen Wochen zum Verhängnis werden sollte.

7. Kapitel

Niemand konnte später sagen, ob die Person, die kurz vor elf Uhr vormittags an der Apotheke in der Via Palonetto geläutet hatte, ein Mann oder eine Frau gewesen war. Die schmale Gestalt war wie aus dem Nichts aufgetaucht und ebenso rasch wieder verschwunden.

Erst Mauro Gioia, der seine Kollegin pünktlich um zwölf Uhr mittags ablösen wollte, entdeckte das Verbrechen. Er dachte vorerst an nichts Böses, als er durch die offene Luke mehrmals nach Vera Palumbo rief. Als sie auch auf sein Läuten nicht reagierte und er schließlich die mehrfach gesicherte Tür mit seinen Schlüsseln öffnete, stolperte er fast über ihre Leiche. Wie ein Bündel Lumpen lag sie zusammengekrümmt unmittelbar hinter der Schwelle.

Sie musste sofort tot gewesen sein, stellte der Polizeiarzt wenig später fest. Ein Schuss in die Stirn. Todeszeitpunkt etwa elf Uhr, plus/minus eine Viertelstunde. Auch wenn Signora Palumbo niemand mehr helfen konnte, bescherte ihr die Rettung einen letzten spektakulären Auftritt. Mit durchdringendem Signalton und quietschenden Reifen wurden ihre sterblichen Überreste vor den Augen Dutzender Schaulustiger, die sich in der kleinen Straße unweit des Santa-Chiara-Klosters versammelt hatten, weggebracht.

Auch Elena, die sich mit ihrer Gruppe nach wie vor in der nahen Via San Gregorio Armeno aufhielt, hörte die Ambulanz. Doch mit dem Lärm knatternder Mofas und hupender Autos im Hintergrund nahm sie die Sirene ebenso wenig zur Kenntnis wie das mit Blaulicht vorbeifahrende Polizeifahrzeug. Lediglich Ludwig Jakubowski hob irritiert den Kopf. „Es wird doch nicht schon wieder ein Mord geschehen sein", murmelte er mehr zu sich selbst als zu Adele.

„Das glaube ich nicht. Selbst in Neapel bringt man nicht jeden Tag jemanden um. Vergiss den Toten vor dem Dom, sonst bekommst du noch Albträume."

„Die habe ich schon, aber das wird vorbeigehen. Aber apropos Dom. Gibt es etwas Neues von San Gennaro?", wandte sich Ludwig an die neben ihm gehende Elena.

„Soviel ich weiß nichts", antwortete sie. „Aber wenn wir hier fertig sind, gehen wir ohnedies in Richtung Kathedrale. Da können wir dann selbst Nachschau halten, ob sein Blut nun endlich fließt." Kaum hatte Elena ausgesprochen, hätte sie ihre Worte am liebsten wieder zurückgenommen. Denn der sonst stets höfliche Ludwig wandte sich abrupt von ihr ab und ließ sie und Adele einfach stehen. Sehr geschmackvoll war ihre saloppe Formulierung ja wirklich nicht gewesen. Schon gar nicht jemandem gegenüber, der vor kaum 24 Stunden Zeuge eines blutigen Messerattentats geworden war.

Als hätte die einstige Mittelschulprofessorin ihre Gedanken gelesen, legte sie ihre Hand auf Elenas Unterarm. „Er wird sich schon wieder beruhigen. Ludwig hat in seinem Leben schon Schlimmeres gesehen. Nur zum Dom geht er sicher nicht mehr, auch wenn er unbedingt wissen will, ob sich das Wunder nun ereignet hat oder nicht. Aber so sind sie, die Männer, einer wie der andere."

Erstaunt sah Elena, die zuvor verlegen auf ihre Schuhspitzen gestarrt hatte, auf. Meinte Adele das wirklich ernst? Grimmig genug blickte sie drein. Doch dann bemerkte Elena das vergnügte Funkeln in den Augen der alten Dame, die sich offenbar königlich amüsierte. „Keine Angst, ich bin kein weiblicher Macho, ganz im Gegenteil. Aber das Studium der Männer ist schwer, um es mit einer Lehár-Variation zu sagen. Glauben Sie mir, erst wenn man akzeptiert, dass man sie in ihrer Widersprüchlichkeit nicht ändern kann, erst wenn man ihre Sehnsüchte und Ängste kennt, die sie sich nicht einmal selbst eingestehen, kann man sie wirklich lieben."

Die harmlose Plauderei hatte unerwartet eine ernste Wendung genommen, doch genau das schätzte Elena an dieser erstaunlichen Frau, die mit ihren 75 Jahren unkonventioneller lebte als die meisten ihrer eigenen Altersgenossinnen. Adele Bernhardt hatte den pensionierten Buchhändler aus Krefeld erst auf der Sizilienreise mit Elena vor kaum vier Monaten kennen und schätzen gelernt. Es war Ludwig Jakubowskis Idee gewesen, den Urlaub zu verlängern. Kurz entschlossen hatte sie mit ihm gemeinsam ein Apartment in Giardini-Naxos gemietet – und die spontane Entscheidung nicht bereut.

„Ludwig fürchtet nichts so sehr wie Enttäuschungen. Um sich dagegen zu wappnen, nimmt er von vornherein immer das Schlimmste an. Ich wiederum rede mir das Gute herbei. Das sind natürlich grundsätzliche Unterschiede und ich weiß nicht, ob ich als jüngere Frau mit einem Pessimisten leben hätte können. Mein Glas ist immer noch halbvoll, seines hingegen halbleer", fuhr Adele fort. „Mit welchen Dämonen schlägt sich eigentlich Ihr Giorgio herum? Unkompliziert erscheint er mir ja auch nicht zu sein."

„Mit der Tatsache, dass er bekommen hat, was er wollte. Sein Leben lang hat er sich nach einer Partnerin gesehnt, nach einer von ihm finanziell unabhängigen Frau mit einer eigenen Meinung. Und jetzt hat er sich ausgerechnet in mich verliebt", antwortete Elena mit ernster Miene, doch dann gewann ihr Humor die Oberhand und sie lächelte Adele verschwörerisch an. „Damit muss er aber erst einmal fertig werden. Man sollte aufpassen, was man sich wünscht. Sonst ergeht es einem wie der armen Aurora."

„Die Geschichte kenne ich gar nicht, dabei bin ich in der griechischen Mythologie ziemlich sattelfest."

„Die Göttin der Morgenröte hatte sich unsterblich in einen Sterblichen verliebt und quälte Zeus so lange, bis er ihrem Menschenmann ebenfalls ewiges Leben verlieh. Nur hatte sie leider vergessen, für ihn auch ewige Jugend zu erbitten."

„Ich ahne schon, was kommt. Die rosenfingrige Göttin blieb für immer jung und schön, während ihr Geliebter allmählich alterte."

„Genau so geschah es. Er schrumpelte vor sich hin und nach ein paar Jahrhunderten gefiel er ihr ganz und gar nicht mehr. Da erbarmte sich Zeus ein zweites Mal – und verwandelte ihn in eine Zikade", lachte Elena. „Und jedes Mal, wenn ich auf meiner Terrasse in Taormina dem Zirpen der Grillen zuhöre, muss ich daran denken, dass man mit seinen Wünschen vorsichtig sein sollte."

Bevor Adele antworten konnte, rief Ludwig nach ihr: „Wo bleibt ihr denn? Tratschen könnt ihr auch im Hotel. Seht euch lieber an, was Frau Kramer schon alles erstanden hat!"

Stolz präsentierte die Krippenbaumeisterin, die sich vorkam wie im Schlaraffenland, zwei prall gefüllte Plastiktüten mit ihren Einkäufen. „Solches Zubehör finde ich nirgendwo sonst so preiswert", erklärte Fritzi. „Sehen Sie doch dieses Spinnrad, den Obstkorb, die Töpfe, Pfannen, Teller, Bestecke, Schöpflöffel, Fleischmesser, Gläser, Krüge und Karaffen an. Alles in der Größe passend zu meinen Figuren. Sobald ich zu Hause bin, werde ich eine neapolitanische Krippe bauen, aber dazu brauche ich noch Stühle, Tische, einen Herd, aber auch Käselaibe, Brotwecken und Schinkenkeulen. Ganz zu schweigen von den Musikinstrumenten. Da gibt es Dudelsäcke, wie uns schon Herr Zampognaro erklärt hat, aber auch Posaunen, Trompeten, Schalmeien, Gitarren ..."

„Das alles werden Sie aber nicht mehr vor der Mittagspause schaffen", gab Elena zu bedenken.

„Wir haben doch den Nachmittag frei. Liesi und ich werden hier gleich um die Ecke eine Pizza essen, und sobald die Läden wieder aufsperren, schlage ich ein zweites Mal zu", erklärte Fritzi ihre Pläne.

„Dann komme ich aber gar nicht mehr dazu, mir die Boutiquen in der Via Toledo anzusehen", widersprach ihre Freundin unerwartet heftig. „Elena hat doch gesagt, dass in Neapel so gut wie alle Läden auch am Sonntag offen haben."

„Wenn dir Fetzen wichtiger sind, trennen wir uns halt", gab Fritzi unwillig zurück. „Den Weg zurück zum Hotel findest du auch ohne mich."

Das Stichwort Nachmittag war gefallen. Aus Erfahrung klug geworden, hatte Elenas Reisebüro kein Programm für die zweite Tageshälfte vorgesehen. Weniger war in diesem Fall mehr, denn die Reisenden stießen nur allzu früh an die Grenzen ihrer Aufnahmefähigkeit. Statt die Gruppe in ein halbes Dutzend Kirchen und Museen zu schleppen, überließ man es jedem Einzelnen, was er sich noch ansehen wollte. Zumal zwei Tage ohnedies viel zu wenig waren, um diese Stadt auch nur einigermaßen kennen zu lernen. Sie sollten nur Lust darauf machen, eine eigene Neapelreise zu buchen.

„Wir wollen ins Archäologische Museum", erklärte Edmund Raffenseder kurz und bündig. „Hoffentlich stehen wir nicht vor geschlossenen Türen. Sie haben doch noch einmal nachgefragt, ob es auch sonntagnachmittags geöffnet hat?“

„Habe ich“, beruhigte Elena ihren schwierigsten Gast, bevor sie sich Maximilian Wild zuwandte.

„Um mich brauchen Sie sich keine Sorgen machen“, erklärte der Münchner. „Ich werde mich bei der Piazza Martiri herumtreiben. Dort soll es interessante Galerien und Antiquitätenläden geben.“ Weil er ahnte, was kommen würde, verließ Wild die Gruppe fast fluchtartig, bevor ihm Elena noch einen Restaurant-Tipp mit auf den Weg geben konnte. Zu Liesis Bedauern kam aber auch sie nicht mehr dazu, den allein reisenden Mann aufzufordern, mit ihnen gemeinsam Pizza essen zu gehen.

Dass Adele und Ludwig im *Ristorante Mimi alla Ferrovia* in der Nähe des Hauptbahnhofs einkehren wollten, wusste Elena, hatte sie doch selbst das Lokal mit der exzellenten Küche empfohlen und einen Tisch reserviert.

„Dann sehen wir einander beim Abendessen“, verabschiedete sie sich höflich. „Wenn Sie wollen, Frau Kramer, kann ich Ihre Einkäufe gleich ins Hotel mitnehmen. Ich leiste mir ohnedies ein Taxi und so ist das für mich keine Mühe.“

Dankbar überließ Fritzi die schweren Tüten ihrer Reiseleiterin. „Sie ist doch zu nett. Vielleicht finden wir ein hübsches Geschenk für sie“, meinte sie, als sie mit ihrer Freundin die Pizzeria in der Spaccanapoli betrat. Elena hätte sie warnen können, dass man in diesem typischen Touristenlokal ziemlich geneppt wurde. Doch die beiden Frauen zählten zu jener Kategorie Reisender, die sich nicht gern belehren ließen, und so sollten sie ihre Erfahrungen ruhig selbst machen. Elena aber würde heute das Mittagessen streichen und sich lediglich aus dem Obstkorb in ihrem Hotelzimmer bedienen. Daheim begnügte sie sich abends zumeist mit einem Joghurt, war sie hingegen unterwegs, erlag sie regelmäßig allen kulinarischen Versuchungen. Dazu kam, dass sie nach der Abreise ihrer Gruppe noch ein paar Tage in Sant' Agata sui Due Golfi oberhalb von Sorrent anhängen wollte, bevor sie zurück nach Sizilien flog. Giorgio war zwar den ganzen Tag über beschäftigt, doch die Nächte und auch das kommende Wochenende würden sie gemeinsam verbringen können.

Was trieb Giorgio eigentlich auf Capri?, fragte sich Elena, als sie ihr Hotelzimmer betrat. Seit der SMS am Morgen hatte sie von ihm keine Nachricht mehr erhalten. Just in dem Moment aber, in dem sie in die Duschkabine gestiegen war, läutetet ihr Handy. Tropfnass tappte sie zu ihrer Tasche, doch es dauerte eine geraume Weile, bis sie das Telefon endlich zwischen ihren Unterlagen ertastete. Bevor sie noch die Antworttaste drücken konnte, entglitt das schmale Ding ihren feuchten Händen und rutschte unters Bett. Dort schrillte es unentwegt weiter, bis sie es endlich mit ihren Fingerspitzen erreichen und hervorholen konnte.

„Ausgerechnet jetzt rufst du an“, keuchte sie, als sie Giorgios Namen auf dem Display sah.

„Das nenne ich eine nette Begrüßung. Was ist bei dir los?“

„Nichts Besonderes. Du hast mich nur gerade aus der Dusche geholt. Warte bitte einen Moment, ich muss mir ein Badetuch holen.“ Bis zu den Zehen eingewickelt machte es sich Elena wenig später auf dem geblümten Fauteuil ihrer Mini-Suite bequem. „Jetzt ist es besser. Also sag schon, was hast du auf Capri zu tun gehabt?“

„Ich bin immer noch auf Capri und ich werde hier auch noch einige Tage bleiben müssen. Das heißt, aus unserem Rendezvous in Sant' Agata wird vorerst nichts."

„Was ist denn geschehen?"

„Das kann ich dir am Telefon nicht erzählen. Bitte sag bei *Don Alfonso* ab und komm stattdessen auf die Insel."

Bei *Don Alfonso* absagen! Wie stellte er sich das vor?, ärgerte sich Elena. Nur dank ihrer langjährigen Freundschaft mit den Besitzern des noblen Lokals hoch über Sorrent, das unter den besten zehn von ganz Italien rangiert, hatte sie überhaupt eine Zusage bekommen. Und zwar nicht nur für einen der begehrten Tische im zumeist ausgebuchten Restaurant, sondern sogar für eines der wenigen Apartments.

„Elena, hallo, bist du noch da?", fragte Giorgio, nachdem er vergebens auf eine Antwort gewartet hatte.

„Bin ich. Aber ein paar Bedenksekunden musst du mir schon lassen. Also gut, ich werde morgen die letzte Nachmittagsfähre nehmen. Bis dahin habe ich zu tun. Wo wohnst du?"

„In einer Zelle in der Carabinieri-Station. Etwas anderes ist in der Eile nicht aufzutreiben gewesen."

„Mit vergitterten Fenstern?" Elena musste bei der Vorstellung, dass Giorgio seine Nächte auf einer harten Pritsche verbringen musste, während sie sich im weichen Bett eines Luxushotels in Santa Lucia räkeln konnte, lauthals auflachen.

„Aber wenigstens nicht bei Wasser und Brot", konnte sich nun auch Giorgio nicht länger der Situationskomik verschließen. Genau das liebte er an Elena! Mit wenigen Worten und einem herzhaften Gelächter nahm sie selbst der misslichsten Lage ihren Stachel.

„Also werde ich herbeieilen und dich befreien. Ich kenne ein paar Hoteliers auf Capri. Lass mich nur machen.“

Während Giorgio noch Minuten nach ihrem Gespräch fröhlich vor sich hin pfiff, begann Elena bereits mit dem Organisieren. Die geplante Siesta musste sie verschieben, dafür hatte sie zwei Stunden später nicht nur ihre Reservierung bei *Don Alfonso* storniert, sondern auch ein Doppelzimmer in einem romantischen Hotel auf Capri gebucht. Zu äußerst günstigen Konditionen, wie ihr durchaus bewusst war. Dank eines Anrufs bei ihrer Münchner Agentur, die ihrerseits dem Hotelier das Messer auf die Brust gesetzt hatte.

Mit sich und der Welt zufrieden rollte sie sich unter der weichen Decke zusammen.

8. Kapitel

Schon von weitem erblickte Maximilian Wild die Menschenansammlung vor dem Palazzo Filomarino im Herzen der Spaccanapoli. In engem Kreis hatte sich ein Dutzend Schaulustiger um einen Feuerschlucker geschart. Gleich daneben unterhielt eine als Pulcinella verkleidete Person das Publikum in neapolitanischem Dialekt mit offenbar recht deftigen Zoten. Max, der leidlich Italienisch sprach, verstand zwar kein Wort, doch er hegte nicht den geringsten Zweifel, dass hier Männerwitze erzählt wurden. Je ordinärer der Scherz, desto wiehernder das Gelächter, diese Regel galt seiner Erfahrung nach international. Diese Art von Humor entsprach jedenfalls absolut nicht seinem Geschmack.

Er wollte sich schon abwenden, doch in diesem Moment schlug die Stimmung um. Dieser Pulcinella mit der klassischen schwarzen Halbmaske hatte offenbar mehr zu bieten als billige Witzeleien. Als sich der feuerrot geschminkte Mund zu einem boshaften Lächeln verzog, kehrte schlagartig Stille ein. Gebannt lauschten die Umstehenden, was ihnen der Mann in seinem abgetragenen schmutzig-weißen Kostüm an lokalen Neuigkeiten zu erzählen hatte.

„Der Pulcinella ist eine Art lebende Zeitung. Alles, was sich den Tag über in Neapel Auffallendes zugetragen hat, kann man abends von ihm hören!“ Max erinnerte sich fast wörtlich an diese Passage in Goethes *Italienischer Reise*, die er in einer Taschenbuchausgabe mit auf die Kampanien-Tour genommen und in der er erst gestern wieder geschmökert hatte. Wie schön, dass diese Tradition nicht umzubringen ist, dachte er beglückt. Hochgerechnet könnte sich manche Fernsehstation zu diesen Einschaltquoten nur gratulieren, denn mittlerweile scharte sich bereits eine beachtliche Menschenmenge um den Mann mit der Vogelnase. Pulcinella gegen Berlusconi-TV – was für ein Duell!

Statt halbnackter Tänzerinnen, mit denen Italiens Medienmogul seine Programme aufzupeppen pflegt, gesellte sich ein blutjunger Gitarrist zu den beiden Publikumslieblingen. Pulcinella war offenbar am Ende seiner Tageschronik angelangt. Während der Musiker mit Hingabe einen Blues intonierte, warfen die Umstehenden Münzen und mitunter sogar einen zusammengefalteten Geldschein in den kleinen Korb zu Füßen der Straßenkünstler. Auch der Feuerschlucker, der seine Kehle längst mit einem kräftigen Schluck aus einem Taschenflakon gelöscht hatte, bekam sein Scherflein ab.

Unüberhörbar war das Viertel aus seinem täglichen Mittagsschlaf erwacht. Während sich die ersten Mofas knatternd durch die Menge drängten und vor den Geschäftslokalen die letzten eisernen Rollbalken ratternd und quietschend emporgezogen wurden, trafen auch schon die ersten Touristengruppen ein. Der Gitarrenspieler wusste, was man von ihm erwartete, und so stimmte er bereitwillig den wohl berühmtesten neapolitanischen Gassenhauer an. *O sole mio* – jeder kannte dieses Lied und jeder liebte es. Die Venezianer sogar so sehr, dass sie es am liebsten als Schöpfung eines Gondoliere für sich requiriert hätten.

Mit diesem Gerücht, das sie immer wieder aufs Neue erboste, hatte Elena gleich zu Beginn der Kampanien-Rundreise aufgeräumt und bereits am Weg vom Flughafen zu ihrem ersten Hotel voll Temperament erklärt: Auf der einen Seite wollen fanatische Lega-Nord-Anhänger alles südlich von Rom mit Mann und Maus im Meer versenken, damit niemand mehr ihrer Republik Padanien zu nahe rückt. Auf der anderen vergessen sie nur allzu gern, dass Garibaldis Siegeszug zum größten Teil mit dem Gold von Napoli finanziert worden war. Und jetzt möchten sie dem Süden sogar ein Lied streitig machen, das einzig und allein ein Neapolitaner hatte schreiben können.

Ohne es zu bemerken, war Elena bei dieser Brandrede ihrem Prinzip untreu geworden, jede Art politischer Diskussion tunlichst zu vermeiden. Doch ihr leidenschaftliches Engagement schadete ihr nicht, zumindest nicht in den Augen des Antiquitätenhändlers aus München. Ganz reizend sieht unsere Reiseleiterin aus, wenn sie sich echauffiert, hatte Max damals gedacht und aufmerksam zugehört. Dass Venedig sich mit falschen Federn schmücken wollte, ließ ihn nach wie vor kalt. Doch er war froh, dank Elena nun die Geschichte zu kennen, die sich – wahr oder gut erfunden – um den Welthit rankte.

O meine Sonne hatte der neapolitanische Musiker Eduardo di Capua im April 1898 sehnsüchtig vor sich hin gesummt, als er bei einer monatelangen Orchestertournee unter dem grauen, regenverhangenen Himmel im ukrainischen Odessa allmählich depressiv wurde. Die Melodie von *O sole mio* war geboren, den Text dazu schrieb ein gewisser Giovanni Capurro, den heute keiner mehr kennt. Glück gebracht hat den beiden ihr genialer Wurf aber nicht. Erst nach ihrem Tod ging ihr Lied um die Welt – als heimliche Hymne Italiens. Am Ende ihrer Ausführungen hatte Elena eine CD mit Luciano Pavarottis Interpretation von *O sole mio* vorgespielt. Eine ideale Begleitmusik zu ihren ersten Kilometern auf den Straßen Kampaniens.

O sole mio trällerte Max noch immer vor sich hin, als er den Kassenraum des Chiostro di Santa Chiara betrat. Der Ohrwurm begleitete ihn bis in den bezaubernsten

Klostergarten, den er je gesehen hatte. Kunstvoll bemalte Fliesen verkleideten nicht nur das anmutige Brunnenhaus, sondern auch sämtliche Begrenzungsmäuerchen der Gänge und Bänke des großen Kreuzgangs aus dem 18. Jahrhundert. In sorgfältig aufeinander abgestimmten Grün-, Blau- und Gelbtönen spiegelten die Majoliken das beschauliche Leben der Klarissinnen wider.

In diesem Nobelkloster, das von Amalia von Sachsen, der Frau des Bourbonenkönigs Karl III., neu gestaltet worden war, hatten die adeligen Damen ihre Tage mit allerlei Zerstreuungen zugebracht. Keine schlechte Alternative zu der Gefahr, im Kindbett zu sterben oder sich mit Syphilis beim Ehemann anzustecken, sagte sich Max, der erst vor kurzem mit einem befreundeten Mediziner über dieses Thema diskutiert hatte.

Langsam schritt er die Wege ab, um die Keramikbilder in aller Ruhe zu betrachten. Auf einer Vedute war eine Nonne eben dabei, die Fische in den großzügig angelegten Teichen zu füttern, während sich Hunde und Katzen zu ihren Füßen tummelten. Eine andere zeigte Klosterfrauen beim Ballspiel. Sogar Opern- und Ballettaufführungen hätte es in diesen Mauern gegeben, behauptete der deutschsprachige Stadtführer, der mit einer ziemlich großen Gruppe in die Stille des Klostergartens geplatzt war.

Schade, dachte Max, als die Touristen wie ein Heuschreckenschwarm den Rokokogarten überfielen. Höchste Zeit zu gehen! In diesem Moment entdeckte er Adele Bernhardt. „Zauberhaft. Das war es zumindest bis vor fünf Minuten", begrüßte die gebürtige Wienerin, die ebenfalls in München lebte, ihren Reisegefährten.

„Wo haben Sie Herrn Jakubowski gelassen?", erkundigte sich Max, der Adeles ständigen Begleiter nirgendwo entdecken konnte.

„Er ist schon zum Hotel vorausgegangen. Ich wollte nochmals in die Krippenstraße und auf dem Weg habe ich hier hereingeschaut. Aber jetzt ergreife ich die Flucht."

„Dann können wir gemeinsam fliehen. Auch ich möchte jetzt in die Via Gregorio Armeno, um mir die Zampognaro-Kollektion nochmals anzusehen." Höflich reichte Max der alten Dame den Arm, um sie die glatten Stufen in der schlecht beleuchteten Kassenhalle sicher hinaufzuführen. Gegen Adeles Gesellschaft hatte er nicht das Geringste einzuwenden. Nur Fritzi und Liesi wollte er nicht unbedingt vor dem Abendessen begegnen.

Die eine nervte ihn mit ihrem Geschwätz über Krippen, von denen er weit mehr verstand als sie, während die andere seinen Sinn für Ästhetik auf eine harte Probe stellte. Mit schlecht gefärbten Fünfzigjährigen, die sich in viel zu enges und bei weitem zu jugendliches Gewand zwängten, konnte Max ganz und gar nichts anfangen. Wohlgefällig ruhte sein Blick auf Adele, die sich mit zielsicherem Geschmack kleidete.

„Mich haben die Krippenfiguren begeistert und ich überlege ernsthaft, einige davon für mein Geschäft zu erstehen", erklärte Maximilian Wild. „Seit einigen Jahren sind gute Kopien bekannter Kunstwerke äußerst gefragt. Das ist keineswegs ein Billigsegment. Was Zampognaro uns heute gezeigt hat, ist auch nicht gerade geschenkt. Laut Katalog verlangt er für seine Nachschöpfungen zwischen 800 und 1700 Euro. Aber das sind meine Kunden durchaus bereit, für Spitzenqualität auszugeben."

„Um Himmels willen, da brauche ich erst gar nicht mitzugehen", seufzte Adele enttäuscht auf. „Das liegt weit über der Summe, die Ludwig und ich veranschlagt haben."

„Was wollten Sie denn erstehen?“, erkundigte sich Max neugierig. „Sie hätte ich eigentlich nicht als typische Krippenkäuferin eingeschätzt!“

„Bin ich auch nicht. Im Gegenteil, ich versuche mich allmählich von dem Zeug zu trennen, das sich im Laufe meines Lebens angesammelt hat. Nein, nicht für mich, sondern für Elena wollte ich als kleines Dankeschön einen Hund kaufen. Ich habe heute einen gesehen, der mich an ihren heiß geliebten Ercole erinnert hat.“

„In der teuersten Kollektion wird sogar eine Tierfigur nicht unter 300 bis 400 Euro zu haben sein“, bestätigte Max ihre Befürchtungen. „Aber ich bin sicher, wir finden in der zweiten oder dritten Preiskategorie durchaus etwas Passendes.“

Die beiden waren so vertieft in ihr Gespräch, dass sie beinahe die Abzweigung zur Krippenstraße übersehen hätten. „Hier sind wir ja schon“, bemerkte Adele gerade noch rechtzeitig. Freundlich begrüßte der Verkäufer das Paar, an das er sich noch vom Vormittag her erinnern konnte. „Womit kann ich dienen?“

„*Cerchiamo un cane*“, antwortete Max in korrektem Schulitalienisch. „Wir suchen einen Hund! Dürfen wir uns ein bisschen umsehen?”

„Hier ist er ja und er gleicht Elenas dreifärbigem Ercole aufs Haar. Aber er kostet 320 Euro“, rief Adele enttäuscht. „Ihre Einschätzung war völlig richtig!“

„Und hier ist ein Modell in der dritten Preisklasse um 80 Euro.“ Triumphierend griff Max nach einem deutlich kleineren Exemplar. „Qualitätsmäßig und auch sonst dürfte kaum ein Unterschied bestehen. Wie wär’s also mit dem?“

„Schwindeln Sie nicht, der andere ist weit sorgfältiger ausgeführt, das sehe sogar ich als Laie“, widersprach Adele.

„Aber nur, wenn man die beiden Figuren nebeneinanderstellt, glauben Sie mir“, konterte Max. „Ich mache Ihnen einen Vorschlag. Entweder Sie lassen mich die Differenz bezahlen und wir schenken Elena den teureren Hund gemeinsam. Oder aber Sie nehmen die einfachere Variante und ich sehe mich nach einem Kamel um.“

„Ein Kamel?“ Adele war so verblüfft, dass sie erst gar nicht dazu kam, das allzu großzügige Angebot des Münchners zurückzuweisen.

„Hat Ihnen Elena nicht von ihren Libyenreisen erzählt? Sie war schon zwei Mal in der Sahara, und wenn ich sie richtig verstanden habe, plant sie im nächsten Frühjahr eine dritte Wüstentour. Privat, nicht als Reiseleiterin. Da wäre doch ein Kamel genau das Richtige!“

„Stimmt, ihre libyschen Abenteuer hat sie erwähnt und mir so richtig Gusto gemacht. Aber ob ich Ludwig dazu überreden kann, in der Sahara zu zelten, ist mehr als fraglich. Mir würde es jedenfalls großen Spaß machen.“

„Mir ebenfalls, aber darüber können wir heute Abend noch plaudern“, antwortete Maximilian Wild. Nur wenige Minuten später stand er bereits mit Hund und Kamel in den Händen bei der Kassa.

„Lassen Sie Ihr Geld noch stecken“, winkte er ab, als Adele einen Hundert-Euro-Schein zückte. „Als künftigem Geschäftspartner wird der gute Signor Zampognaro mir wohl ein ordentliches Skonto gewähren.“ Tatsächlich telefonierte der Verkäufer bereits mit gedämpfter Stimme mit seinem Chef.

„Natürlich ist er mit dem Preis heruntergegangen“, konstatierte Max wenig später zufrieden. „Und zwar fast um ein Drittel. Ihr Hund kostet auf einmal nur noch 50 Euro. Und für die Geschenkkartons verlangt er von uns natürlich auch nichts."

Während Max das Einwickeln der Figuren überwachte, hielt sich Adele dezent im Hintergrund. Sie wollte nicht den Eindruck erwecken, neugierig zu sein. Freilich hatte sie über den gut aussehenden Mann während der gesamten Reise kaum etwas in Erfahrung gebracht. Was äußerst untypisch für sie war, denn normalerweise kannte sie schon nach wenigen Stunden die Lebensgeschichten ihrer Reisegefährten.

Als würde er ihre Absichten ahnen, verabschiedete sich Max ziemlich abrupt und entzog sich damit der Gefahr, von Adele dezent ausgehorcht zu werden. Wie sympathisch auch immer er die alte Dame finden mochte, dass er erst kürzlich seinen 60. Geburtstag gefeiert hatte, ging sie ebenso wenig etwas an wie die Tatsache, dass er zwar noch immer verheiratet war, aber schon seit Jahren von seiner Frau getrennt lebte.

„Wir sehen einander im Hotel und wenn Sie wollen, nehme ich Ihr Päckchen gleich mit", hatte er ihr zugerufen, bevor er im Menschenstrom der Spaccanapoli untergetaucht war. Sie selbst stand ein wenig ratlos da, bevor sie sich entschloss, noch einmal durch die Via San Gregorio Armeno mit ihren unzähligen Höfen und Hinterhöfen zu schlendern.

In jedem noch so kleinen Winkel der Krippengasse hatte sich ein Verkaufslokal oder eine Werkstätte eingenistet. Man konnte vermutlich täglich hier durchgehen und doch immer etwas Neues entdecken, dachte Adele, als sie entzückt ein neugeborenes Kälbchen aus gebranntem Ton betrachtete, das zum ersten Mal auf seinen noch recht wackeligen Beinen stand. Energisch riss sie sich los, bevor sie doch noch einer Versuchung erlag und sie mit einem halben Dutzend

Schafe, die ihr mit ihren freundlich-dümmlichen Mienen besonders gut gefielen, nach Hause fliegen würde.

Als Adele die Via dei Tribunali erreicht hatte, bog sie nach rechts Richtung Via del Duomo ab. Bevor sie ins Hotel zurückkehrte, würde sie Nachschau halten, ob sich San Gennaro noch immer zierte. Allmählich strapazierte der Stadtpatron wahrlich die Nerven seiner Neapolitaner, die nunmehr bereits seit mehr als 36 Stunden auf das Wunder warteten. Sein Blut zu verflüssigen gehörte nun einmal zu seinen Pflichten! Während die einstige Lehrerin dem heiligen Januarius im Geiste eine Gardinenpredigt hielt, wäre sie fast über eine Frau gestolpert, die unter den Arkaden auf allen Vieren herumkroch.

„Um Himmels willen, Fritzi! Was machen Sie hier? Was ist geschehen?", schrie Adele entsetzt auf, als sie ihre Reisegefährtin erkannte.

„Ich bin überfallen worden. Aber zum Glück gab es bei mir nichts zu stehlen. Mein Geld habe ich ausgegeben. Und an meinen Einkäufen hatten die Räuber offenbar kein Interesse. Sehen Sie, es ist alles noch da."

Tatsächlich lag ein beachtliches Warensortiment aus der Via San Gregorio Armeno als kunterbuntes Durcheinander auf dem hellen Pflaster. „Nur der Schinken und die Würste aus Terrakotta sind zerbrochen, die geschnitzten Gegenstände aber sind alle heil geblieben", tröstete sich Fritzi, bevor sie mit schmerzverzerrter Miene ihren Hinterkopf abtastete.

„Lassen Sie mich das einmal näher anschauen", verlangte Adele in einem Ton, der keinen Widerspruch duldete. Fritzi fügte sich, was ihr allerdings kein Lob, sondern einen weiteren Aufschrei eintrug: „Sie haben eine Beule so groß wie ein Hühnerei! Auf ins Spital!"

„Kommt überhaupt nicht in Frage“, setzte sich die an sich recht resolute Frau nun doch zur Wehr. „Mir ist nichts geschehen und ich werde meinen letzten Abend in Neapel sicherlich nicht in irgendeiner Ambulanz verbringen!“

Adele sah ein, dass sie ihren Willen ausnahmsweise einmal nicht durchsetzen konnte. „Aber auf ein Taxi darf ich Sie einladen. Mir ist die Lust vergangen, allein hier herumzuschlendern. Und ob der gute San Gennaro nun blutet oder nicht, ist mir inzwischen auch ziemlich egal.“

Als die beiden Frauen im Hotel eintrafen, rätselten sie noch immer über den seltsamen Überfall. „Jeder muss gesehen haben, dass ich keine Kostbarkeiten mit mir herumschleppe“, wiederholte Fritzi ihre Geschichte gegenüber Ludwig, der in der Lobby auf die Rückkehr seiner Adele gewartet hatte.

„Wo waren Sie denn zuletzt?“, versuchte er, den Hergang zu rekonstruieren. „Hat irgendwer Ihre Geldbörse gesehen?“

„Sicher nicht. Ich hatte das Geld nur lose in die Hosentasche gesteckt und bis auf ein paar Euro habe ich alles ausgegeben“, antwortete Fritzi. „Vor dem Überfall war ich nur noch in einem Warenlager, wo ich eigentlich nichts zu suchen hatte.“

„Und was haben Sie dort gemacht?“

„Nichts. Oder besser gesagt, nichts Wesentliches. Kistenweise stand all das Krippenzubehör herum, das in den Gassenlokalen angeboten wird. Amphoren, Töpfe, Krüge und noch vieles mehr. Dutzendware eben. In einer Schachtel lagen auch ein paar von den Fässchen, wie ich kurz zuvor eines gekauft habe. Und weil mir das rötliche Holz besser gefiel als mein dunkelbraunes, habe ich das Fass ausgetauscht. Aber es war genauso groß und auch nicht besser ausgeführt. Ich habe damit sicherlich nichts Unrechtes getan", erklärte Fritzi trotzig.

„Das glaubt auch niemand", beruhigte Ludwig die aufgeregte Frau, die erst jetzt ihren Schock wahrzunehmen schien.

„Wahrscheinlich sind Sie in Aladins Wunderhöhle geraten und haben ein Fässchen mit kostbaren Edelsteinen geraubt. Aber bevor Sie entkommen konnten, hat sich der böse Drache seinen Schatz wieder zurückgeholt", riss Adele das Gespräch an sich, bevor Friederike Kramer zu einer weiteren Verteidigungsrede ansetzen konnte. Besser, sie zog die Angelegenheit ins Scherzhafte und nahm ihr damit den bitteren Beigeschmack, als sie forschte weiter nach.

Zweifellos, so dachte sie, hatte Friederike Kramer die Gelegenheit genutzt und ein billiges Exemplar gegen ein weit teureres ausgetauscht, was sie natürlich niemals zugeben würde. Keineswegs unbemerkt, wie sie glaubte. Und ein nicht eben zimperlicher Geschäftsmann hatte sich sein Eigentum auf seine Art wieder gesichert. Doch das war ein Thema, an das man besser nicht mehr rührte.

Wenn sie am Abschiedsabend dabei sein wolle, müsse sie jetzt erst einmal ins Bett, erklärten Adele und Ludwig unisono, als sie Fritzis zitternde Hände bemerkten. Hilfsbereit begleiten sie ihre verstörte Reisegefährtin zu ihrem Zimmer, wo eine ahnungslose Liesi bereits ungeduldig auf ihre Freundin wartete.

Der Inhalt der Einkaufstüte war jedenfalls kein Thema mehr, weder an diesem Tag noch am nächsten. Und so sollte Adele erst viele Wochen später erfahren, wie nahe sie mit ihrem Märchen der Wahrheit gekommen war.

Aus der Tageszeitung „Il Mattino"

APOTHEKERIN MIT KOPFSCHUSS ERMORDET
Bluttat im Stadtzentrum glich einer Hinrichtung – Motiv rätselhaft

von Luigi Carone

NAPOLI (21. September) – Unfassbare Bluttat in der Santa-Chiara-Apotheke in der Via Pallonetto: Mit einem Kopfschuss wurde Sonntagvormittag gegen 11 Uhr die diensthabende Apothekerin Vera Palumbo, 40, ermordet. Die Frau dürfte sofort tot gewesen sein, berichtete der Leiter der Mordkommission, Commissario Franco Verbelli, der von einer „wahren Hinrichtung" sprach. Entdeckt wurde die Leiche erst eine Stunde später von Mauro Gioia, 38, der von seiner Kollegin die Sonntag-Nachmittagsschicht in der Apotheke übernehmen sollte.

Die äußerst beliebte Pharmazeutin hatte, wie erste Ermittlungen der Kriminalisten ergaben, einem Kunden das kleine Notdienst-Fenster geöffnet, durch das an Sonn- und Feiertagen sowie in der Nacht Rezepte, Medikamente und Geld gereicht werden. Der Mörder ließ seinem Opfer keine Chance und feuerte, ohne zu zögern, auf die Stirn der Frau. Seine Waffe dürfte mit einem Schalldämpfer ausgerüstet gewesen sein, da niemand in der Umgebung einen Schuss wahrgenommen hatte. Auch die eine einzige Augenzeugin, die gegenüber dem Tatort im ersten Stock wohnhafte Concetta Gentile, 80, konnte sich nicht an einen Knall erinnern. Allerdings hatte sie eine schlanke Gestalt in dunklen Hosen und hellem Hemd beobachtet, die sich kaum zwei Minuten vor der Apotheke aufgehalten habe. Ob Mann oder Frau konnte die Zeugin nicht sagen. Was das Tatmotiv betrifft, so tappt die Polizei noch völlig im Dunkeln. Ein Mord aus Eifersucht – Vera Palumbo war nicht verheiratet und galt als recht „lebenslustig" – wird nicht ausgeschlossen.

Mit dem tödlichen Messerattentat vor dem Dom ist der Mord an der Apothekerin das zweite Blutverbrechen im Verlauf des San-Gennaro-Wochenendes in Neapel. In beiden Fällen fehlt vom Täter jede Spur.

***

Das ist nun wirklich das letzte Mal, dass ich für sie einspringe! Statt pünktlich bei ihrer Vorlesung zu erscheinen, musste sie die Spuren der gestrigen Hochzeit beseitigen. Wütend zerrte Domenica Ferraro an der Kette, um ihr Mofa vor der Chiesa di San Giovanni a Carbonara an einem Laternenpfahl anzuhängen. Nicht nur in der Kirche selbst würde sie sauber machen müssen, sondern auch vor dem Eingangsportal. Über und über war der Platz vor der Freitreppe mit Reiskörnern übersät, die man dem Brautpaar nach alter Tradition gestreut hatte.

Für Großmutter, die wieder einmal an einem Gichtanfall litt, ist diese Arbeit ohnedies längst zu schwer. Doch die alte Frau, die seit Jahrzehnten das kleine Gotteshaus in Ordnung hielt, dachte nicht ans Aufhören. Solange sie ihre Enkeltochter einspannen konnte, gab es für den Pfarrer keinen Grund zu klagen.

Wie in einem Schweinestall sieht es hier aus, aber das passt ohnedies zu dieser Kirche, die auf einer antiken Müllhalde errichtet worden war. Wie Domenica erst kürzlich in einem Kunstgeschichte-Seminar gelernt hat-

te, leitete sich das Wort ‚carbonara' nämlich vom lateinischen ‚copronarium' beziehungsweise vom griechischen ‚kopros' ab, was so viel wie Schmutz oder Kot bedeutete. Nicht nur jede Menge Reiskörner lagen vor dem Portal des spätgotischen Baujuwels zwischen der Via Foria und der Via Cirillo, sondern auch zertretene Blumen und achtlos weggeworfene Papiertaschentücher.

Auch im Inneren gab es genug Arbeit. Ohne sich aufzuhalten, warf die junge Frau ihren Sturzhelm auf die Holzbank vor der Krippe, die in einer Nische das ganze Jahr über aufgestellt blieb. Deshalb bemerkte sie die feuerrote Figur erst, als sie sich eine gute Stunde später zum Gehen rüstete. Don Cesare trifft der Schlag, wenn er das sieht, sagte sich Milena, als sie den seltsamen Krippenzuwachs näher in Augenschein nahm. Als wolle er das arme Kräuterweiblein zu Tode erschrecken, lugte ein Teufel mit boshaftem Grinsen hinter einem Gebüsch hervor.

Was sich Hochzeitsgäste nicht alles einfallen lassen! Als sie am Sonntag nach der Frühmesse die Blumengebinde angebracht hatte, war die Kräuterfrau jedenfalls noch nicht in teuflischer Gesellschaft gewesen. Kurz entschlossen schnappte sich Milena den geschnitzten Satan, der in einer Krippe wirklich nichts zu suchen hatte. Am besten, sie fragte ihren Professor, was er davon hält.

Doch als sie ihrem Universitätslehrer am nächsten Tag begegnete, hatte sie auf die unheimliche Figur in den Tiefen ihrer Handtasche längst vergessen.

9. Kapitel

Sorgfältig verstaute Elena ihren Koffer unter der Sitzbank. Das Meer war heute ziemlich bewegt, und wenn der Bug der Fähre eine größere Welle durchschnitt, konnte sie sich die hoch aufspritzende Gischt als salzigen Nebelhauch von den Lippen lecken. Napoli muss man hören, riechen, schmecken, spüren, dachte sie. Nur dann wird man diese Stadt verstehen und mit all ihren dunklen Seiten einfach lieben müssen.

An diesem Panorama konnte sie sich nie sattsehen. Wie in einem griechischen Theater schmiegen sich die pastellfarbenen Häuserzeilen in einem Halbrund an die Abhänge des Vomero und Posillipo, mit dem Meer als Bühne und der Silhouette von Capri als Kulisse.

Während die eleganten Hotels an der Uferpromenade von Santa Lucia immer kleiner wurden, ließ Elena noch einmal den Abschiedsabend Revue passieren. Ihre Gruppe saß bereits vollzählig im Speisesaal, elegant herausgeputzt, die Herren in Sakko und Krawatte, die Damen in Kleidern oder Kostümen. Sogar Fritzi, die sie nie anders als in Hosen gesehen hatte, trug zu einem halblangen Rock nicht wie sonst eines ihrer bedruckten T-Shirts, sondern eine Bluse. Und Adele Bernhardt sah in ihrem zartgrauen Seidenkleid, das perfekt mit dem Ton ihrer raffiniert geschnittenen Haare harmonierte, einfach umwerfend aus.

Elena liebte es zwar legerer, doch aus Erfahrung klug geworden, erschien sie in einem cremefarbenen Ensemble, das ihr einen neidigen Blick von Liesi und einen bewundernden von Max bescherte. Nur gut, dass man dem Designerstück, das sie erst kurz vor dem Beginn der Kampanien-Tour auf dem Markt von Catania zu einem Bruchteil des ursprünglichen Preises erworben hatte, seine Herkunft nicht ansah. Auf welch verschlungenen Pfaden das sündteure Modell bei einem catanesischen Straßenhändler gelandet war, wollte nicht einmal sie allzu genau wissen. So konnte sie sich einreden, es entstammte einer Geschäftsauflösung und nicht etwa einem Ladeneinbruch oder einem Lastwagenüberfall.

Mit ihren Gästen würde sie über die dubiosen Gelegenheitskäufe auf den Märkten Süditaliens keinesfalls sprechen. Doch zu ihrer Verwunderung war genau dieses Thema Tischgespräch. Und es war natürlich Edmund Raffenseder, der sie mit der Frage überrumpelte, wie viele Touristen eigentlich Tag für Tag in Neapel überfallen würden. Die Dunkelziffer müsse enorm sein, man denke nur an die Attacke auf Frau Kramer, die ja auch nicht aktenkundig geworden sei.

„Welche Attacke?“, fragte Elena ahnungslos und blickte erstaunt in die Runde. Doch dann bemerkte sie die ziemlich große Beule, die Fritzi mit ihren kurzgeschnittenen Haaren nur notdürftig kaschieren konnte. „Um Himmels willen, was ist denn geschehen?“

„Eigentlich gar nichts. Ich meine, geschehen ist schon etwas, aber passiert ist mir fast nichts“, antwortete die alles andere als schüchterne Frau verlegen. Zum Erstaunen aller wollte ausgerechnet sie, die sich sonst so gern in den Mittelpunkt drängte, über ihr Missgeschick rasch hinweggehen. Was keiner wusste: Fritzi hatte erst kurz zuvor das Fehlen des Holzfässchens bemerkt, das offenbar wirklich der Grund für den Überfall gewesen war. Das aber würde sie keinem erzählen, denn ihr Gewissen war alles andere als rein! Schon gar nicht Adele Bernhardt, die zum Glück nicht gleich an Ort und Stelle auf die Idee verfallen war, in ihrer Einkaufstüte Nachschau zu halten. Dass das ausgetauschte Fass tatsächlich um einiges größer und schöner gewesen war als das von ihr zuvor gekaufte, ging ebenfalls niemand etwas an.

Verstohlen beobachtete Adele das Mienenspiel, das Fritzi verriet. In diesem Gesicht konnte die erfahrene Pädagogin lesen wie in einem offenen Buch. Offenbar habe ich mit meiner Vermutung den Nagel auf den Kopf getroffen, konstatierte sie befriedigt, bevor sie sich erbarmte und das Thema wechselte:

„Hat eigentlich San Gennaro endlich seine Pflicht getan?"

„Spät, aber doch. Um 19 Uhr war es so weit. Das Fernsehen hat die Phiole mit der rostroten Flüssigkeit in Großaufnahme gezeigt. Der heilige Januarius blutet jetzt noch eine ganze Weile und danach wird alles wieder gut", wandte sich Maximilian Wild aufmunternd an seine Sitznachbarin, die mit gequältem Lächeln nach ihrer Beule tastete, bevor sie in ihrer geräumigen Handtasche zu kramen begann.

„Haben Sie auch die Sache mit der Schweinegrippe mitbekommen?" Ludwig Jakubowski konnte ein Grinsen nicht unterdrücken, als er merkte, dass keiner der Anwesenden eine Ahnung hatte, wovon er sprach. „Offenbar fürchtet der Erzbischof von Neapel die neuen Grippeviren wie der Teufel das Weihwasser. Um jede Ansteckungsgefahr zu vermeiden, durfte heuer keiner die Monstranz mit der Blutampulle küssen. Wer unbedingt wollte, durfte sie lediglich kurz mit der Stirn berühren!"

„Wer denkt denn jetzt an eine Grippe? Es ist doch in Neapel noch immer so heiß wie bei uns im Hochsommer", wunderte sich Fritzi. „Aber da ist es ja", rief sie im gleichen Atemzug, als sie endlich in ihrer Tasche fündig geworden war.

„Nicht jetzt, sondern erst nach dem Essen“, wollte Adele eingreifen, die ahnte, was sie vorhatte. Zu spät, Fritzi hielt bereits ein Päckchen in der Hand, das sie ihrer Reiseleiterin feierlich übergab: „Nur eine Kleinigkeit, ein Dankeschön für ihre wunderbare Betreuung.“

„Da will ich mich auch gleich anschließen. Vielen herzlichen Dank für alles“, sagte Maximilian Wild schlicht, als er mit einer dezent angedeuteten Verbeugung Elena einen kleinen Geschenkkarton überreichte. Nun blieb Adele gar nichts anderes übrig, als auch ihr Geschenk hervorzuholen. „Von Ludwig und mir. Damit er immer bei Ihnen ist“, sagte sie kryptisch. Aber dann setzte sie ihren Willen doch noch durch: „Aufmachen dürfen Sie die Päckchen aber erst beim Digestif. Wir stoßen doch nachher in der Bar alle gemeinsam auf die glückliche Reise mit Ihnen an?“

Keiner wagte zu widersprechen. Umringt von ihren sieben Gästen öffnete Elena erst eine gute Stunde später als Erstes Fritzis Geschenk. Zum Vorschein kam ein geschnitzter Engel mit langen, spitzen Flügeln und einer ebensolchen Nase, der mit Hingabe Posaune blies. „Das Vorbild stammt von Carl Storch, einem gebürtigen Ungarn, der zu Beginn des vorigen Jahrhunderts nach Salzburg gezogen ist“, erklärte die Krippenbaumeisterin ihrem Publikum, das ihr für das Werk spontan Szenenapplaus gespendet hatte. „Mir gefallen seine Figuren, die alle Charme haben, besonders gut. Und vor allem ist es nicht allzu schwierig, sie nachzuschnitzen.“

„Sie sprechen von dem Karikaturisten, der für den Simplicissimus gearbeitet hat?“, fragte Ludwig Jakubowski erstaunt.

„Ja genau. Mit seinen Zeichnungen ist er berühmt geworden, aber dass er auch Krippen gemacht hat, wissen die wenigsten.“

„Ich kenne in Salzburg-Aigen eine Carl-Storch-Straße“, mischte sich Adele ein. „Jetzt weiß ich endlich, nach wem die benannt wurde. Aber nochmals, mein Kompliment. Der Engel ist Ihnen hervorragend gelungen.“

„Die Schäfer gefallen mir sogar fast noch besser. Aber wenn jemand keine Krippe hat, fängt er mit so einer Figur wenig an. Ein Engel aber passt immer, habe ich mir gedacht. Deshalb habe ich einen für die Reiseleiterin eingepackt“, antwortete Fritzi. „Aber wenn sie nicht nett gewesen wäre, dann hätte ich mein Engelchen wieder mit nach Hause genommen!“

Das hätte sie sich jetzt sparen können! Einmal mehr wunderte sich Adele über den Mangel an Gespür für das, was man sagen konnte und was besser ungesagt blieb. Friederike Kramer gehörte jedenfalls zu jenen, die kein Fettnäpfchen ausließen. Schade, denn eigentlich war sie eine nette Person und talentiert auch noch dazu.

„Damit Sie sich Ihre Sehnsucht nach der Sahara bewahren“, sagte Maximilian Wild mit leiser Stimme, als Elena ein kunstvoll gefertigtes Kamel aus dem Karton nahm. Sorgfältig zupfte sie die letzten Fäden der Holzwolle ab, bevor sie die mit betresstem Halfter und goldbesticktem Sattelzeug ausgestattete Figur vorsichtig auf dem Glastisch vor ihr abstellte.

„Das kann ich nicht annehmen!“

„Unsinn. Dieses Kamel hat auf Sie gewartet. Und nicht nur das Kamel, wie sie gleich sehen werden.“ Bevor Elena weitersprechen konnte, drückte ihr Adele den kleineren Karton, der offenbar aus demselben Laden stammte, in die Hand. „Also machen Sie schon auf!“

Elena blieb keine Wahl. Die Chance, das viel zu teure Geschenk des Münchners zurückzuweisen, war vertan. Wieder mussten sich ihre Finger durch eine Schicht aus Seidenpapier und Holzwolle wühlen, bis sie erneut eine Tonfigur ertasteten.

„Ercole, wie er leibt und lebt! Sehen Sie doch, er hat genau an der gleichen Stelle einen großen schwarzen Fleck. Und auch das Silbergrau des Fells stimmt haargenau." Begeistert drehte Elena den tönernen Jagdhund in alle Richtungen, bevor sie ihn vorsichtig zwischen Engel und Kamel platzierte. Erst dann sprang sie auf, um Adele und Ludwig zu umarmen. Dann kam Fritzi an die Reihe, die sie ebenfalls fest an sich drückte. Bei Max Wild, der dezent wie stets die Szene aus dem Hintergrund beobachtete, wollte sie sich eigentlich mit einem festen Händedruck bedanken. Dann aber ging das Temperament mit ihr durch. Spontan küsste sie ihn auf beide Wangen.

„Das Gleiche nochmals", rief sie dem Barkeeper zu. „Wir haben etwas zu feiern."

„Für uns nicht, danke nein", wehrte Edmund Raffenseder ab, dem es sichtlich peinlich war, dass er und seine Frau als Einzige mit leeren Händen dastanden. Denn Liesi, die ebenso wenig an ein Geschenk gedacht hatte, konnte sich als Fritzis Freundin und Zimmergenossin mehr oder minder als Beteiligte betrachten.

„Kommt überhaupt nicht in Frage, dass Sie uns jetzt schon verlassen", erklärte Elena kategorisch. „Ich möchte Ihnen allen nämlich einen Vorschlag machen. Kommen Sie doch im Advent nach Wien."

Sekundenlang herrschte Schweigen, dann redeten alle auf einmal auf Elena ein. Lachend hob sie die Hand, um sich Gehör zu verschaffen. „Dank Signor Zampognaro weiß ich jetzt von der Krippenschau in der Hofburg, die sicherlich sehenswert ist. Dann haben wir noch den großen Christkindlmarkt auf dem

Rathausplatz und viele kleinere über die ganze Stadt verteilt. Über das Kulturprogramm muss ich mich erst informieren, aber es wird sicher einige interessante Kirchenkonzerte geben. Ich bin auf alle Fälle im Dezember in Wien. Meine Mutter lebt dort und ich werde mit ihr Weihnachten feiern. Also überlegen Sie es sich."

„Wie stellen Sie sich das im Detail vor", erkundigt sich zum Erstaunen aller Edmund Raffenseder als Erster.

„Ganz einfach. Der Termin für die Krippenschau steht fest. Sie findet in der zweiten und dritten Adventwoche statt. Wir müssen uns nur auf einen gemeinsamen Zeitpunkt einigen. Anreisen kann jeder individuell, aber auch das dürfte kein Problem sein. Bis auf Herrn Jakubowski, der in Krefeld wohnt, können alle in wenigen Stunden per Bahn anreisen. Ich müsste mich nur um die Hotelzimmer kümmern. Wenn Sie mir bis Mitte Oktober Bescheid sagen, reicht das für die Reservierung. Ich denke dabei an eine mittlere Preiskategorie und habe auch schon eine Idee."

„Auf mich werden Sie leider verzichten müssen!" Bedauernd zuckte Ludwig Jakubowski mit den Schultern. „Meine ehemalige Verkäuferin, die meinen Buchladen übernommen hat, rechnet fest mit mir. Wie Sie vielleicht wissen, macht der Buchhandel den Großteil seines Umsatzes in der Vorweihnachtszeit. Ich habe ihr meine Hilfe auch für heuer fix zugesagt."

„Auf mich können Sie in jedem Fall zählen!" Maximilian Wild hatte bereits seinen Taschenkalender gezückt und die zweite Dezemberwoche rot angestrichen. „Wien kenne ich natürlich, aber um diese Jahreszeit. Und die internationale Krippenausstellung will ich unbedingt sehen!"

„Auch ich bin ganz sicher dabei. Zu Weihnachten kann ich meiner Familie leider noch nicht entkommen, aber im Advent redet mir keiner drein. Und wenn ich deshalb nicht dazu komme, Vanillekipferl zu backen, dann haben sie eben Pech gehabt", schloss sich Adele spontan an, was Ludwig offensichtlich ganz und gar nicht behagte. Aber was sollte er schon sagen, dachte Elena, der das missmutige Gesicht des sonst so fröhlichen alten Herren nicht entgangen war. Eine Adele Bernhardt würde sich sicherlich nichts dreinreden lassen.

„Wenn alle nach Wien fahren, dann wollen wir auch nicht fehlen!" Was war bloß in den Raffenseder gefahren, fragte sich nicht nur Elena im Stillen. Offenbar wirkten die Antidepressiva, denn wenn sie nicht alles täuschte, war sogar ein Lächeln über sein Gesicht gehuscht, bevor er erneut die Stimme erhob: „Wir wollen doch sehen, ob es die Wiener mit unserem Nürnberger Christkindlmarkt aufnehmen können. Was meinst du, Alice?"

Bevor seine Frau antworten konnte, klatschte Fritzi begeistert in die Hände. Als typische Vereinsmeierin liebte sie Gemeinschaftsunternehmen über alles. „Natürlich sind wir mit von der Partie und zwar gleich zu dritt. Unsere Freundin Maria, die im letzten Moment diese Reise absagen musste, wird sicherlich nach Wien kommen wollen. Aber ob wir dort oder doch lieber daheim übernachten werden, müssen wir noch besprechen. Von Steyr ist es ja nicht weit."

„Ich fahre auf gar keinen Fall nur zum Übernachten wieder nach Hause", erklärte Liesi kategorisch. „Du spinnst ja, überhaupt daran zu denken. Um diese Jahreszeit ist das Autofahren bei Nacht und Nebel kein Vergnügen und mit dem Zug ist es wegen der Umsteigerei auch recht mühsam."

So schlecht gelaunt hatten ihre Mitreisenden Elisabeth Oberhauser noch nie erlebt. Offenbar nahm sie es ihrer Freundin ziemlich übel, dass sie außer den Raffenseders als Einzige ohne Geschenk dagestanden war. Oder aber sie war enttäuscht, dass keiner eine Bemerkung über ihr kanariengelbes Kostüm gemacht hatte, das einer jüngeren Frau mit dunklen Haaren sicher ausgezeichnet zu Gesicht gestanden hätte.

Betretenes Schweigen breitete sich aus, als Liesi ausgesprochen und Fritzi einen giftigen Blick zugeworfen hatte. Und wieder war es ausgerechnet Edmund Raffenseder, der die Situation rettete, indem er sein Glas erhob. „Also stoßen wir auf unser Wiedersehen in Wien an."

„Ich brauche jetzt dringend eine Zigarette. Begleiten sie mich", flüsterte Adele der neben ihr sitzenden Elena zu. Wie überall in Italien herrschte auch in der Bar des *Vesuvio* striktes Rauchverbot. Als Ludwig sich ebenfalls erheben wollte, winkte sie ab. „Bleib nur, wir sind gleich wieder da."

„Haben Sie etwas auf dem Herzen?", fragte Elena besorgt, als sie vor dem Hoteleingang standen. Ihr war klar, dass Adele sie nicht ohne Grund aufgefordert hatte, ihr Gesellschaft zu leisten.

„Nicht wirklich. Aber wir haben sonst kaum mehr eine Gelegenheit, allein miteinander zu plaudern. Ludwig ist es gar nicht recht, dass ich ohne ihn nach Wien fahren werde. Merken Sie, wie er klammert?"

„Tun sie das nicht alle?", gab Elena zurück.

„Schon, aber ich muss mich rechtzeitig dagegen wehren. Ich war zu lange allein, um meine Selbstständigkeit aufzugeben. Sie doch auch?"

Nachdenklich nickte Elena. Dass zu viel Nähe auch für sie in ihrer Beziehung zu Giorgio zum Problem werden könnte, war ihr längst klar geworden. Auf der anderen Seite dachte sie an die langen, einsamen Jahre nach Pauls Tod. Nicht zuletzt deswegen hatte sie als Vierzigjährige einen neuen Beruf erlernt und mit der Reiseleiterei begonnen. Der finanzielle Aspekt war dabei nicht ausschlaggebend gewesen, denn mit ihrer Witwenpension kam sie zufriedenstellend aus. Doch sie hatte beschlossen, wieder unter Menschen zu kommen, als ihr die Decke ihres Hauses in Taormina allmählich auf den Kopf zu fallen drohte.

„Mir behagt die Vorstellung, dass auch Philemon und Baucis einander manchmal angeknurrt haben", lachte Adele auf, als sie Elenas ernste Miene betrachtete. „Ludwig sieht in den beiden sein Ideal von perfekter Harmonie bis ans Ende ihrer Tage, ich hingegen stelle mir das grenzenlos langweilig vor. Nichts als Händchenhalten und Einigkeit. In einer Beziehung muss es Reibflächen geben, das ist doch erst das Salz in der Suppe."

„Als Philemon und Baucis sehe ich Giorgio und mich noch lange nicht, dafür sind wir noch ein wenig zu jung. Aber ein harmonisches Miteinander, das wünsche ich mir schon."

„Das werden Sie nur erreichen, wenn Sie ein wenig auf Distanz gehen, glauben Sie mir. Eine Liebe ist wie ein Tempel, den man Stein für Stein selbst errichtet. Dabei muss man allerdings aufpassen, dass man die tragenden Säulen weit genug voneinander aufstellt. Nur dann wird das Dach darüber stabil sein. Stehen sie zu eng, wird die Konstruktion bald zu wackeln beginnen. Auch müssen Sie Platz für Licht und Luft und Weite schaffen, nur auf diese Weise wird Ihr Bauwerk Bestand haben."

Adele gehörte mit Sicherheit zu den klügsten Frauen, denen ich je begegnet bin, sagte sich Elena, bevor sie abrupt aus den Erinnerungen an den vergangenen Abend gerissen wurde. Eine Bugwelle hatte sie nicht nur mit feiner Gischt besprüht, sondern richtiggehend geduscht. Wie ein begossener Pudel sehe ich aus, stellte sie fest, als sie sich im Spiegel ihrer Puderdose betrachtete. Bis zur Ankunft werden meine Haare jedenfalls nicht trocken sein, aber das ist eigentlich auch egal. Giorgio würde sie frühestens zum Abendessen sehen und bis dahin blieb ihr jede Menge Zeit, sich zu pflegen.

Als ihre Fähre kurz darauf an der Hafenmole von Marina Grande anlegte, verschwendete Elena an ihr Aussehen keinen Gedanken mehr. Entschlossen bahnte sie sich ihren Weg zur Zahnradbahn, mit der sie in wenigen Minuten Capri-Stadt erreichen würde. Theoretisch, wie sie resignierend feststellen musste, denn die Menschenmassen vor der Funicolare belehrten sie bald eines Besseren. In der Hauptsaison fielen täglich bis zu achtzehntausend Tagestouristen über die wenig mehr als zehn Quadratkilometer kleine Insel her, und offenbar zählte die zweite Septemberhälfte zu jenen Spitzenzeiten.

Da hat Giorgio mir ja was Schönes eingebrockt! Während er weitab vom Schuss in aller Ruhe in der Villa irgendeines Millionärs ermittelt, kann ich mich untertags nicht einmal aus dem Haus wagen! Angesichts des Getümmels war Elenas Laune schlagartig auf den Gefrierpunkt gesunken. Sobald sie jedoch das kleine, feine *Hotel Ninfea* betrat, war sie mit dem Schicksal wieder versöhnt.

Hinter efeuüberwucherten Mauern, die einen mediterranen Garten vor unliebsamen Blicken schützten, verbarg sich ein Haus, das in jedem Detail ihrem Geschmack entsprach. Zufrieden sah sie sich in dem großzügig geschnittenen Zimmer um, in dem kein überflüssiges Möbelstück und auch kein Schnickschnack die perfekte Proportion des Raumes störten. Vom Balkon blickte sie auf üppig wuchernde Oleanderbüsche in allen nur denkbaren Rosa- und Rotschattierungen. Ein Zweig der lilafarbenen Bougainvillea, die mit ihrem blühenden Geäst die Fassade emporkletterte, rankte sogar bis zu ihr in den zweiten Stock hinauf.

Spontan beschloss sie, ihre verspätete Siesta in einem Liegestuhl unter einem der Zitronenbäume zu halten, die mit ihrem dichten, dunkelgrünen Laub reichlich Schatten spendeten. Letztendlich war Elena nach dem Auspacken aber doch zu faul, in den Garten zu übersiedeln. Stattdessen schlüpfte sie unter die Decke des bequemen Doppelbetts, um auf der Stelle in einen tiefen, traumlosen Schlaf zu verfallen. Bewacht von Kamel, Hund und Engel auf ihrem Nachtkästchen.

10. Kapitel

Giorgio langweilte sich grässlich. Während seine neuen Kollegen das Anwesen des amerikanischen Millionärs Arthur Engelmann durchsuchten, stand er eigentlich nur im Weg herum. Dabei wäre dieser Einsatz auf Capri wie kein anderer geeignet, ihn mit seinem künftigen Aufgabengebiet vertraut zu machen. Doch Capitano Franco Fiorello dachte nicht im Entferntesten daran, ihn in die Ermittlungen einzubeziehen.

„Dieser Fall ist für Sie mehr als eine Schuhnummer zu groß", hatte ihn sein Kollege bereits gestern beschieden, als die Meldung über den Einbruch in der Engelmann-Villa die neapolitanische Abteilung der Kunst-Polizei erreicht hatte, der er seit nunmehr drei Wochen angehörte. Heute zweifelte Giorgio mehr denn je, ob seine Entscheidung, zu dieser Spezialeinheit der Carabinieri zu wechseln, klug gewesen war.

Fiorello würde ihn am liebsten gleich wieder zurück nach Sizilien schicken, das war Giorgio klar. Nicht nur bekleidete er als Ex-Commissario der Polizia Statale den gleichen Rang wie der Offizier aus Neapel, er würde ihn nach seiner Einschulung sogar in wenigen Wochen überholt haben. Als künftigem Chef der Kunst-Polizei von Catania stand ihm der nächsthöhere Dienstgrad *Maggiore* zu.

Dass man ihn nicht mit offenen Armen aufnehmen würde, war Giorgio von Anfang an klar gewesen, doch mit solch unverhohlener Ablehnung hatte er nicht gerechnet. Meinen Karrieresprung wird selbst ein Intrigant wie Fiorello nicht verhindern können, dachte er trotzig. Der sollte lieber selbst aufpassen, dass er in dieser heiklen Sache keinen Fehler begeht.

Tatsächlich bewegten sich die Ermittler im Fall Engelmann auf äußerst dünnem Eis. Schon vor Jahren war der gebürtige Schweizer mit amerikanischem Pass ins Visier der Fahnder geraten, doch für eine Hausdurchsuchung hatte es nie gereicht. Kein Staatsanwalt war bereit gewesen, aufgrund vager Verdächtigungen gegen einen Mann ermitteln zu lassen, der Beziehungen bis in die obersten Reihen der italienischen Staatsmacht hatte. Mit dem einstigen Waffenlobbyisten legt man sich besser nicht an, lautete der geheime Ukas aus Rom. Und daran musste sich auch die Militäreinheit, die über den Schutz der vaterländischen Kulturgüter wachte, widerspruchslos halten.

Sonntagfrüh aber war Tenente Filipo Marazzo ein geradezu unglaublicher Zufall zu Hilfe gekommen. Der Chef der neapolitanischen Kunst-Squadra zögerte keinen Moment, als ihn die Meldung der Carabinieri-Station auf Capri erreichte: Einbruch in die Engelmann-Villa. Die Haushälterin Francesca Mansi hatte das Haus völlig verwüstet vorgefunden und sofort die Polizei verständigt. Dass ihr erst neunzehnjähriger Neffe, der sich mit der Alarmanlage bestens auskannte, gemeinsam mit zwei Freunden die Villa nach Bargeld und leicht zu verhökernden Wertsachen durchsucht und das Chaos angerichtet hatte, stellte sich rasch heraus.

Das Einbruchsdelikt war Tenente Marazzo völlig egal. Ihm ging es nur um einen Vorwand, offiziell eine Bestandsaufnahme der Kunstsammlung des Millionärs vornehmen zu können. Seit etwa zehn Jahren arbeitete Arthur Engelmann, der sich im Alter von 46 Jahren aus dem Waffengeschäft zurückgezogen hatte, als Kurator für die Wilson-Stiftung. Seither kannte alle Welt das zuvor unbedeutende Privatmuseum in Cincinnati im

US-Bundesstaat Ohio. Spektakuläre Ankäufe wie die lebensgroße Marmorstatue der griechischen Jagdgöttin Artemis aus dem vierten vorchristlichen Jahrhundert sorgten international ebenso für Schlagzeilen wie der Erwerb einer bronzenen Hermesfigur aus derselben Epoche.

Cincinnati sollte nach den Vorstellungen Engelmanns zu einem amerikanischen Mekka antiker Kunstschätze werden – und nach seinen Moralbegriffen heiligte der Zweck jedes Mittel. Vorbild war ihm dabei seine gleichaltrige Kollegin Marion True vom Getty-Museum in Malibu bei Los Angeles, die es schon vor Jahren geschafft hatte, eine übermannshohe Aphrodite aus Marmor und Sandstein aus dem fünften Jahrhundert vor Christus um geschätzte 20 Millionen Dollar nach Kalifornien zu holen. Die dafür nötigen Papiere im Preis inbegriffen!

Das Gesetz bot in solchen Fällen einige Schlupflöcher, die von den Behörden meist viel zu spät gestopft werden konnten. War das Objekt der Begierde erst einmal in den USA gelandet, fand es nur selten seinen Weg zurück. Es sei denn, man konnte nachweisen, dass es sich um Diebesgut und nicht, wie behauptet, um die Schenkung aus einer alten Privatsammlung handelte. Und nicht einmal dann war ein Erfolg garantiert.

Marion True war mit ihren Machenschaften bisher jedenfalls durchgekommen. Zwar gab es mittlerweile eine Zusage des Getty-Museums, etwa vierzig umstrittene Objekte zurückzuerstatten. Doch bis auf die Rückgabe einer kostbaren Trinkschale, der sogenannten Euphronios-Kylix, als „Geste des guten Willens" und die Eröffnung eines Verfahrens gegen die Kuratorin war seit fünfzehn Jahren nichts geschehen.

Bereits am Vortag hatten die Carabinieri in der Engelmann-Villa Kunstwerke aus etruskischer und römischer Zeit kistenweise sichergestellt und noch immer warteten Dreifüße, Amphoren, Trinkschalen, Schmuckstücke, Tanagra-Figürchen und Theatermasken auf ihren Abtransport. Eile war geboten. Sobald der Hausherr mit seinen Anwälten in Rom gelandet war, würde er mit Sicherheit seine Beziehungen spielen lassen, um die Ermittlungen zu beenden. Noch aber befand sich Arthur Engelmann, der sich zur Zeit des Einbruchs in New York aufgehalten hatte, im Flugzeug über dem Atlantik.

Weil Tenente Marazzo mit Interventionen von höchster Stelle rechnete, war er selbst noch am späten Sonntagnachmittag zur Zentrale der Spezialeinheit T.P.C. nach Rom aufgebrochen, um sich von seinem obersten Chef Colonnello Francesco Nicotra Rückendeckung zu holen. Pech für mich, dass Marazzo ausgerechnet Fiorello als provisorischen Leiter der „Operation Engelmann" einsetzen musste, sagte sich Giorgio. Frustriert zog er die vorletzte Zigarette aus dem Paket, das er erst heute in der Früh gekauft hatte.

„Haben Sie vielleicht auch eine für mich?" Dass es sich bei dem älteren Mann mit der Schubkarre um den Gärtner handelte, war unschwer zu erraten. Nicht aber, wie sich dieser unbemerkt an den Carabinieri, die mittlerweile seit mehr als 24 Stunden ausnahmslos jedem den Zutritt zum Engelmann-Anwesen verweigerten, vorbeigeschwindelt hatte.

Kaum hatte sich der Alte mit seinen schwieligen Händen die geschnorrte Zigarette angezündet, erfuhr Giorgio auch schon des Rätsels Lösung. „Pippo sperrt man nicht aus. Da müssen die schon früher aufstehen. Durch die kleine Pforte dort drüben hinter den Hibiskussträuchern bin ich gekommen. Wie jeden Tag."

Weil er ohnedies nichts Besseres zu tun wusste, ließ sich Giorgio nicht ungern auf einen Schwatz ein. Nachdem Giorgio zu Pippos Freude ein neues Päckchen Marlboro hervorgezogen hatte, machten es sich die beiden Männer auf einer Marmorbank bequem.

„Weiß gar nicht, was die da soll", brummte der Gärtner in seinem nur schwer verständlichen Inseldialekt, als er Giorgios abschätzenden Blick auf die abstrakte Skulptur neben der Bank bemerkte. Die mannshohe Steinfigur wollte so gar nicht zu den verwitterten Statuen von Venus und Apoll passen, wie sie selbst in dieser Miniaturausgabe eines Renaissance-Parks mit seinen getrimmten Hecken und ornamentartig angelegten Blumenbeeten nicht fehlen durften. „Steht auch noch nicht lang da. Vier Monate vielleicht."

„Uns muss sie ja nicht gefallen, sondern Signor Engelmann!" Vielleicht war das eine Gelegenheit, etwas mehr über den abwesenden Hausherrn zu erfahren, sagte sich Giorgio.

„Ein griechischer Gott soll das sein. Dass ich nicht lache. Dem Chef gefällt das moderne Zeug auch nicht. Und es kommt auch bald wieder weg. Hat er gesagt!"

Giorgio sprang auf. Was könnte sich nicht alles im Inneren dieser provisorisch aufgestellten Figur verbergen? Eine am Sockel angebrachte Plakette mit der Aufschrift „Hermes. Aegidius Franz. 1999" machte ihn auch nicht klüger. Von einem Bildhauer dieses Namens hatte er noch nie etwas gehört, was freilich nichts besagen musste. Doch dass ein Sammler antiker Kostbarkeiten wie Arthur Engelmann ausgerechnet eine Skulptur, die aus nichts anderem als zusammengesetzten spitzwinkeligen Dreiecken bestand, als Blickfang in seinem Garten aufstellte, erschien ihm mehr als merkwürdig. Zumal es sich offenbar nicht einmal um ein Original, sondern bloß um eine Kopie aus Kunststein handelte.

Zu Pippos Erstaunen klopfte er mit seinem schweren Benzinfeuerzeug an den in einem rechten Winkel zum Corpus abstehenden Pyramidenstumpf, der vermutlich das im Lauf weggestreckte Bein des geflügelten Götterboten symbolisieren sollte. Es klang seltsam dumpf und keineswegs nachhallend, wie es von einem homogenen Steinguss zu erwarten wäre. Der hohle Ton irritierte Giorgio. Irgendetwas stimmte da ganz und gar nicht.

„Wir brauchen einen Hubschrauber", rief er schon von weitem Kollegen Fiorello zu. „Diese Skulptur muss näher untersucht werden!"

„Sind Sie verrückt geworden? Wissen Sie überhaupt, was das kostet? Und wozu soll das gut sein? Wir sollen die Antikensammlung aus der Villa sicherstellen und sonst gar nichts!"

„Sie weigern sich? Gut, dann muss ich mit dem Chef selbst reden!" Ohne ein weiteres Wort zu verlieren, begann Giorgio auf dem Display seines Handys nach Filipo Marazzos Nummer zu suchen. Wie gut, dass er sie für den Fall der Fälle eingespeichert hatte.

„Buon giorno, Tenente. Verzeihen Sie die Störung, aber es ist wichtig", hörte ihn sein erboster Kollege sagen, bevor sich Giorgio abwandte. In aller Kürze schilderte er seinen Verdacht.

„In Ordnung. Geben Sie mir Capitano Fiorello, damit ich ihm entsprechende Anweisungen erteilen kann. Von Ihnen wird er Sie ja kaum annehmen, wie ich vermute." Giorgio konnte ein triumphierendes Lächeln nicht unterdrücken, als er das immer länger werdende Gesicht seines Kollegen sah. Während Fiorello wütend davonstapfte, kamen ihm allerdings die ersten Zweifel.

Wenn er sich irrte, würde er nicht nur einen sündteuren Einsatz zu verantworten, sondern sich auch ziemlich blamiert haben.

Wie hätte er auch wissen sollen, dass er sich darüber keine Sorgen machen musste. Von dem Gespräch im Büro des obersten Chefs der Kunstjäger in Rom, Colonnello Nicotra, das just in diesem Moment stattfand, konnte er nichts ahnen.

„Mein Budget wird ganz schön durcheinandergeraten, wenn das ein Flop wird“, meinte Marazzo nachdenklich. „Dann werde ich Ihre Rückendeckung brauchen.“

„Die haben Sie! Was riskieren wir schon? Bisher haben wir gegen den Engelmann kaum etwas in der Hand. Sie wissen doch genauso gut wie ich, dass wir ihm aus dem, was wir bisher beschlagnahmt haben, keinen Strick drehen können. Einen Haftbefehl haben wir zwar, aber lange werden wir ihn nicht festhalten können. Wie immer wird er für das Raubgut irgendwelche dubiosen Zertifikate hervorzaubern. Engelmann ist in Genf geboren, wussten Sie das? Als Sohn einer alteingesessenen Hoteliersfamilie. Er ist nur schon mit zwanzig in die USA gegangen. Aber er hat nach wie vor die besten Kontakte in Genf.“

„Wusste ich, denn auch ich habe mir erst gestern das Dossier Engelmann genau angesehen. Ausgerechnet Genf, einem der wichtigsten Umschlagplätze für Raubkunst in Europa! Da wird es ihm nicht schwerfallen, die Herkunft seiner illegal ausgegrabenen Schätze zu verschleiern. Aus altem Schweizer Besitz, heißt es dann in den Katalogen der Auktionshäuser, das haben wir oft genug erlebt.“

„Deswegen brauchen wir auch einen Skandal, den er nicht so ohne weiteres unter den Teppich kehren kann.“

„Eben. Vielleicht hatte unser Neuling den richtigen Instinkt. Den hat er schon einmal bewiesen, sonst hätte ich ihn nicht zu uns geholt. Wir haben viel zu viele Kunstexperten in unseren Reihen und viel zu wenige Ermittler. Genau das aber ist Capitano Valentino. Einmal Commissario, immer Commissario!"

Es war bekannt, dass Colonnello Nicotra keine weiteren Kunsthistoriker in seinen Reihen wünschte. „Wir brauchen Leute, die in der Drogenbekämpfung tätig waren. Oder im Anti-Mafia-Kommando. Denn das organisierte Verbrechen hat längst erkannt, dass die Verdienstspannen bei Fälschungen und beim Kunstraub groß, die Risiken aber vergleichsweise gering sind", lautete sein Credo, das er erst kürzlich bei einem Interview mit dem *Mattino* verlautet hatte. „Wenn man einen Picasso oder Modigliani fälscht, kassiert man dafür ein paar Millionen Euro. Und im Gegensatz zum Drogenhandel stehen darauf maximal vier Jahre Gefängnis."

Francesco Nicotra, ein Bär von einem Mann, wuchtete seine durchtrainierten hundertzwei Kilo aus dem stabilen Schreibtischstuhl. Mit seinem Gardemaß von 1,96 Meter überragte er seinen neapolitanischen Gast um mehr als einen Kopf.

„Wo bleibt der Kaffee?", rief er ungeduldig. „Das kommt davon, wenn man ein frauenfreies Büro führt! Meine Mitarbeiter sind großartig, aber manchmal wünsche ich mir einfach eine perfekte Sekretärin, die hier Ordnung hält."

„In Neapel lassen wir den Kaffee einfach aus der nächsten Bar bringen. Aber natürlich habe ich eine Sekretärin. Ich wüsste gar nicht, wie ich ohne sie zurechtkommen sollte."

„Mir fällt auf den Kopf, dass Frauen erst seit 2001 Carabinieri werden dürfen", erklärte Nicotra. „Frühestens in drei Jahren haben die ersten Bewerberinnen die nötige Ausbildung abgeschlossen. Bis dahin bleiben wir ein reiner Männerverein. Ich werde allerdings der Erste sein, der in dem Teich mit den neuen Talenten fischen wird. Frauen haben einen anderen Zugang zu den Dingen und sehen deshalb oft mehr als wir. Aber eine Handvoll Zivilistinnen in den Sekretariaten? Nein, das würde nur Unruhe in meine Mannschaft bringen!“

Nicotra holte tief Luft, bevor er einen Maresciallo anfuhr, der eben dabei war, ein Tablett mit dampfendem Espresso auf einem Beistelltisch abzustellen.

„Sind die Bilder nebenan endlich in die Asservatenkammer gebracht worden? Noch immer nicht? Hier heroben haben Beweisstücke nichts zu suchen!“

Mit eingezogenem Kopf zog sich der Unteroffizier zurück. Besser, man kam dem Colonnello nicht in die Quere, solange in seinem Vorzimmer ein Chaos herrschte. Aber erst am Tag zuvor war den Fahndern ein Fälscher ins Netz gegangen, der sich auf die italienische Moderne spezialisiert hatte. Wobei er genialerweise nicht etwa vorhandene Gemälde, sondern den Stil des jeweiligen Künstlers kopierte. Diese Bilder ließen sich ziemlich problemlos als bisher unbekannte Werke des 20. Jahrhunderts ausgeben. Wie die in kräftiges Rot und Blau getauchten Leinwände, die noch immer auf dem Boden herumlagen.

„Pop-Art ist gefragt. Und noch gefragter sind die Werke von Mario Schifano, der kaum zehn Jahre tot ist. Die Folge: Unsere Asservatenkammer wird vor lauter Schifanos bald übergehen!“

„Da würde ich gern einmal einen Blick hineinwerfen. Wir haben doch noch Zeit?“

Statt einer Antwort rief Nicotra den Maresciallo herbei, der zuvor den Kaffee gebracht hatte. „Begleiten Sie den Tenente und zeigen Sie ihm alles, was er zu sehen wünscht."

Welch ein Arbeitsplatz, dachte Marazzo neidig, als er an der Seite des Unteroffiziers durch die langen, von Rundbögen überwölbten Gänge des T.P.C.-Hauptquartiers schritt. In Neapel müssen wir bis auf weiteres mit einem hässlichen Neubau vorliebnehmen. Mit scheppernden Klimaanlagen, die immer dann ausfallen, wenn man sie wirklich braucht, und mit quietschenden Aufzügen, die einmal pro Woche stecken bleiben. Ein Wasserschaden hatte die Kunstjäger gezwungen, ihre Zelte im Castel Sant' Elmo hoch über der Stadt abzubrechen und vorübergehend in ein Notquartier unweit der Carabinieri-Kaserne in Portici umzusiedeln.

Vorübergehend! Mit dem Provisorium mussten sie sich nun bereits zwei Jahre abfinden, und wie Marazzo die Situation einschätzte, würde es mindestens noch einmal so lange dauern, bis seine T.P.C.-Einheit in die Anjou-Festung aus dem 14. Jahrhundert zurückkehren konnte. Die römischen Kollegen aber residierten in einem ehemaligen Franziskanerkloster, das vorbildlich restauriert worden war. Hinter den dicken Mauern blieb es selbst bei der größten Hitze angenehm kühl. Und nahezu jeder hatte hier sein eigenes Büro, denn an einstigen Mönchszellen herrschte kein Mangel.

An den Wänden hingen gefälschte Kandinskys und van Goghs, und hinter den Schreibtischen saßen lässig gekleidete Männer vor den Flachbildschirmen ihrer Computer. Weil sie als verdeckte Ermittler jederzeit einsatzbereit sein mussten, trugen die meisten Kunstfahnder unabhängig von ihrem Rang Zivil. Wie auch ihr Chef, der sich nur für besondere Anlässe in Uniform warf.

„Gefällt es Ihnen bei uns?“ Colonnello Nicotra, kurz zuvor noch in Jeans und Sommerhemd gekleidet, hatte sich rasch umgezogen. „Jetzt aber sollten wir allmählich aufbrechen. Signor Engelmann wird sicher nicht auf uns warten.“

Während sich die beiden Carabinieri-Offiziere mit einem Haftbefehl in der Tasche auf den Weg zum Flughafen Fiumicino machten, war der Abtransport des modernen Hermes in vollem Gange. Es hatte kaum Schwierigkeiten gegeben, die Statue aus ihrer offenbar nur provisorisch angebrachten Verankerung zu lösen. Auch die Transportsicherung und Befestigung der Skulptur an einem massiven Stahlseil lief routiniert ab. Für die Piloten machte es keinen Unterschied, ob sie zentnerschwere Betonblöcke oder ein Kunstwerk ausflogen.

Wie es sich für den Gott der Kaufleute und Diebe geziemte, entschwebte er wenig später scheinbar schwerelos hoch über dem Golf von Neapel.

11. Kapitel

„Wenn bei Capri die roten Sonne im Meer versinkt …“, schmetterte Elena mit Hingabe unter der Dusche. Bis vor wenigen Minuten hatte sie noch tief und fest geschlafen. Doch spätestens um fünf würde Giorgio eintreffen. Da blieb ihr gerade noch Zeit genug, sich die Haare zu föhnen.

„Singst du immer so falsch?“ Erschrocken fuhr sie zusammen, als er grinsend in die Brausekabine blickte.

„Hat dir der Portier einen Schlüssel gegeben?“ Auf ihre Sangesqualitäten ging Elena besser nicht ein.

„Du hast wieder einmal vergessen abzusperren. Ganz schön leichtsinnig. Jeder hätte hereinspazieren, alle Wertsachen stehlen und nebenbei auch noch deiner Darbietung lauschen können. Wolltest du das wirklich?“

Er hatte natürlich recht. Ihre Siebensachen, die sie noch nicht einmal verstaut hatte, lagen überall im Zimmer verstreut. Eine Einladung für jeden Einsteigdieb, den sie ebenso wenig gehört hätte wie Giorgio.

„Du kannst den Commissario offenbar nicht ablegen. Wer soll mir hier schon was stehlen?“, gab Elena, die sich rasch in ein flauschiges Frotteetuch gewickelt hatte, schnippischer, als sie eigentlich wollte, zurück. Doch Giorgio schien ihre Ruppigkeit gar nicht zu bemerken. Liebevoll strahlte er sie an. Auch mit tropfnassen Haaren und ungeschminkt sah sie zumindest in seinen Augen einfach hinreißend aus.

Bevor er antwortete, umfasste er ihr Gesicht mit beiden Händen. „Ich zum Beispiel!“ Der Kuss dauerte lange und als sich die beiden endlich voneinander lösten, war auch das Badetuch längst zu Boden geglitten. „Was meinst du, sollten wir jetzt nicht doch besser abschließen?“ Diesmal ersparte sich Elena die Antwort.

Erst als sie eine geraume Weile später gemeinsam unter der Dusche standen, revanchierte sich Giorgio für den herben Empfang. Lauthals ließ diesmal er die Sonne bei Capri untergehen – und diesmal richtig.

„Schon gut, ich habe verstanden. Gesang fällt künftig in dein Ressort", lachte Elena, während sie für den geplanten Abendspaziergang nach ihren bequemsten Schuhen suchte. Sie fand sie schließlich unter dem aufgeklappten Kofferdeckel. „Sollten wir nicht ein wenig Ordnung machen, bevor wir gehen?"

„Dafür ist später noch Zeit genug. Allzu lang ist es nicht mehr hell und du willst doch zur Villa Jovis", mahnte Giorgio zum Aufbruch. „Steck bitte den Reiseführer in deine Tasche, ich war ewig nicht mehr dort und ich möchte an Ort und Stelle gern ein wenig über den bösen Tiberius nachlesen."

„Das musst du auch, denn Capri habe ich eigentlich nicht in meinem Repertoire. Über Tiberius weiß ich nur, dass ihm Tacitus, den ich im Lateinunterricht übersetzen musste und den ich daher von Herzen gehasst habe, ziemlich übel mitgespielt hat. Als Chronist ließ er jedenfalls kein gutes Haar an dem Kaiser, der seine letzten Jahre auf Capri verbracht hatte. Wahrscheinlich war Tiberius gar nicht der Wüstling, der mit schönen Knaben hemmungslose Orgien gefeiert hatte."

„Damit weißt du schon eine ganze Menge mehr als ich."

„Für eine Führung aber immer noch viel zu wenig. Deshalb werde ich mir in den nächsten Tagen die Insel genauer ansehen. Du bist ja ohnedies die ganze Zeit beschäftigt. Was gibt es übrigens Neues? Könnt ihr den Engelmann endlich festnageln?"

„Möglicherweise. Doch das erzähle ich dir später in aller Ruhe, es hat sich nämlich heute einiges getan."

Während Elena bereits die Treppen hinunterlief, versperrte Giorgio, der seine funkelnagelneue Carabinieri-Uniform gegen legere Jeans eingetauscht hatte, sorgfältig die Zimmertür.

Vom *Hotel Ninfea*, das sich an der Via Sopramonte in einer kurzen Sackgasse versteckt, gelangt man auf direktem Weg über die Via Tiberio in jenes ländliche Capri, das ein Tagestourist kaum zu sehen bekommt. Nahezu unmerklich gehen Stadt und Bauernland ineinander über. Wenn sich ganz Capri auf der Piazzetta das tagtägliche Stelldichein gibt, um das Ablegen der letzten Fähre und damit das Ende der touristischen Heimsuchung zu feiern, ist man zwischen Weingärten und Feldern allein. Nur noch vereinzelt finden sich kleine Gehöfte, und irgendwann scheint die Zeit stillzustehen in dieser capresischen Landschaft. Irgendwo schreit ein Esel, ab und zu springt eine Katze von einer der niedrigen Mauern aus zusammengeklaubten und trocken geschichteten Steinen, die an beiden Seiten den Weg zur Nordspitze der Insel begrenzen.

„Dort drüben geht es zur Malaparte-Villa am Capo Massullo und das Engelmann-Anwesen liegt nur wenige hundert Meter davon entfernt auf dem nächsten Felsvorsprung", erklärte Giorgio, als sie an der Kreuzung der Via Sopramonte mit der Via Tiberio angekommen waren.

„Dann bist du diesen Weg ja erst vor kurzem gegangen?", meinte Elena.

„Gegangen? In Uniform? Aber wirklich nicht! Wie es sich gehört, habe ich mich von einem Brigadiere mit dem Auto zur Piazzetta bringen lassen. Über die Via Tragara, das ist die kürzeste Strecke."

„Du Snob! Was wäre schon dabei, wenn ein Capitano auch einmal zu Fuß geht? Aber lassen wir das. Erzähl mir lieber, was ihr alles entdeckt habt!"

„Später. Wir sollten viel schneller gehen, sonst sperren sie uns die Villa Jovis noch vor der Nase zu.“ Elena nickte zustimmend. Nur allzu gern würde sie den Sonnenuntergang vom höchsten Punkt der einstigen Kaiserresidenz aus genießen.

Ihren ursprünglichen Plan, im Vorbeigehen gleich auch noch die Chiesa San Michele della Croce zu besichtigen, hatte sie ohnedies bereits aufgegeben. Den kleinen Klosterkomplex aus dem 14. Jahrhundert würde sie eben morgen allein ansehen. Wie auch die *Casa come me – triste, dura, severa. Ein Haus wie ich – traurig, hart, streng* – auf diesen eigenwilligen Namen hatte der exzentrische Curzio Malaparte seine rote Villa getauft, die nach seinem letzten Willen ausgerechnet in den Besitz des chinesischen Schriftstellerverbandes hätte übergehen sollen. Was die Erben jedoch erfolgreich zu verhindern gewusst hatten.

Statt der Autoren aus China residierte nunmehr eine Malschule in dem Gebäude, das ganz und gar nicht zu Capri passen wollte. Im Stil eines aztekischen Pyramidentempels erbaut, erhebt sich die Villa des Dichters Kurt Suckert, der es unter dem Pseudonym Malaparte zu Weltruhm gebracht hatte, auf einem Felsvorsprung hoch über der Punta Massullo. Für die Öffentlichkeit war das Haus zwar gesperrt, doch Elena vertraute auf ihren Charme – und auf ihren Reiseleiterausweis. Und wenn sie nicht hineindurfte, so würde sie zumindest die Engelmann-Villa aus der Nähe betrachten können. Davon aber sagte sie Giorgio besser nichts, denn vermutlich wäre es ihm gar nicht recht, wenn sie sich dort herumtrieb.

„Zu spät, das Tor ist schon geschlossen“, rief Giorgio enttäuscht, als sie nach einer guten halben Stunde beim Eingang zur Tiberius-Villa angelangt waren. „Wir hätten doch den Bauern bitten sollen, uns hierherzubringen. Aber du warst ja dagegen", setzte er vorwurfsvoll hinzu.

„Wer weiß, ob er das gemacht hätte. Allzu freundlich hat er uns ja nicht gegrüßt." Auf ihrer einsamen Wanderung waren sie keiner Menschenseele begegnet. Nur einmal waren sie von einem Dreiradgefährt eingeholt worden, doch der Mann hinter dem Steuer hatte nur ungeduldig gehupt, um sich mit seinem knatternden Fahrzeug an ihnen vorbeizudrängen.

„Signori, es tut mir leid, aber Sie müssen morgen wiederkommen", beschied der Aufseher die späten Gäste höflich.

„Höre ich da vielleicht gar einen sizilianischen Akzent?" Giorgio war sich sicher, einen Landsmann vor Augen zu haben. „Und wenn mich nicht alles täuscht, dann kommen Sie aus der Provinz Trapani, oder irre ich mich?"

„Sie irren sich nicht. Ich bin aus Trapani. Und Sie?"

„Ebenfalls! Aber was hat Sie nach Capri verschlagen?"

„Na was schon. Die Liebe natürlich!", antwortete der Beamte, während er auf Elena und dann mit einem wissenden Lächeln wieder auf Giorgio blickte. „Aber das kommt Ihnen vermutlich bekannt vor."

Die beiden Sizilianer grinsten einander verschwörerisch an. „Also gut, für Sie mache ich eine Ausnahme. Aber ich kann nicht auf Sie warten. Sehen Sie dieses Gebüsch dort drüben? Dahinter versteckt sich ein Loch im Zaun. Dort können Sie wieder hinausschlüpfen. Aber ich kann mich darauf verlassen, dass Sie niemandem davon erzählen. Nicht von der Zaunlücke und schon gar nicht, dass Sie mich noch angetroffen haben! Wenn Sie jemand sehen sollte, ich weiß von nichts!"

„Glück muss man haben“, lachte Giorgio, als der Aufseher den Motor seines auffrisierten *Cinquecento* aufheulen ließ und nach einem Kavalierstart hinter einer Staubwolke verschwand.

Ein sanfter Wind trug die würzigen Düfte der Macchia bis zu den majestätisch aufragenden Ruinen. Längst hatte sich die Natur den einstigen Park mit seinen Nymphäen und Terrassen zurückerobert. Weil sie nicht auf die Uhr blicken mussten, kletterten Elena und Giorgio in aller Ruhe über die Rampen und Treppen der weitläufigen Palastanlage bis zum Plateau in dreihundert Meter Höhe empor. Im letzten Moment hatte ihnen der Aufseher einen ausführlichen Prospekt mit einem Lageplan in die Hand gedrückt, den sie nun gut gebrauchen konnten.

Elf Jahre lang hatte sich Tiberius in der mehr als 7000 Quadratmeter umfassenden Residenz hoch über einem Steilabhang, der dreihundert Meter tief ins Meer abfällt, mit jedem nur erdenklichen Luxus umgeben. Nach seinem Tod im Jahre 37 erschütterten Erdbeben die gigantische Anlage, die in Vergessenheit geriet und verfiel. Als Archäologen Anfang des 19. Jahrhunderts den Palast ausgruben und Mosaiken, Marmorsäulen und freskenverzierte Mauersteine freilegten, bedienten sich all jene, die auf Capri neue Villen errichteten, schamlos am kaiserlichen Erbe. Was von seinem Wohnsitz am nunmehr Monte Tiberio genannten Berg übrig geblieben war, verkam zu einem bequem auszubeutenden Steinbruch. Es mussten noch einmal gut hundert Jahre vergehen, bis der Plünderung, an der sich Antikenjäger aus dem In- und Ausland beteiligt hatten, ein Ende bereitet wurde.

Nichts und niemand aber konnte den Ausblick zerstören, der sich vom höchsten Punkt des Herrscherpalastes bietet. Wie ein Scherenschnitt hebt sich im Dunst die unverwechselbare Silhouette des Vesuv ab. Im tiefen Blau des Golfs von Neapel funkelt Ischia dunkel und verheißungsvoll wie ein kostbarer Obsidian. Und zum Greifen nah liegt die Costiera Amalfitana, die sich von der Punta Campanella bis Vietri sul Mare an den Golf von Salerno schmiegt.

„Was für ein Schicksal! Hier zu leben und unglücklich zu sein“, sagte Elena leise. „Ein armer Teufel, dieser Tiberius. Aber vielleicht ist es ein Fluch, wenn einem die Götter alles schenken. Grenzenlose Macht und unermesslichen Reichtum. Dafür sind wir Menschen nicht geschaffen.“

„Und doch streben sie es an. Immer und immer wieder. Wozu? Ich verstehe es nicht. Was bleibt, siehst du hier. Kaum mehr als ein Abglanz von Ruhm und Größe.“ Nachdenklich griff Giorgio nach Elenas Hand, die mit einem Grashalm zwischen den sonnenwarmen Steinen spielte. Die Untergeschosse lagen bereits im Schatten, doch die einstigen Audienz- und Speisesäle hoch über der Steilklippe waren noch immer in das milde Licht der Abendsonne getaucht.

„Glaubst du, es gibt so etwas wie eine Überdosis Glück?“, spann Giorgio seine elegischen Gedanken weiter.

„Ja. Und wenn man Raffaele La Capria glaubt, auch eine Überdosis Schönheit. Kennst du diesen Schriftsteller? Er hat ein Haus auf Capri besessen, unterhalb des Monte Solaro. Vor vielen Jahren war ich einmal dort eingeladen. Wenig später hatte er es verkauft, weil er die Stufen nicht mehr hinaufkam. *Ferito a morte,* tödlich verwundet, hatte er, wie er schrieb, die Insel verlassen. Denn das sind alle, die mit dieser Schönheit vor Augen leben müssen. Weil Gott sie für den Rest ihrer Tage damit straft, alles andere damit zu vergleichen.“

Mit Paul hatte sie nach dem Abend bei La Capria ein ähnliches Gespräch geführt, doch daran wollte Elena jetzt nicht denken. Das gehörte zu einem anderen Leben. Paul war für immer gegangen. Und er hatte sie endlich freigegeben, das war ihr in jener Nacht in Taormina klar geworden, in der sie Giorgio in ihr neues Leben gelassen hatte. Liebevoll musterte sie den Mann an ihrer Seite.

„In wenigen Minuten wird die Sonne untergehen. Schade, ich würde hier am liebsten noch stundenlang sitzen." Elena erhob sich von dem niedrigen Mäuerchen, auf dem sie es sich in sicherer Entfernung von dem jäh ins Meer stürzenden Felsabhang bequem gemacht hatten. „Hier soll Tiberius seine Gegner hinabgestürzt haben."

„Glaube ich nicht. Aber der sogenannte *Salto di Tiberio* bietet sich für Horrorgeschichten geradezu an." Schaudernd blickte Giorgio, der alles andere als schwindelfrei war, in die Tiefe. Was Elena, die sich weit über die Brüstung vorbeugte, nicht wissen konnte. „Komm zu mir, von hier sieht man den Sonnenuntergang am besten!"

„Das ist kein Untergang, sondern ein *Tramonto*. Nur in der deutschen Sprache geht die Sonne unter und das bedeutet eigentlich etwas entsetzlich Endgültiges", lenkte Giorgio geschickt ab. „Sonnenuntergang", wiederholte er leise. „Das ist ein deprimierendes Wort. Unser *Tramonto* hingegen heißt einfach *hinter dem Berg*. Hast du darüber jemals nachgedacht?" Stumm schüttelte Elena den Kopf.

„Für uns Italiener legt sich der Sonnengott nur für eine Weile hinter einem Berg zur Ruhe. *Il Sole*! Er ist immer da, auch wenn wir ihn nicht sehen können, weil einem Gott schaut man nicht beim Schlafen zu. Aber er verschwindet nie gänzlich aus unserem Leben, nicht einmal für ein paar Stunden. Sein Licht, seine Wärme, seine Lebenskraft, all das geht niemals unter, das geht nie verloren. Ist das nicht tröstlich?"

„Schön. Wunderschön sogar ist dieses Wort, wenn man es so wie du interpretiert. Und jetzt sehen wir ihn uns an, deinen *Tramonto*", antwortete Elena, bevor sie Giorgio verschmitzt anlächelte. „Auch wenn ich hier leider weit und breit keinen Berg entdecken kann, hinter dem dein Sonnengott sein Nachtlager aufschlagen will."

Giorgio fühlte sich nicht nur überrumpelt, sondern auch ein wenig beschämt. Er hatte diese Geschichte nicht zum ersten Mal erzählt. Und bisher war er bei allen Frauen, mit denen er einen *Tramonto* als Auftakt für ein romantisches Abendprogramm betrachtet hatte, damit gut angekommen. Verflixte Elena! Ihr ist es zuzutrauen, dass sie genau das dachte. Bevor er sich jetzt in einen Wirbel hineinredete, schwieg er lieber.

„Du hast schon recht, Untergang ist immer etwas Negatives. Und verzeih, wenn ich *Il Sole* zu nahe getreten bin. Auf dem Meer legt er sich halt hinter dem Horizont nieder", lenkte Elena ein. Giorgios unbehagliches Schweigen war ihr nicht entgangen. Für Scherze schien er im Moment nicht in der richtigen Laune zu sein. Wahrscheinlich in ein Wasserbett! Etwas anderes wird er dort auch nicht finden!, diesen Gedanken behielt sie aber lieber für sich.

Während sie sich noch im Stillen amüsierte, erteilte ihr der Sonnengott jedoch höchstpersönlich eine Lektion, die sie nie vergessen sollte. Innerhalb weniger Minuten hatte er sich sein prächtigstes Gewand in Goldorange angelegt und über das dunkle Blau des Meeres gebreitet. Vor diesem Spiegel aus flüssigem Metall zeigte er sich ein letztes Mal in seinem perfekten Rund, bevor er mit dem Horizont zu verschmelzen begann. Zentimeter um Zentimeter tauchte *Il Sole* als glutroter

Feuerball ein und noch lange, nachdem er sich für diesen Tag verabschiedet hatte, lag ein Widerschein seines Glanzes über Meer und Land.

„*Ferito a morte,* jetzt sind auch wir tödlich verwundet", brach Giorgio nach einer Weile das Schweigen.

Elena sprang auf, denn ihr war das alles auf einmal zu viel. „Ich habe jedenfalls jetzt meine Überdosis abbekommen. An Schönheit und an Glück." Wie immer, wenn ihre Gefühle sie zu überwältigen drohten, rettete sie sich in Worte. „Wie heißt es doch so schön: Wenn bei Capri ...", konnte Elena gerade noch herausbringen, bevor ihr Giorgio mit einem Kuss den Mund verschloss. Doch selbst als sich ihre Lippen voneinander lösten, gab er sie noch nicht frei, sondern drückte ihr Gesicht an seine Brust.

„Ich lasse dich erst los, wenn du versprichst, künftig ein wenig romantischer zu sein."

„Versprochen. Aber jetzt gib mich frei, denn es wird bald finster."

„Jetzt bist du schon wieder prosaisch. Was heißt finster? Siehst du nicht, wie der Himmel tief in den Farbtopf greift und sich für die Blaue Stunde rüstet? Und danach, wenn die Nacht endgültig hereinbricht, werden wir wie auf schwarzem Samt gestickt die funkelnden Sterne sehen."

Diese Sizilianer! Giorgio ist wahrlich romantisch genug für uns beide! „Weißt du wie viel Sternlein stehen ...", schoss es Elena plötzlich durch den Kopf. „... an dem blauen Himmelszelt? Weißt du wie viel Wolken gehen weithin über alle Welt? Gott der Herr hat sie gezählet, dass ihm auch nicht eines fehlet, an der ganzen großen Zahl."

Erst als sie längst zurück im Hotel waren und Giorgio bereits leise schnarchte, sang sich Elena selbst in den Schlaf.

Aus der Tageszeitung „Il Mattino“

MORDVERSUCH AN DROGENHÄNDLER
Opfer nach Erstversorgung aus Spital verschwunden

von Luigi Carone

NAPOLI (22. September) – Droht Neapel ein neuer Drogenkrieg? Die Polizei steht jedenfalls im Fall des 29-jährigen Andrea Bozza vor einem Rätsel. Der arbeitslose Musiker aus dem Quartiere Sanità war in der Nacht auf Dienstag mit einem Bruststich, der sein Herz knapp verfehlt hatte, auf einer Bank vor dem Castello Capuano aufgefunden worden. In seinem Besitz befanden sich etwa 5 Gramm Heroin und 3 Gramm Kokain. Sein Leben verdankt der Schwerverletzte dem raschen Eingreifen der Ärzte des Ospedale San Gennaro, die ihn in einer Notoperation vor dem Verbluten retteten.

Wenige Stunden nach dem Eingriff war Bozza jedoch aus dem Krankenhaus verschwunden. Polizei und Mediziner glauben nicht daran, dass der Patient ohne fremde Hilfe flüchten konnte. Der drogenabhängige Mann war in einschlägigen Kreisen als Dealer bekannt. Möglicherweise war er dabei einer Verteiler-Organisation in die Quere gekommen, die ihn als lästigen Konkurrenten aus dem Weg räumen wollte. Es ist zu befürchten, dass der oder die Täter ihr blutiges Werk inzwischen vollendet haben könnten, da von Bozza jede Spur fehlt.

* * *

Die Morgenmesse war vorbei und für Touristen war es noch zu früh. Zwischen acht und neun Uhr morgens fand sich nur selten jemand in der Chiesa S. Maria della Sanità ein und wenn, dann war er ins Gebet versunken. Die Rechnung ging auf, niemand achtete auf die Person, die sich verstohlen umblickte, bevor sie sich vor einer Nische im rechten Seitenschiff zu schaffen machte. Ein schmiedeeisernes Gitter sollte die wertvolle spätbarocke Krippe vor Langfingern schützen. Das Schloss zu öffnen war kein Problem, nur ein Quietschen ließ sich nicht vermeiden, denn schon lang hatte keiner mehr ein paar Tropfen Öl auf die Türangeln verschwendet.

Der Rest war einfach: Ein Handgriff genügte und schon war der rote Teufel, der seit Sonntagabend eine Gruppe Musikanten vor Bethlehems Stall hämisch grinsend beobachtet hatte, im Rucksack verschwunden. Diesmal hatte der Satan kläglich versagt. Und künftig würde es noch schwieriger werden, an die Teufel in Menschengestalt heranzukommen.

12. Kapitel

Wie an jedem Morgen fütterte Daniele Buonanno seine Fische. Das Aquarium war der einzige Luxus, den sich der Pfarrer in einem der bedrückendsten Armenviertel Neapels leistete. Ausgerechnet *Valle della Sanità – Tal der Gesundheit* – wird jene Gegend genannt, die für niemanden gesund sein kann. Nicht für die Einheimischen in ihren feuchten Wohnhöhlen zu Füßen des Capodimonte. Und auch nicht für Touristen, die auf der Suche nach dem Grab des unglückseligen Stauferprinzen Konradin hier herumirren, wenn sie ihre Reiseführer allzu flüchtig lesen.

Dann landen sie nämlich nicht in der Chiesa S. Maria del Carmine auf der Piazza Mercato, wo der Enkel Friedrichs II. vor mehr als siebenhundert Jahren unter dem Richtschwert sein Leben lassen musste, sondern stehen verängstigt in Padre Danieles gleichnamiger Kirche, die allerdings den Zusatz *delle Fontanelle* trägt.

Die Gegend, die ziemlich allen negativen Napoli-Klischees entspricht, kann selbst dem Couragiertesten durchaus das Fürchten lehren. Arbeitslose Jugendliche lungern vor den schäbigen Hausfassaden oder ziehen mit enervierend knatternden Mopeds wie beutegierige Haifische immer engere Runden um die verstörten Fremden. Erst gestern hatte Daniele wieder einmal leichtsinnige Urlauber, die mit Kameraausrüstung und Handtaschen unterwegs gewesen waren, begleitet, um sie sicher aus dem Armen-Ghetto herauszuführen.

Bevor er den lederbezogenen Lehnstuhl vor das Aquarium schob, warf er eine letzte Portion Trockenfutter ins Wasser. Für den Pfarrer gab es kaum etwas Beruhigenderes, als den eleganten Bewegungen der Fische zuzusehen. Normalerweise genügten ihm ein paar Minuten der Meditation, um düstere Gedanken zu vertreiben. Doch diesmal schafften es nicht einmal die silbrig glänzenden Küssenden Guramis, die ihn mit ihren dicken, aufgeworfenen Lippen stets an gewisse Damen nach sogenannten Schönheitsoperationen erinnerten, ihm ein Lächeln zu entlocken.

Vor mehr als zwanzig Jahren hatte er als junger, ambitionierter Priester die Pfarre übernommen – und was war von seinen Träumen übrig geblieben? Auf den Straßen seines Viertels wurde mehr gedealt denn je. Cannabis, LSD, Kokain, Heroin, Crack, wonach immer ein Süchtiger gierte, im *Valle della Sanità* würde er es an jeder Straßenecke finden. Schlimmer noch, die Abhängigen wurden immer jünger, seit das Teufelszeug sogar in aller Öffentlichkeit Kindern angeboten wurde.

Was hatte er nicht alles dagegen unternommen! Eigenhändig die Dealer vertrieben, die vor den Schulen lauerten. Einen der raren Plätze in einer Entzugsklinik aufgetrieben, wenn eines seiner Schäfchen aussteigen wollte. Selbsthilfegruppen für Ex-Junkies und Frauen gegen Drogen gegründet, die sich ebenso wie die Anonymen Alkoholiker oder die Anonymen Spieler regelmäßig in seinem Pfarrsaal trafen.

„Resignation ist Sünde", unter dieses Motto hatte er bereits als junger Priester all seine Aktivitäten gestellt. Doch jetzt war er nahe daran, selbst diese Sünde zu begehen. Hätte er doch bloß nicht in die heutige Tageszeitung geblickt! Mehr als eine kurze Meldung war dem *Mattino* das Messerattentat auf den rauschgiftsüchtigen arbeitslosen Musiker Andrea Bozza nicht wert gewesen. Aber für Daniele verbarg sich hinter diesen wenigen Zeilen die Tragödie eines Lebens.

Nachdem er Andrea vor bald zehn Jahren mehr tot als lebendig in einem Hauseingang unweit des

Hauptbahnhofs aufgelesen und bei sich aufgenommen hatte, war der junge Gitarrist nach einer Entziehungskur viele Jahre clean gewesen. Auch beruflich war es allmählich wieder bergauf gegangen. Von der Gage für seine Darbietungen in den noblen Hotels in Sorrent und den Auftritten bei Hochzeiten oder Geburtstagsfeiern konnte Andrea Bozza inzwischen recht gut leben.

Auf einem solchen Familienfest war Daniele seinem Parade-Schützling vor wenigen Monaten zum letzten Mal begegnet. Alles schien in schönster Ordnung – und nun das! Andrea hing wieder an der Nadel und war Sonntagnacht auf einer Bank vor dem Castello Capuano niedergestochen worden, als er seinen Drogenrausch ausschlief. Sein Glück: Das Messer hatte die Herzkammer um wenige Millimeter verfehlt. Sein Pech: Der bei ihm gefundene Stoff reichte aus, um ihn für mehrere Jahre ins Gefängnis zu bringen. Deshalb war er trotz seiner schweren Verletzungen aus dem Spital geflüchtet. Wohin, das mochte der Himmel – und bald auch die Polizei – wissen.

Es wäre nicht das erste Mal, dass die Obrigkeit ihn verdächtigte, einem Gesuchten Unterschlupf zu gewähren. Womit sie natürlich zumeist recht hatte. Daniele Buonanno sah wenig Sinn darin, Kleinkriminelle oder Süchtige einfach wegzusperren. Er versteckte sie, weil er ihnen helfen wollte, deswegen war er schließlich Priester geworden. Dabei hatte sich sein Vater, der zu den erfolgreichsten Strafverteidigern Neapels zählte, die Zukunft seines einzigen Sohnes ganz anders ausgemalt. Nach dem Jura-Studium wäre seine Karriere wie auf Schienen verlaufen: erst Junior-Partner, dann Nachfolger in der väterlichen Kanzlei, die eine wahre Goldgrube war.

Doch statt Rechtswissenschaften hatte Daniele Philosophie und Theologie studiert. Er wolle Gutes tun und Gott dienen, auf diesen einfachen Nenner hatte er seine Vorstellungen gegenüber seinen Eltern gebracht. Als er sich nach der Weihe nicht etwa für eine Pfarre in einem Nobelviertel, sondern für die winzige Carmine-Kirche im übel beleumundeten *Valle della Sanità* beworben hatte, waren auch die letzten Illusionen des Vaters geplatzt. Daniele aber war glücklich, zumindest in den ersten Jahren. Er tat Gutes und diente Gott – mehr verlangte er nicht vom Leben.

In jüngster Zeit ertappte er sich jedoch immer häufiger dabei, am Sinn seines Handelns zu zweifeln. Aber wenn selbst er resignierte, welche Hoffnung gab es dann überhaupt noch für Menschen wie Andrea Bozza? Oder für Pia Angelina Lombardo, die weit mehr Grund hatte als er, in Depressionen zu verfallen. Anfang Jänner war ihr 19-jähriger Sohn Leandro am goldenen Schuss elendiglich in einer Bahnhofstoilette zugrunde gegangen. Doch statt in Depressionen zu verfallen, hatte sie nur wenige Wochen danach die Selbsthilfegruppe „Frauen gegen Drogen" gegründet. Um mit Schicksalsgenossinnen, die ihre Kinder oder Geschwister auf gleiche Weise verloren hatten, den Kampf aufzunehmen.

Ein Dutzend Frauen hielt seither nach genau eingeteilten Tagesplänen abwechselnd Wache vor den Schulen des Viertels. Damit konnten sie den Dealern zwar das Leben schwerer machen, den Rauschgifthandel verhindern aber nicht. Erst in der Vorwoche war ein Zwölfjähriger aus dem Viertel nach einer Überdosis Ecstasy ins Koma verfallen, aus dem er vermutlich nie wieder erwachen würde. Jetzt erst recht, war Pia Angelinas erste Reaktion gewesen. Ans Aufgeben aber hatte sie keine Sekunde lang gedacht.

An ihr muss ich mir ein Beispiel nehmen, sagte sich Daniele, als er sich mit einem Satz aus den Tiefen des durchgesessenen Fauteuils befreite. Höchste Zeit, sich umzukleiden, in weniger als einer halben Stunde sollte er eine kleine Reisegruppe empfangen. Lange Zeit hatte er sich dagegen gewehrt, Fremden den hinter seiner Kirche verborgenen Friedhof zu zeigen. Doch als er einmal auf Wunsch des Bischofs widerwillig eine Ausnahme gemacht hatte, war ein erkleckliches Sümmchen in der Sammelbüchse zurückgeblieben. Dieses Geld konnte er für seine Sozialprojekte wahrlich gut brauchen!

Seither führte er nach Voranmeldung Touristen ein- oder zweimal pro Monat durch das gigantische Höhlensystem, in dem die Neapolitaner ab dem 15. Jahrhundert ihre Toten bestattet hatten. Zu meterhohen Pyramiden aufgetürmt lagen seither die Gebeine der Opfer von Cholera- und Pestepidemien, Revolutionen und Straßenkämpfen zwischen den sterblichen Überresten von Häftlingen oder unbekannten deutschen Soldaten, die in den Kämpfen um Neapel im Zweiten Weltkrieg gefallen waren: Berge von Schädeln, Schienbeinen, Oberschenkelknochen und Schulterblättern, säuberlich sortiert wie auf einem Markt, auf dem man ja auch nicht Äpfel und Birnen durcheinanderwirft.

Hatten seine Besucher damit noch nicht genug, zeigte ihnen Daniele eine weitere Höhle, in der eine durchbrochene Kalksteinwand einen geradezu symbolischen Anblick bot: Hinter einem Rahmen von Totenschädeln erhob sich am gegenüberliegenden Hang ein Betriebsgebäude der Valentino-Schuhfabrik. Tod und Leben, Vergangenheit, Gegenwart und Zukunft, wie so oft in Neapel gingen auch hier die Grenzen von Zeit und Raum fließend ineinander über.

Dem organisierten Gangstertum war der engagierte Pfarrer schon lange ein Dorn im Auge. Mit seinen Sozialprojekten versuchte er verzweifelt, arbeitslosen Jugendlichen eine Zukunftsperspektive zu geben und damit den Verbrechern das Wasser des Teichs abzugraben, in dem sie nach Nachwuchs für ihre Killerkommandos fischten. Zudem hatte sie der umtriebige Priester, der den Fontanelle-Friedhof nur noch zum Totenfest Anfang November öffentlich zugänglich machte, ihres traditionellen Versammlungsortes beraubt. In diesem makabren Ambiente waren einst die neuen Gefolgsleute der Camorra mit Ritualen und Blutschwüren aufgenommen worden.

Bald aber würde Daniele die Pforte zur Unterwelt nicht einmal mehr zu Allerheiligen und Allerseelen aufsperren, denn die Generation, die hier als letzte einem ebenso seltsamen wie berührenden Totenkult gehuldigt hatte, war bis auf wenige Ausnahmen ausgestorben. Wem nach Kriegen oder Naturkatastrophen von seinen Angehörigen nicht einmal ein Fingerknöchelchen geblieben war, stellte sich auf dem Fontanelle-Friedhof aus den Gebeinen der Namenlosen den Vermissten zusammen, den man beweinen und mit Kerzen oder Blumen ehren konnte. Mag dabei auch mancher anatomische Nonsens passiert sein, die vollständigen Gerippe in ihren zerfallenden Särgen erzählten, was kein noch so pompöser Grabstein besser vermocht hätte – von Liebe und Treue bis weit über den Tod.

Aus dem mannshohen Spiegel an der Schranktür seines Schlafzimmers blickte Daniele Buonanno wenig später ein korrekt gekleideter Priester entgegen. Die Soutane verbarg geschickt den kleinen Bauchansatz, die runden, rosigen Backen aber konnte er nicht verstecken. Doch das war ihm ebenso egal wie die Tatsache, dass seine millimeterkurz geschnittenen Haare manchen an das samtschwarze Fell eines Maulwurfs denken ließen.

Den Vergleich hatte zuletzt seine Schwester angestellt, als er zum Geburtstagsfest des Vaters in seinem einzigen dunklen Anzug erschienen war. Um ihm die Laune nicht zu verderben, verzichtete Daniele bei den raren Familienzusammenkünften seit jeher auf den Priesterrock. Bis heute hatte sich Dottor Aldo Buonanno, der trotz seiner 73 Jahre nach wie vor tagtäglich in seiner vornehmen Kanzlei an der Piazza Martiri zu finden war, nicht mit der Entscheidung seines Sohnes abgefunden.

Auch seine Tochter war für den erfolgsverwöhnten Anwalt eine einzige Enttäuschung. Statt ihm einen Juristen als Schwiegersohn ins Haus zu bringen, hatte sie einen biederen Mittelschulprofessor geheiratet und kurz hintereinander drei Kinder in die Welt gesetzt. Ohne seine finanzielle Unterstützung stünde sie freilich arm da, denn von einem Lehrergehalt konnte eine fünfköpfige Familie in Neapel mehr schlecht als recht leben.

Demnächst stand wieder eine Einladung bei seinen Eltern ins Haus, und garantiert würde sein stets elegant gekleideter Vater mit ätzenden Kommentaren über das mangelnde Modebewusstsein seines Sohnes nicht sparen. Beim letzten Mal hatte ihn die Hose im Bund bereits bedenklich gezwickt, erinnerte sich Daniele, und auch das Sakko war kaum noch zuzuknöpfen gewesen. Irgendwann würde er sich wohl doch einen neuen Anzug kaufen müssen! Kaum aber hatte er die Schranktür geschlossen, war der Gedanke an die in seinen Augen unnötige Ausgabe auch schon wieder verschwunden. Eitelkeit stand mit Sicherheit nicht auf Danieles Sündenkatalog, wohl aber die Völlerei. Er aß für sein Leben gern, vor allem die kalorienreiche neapolitanische Kost, die ihm seine Haushälterin Rita Tag für Tag kredenzte. Wohlig gesättigt merkte er dann nicht, dass sie das Staubwischen und Aufkehren wieder einmal um einen Tag hinausgeschoben hatte. Rita hasste das Putzen aus tiefster Seele, was Daniele im Grunde seines Herzens völlig egal war. Nur wenn wie am kommenden Freitag Besuch angesagt war, bestand er auf einer längst fälligen Reinigungsaktion.

Sein alter Freund Giorgio Valentino, mit dem er vor einem halben Leben gemeinsam im grässlich kalten Friaul den Militärdienst abgeleistet hatte, wollte mit seiner neuen Freundin zum Abendessen kommen. Bald dreißig Jahre ist es nun her, dass wir beiden Südländer bei der Bersaglieri-Brigade Garibaldi in Pordenone gelandet waren, dachte Daniele. Achtundzwanzig genau, rechnete er rasch nach, denn beide waren sie gerade einmal achtzehn gewesen. Dass man Giorgio zu den Scharfschützen geholt hatte, war einzusehen, denn schon damals konnte er mit Waffen hervorragend umgehen. Bei ihm aber war es eine Strafe für seine Schwindelei gewesen.

Weil Daniele beim Testschießen so schlecht wie möglich abschneiden wollte, um einen bequemen Schreibtischposten zu ergattern, hatte er gezielt danebengeschossen und somit als Einziger eine einstellige Punktezahl erreicht. Das aber wollte sein Ausbildner nicht auf sich sitzen lassen und fügte deshalb einfach eine Eins vor die klägliche Acht. Mit nunmehr achtzehn Treffern war Daniele Buonanno mit einem Schlag zum zweitbesten Schützen seiner Kompanie avanciert – und prompt zu der traditionsreichen Infanterietruppe versetzt worden.

Noch heute überlief es ihn kalt, wenn er an den ersten Winter in Uniform dachte. An die Manöver im Schnee der Dolomiten oder an die eiskalten Schlafsäle der Kaserne. Und er erinnerte sich mit Schaudern an die Paraden mit den Hahnenfedern am Helm oder der roten Zipfelmütze auf dem Kopf, die ihm genauso wie der zappelige Bersaglieri-Laufschritt und das restliche Brimborium immer nur lächerlich vorgekommen waren. Am schlimmsten aber war die Verpflegung gewesen: wässriges Risotto, klebrige Polenta, zerkochte Spaghetti und dazu undefinierbare Saucen oder fette Eintöpfe.

So manches Hässliche aus der Vergangenheit ließ sich schönschminken, doch diesen Schlangenfraß konnte selbst die sentimentalste Erinnerung nicht genießbarer machen. Ein Grund mehr, dass am Freitag etwas Ordentliches auf den Tisch kam. Sobald er die Touristen los war, würde er mit Rita das Menü besprechen. Und allein schon beim Gedanken an all die Antipasti, die sie auf den Tisch bringen würde, lief ihm das Wasser im Mund zusammen.

Doch als er gerade dabei war, sich im Geiste die zarten, noch lauwarmen Meeresfrüchte in einer Marinade aus Öl, Zitronensaft, Knoblauch, Salz und Petersilie auf der Zunge zergehen zu lassen, kam ihm Andrea in den Sinn. Bis er einen Therapieplatz für ihn gefunden hatte, war er im Pfarrhaus untergeschlüpft – und zu einer Herausforderung für Rita geworden, die den spindeldürren Junkie wie einen aus dem Nest gefallenen Vogel aufgepäppelt hatte. Ihr *Insalata di mare* war sein Lieblingsgericht gewesen, erinnerte sich Daniele schlagartig. Wie gern würde er ihm jetzt einen Teller voll davon hinstellen! Lebte er überhaupt noch? Und wenn ja, wo hatte er sich versteckt? Würde er vielleicht gar erneut in seiner Pfarre Zuflucht suchen? Und was sollte dann geschehen?

Daniele hatte es plötzlich ziemlich eilig. Bevor Rita von ihren Einkäufen zurück war, wollte er für alle Fälle das Notquartier vorbereitet haben, das sich schon öfter als sicherer Unterschlupf für einen Verfolgten bewährt hatte. Seine Haushälterin aber wollte er nicht mit hineinziehen. Sollte ihm die Polizei doch einmal auf die Schliche kommen, wusste Rita wirklich von nichts. Dass eine Matratze und auch die Decken aus dem selten genutzten Gästezimmer fehlten, würde sie kaum bemerken. Keuchend schleppte er die Last zum Fontanelle-Friedhof hinüber. Ein besseres Versteck als das unheimliche Höhlenlabyrinth gab es nicht, da war sich Daniele sicher.

13. Kapitel

Als Elena aufwachte, war die andere Seite des Doppelbettes leer. Giorgio hatte sich offenbar schon beim ersten Hahnenschrei auf den Weg gemacht, denn der Wecker auf ihrem Nachttisch zeigte auf zehn Minuten vor sieben. Kein Grund für sie, schon aufzustehen, doch wenn sie Capri noch vor dem ersten Ansturm der Tagestouristen erleben wollte, schlief sie besser nicht noch einmal ein.

Auf dem Weg zum Badezimmer stolperte Elena über die Sportschuhe, die Giorgio auf ihrer Wanderung getragen hatte. Auch der Rest seiner Kleidung war über das ganze Zimmer verteilt. Das fängt ja gut an, murmelte sie vor sich hin. Erwartet er etwa gar, dass ich hinter ihm herräume? Doch dann erinnerte sie sich an die gestrige Nacht und ein Lächeln stahl sich unwillkürlich in ihr Gesicht. Offenbar konnte man nicht beides haben. Einen Mann zum Lieben und die geliebte Ordnung.

Vielleicht bin ich in den langen, einsamen Jahren ein wenig schrullig geworden, sagte sie sich selbstkritisch. Auch wenn es ihr schwerfiel, sie würde kein Wort über das Chaos verlieren, das Giorgio zu hinterlassen pflegte. Das nahm sie sich zumindest fest vor.

Ein wolkenloser Himmel wölbte sich über dem blitzblauen Meer als Vorbote eines weiteren heißen Sommertags, den sie sich nicht selbst verderben wollte. An der Haltestelle musste Elena nur wenige Minuten warten. Bis auf ein älteres Paar war sie der einzige Fahrgast, der vor acht Uhr morgens in den Bus nach Anacapri kletterte. Doch was sollten Touristen auch schon so früh in dem zweiten Inselort anfangen?

Beispielsweise durch das historische Viertel schlendern, sagte sich Elena, als sie an der menschenleeren

Piazza della Victoria ausstieg. Zwischen den alten Häusern mit ihren verwunschenen Gärten schlendern, bis man eine kleine Bar findet. Und dort mit den Einheimischen Cappuccino an der Theke trinken und Anacapri beim Aufwachen zusehen.

Mit ein wenig Glück würde Elena sogar den Hüter des Schlüssels für die Chiesa San Michele auftreiben, wenn er sich vor seinem Dienstantritt noch rasch mit einem Kaffee stärken sollte! Schon einmal war es ihr gelungen, den Mann zu überreden, sie ein paar Minuten vor der offiziellen Öffnungszeit hineinzulassen. Unter den giftigen Blicken der ersten Besucher, die sich bereits vor dem größten Schatz Anacapris versammelt hatten, war sie an der Seite des Mesners in die Kirche geschlüpft. Statt sich im Gänsemarsch rund um den prachtvollen Majolika-Fußboden schieben zu lassen, konnte sie damals in aller Ruhe die Vertreibung von Adam und Eva aus dem Paradies betrachten.

Sie liebte es, speziell dieses Motiv quer durch alle Kunstepochen zu vergleichen. Weil es mehr über den Unterschied zwischen Mann und Frau aussagt als so mancher psychologische Wälzer. Manchmal blickt der Erzengel streng oder gar wütend auf das in Sünde gefallene Paar, bisweilen sieht er mit mitleidigem Ernst zu, wenn die beiden sich anschicken, den Garten Eden zu verlassen. Und dann gibt es noch den militanten Michael, der mit steinerner Miene emotionslos seinen Befehl erteilt.

Interessanterweise aber gibt es bei allen Werken, die Elena bisher unter diesem Aspekt betrachtet hatte, eine unübersehbare Parallele: Stets ist es Adam, der sich gehorsam auf den Weg macht und nicht selten wie ein geprügelter Hund davonschleicht. Eva hingegen weigert sich, die Verbannung widerspruchslos anzunehmen. Sie begehrt auf, protestiert mit erhobener Hand auf einem Kapitell im Kreuzgang von Monreale auf Sizilien oder versucht – wie auf dem Majolikabild in Anacapri – zu verhandeln. Am besten gefiel Elena die Masaccio-Version in der Carmine-Kirche von Florenz: Beide weinen, aber während Adam hemmungslos schluchzt, schreit seine Frau ihren Schmerz, aber auch ihre Wut über die Unverhältnismäßigkeit der Strafe laut hinaus.

Elena war bereits bei ihrem zweiten Cappuccino angelangt, doch außer ein paar Arbeitern in blauen Overalls und zwei Polizisten, die sich rasch am Tresen stärkten, hatte niemand die Bar hinter der Piazza San Nicola betreten. Kein Mesner weit und breit. Und deshalb auch keine Chance, vor allen anderen in die Kirche zu gelangen. Dann sollte es halt nicht sein, denn sobald die ersten Gruppen eintrafen, war der Kirchenbesuch nur noch das halbe Vergnügen. Laut Anschlagtafel war die Chiesa San Michele in der Sommersaison bis 19 Uhr geöffnet und sie würde eben morgen oder übermorgen wiederkommen. Mit Giorgio, der ihre paradiesischen Thesen noch gar nicht kannte. Davor könnten sie sich auch noch die Axel-Munthe-Villa San Michele ansehen, die allerdings eine Stunde früher ihre Pforten schloss und leider auch am späten Nachmittag ziemlich überlaufen war.

Was aber sollte sie bis dahin mit ihrem Urlaubstag anfangen? Sie müsste nur um den Kirchplatz links herumgehen und schon wäre sie in Anacapris reizvollstem Viertel, im *Quartiere Le Boffe*. Eine Reiseleiter-Kollegin hatte sie vor Jahren durch die ältesten Gassen des Städtchens geführt und die Erklärung für den seltsamen Namen gleich mitgeliefert: Dahinter verbirgt sich schlicht die Verballhornung des Adelsnamens Elboef.

Ein Fürst aus diesem Haus gilt nicht nur als Entdecker Herkulaneums, er war auch lange Zeit Kommandant der französischen Garnison auf Capri gewesen.

In knapp einer halben Stunde könnte sie von hier aus zu Fuß die *Grotta Azzurra* erreichen. Eine verführerische Idee, doch dann dachte Elena an die unzähligen Touristen, die tagtäglich im Minutentakt in die Blaue Grotte geschleust wurden. Außerdem erinnerte sie sich dunkel daran, dass es erst kürzlich einen Umweltskandal im Zusammenhang mit Capris Attraktion Nummer eins gegeben hatte. Vielleicht konnte man derzeit gar nicht hinein?

Elena beschloss, sich auf den neuesten Informationsstand bringen zu lassen – Klatschgeschichten und Interna inklusive. Irgendeinen der lokalen Fremdenführer, die vor der Villa San Michele auf die ihnen zugeteilten Reisegruppen warteten, würde sie wahrscheinlich kennen. Sie hatte richtig kalkuliert, vor dem Eingang war gleich ein halbes Dutzend konzessionierter Insel-Guides versammelt.

„*Buon giorno,* können wir Ihnen helfen?“, wurde sie von einer Kollegin mit routinierter Freundlichkeit begrüßt. Plötzlich aber verzog sich das Gesicht der groß gewachsenen jungen Frau zu einem strahlenden Lächeln: „Das darf doch nicht wahr sein! Elena, endlich auch wieder einmal bei uns. Sind deine Leute noch auf der Piazza? Du kannst dir Zeit lassen, wir fangen erst in zwanzig Minuten an!“

„Halt, Letizia, halt“, unterbrach Elena den Redeschwall. „Ich bin ausnahmsweise einmal privat auf Capri. Ohne Gruppe, ohne Programm, ohne Hetzerei.“

„Aber hoffentlich nicht ohne Mann“, scherzte Letizia, bevor ihr zu ihrer Bestürzung einfiel, dass ihre Kollegin aus Österreich seit einigen Jahren verwitwet war.

„Diesmal mit Mann", antwortete Elena rasch, um keine Verlegenheit aufkommen zu lassen. „Aber der hat im Moment zu tun. Wenn du willst, erzähle ich dir alles beim Mittagessen. Ihr macht doch wie immer eine längere Pause. Oder? Im Gegenzug weihst du mich in den neuesten Inseltratsch ein. Jetzt aber möchte ich am liebsten in die Villa. Glaubst du, ich kann schon hinein?"

„Kein Problem, heute hat Salvatore Dienst und bei dem habe ich noch etwas gut." Nach einem kurzen Disput an der Kassa nickte der Aufseher Elena zustimmend zu.

Nur das Zwitschern der Vögel war zu hören, als sie in seliger Einsamkeit durch den glyzinienumrankten Lebenstraum des schwedischen Arztes lustwandelte. Erst im nächsten Frühjahr würde sich der Säulengang wieder mit Trauben aus lilafarbenen Blüten schmücken, doch das helle Grün der gefiederten Blätter hatte auch in den letzten Septembertagen noch nichts von seiner Frische verloren.

Zauberhaft, kein anderes Wort passte besser zu der Architektur dieses Hauses zwischen Himmel und Meer. Vor der Hafenmole von Marina Grande durchschnitten Boote gischtsprühend den tiefblauen Spiegel des Wassers. Kein Laut drang herauf in diese Idylle, die Natur und Menschenhand in kongenialer Zusammenarbeit geschaffen hatten.

Wo sich einst eine der sagenumwobenen zwölf Villen des Tiberius erhoben haben soll, hatte Axel Munthe vor mehr als einem Jahrhundert sein lichtdurchflutetes Haus errichtet. Offen sollte es sein, für Wind und Sonne und die Stimme des Meeres. Licht, Licht, Licht überall, davon konnte er allerdings nur noch träumen, als er wenige Jahre später fast vollständig erblindet war. Erst als die Welt um ihn immer dunkler wurde und seine Augen die Überfülle an Helligkeit nicht mehr ertragen konnten, schrieb er diese Worte. In seinem neuen Wohnsitz, einem umgebauten Wehrturm in Anacapri, hatte er seine Memoiren verfasst, die zu einem Welterfolg werden sollten: *Das Buch von San Michele*.

An einige Passagen erinnerte sich Elena noch gut, an das meiste jedoch kaum. Irgendwann hatte sie ihr Exemplar verborgt und nie zurückbekommen. Eine gute Gelegenheit, die Lücke in ihrer Bibliothek zu schließen, sagte sie sich, als sie sich in dem gut sortierten Souvenirladen vor dem Ausgang umsah. Auch hier war sie noch allein, denn die ersten Gruppen hatten eben erst ihren Rundgang begonnen. In den drehbaren Verkaufsständern fand sie das Buch in jeder nur denkbaren Übersetzung. Zu gesalzenen Preisen, wie sie feststellte. Giorgio zuliebe wählte sie die italienische Ausgabe, denn, wie sie wusste, las er, Germanistikstudium hin, Doktorat her, am liebsten in seiner Muttersprache.

Mit dem Taschenbuch in der Hand machte Elena kehrt. Statt die Villa zu verlassen, ging sie zurück zum Wandelgang mit den Kopien römischer Statuen und Büsten, durch den sich der Hauptstrom der Touristenflut ergoss. Ihr Ziel war diesmal nicht die gänzlich verstopfte Pergola oder gar die Terrasse mit der Sphinx, sondern der bezaubernde Garten, der eigentlich nur am Rand betreten werden durfte. Wieder einmal setzte Elena auf ihren Charme, falls jemand sie auf verbotenem Terrain entdecken sollte. Im schlimmsten Fall müsste ihr Letizia aus der Patsche helfen!

Unter den tief herabhängenden Ästen eines Pfefferbaums entdeckte Elena eine Bank, auf der sie die nächste Stunde mit der Lektüre verbringen wollte. Ein passenderes Ambiente für Axel Munthes Erinnerungen konnte es wohl kaum geben! Üblicherweise las Elena ein Buch getreulich von der ersten bis zur letzten Seite. Diesmal aber suchte sie nach etwas ganz Speziellem. Gestern Abend hatte ihr Giorgio von seinem Verdacht erzählt, dass sich im Inneren der merkwürdigen Hermes-Statue im Garten der Engelmann-Villa eine Sensation verbergen könnte. Denn der Schweizer war in seinen Augen nicht nur ein mit allen Wassern gewaschener Geschäftsmann, der als Waffenhändler im wahrsten Sinn des Wortes über Leichen gegangen war, sondern auch ein leidenschaftlicher Sammler. Und diese ticken nun einmal anders als normale Menschen.

Auch der Hausherr der Villa San Michele war ein unermüdlicher Sammler gewesen, der mit diesem Bauwerk seinen Kunstschätzen den passenden Rahmen verleihen wollte. Das Glanzstück seiner Kollektion, in der sich unter den willkürlich angehäuften Antiquitäten auch manche antike Kostbarkeit befindet, ist zweifellos die Sphinx. Wenn Elena das Gedächtnis nicht im Stich ließ, hatte Axel Munthe dem Erwerb des ägyptischen Originals einige Absätze gewidmet. Äußerst kryptische allerdings, wie sie sich zu erinnern meinte. Bald hatte sie die gesuchte Stelle gefunden:

„Wer steuerte die Jacht in diese stille, verborgene Bucht? Wer führte mich durch diese pfadlose Wildnis zu den unbekannten Ruinen von Neros Villa?“

Unglaublich! Das würde sie Giorgio noch heute vorlesen! Da plünderte der Schwede unverfroren eine antike Ausgrabung – und rühmte sich dann auch noch vor aller Welt seiner Tat! Denn wie vorsichtig er auch immer es formuliert haben mochte, man brauchte nicht einmal zwischen den Zeilen zu lesen, um Bescheid zu wissen:

„Die Sphinx hat seit fünftausend Jahren ihr eigenes Geheimnis bewahrt. Die Sphinx wird auch meines zu bewahren wissen."

Rechnung aufgegangen, Herr Doktor Munthe, Gratulation. Niemand fragt heute mehr danach – und jeder bewundert die mächtige Granit-Skulptur aus dem alten Ägypten, die auf der Mauerbrüstung neben der Kapelle von San Michele kauert. Aber Ihnen, Mister Engelmann, wird ein solcher Coup nicht gelingen! Dafür wird mein Giorgio schon sorgen!

Doch dann durchzuckte Elena ein Gedanke, vor dem sie selbst erschrak. Wo würde die Sphinx, die einst auf verschlungenen Pfaden in den Palast eines römischen Kaisers gelangt war, mehr Menschen Freude schenken? In der ägyptischen Sammlung irgendeines Museums, wo sie unter all den anderen, weit kostbareren Schaustücken nur eines von vielen wäre? Oder hier, in privilegierter Position hoch über dem Meer, das mit seinem dunklen Blau den perfekten Hintergrund für das geheimnisumwitterte Wesen aus rosagrauem Gestein bildete?

Mit Giorgio konnte sie darüber nicht diskutieren. Wie tolerant auch immer er in anderen Belangen sein mochte, bei Diebstahl und Raub kannte er kein Pardon. Was auch gut so war, denn wie sollte er sonst auch in seinem neuen Job erfolgreich sein? Als Jäger der Kunst-Mafia konnte er nicht einmal im Geist Kompromisse eingehen. Und nach allem, was sie bisher von Arthur Engelmann wusste, war dieser mit Sicherheit kein zweiter Axel Munthe. Im Gegensatz zu dem Schweden, der seine Wahlheimat Italien über alles geliebt hatte, betrachtete der Schweizer seinen Wohnsitz auf Capri offenbar nur als Zwischenlager für seine fragwürdigen Kunstexporte in die USA. So hatte zumindest Giorgio ihn dargestellt. Und er irrte sich selten.

„Hier steckst du! Ich habe dich schon überall gesucht und nach dir gerufen. Hast du mich nicht gehört?“ Vorwurfsvoll sah Letizia von der Höhe ihrer fast 1,80 Meter auf Elena herab. „Die anderen sind alle schon bei Tisch.“

„Wieso das? Dafür ist es doch viel zu früh“, antwortete Elena, die jeglichen Zeitbegriff verloren hatte. Als die beiden Nachzüglerinnen in der nahen Trattoria eintrafen, wurden sie mit lautem Hallo begrüßt. Vom Sehen kannte Elena fast alle, nur das Mädchen, das auffallend still in der Ecke saß, war ihr neu.

„Darf ich bekannt machen“, übernahm Letizia die Vorstellung. „Das ist Elena aus Sizilien. Oder besser gesagt aus Österreich, ihr könnt es euch aussuchen. Das hier sind Carmela, Pietro, Maria und Francesca, gemeinsam mit meiner Wenigkeit die Crème de la Crème der Insel-Guides. Bis auf die junge Dame hier, Valentina aus Sorrent. Sie ist nicht nur unser Küken, sondern auch die Einzige von uns, die Rundreisen durch ganz Kampanien begleitet. Ihr alle dürft gleich neidig sein: Elena arbeitet ausnahmsweise einmal nicht, sondern sie macht selbst Urlaub.“

Bei Letizias letzten Worten sah Valentina interessiert auf, doch statt etwas zu sagen, senkte sie erneut den Kopf. Sie wäre auch nur schwer zu Wort gekommen, denn nun redeten alle durcheinander. Auch Elena konnte sich kaum Gehör verschaffen. „Bevor ich vergesse, eine Frage. Gibt es Probleme mit der Blauen Grotte? Ich bilde mir ein, irgendetwas darüber in der Zeitung gelesen zu haben.“

Betretenes Schweigen senkte sich über den Tisch. Sobald es um den jüngsten Insel-Skandal ging, zeigten sich die einheimischen Fremdenführer selbst einer Kollegin gegenüber eher zugeknöpft. „Du irrst dich nicht", antwortete Letizia eher widerstrebend. Doch dann ergriff Pietro, der einzige Mann der Tafelrunde, der bisher noch nicht zu Wort gekommen war, die Gelegenheit, auch einmal etwas zu sagen. „Ende August hat man die Grotte tatsächlich kurze Zeit gesperrt, weil einem Bootsmann schlecht geworden war. Auf dem Wasser soll weißer Schaum geschwommen sein und gestunken hat es angeblich auch. Aber nach zwei Tagen war alles wieder in schönster Ordnung."

„Hat man die Ursache entdeckt? Was haben die Wasserproben ergeben?", bohrte Elena nach. „Irgendetwas muss man doch gefunden haben?"

„Die Umwelt-Experten haben nichts, aber auch schon gar nichts gefunden. Und auch einen Gastwirt, den man verdächtigt hatte, etwas ins Wasser geschüttet zu haben, musste die Polizei wieder laufen lassen. Der Image-Schaden für Capri war jedenfalls enorm, deswegen sprechen wir nicht gern darüber", sagte Pietro mit ernster Miene, bevor ein Grinsen sein Gesicht überzog. „Aber etwas haben die Carabinieri doch entdeckt. Eine Cannabis-Plantage, ganz in der Nähe der *Grotta Azzurra*!"

„Ganz schön frech, so etwas um die Ecke von Capris größter Touristen-Attraktion anzulegen. Oder besonders klug", überlegte Elena laut. „Wer kommt schon auf so eine verrückte Idee?"

„Von uns jedenfalls keiner. Wir kennen bessere Verstecke", meinte Letizia mit einem Augenzwinkern. Valentina, die sich bisher an keinem Gespräch beteiligt hatte, starrte sie entgeistert an. „Das war nur ein Scherz, Kleine. Aber sag, was ist los mit dir?

Statt zu antworten, warf das Mädchen seine halblangen, dunkelbraunen Haare zurück. Unübersehbar war eine Backe geschwollen. „Seit zwei Tagen habe ich grässliche Zahnschmerzen. Aber ich kann die Gruppe nicht abgeben, alle Reiseleiter, die ich kenne, sind selbst unterwegs."

„Wann reisen deine Gäste ab? Und wie viele sind es überhaupt?", erkundigte sich Elena mitfühlend.

„Freitag am Vormittag und es sind 53. Alles Deutsche und keiner unter fünfzig. Der Transfer ist das geringste Problem. Da hat meine Agentur eigene Leute dafür. Aber bis Donnerstagabend muss ich durchhalten."

„Heute ist erst Dienstag, oder? Im Urlaub schau ich nie auf den Kalender."

„Ja, Dienstagmittag. Morgen steht Pompeji auf dem Programm und übermorgen die Costiera Amalfitana."

„Schau dich doch einmal in den Spiegel. Das schaffst du nie", mischte sich Letizia ein.

„Muss ich aber, sonst bin ich meinen Job schneller los, als ich ihn bekommen habe. Da kennt mein Chef keinen Spaß."

„Außer du bringst einen vollwertigen Ersatz!" Bei diesen Worten blickte Letizia nicht Valentina, sondern Elena durchdringend an. „Jemand, der Kampanien wie seine Westentasche kennt und erst vor wenigen Tagen dieselbe Tour gemacht hat."

Erst jetzt begriff Elena, dass mit diesem Jemand nur sie gemeint sein konnte. Nein, nein und nochmals nein, dachte sie. Und sie zählte im Stillen alle Argumente auf, die sie gleich laut vorbringen würde: Ihre eigene Gruppe war kaum 48 Stunden weg, den Urlaub hatte sie sich redlich verdient, die nächste Sizilien-Tour fand in wenig mehr als zwei Wochen statt und Giorgio würde alles andere als begeistert sein.

„Ersatz! Wo soll ich denn einen herzaubern? Ich habe dir doch gesagt, dass niemand einspringen kann!"

Valentina schob ihren Haarvorhang wieder vor die geschwollene Wange, bevor sie sich mit einem unterdrückten Schmerzenslaut erhob.

„Doch. Wenn du willst, kann ich deine letzten zwei Tage übernehmen“, platzte Elena zu ihrer eigenen Verwunderung heraus. Von ihrem Vorsatz, sich nicht breitschlagen zu lassen, war nichts übrig geblieben. Vielleicht, weil es sich nicht um ein abgekartetes Spiel handelte, wie ihr durch Valentinas Verhalten klar geworden war. Das Mädchen tat ihr einfach leid. Ein guter Job war im Süden Italiens, wo die Arbeitslosenrate inzwischen schwindelnde Höhen erreicht hatte, wahrlich keine Selbstverständlichkeit.

Ungläubig starrte Valentina die fast doppelt so alte Kollegin an: „Aber meine Agentur zahlt sicher viel weniger, als du normalerweise bekommst. Das sind Halsabschneider, glaub mir.“

„Mach dir darüber keine Gedanken. Dir will ich helfen, denn du gehörst wirklich dringend zum Zahnarzt. An das Honorar habe ich gar nicht gedacht. Da hast du meine Handynummer. Ruf mich an, sobald du das in Sorrent geklärt hast.“

„Nicht nötig, ich kann dir jetzt schon alles sagen. Abfahrt morgen 9 Uhr vom *Hotel Sole e Mare*. Das ist nicht weit von der Marina Piccola. Du weißt schon, wo die Schiffe von und nach Capri anlegen. Das geht sich spielend aus, wenn du das erste Boot nimmst. Ich erwarte dich in der Halle mit allen Unterlagen. Aber jetzt muss ich los. Tausend Dank, das vergesse ich dir nie.“

Valentina entschwand mit einem erleichterten Lächeln, während Elena das Lachen vergangen war. Das musste sie jetzt erst einmal Giorgio beibringen! Aber vielleicht war er sogar ganz froh, nach einem anstrengenden Tag allein ins Bett fallen zu können? Die Untersuchungen in der Engelmann-Villa nahmen ihn mehr her, als er sich selbst eingestehen wollte. Doch Elena waren die dunklen Schatten unter seinen Augen nicht entgangen.

Außerdem war es ja nur für maximal zwei Nächte. Kam sie von der Amalfitana-Tour rechtzeitig zurück, könnte sie sogar schon Donnerstagabend wieder auf Capri sein. Dann hätten sie ein langes Wochenende für sich, denn sie plante, erst am Montag zurück nach Sizilien zu fliegen.

Elena hätte sich ihre Überlegungen ersparen können, denn ihr Capri-Aufenthalt ging in diesem Moment zu Ende. Während sie sich noch über die besetzte Nummer ärgerte, telefonierte Giorgio gerade mit seinem Vorgesetzten: Capitano Valentino müsse sofort nach Rom fahren, beschied ihn Tenente Filipo Marazzo, und sich unverzüglich im T.P.C.-Hauptquartier einfinden.

Giorgio konnte es kaum fassen. Bereits die erste Röntgen-Untersuchung der Hermes-Skulptur aus der Engelmann-Villa hatte Vielversprechendes gezeigt.

14. Kapitel

Laut aufstöhnend wälzte sich Andrea Bozza auf der zerschlissenen, mit Flecken übersäten Matratze auf die andere Seite. Die Phiole mit den Schmerzmitteln war genauso leer wie die Packung mit den Schlaftabletten. Dank der Medikamente, die er aus dem Spital hatte mitgehen lassen, waren die letzten Stunden einigermaßen erträglich gewesen. Nachhaltiger als jedes Medikament hatte ihn jedoch zuerst der Adrenalinstoß beflügelt, denn um ein Haar wäre seine überstürzte Flucht im letzten Moment gescheitert. Früher als von ihm einkalkuliert war nämlich sein leeres Bett entdeckt worden.

Zum Davonlaufen war es zu spät gewesen. Außerdem hätte er 24 Stunden nach der Notoperation auch gar nicht laufen können. Doch dann hatte er eine offene Besenkammer entdeckt, in die er unbemerkt hineinschlüpfen konnte. Während das Personal auf dem Spitalsareal und in der näheren Umgebung Ausschau hielt, war er zwischen Putzmitteln und Papierrollen am sichersten. Erst als ihm die Geräusche auf dem Flur verrieten, dass im Krankenhaus Ruhe eingekehrt und niemand mehr auf der Suche nach ihm war, hatte er sich aus seinem Versteck herausgewagt. Am Portier vorbeizukommen, erwies sich danach als das geringste Problem, denn keiner vermutete, dass sich der Flüchtling noch im Haus aufhielt.

Mit hoch erhobenem Haupt war er einfach durch den Haupteingang ins Freie spaziert. Wie viel Kraft ihn das gekostet hatte, war ihm nicht anzusehen gewesen. Nach der nächsten Straßenbiegung aber wäre er fast zusammengebrochen. Zu seinem Glück lag das Ospedale San Gennaro, in das man ihn bewusstlos eingeliefert hatte, nahe dem Vico Carrette, wo er einen Unterschlupf kannte. Das einsturzgefährdete Haus, um das sich seit dem Erdbeben von 1980 weder die Besitzer noch die Stadtverwaltung kümmerten, diente seither Unterstandslosen und Drogensüchtigen als Zufluchtsort. Auch Andrea hatte sich vor mehr als zehn Jahren in dem nur notdürftig abgestützten Bau so manchen Schuss gesetzt. Dann aber war er mit Padre Danieles Hilfe clean geworden. Und es bis zu jenem verhängnisvollen Tag im Mai geblieben, an dem er rückfällig geworden war.

Andrea stützte sich auf und blickte sich um. Als er heute kurz nach Sonnenaufgang mehr tot als lebendig hier hereingetorkelt war, hatte er sich nicht weiter umgesehen, sondern war einfach auf die nächstbeste Matratze gefallen. Jetzt erst sah er das Ausmaß der Beschädigungen und wunderte sich nicht mehr, dass er gänzlich allein geblieben war. Offenbar wagten sich nicht einmal mehr Junkies herein. Handbreite Risse durchzogen die Zimmerdecken, einige Zwischenwände waren eingestürzt und vermutlich hielt bloß noch der Schmutz das übrige Mauerwerk zusammen.

Hier konnte er nicht bleiben, das war ihm klar. Ins Krankenzimmer zurückzukehren, kam auch nicht in Frage, denn von dort würde er sofort ins Gefängnishospital und anschließend für Jahre in eine Zelle wandern. Soweit er sich erinnern konnte, hatte er vor dem Messerattentat noch eine beträchtliche Menge Kokain und Heroin besessen. Doch die Taschen seiner Jacke, die er ebenso wie sein blutverkrustetes Hemd und seine Jeans im Spind neben seinem Bett als zusammengeknülltes Bündel gefunden hatte, waren leer. Das Teufelszeug lag vermutlich bereits in der Asservatenkammer des Drogendezernats. Und er stand mit Sicherheit längst auf der Fahndungsliste.

Vorsichtig tastete er nach dem Brustverband. Er war trocken, aber ebenso trocken war sein Mund. Wasser, er brauchte dringend Wasser und irgendwann einmal auch etwas zu essen. Mühsam schleppte er sich zum nächsten Fenster. Im Vico Carrette war keine Menschenseele zu sehen und kaum Verkehrslärm aus der Umgebung zu hören. Eine Uhr besaß er schon lange nicht mehr, er hatte sie ebenso wie alles andere längst zu Geld gemacht. Aber der Sonnenstand verriet ihm, dass es Siestazeit und somit etwa drei Uhr nachmittags sein müsste. Bis zur Dunkelheit konnte er nicht warten, die Zunge klebte ihm am Gaumen und auch die Schmerzen wurden allmählich unerträglich. Wenn er nicht sofort etwas unternahm, war es zu spät.

Für den kurzen Weg von seinem Unterschlupf bis zur Piazza Fontanelle benötigte Andrea mehr als eine halbe Stunde. Aber er schaffte es, unbemerkt durch die Gassen, in denen er aufgewachsen war, bis zur Carmine-Kirche zu gelangen. Er war kaum jemand begegnet und selbst wenn man ihn vom Fenster aus beobachtet haben sollte, die Polizei hatte sicher keiner gerufen. In diesem Viertel, in dem fast jeder irgendwelchen obskuren Geschäften nachging, hielt man nicht viel von der Obrigkeit.

Er fühlte sich sicher, als er endlich vor dem Pfarrhaus stand, doch er zögerte, den Türklopfer zu betätigen. Ohne es sich einzugestehen, fürchtete er die Begegnung mit Padre Daniele. Wie bitter enttäuscht würde der Priester sein, der so große Hoffnungen in ihn gesetzt hatte. Er konnte ihm nicht erklären, weshalb er nach so langer Zeit rückfällig geworden war, denn das wusste er selbst nicht. Ein Blitz aus heiterem Himmel hatte ihn getroffen! Mit keinen anderen Worten könnte er die Versuchung beschreiben, der er an diesem verhängnisvollen Tag im Mai erlegen war. Hätte Andrea einen anderen Ausweg gewusst, er wäre umgekehrt. Doch als ihm eine neuerliche Schmerzwelle fast den Atem nahm, hämmerte er verzweifelt an die Tür. Dass er bereits erwartet wurde, konnte er nicht ahnen.

„Komm herein“, sagte Daniele. „Du brauchst keine Angst haben, wir sind allein. Ich habe Rita den Rest des Tages freigegeben. Es ist besser, sie weiß von nichts.“ Behutsam stützte der Priester den völlig Erschöpften, der gerade noch bis zum Gästezimmer wankte, bevor er in die Knie sank. „Ins Bett musst du es noch schaffen. Warte, ich bringe dir zuerst etwas Wasser und dann helfe ich dir.“ Nachdem Padre Daniele seinen Schützling sorgfältig zugedeckt hatte, griff er zum Telefon.

„Dottor Penisi wird gleich da sein“, beruhigte er Andrea, den ein heftiger Schüttelfrost erfasst hatte. „Das sind wahrscheinlich Entzugserscheinungen. Oder die Folgen der Operation.“

„Wieso wissen Sie Bescheid?“, stammelte der Verletzte, dem plötzlich Schweißperlen auf der Stirn standen, bevor er erneut zu zittern begann.

„Ich lese Zeitung, schon vergessen? Dann erinnerst du dich vielleicht auch nicht mehr an den alten Arzt von nebenan.“

„Wie könnte ich den vergessen. Aber ich wusste nicht, dass er noch lebt.“

„Wenn du so weitermachst, lebt er sicherlich noch länger als du. Aber darüber reden wir später. Er hat dir schon einmal geholfen und er wird dir wieder helfen.“

Bevor Andrea antworten konnte, klopfte es und Padre Daniele eilte zur Tür.

„Halb so schlimm“, brummte wenig später der weißhaarige Arzt mit dem Pulcinella-Profil, der sich auch nach seiner Pensionierung vor bald zwanzig Jahren immer noch um die Kranken in seiner nächsten Umgebung kümmerte. Dafür nahm er sich die Freiheit heraus, ausnahmslos alle, mit denen er es zu tun hatte, zu duzen.

„Ein paar Tage Bettruhe und du wirst schon wieder. Ich lasse dir etwas gegen die Schmerzen und zum Schlafen da. Den Verband soll dir Daniele wechseln, soweit ich sehe, wird die Wunde gut verheilen. Die Fäden ziehe ich dir nächste Woche. Ja, und noch etwas, bevor ich es vergesse. Hier ist ein Methadon-Rezept, du wirst es brauchen. Dringend sogar, wenn ich mich nicht irre. Lass mich deine Einstiche nochmals sehen."

Verlegen schob Andrea die Bettdecke zur Seite. Die Spritze, die ihm der Arzt sofort verabreicht hatte, zeitigte ihre Wirkung. Seit er keine Schmerzen mehr empfand, konnte er wieder denken. Und mit den Gedanken kam auch die Scham. Das blutverkrustete Hemd und die schmutzstarrenden Jeans hatte er mit Hilfe seiner beiden Schutzengel vor der Untersuchung ausgezogen. Sein nackter, magerer Körper verbarg nichts. Im Gegenteil, er erzählte vom Leidensweg eines Junkies kurz vor der Endstation. Arme und Oberschenkel waren mit roten, entzündeten Punkten übersät.

„Wärst du jünger und ich seniler, dann würde ich auf Masern tippen. Daniele soll dich nach einer ganz normalen Körperpflege, die dir zur Abwechslung nicht schaden könnte, vorsichtig mit Babyöl einschmieren. Du hast richtig gehört, Babyöl, das ist dafür das Beste. Aber vorher bitte waschen, denn du stinkst. Nach Desinfektionsmitteln, aber auch nach Blut, Schweiß und Verwahrlosung. Weiß der Himmel, wann deine Haut das letzte Mal mit Wasser und Seife in Berührung gekommen ist. Und etwas Ordentliches gegessen hast du auch schon seit einer Ewigkeit nicht mehr!"

Andrea richtete sich auf, doch als er die Beine auf den Boden setzte, begann sich das Zimmer um ihn zu drehen.

„Bleib im Bett. Am Ende stürzt du noch und die Wunde reißt auf“, schnauzte ihn der Arzt an, bevor er seine abgewetzte Tasche zuklappte. „Das könnte tödlich enden. Ist ohnedies ein Wunder, dass du das alles überstanden hast. Du hast die Konstitution eines Maulesels. Der bist du ja eigentlich auch und ein besonders dummer noch dazu, denn ein denkender Mensch kann doch nicht so blöd sein. Hast die Hölle hinter dir und gehst freiwillig zu den Teufeln zurück.“

Padre Daniele, der sich während der Untersuchung im Hintergrund gehalten hatte, fand, dass es genug sei. „Vorwürfe können Sie ihm später auch noch machen, jetzt soll er erst einmal schlafen. Glauben Sie mir, Andrea bereut es zutiefst, dass er da wieder hineingeraten ist.“

„Hat er das gesagt? Nun, das ist wenigstens ein Anfang.“

„Direkt gesagt hat er es nicht, dazu war noch keine Gelegenheit. Aber ich kenne ihn, er schämt sich in Grund und Boden.“

„Statt sich zu schämen, sollte er sich besser fürchten. Und vorsichtig sein. Der Anschlag auf ihn war kein Zufall! Irgendetwas tut sich in der Szene, glaub mir, Daniele. Andrea ist nicht mein einziger Patient mit Einstichen. Ich höre so allerlei, und was ich höre, gefällt mir gar nicht!“ Mit dem Versprechen, morgen um die gleiche Zeit wiederzukommen, verabschiedeten sich Arzt und Priester voneinander mit einem festen Händedruck.

Andrea, der sich aufgerichtet hatte, um das Gespräch in der Diele mitzubekommen, sank erschöpft in die Kissen zurück und schlief auf der Stelle ein. Als er erwachte, war es stockdunkel und totenstill. Doch ein Lichtschein, der durch den Türspalt fiel, verriet ihm, dass Padre Daniele nicht weit sein konnte. Nur während der Abendmesse hatte der Priester den jungen Mann allein gelassen, jetzt aber wollte er nochmals kurz weg, um Methadon, Verbandzeug und Babyöl zu besorgen. Leise öffnete er die Tür des Gästezimmers.

Nichts regte sich und er wollte sich schon wieder zurückziehen, als er ein Flüstern hörte: „Danke, Padre Daniele. Danke für alles. Bleiben Sie bei mir. Bitte! Gehen Sie nicht weg. Denken Sie daran, was der Doktor gesagt hat. Das war nicht irgendein Verrückter, der mich niedergestochen hat. Oder einer, der an mein Koks wollte. Der war nämlich noch da, und das Heroin auch, sonst hätte die Polizei nichts bei mir gefunden. Irgendwer läuft Amok und macht Jagd auf uns. Dieses Gerücht geht jedenfalls in der Szene um, und der Mordversuch an mir ist doch der beste Beweis dafür, dass es stimmt!“

„Hab keine Angst, hier kann dir nichts geschehen. Ich komm gleich wieder, dann essen und reden wir miteinander!“

Dazu sollte es am selben Abend jedoch nicht mehr kommen. Als Daniele mit seinen Apothekeneinkäufen und zwei appetitlich duftenden Pizzakartons zurückkehrte, lag Andrea in einem tiefen, ohnmachtähnlichen Schlaf. Offenbar hatte er das Alleinsein nicht länger ausgehalten und die zwei Schlaftabletten geschluckt, die Penisi ihm dagelassen hatte. Wahrscheinlich ist es besser so, sagte sich Daniele. Wenn er bis morgen Früh durchschläft und mit Hunger aufwacht, ist er fürs Erste über den Berg.

Dass er dafür die halbe Nacht wach liegen sollte, wusste Daniele noch nicht, als er sich wie jeden Mittwochabend eine Folge der Commissario-Montalbano-Serie im Canale 5 angesehen hatte. Der Priester kannte nicht nur die Kriminalromane, sondern alle Bücher des genialen Sizilianers Andrea Camilleri, der erst in späten Jahren zum Bestseller-Autor aufgestiegen war. Doch die Figur des Commissario aus Agrigent hatte es ihm besonders angetan, nicht zuletzt, weil Montalbano ihn an seinen alten Freund Giorgio Valentino erinnerte.

Satt und zufrieden begab sich Daniele noch vor Mitternacht zu Bett. Wie immer las er noch ein paar Seiten, bis ihm die Augen zuzufallen drohten. Doch kaum hatte er die Nachttischlampe ausgeknipst, wälzte er sich von einer Seite auf die andere. Vielleicht lagen ihm die zwei Pizzen im Magen, dachte er. Verfressen wie er war, hatte er auch die für Andrea vorgesehene bis zum letzten Krümel verzehrt. Doch es war nicht sein Magen, sondern sein Kopf, der ihn nicht einschlafen ließ.

Vor der Polizei hatte er keine Angst. Die Wahrscheinlichkeit, dass sie noch lang nach dem flüchtigen Drogendealer suchen würde, erschien ihm äußerst gering. Dafür war Andrea ein viel zu kleiner Fisch im großen Teich des Drogenhandels. Kleine Fische, um Himmels willen! In all der Aufregung hatte er heute prompt darauf vergessen, seine zu füttern. Ein Tag Diät wird ihnen nicht schaden, beruhigte er sich. Gleich morgen in der Früh würde er eine Extraportion Futter ins Aquarium streuen.

Die Ablenkung war nur von kurzer Dauer, quälend drehte sich das Rad seiner Gedanken weiter. Andrea hing wieder an der Nadel, das war unübersehbar. Und er besaß offenbar nur noch das, was er am Leib getragen hatte, und selbst das war unbrauchbar geworden.

Gleich morgen würde er für ihn Kleidung besorgen, denn in seine Sachen passte der ausgezehrte Mann gleich zweimal hinein. Der nächste Schritt war, ihm den Entzug so erträglich wie möglich zu machen. Im sicheren Versteck auf dem Fontanelle-Friedhof, wo er sich tagsüber aufhalten musste, könnte es unter Aufsicht von Dottor Penisi gelingen.

Falls er scheiterte, wusste Daniele nur allzu gut, wie es weitergehen würde. Andrea würde irgendetwas aus dem Pfarrhaus oder der Kirche mitgehen lassen, um es zu Geld zu machen. Daniele machte sich keine Illusionen. Dem Versprechen eines Süchtigen konnte und durfte man nicht trauen, das hatte er von Pia Angelina gelernt, die nach einem jahrelangen, qualvollen Kampf um das Leben ihres heroinabhängigen Sohns gescheitert war.

Fische füttern, Silberleuchter wegsperren, Bankomatkarte einstecken – diese drei Dinge würde er morgen gleich nach dem Aufstehen erledigen. Dann galt es, Andrea zu versorgen und in sein Notquartier umzusiedeln, bevor seine Haushälterin Rita im Pfarrhaus eintraf. Bis neun Uhr Früh mussten jedenfalls alle Spuren von Andrea beseitigt sein.

15. Kapitel

Der Zug nach Rom hatte natürlich Verspätung, doch eine andere Verbindung gab es nicht. Außer um vier Uhr morgens, doch dann wäre er viel zu früh in der Stazione Termini angekommen. Dazu noch unausgeschlafen und ratlos, wie er die Stunden bis zu seiner Meldung bei Colonnello Nicotra herumbringen sollte. Nervös nestelte Giorgio nach den Zigaretten in seiner Jackentasche und sehnte die Zeiten zurück, in denen man noch rauchen konnte, wo man wollte.

Frustriert schloss Giorgio die Augen, auch wenn in dem übervollen Abteil an Schlaf nicht zu denken war. Elena schlummerte wahrscheinlich noch selig in ihrem Hotelbett in Sorrent, aber auch ihr Wecker würde bald läuten. Wie gut, dass nicht er allein am abrupten Ende ihres Capri-Aufenthaltes schuld war. Im Gegenteil, sie hätte ihn nach einer letzten gemeinsamen Nacht auf der Insel ohnedies allein gelassen, um für eine Kollegin einzuspringen.

Er hatte Vorwürfe erwartet, doch während er noch versuchte, ihr am Telefon seine sofortige Abreise schonend beizubringen, war sie ihm ins Wort gefallen: „Das passt mir ausgezeichnet. Dann kann ich Valentina noch heute Abend in Sorrent ablösen, und sie kann sofort zum Zahnarzt gehen." Als er kurz danach im *Hotel Ninfea* eintraf, war sie bereits beim Kofferpacken.

Gemeinsam hatten sie dann das letzte Boot von Capri nach Sorrent genommen. Dort kannte er eine nette kleine Trattoria, in der Köstlichkeiten wie *Triglie al cartoccio* oder *Capitone fritto* auf der Speisenkarte standen. Doch während er noch von rosafarbenen Meerbarben und gebackenem Aal träumte, war Elena in Gedanken längst bei ihrer Arbeit.

„*Ciao amore,* bis morgen. Du rufst mich doch heute noch an?" Ein kurzer Kuss zum Abschied und schon war sie mit ihrem Koffer, den natürlich er von der Marina piccola bis hierher geschleppt hatte, im Inneren des Hotels verschwunden. Dann eben nicht, hatte er sich trotzig gesagt, bevor er sich auf den Weg zum Bahnhof machte.

Die *Circumvesuviana* ist die schnellste Verbindung zwischen Neapel und Sorrent, und die Züge der Schmalspurbahn halten auch in Portici, wo Giorgio früher als gedacht in der Carbinieri-Kaserne eingetroffen war. Von wegen romantischer Abend zu zweit, hatte er vor sich hin räsoniert, als ihm die Decke der stickigen Dienstwohnung auf den Kopf zu fallen drohte. Doch dann war er überraschend schnell in einen tiefen, traumlosen Schlaf gefallen.

Ob Elena seinen Anruf vermisst hatte? Vermutlich schon, denn zwischen ihnen war doch alles in Ordnung. Oder spürte sie ebenso wie er eine leichte Verstimmung, die nicht allein auf den eiligen Abschied zurückzuführen war?

Gerade als er beschloss, hier und jetzt nicht weiter darüber nachzudenken, läutete sein Handy. „Guten Morgen, *carissimo.* Wo steckst du?" Sie ist eine Hexenmeisterin, dachte Giorgio, als er die vertraute Stimme hörte. Als wäre die Sonne plötzlich durch die düsteren Wolken gebrochen, waren alle seine Bedenken schlagartig wie weggewischt.

„Noch immer im Zug, denn wir haben eine halbe Stunde Verspätung."

„Die kalkuliert dein Colonnello ein, mach dir keine Sorgen. Bist du schon sehr aufgeregt?"

„Bin ich. Aber warte, ich gehe auf den Gang, damit nicht das ganze Abteil zuhören muss."

„Bleib lieber sitzen, denn ich muss gleich aufhören. Ich bin noch nicht einmal geduscht und in einer halben Stunde geht es los. Ciao und toi, toi, toi. Ruf mich bitte an, sobald du etwas weißt. Ich bin in Gedanken bei dir, vergiss das nicht."

Elena stand vermutlich schon unter der Brause, als Giorgio das Handy endlich wegsteckte. Als könnte er es nur durch Geisteskraft nochmals zum Klingeln bringen, hatte er es mit einem seligen Lächeln minutenlang in der Hand behalten. Kein Wort des Vorwurfs, dass er sich gestern nicht mehr gemeldet hatte! Jede andere Frau hätte zuerst nach dem Grund für sein Schweigen gefragt. Aber Elena war eben nicht wie jede andere!

Als der Zug endlich in der Stazione Termini einfuhr, war Giorgios Welt wieder heil. Was auch immer die nächsten Stunden bringen mochten, er würde es mit Fassung tragen. Jetzt aber galt es, so rasch wie möglich ins T.P.C.-Hauptquartier zu gelangen. Ein Taxi könnte er sich leisten, doch um diese Zeit waren die Straßen der Hauptstadt rettungslos verstopft. Mit öffentlichen Verkehrsmitteln würde er vermutlich genauso schnell sein.

Giorgio zückte den Zettel, auf dem er sich die Verbindungen aufgeschrieben hatte. Sieben Stationen mit der Bus-Linie H bis zur Haltestelle Trastevere/Ministero Pubblica Istruzione. Von dort waren es nur wenige Schritte bis zu seinem Ziel.

Die Uhr zeigte exakt vier Minuten nach neun, als Giorgio das ehemalige Franziskanerkloster in der Via Anicia betrat. Zeit für einen Espresso, nach dem er geradezu lechzte, war ihm freilich nicht mehr geblieben und auch die ersehnte Zigarette hatte er auf dem eiligen Fußmarsch nicht wirklich genießen können. Am liebsten hätte er sich noch vor Betreten des Gebäudes eine zweite angesteckt, doch bekanntermaßen schätzte der Chef Pünktlichkeit über alles. Und mit einer brennenden Zigarette durfte er das Gebäude nicht betreten.

Im Büro von Colonnello Francesco Nicotra duftete es verführerisch nach Kaffee, doch von diesem selbst war nichts zu sehen. Die hohe Doppeltüre war zur Hälfte offen gestanden, sonst hätte es Giorgio nie gewagt, unaufgefordert einzutreten. Während er noch überlegte, was er jetzt tun sollte, tauchte der Zweimetermann plötzlich hinter ihm auf. Erschrocken fuhr Giorgio herum.

„*Buon giorno,* Capitano. Wir haben etwas Zeit und Sie haben sicher noch nicht gefrühstückt. Möchten Sie vielleicht einen Caffè?"

Giorgio blieb das *agli ordini* im Hals stecken, *zu Befehl* war sicherlich nicht die richtige Antwort auf diese Frage. „Nur allzu gern", antwortete er stattdessen. Zu spät fiel ihm ein, dass er nun glatt zu grüßen vergessen hatte. Sein oberster Vorgesetzter schien davon aber nichts bemerkt zu haben.

„Ich könnte auch noch einen vertragen", fuhr der Colonnello fort. „Nicht hier, in meinem Refugium ist es gemütlicher." Ein lausbubenhaftes Lächeln überzog sein Gesicht, als er am anderen Ende des Büroraums eine raffiniert in die Holzvertäfelung eingefügte schmale Tür aufstieß.

Hier hat jemand erst vor kurzem geraucht! Das war der erste Gedanke, der Giorgio durch den Kopf schoss. Dann aber fesselte ihn der Anblick, der sich ihm bot. Dass einem Colonnello neben einem weitläufigen Büro auch Privaträumlichkeiten zur Verfügung standen, wunderte ihn nicht. Irgendwo musste er sich ja vor nächtlichen Einsätzen ausruhen oder vor repräsentativen Aufgaben frisch machen und umkleiden können.

Was Giorgio verblüffte, waren Farbenwahl und Einrichtungsstil.

Kein einziges Stück schien aus der Asservatenkammer zu stammen, die vor gekonnten Imitationen kostbarer Intarsienarbeiten geradezu überging. Nicotra hätte unter den schönsten Möbeln im Stil von Renaissance oder Barock wählen können. Stattdessen befand sich in einer Ecke lediglich eine schlichte Couch, in der anderen ein Fauteuil und in gebührendem Abstand zu einer zweiflügeligen Fenstertür, die auf einen schmalen, steinernen Balkon führte, ein runder Glastisch mit dazupassenden Stühlen. Das war alles. Bis auf einen dicken, ungemusterten Perserteppich in kräftigem Burgunderrot, der vom Parkett des Bodens nur schmale Seitenstreifen frei ließ.

An den Fingern einer Hand konnte Giorgio das Interieur abzählen. Der Wandschmuck aber war das Erstaunlichste. In den Büros und den langen Bogengängen des ehemaligen Klosters hingen oder standen die exzellentesten Kunstkopien quer durch die Jahrhunderte. Hier befand sich jedoch nur ein einziges Gemälde, das den Raum beherrschte: Vor einem feuerroten Hintergrund wanden sich zwei Tänzerinnen mit entblößten Brüsten und wehenden Haaren ekstatisch zwischen brennenden Kerzen.

„Gefällt es Ihnen?“ Mit einer Zigarette im Mund reichte Francesco Nicotra seinem Gast eine Mokkatasse. Giorgio nickte stumm. Seine Kenntnisse moderner Kunst waren bescheiden und auch von Innenarchitektur verstand er wenig. Handelte es sich bei den wenigen ausgesuchten Stücken um Designermöbel? Oder um Massenware von IKEA, die in diesem Rahmen wie teure Einzelstücke wirkten? Besser, er hielt den Mund, sonst würde er sich wahrscheinlich entsetzlich blamieren. Zu dem Bild, das eine unglaubliche Vitalität und Lebenslust ausstrahlte, konnte er ohnedies nichts sagen. Ihm fiel nur auf, wie raffiniert das Rot des Teppichs auf das Ölgemälde abgestimmt war.

„Das Original hängt in einem kleinen Museum in Norddeutschland. Emil Nolde hat die *Kerzentänzerinnen* 1912 gemalt. Und Edgar Mrugalla hat sie 1982 gefälscht. Eine meisterhafte Arbeit, die von Mrugalla meine ich, denn kaum etwas ist so schwierig hinzukriegen wie der Pinselduktus eines Nolde. Ihn liebe ich unter allen Expressionisten am meisten. Deshalb habe ich diese Kopie auch ersteigert."

Dem Colonnello war Giorgios verlegenes Schweigen nicht entgangen, weshalb er in lockerem Plauderton fortfuhr: „Wenn Sie rauchen wollen, nur zu. Wir können uns auch setzen, und wenn Sie möchten, erzähle ich Ihnen ein wenig von dem König der Kunstfälscher, denn früher oder später werden Sie es mit einer seiner genialen Kopien zu tun haben." Nicotra rückte zwei Stühle zurecht und öffnete beide Flügel der Fenstertür, um den Rauch hinauszulassen.

„Zurück zu Mrugalla. Von dem Mann können wir nur lernen, denn er beherrscht alle nur denkbaren Tricks. Er hat mindestens 3000 Werke *nachempfunden*, wie er das nennt. Von etwa 50 Künstlern, angefangen von Rembrandt bis Picasso, Kokoschka und Nolde. Etwa die Hälfte davon ist nach seiner eigenen Einschätzung noch in Umlauf."

„Nicht gerade wenig", brummte Giorgio, um wenigstens irgendetwas zu sagen. Er hätte sich den Kommentar sparen können. Sein Chef, der offenbar bei seinem Lieblingsthema gelandet war, hatte keine Antwort erwartet. Und er bemerkte auch nicht, dass ihm sein Besucher nur noch mit halbem Ohr zuhörte.

„Zumindest Beuys war vor ihm sicher, den hat er absolut nicht leiden können“, fuhr Nicotra fort. „Aber wehe, einer hat ihm gefallen. Wie Picasso oder Warhol oder einige Impressionisten. Die hat er perfekt hinbekommen, und zwar in seinem Küchenherd. Sein Rezept: Erst Hühnerei-Eiweiß und Leinöl auf das frische Gemälde pinseln und dann einfach backen. Mit 40 Grad anfangen und langsam auf 150 Grad steigern. Anschließend muss das Bild noch für eine Nacht in die Tiefkühltruhe, und schon überziehen die gewünschten feinen Krakeluren die Leinwand.“

„Klingt wirklich wie ein Kochrezept. Und wie ein ziemlich einfaches auch noch dazu.“

„Ja, wenn man das entsprechende Fingerspitzengefühl hat. Aber ich will Ihnen jetzt keine weiteren Vorträge mehr halten.“ Nicotra blickte auf die Uhr. „Ein zweiter Kaffee geht sich noch aus.“

„Darf ich Sie in einer Privatsache um Ihren Rat bitten?“ Giorgio räusperte sich verlegen, bevor er sich zu der Frage durchrang, die ihm die ganze Zeit durch den Kopf gegangen war. „Es geht um die Maddalena-Kopie, die in der Asservatenkammer in Palermo liegt. Ich möchte sie um jeden Preis. Vor meiner Abreise aus Sizilien gab es noch keinen Termin für die Versteigerung, aber sie sollte noch in diesem Jahr stattfinden. Bei wem soll ich mich am besten erkundigen?“

Nicotra dachte kurz nach. „Mir fällt der Zuständige im Moment nicht ein. Egal, ich rede mit Tenente Puglia. Das ist, wie Sie wahrscheinlich wissen, der Chef, und er soll mir Bescheid geben.“

„Ich wollte Sie damit aber nicht belästigen. Das ist sehr freundlich von Ihnen“, bedankte sich Giorgio. Ermutigt wagte er einen weiteren Vorstoß. „Haben Sie irgendeine Vorstellung, was das Bild kosten könnte?“

„Sie nicht?", lachte Nicotra. „Dann ist es ganz schön leichtfertig zu sagen, dass sie die schöne Maddalena um jeden Preis besitzen wollen! Vielleicht können Sie sich nicht einmal den Rufpreis leisten!"

Erschrocken starrte Giorgio sein Gegenüber an. „Was schätzen Sie? Wie teuer kann das werden?"

Nachdenklich stützte Nicotra sein Kinn mit der rechten Hand. „Der Zeitpunkt ist günstig, der Fall liegt lange genug zurück, und der Prozess wird frühestens in einem halben Jahr stattfinden. Sobald sich die Medien wieder dafür interessieren, steigt der Preis garantiert. Und er könnte sogar extrem hinaufgehen, sobald das Original unter entsprechendem Wirbel auf dem internationalen Kunstmarkt angeboten wird. Aber bis die echte Maddalena unter den Hammer kommt, dürfte noch einige Zeit vergehen."

„Das heißt, dass ich im Moment sogar ein gutes Geschäft machen könnte?", fragte Giorgio.

„Wenn Ihr Atem lang genug ist, ja. Aber auf dieselbe Idee werden auch andere kommen. Gute Kopien sind derzeit gefragt, und es gibt eine ganze Reihe von Galerien in Italien und Deutschland, die sich darauf spezialisiert haben. Aber darum geht es Ihnen doch nicht, wenn mich nicht alles täuscht. Sie sind kein Spekulant, das sehe ich!" Nicotra hob sein Kinn und sah Giorgio offen an.

„Das meine ich durchaus wertfrei. Ich habe nichts gegen Spekulationen dieser Art. Aber ich halte Sie für einen Romantiker. Und ich glaube, dass Sie das Bild aus romantischen Gründen erwerben wollen. Aber das ist Ihre Sache und geht mich nichts an. Zu Ihrer Frage. Unter dem Strich, das heißt inklusive aller Gebühren und Abgaben, müssen Sie mit 5000 bis 7000 Euro rechnen."

Giorgio schluckte.

„Was gibt es, Maresciallo?“, wandte sich Nicotra zur Tür.

„Melde gehorsamst, Professore Martini hat eben angerufen. Sein Zug hat Verspätung und er wird nicht vor zehn Uhr hier sein können.“

„Luigi Martini kommt aus Florenz. Er ist der Sachverständige für antike Bronzen schlechthin. Unter seiner Leitung wurden seinerzeit die Krieger von Riace restauriert“, erklärte Nicotra, nachdem sich der Unteroffizier diskret zurückgezogen hatte.

Wie elektrisiert sprang Giorgio auf. „Das heißt, Sie haben etwas Bedeutendes im Engelmann-Hermes entdeckt.“

„Haben wir, deswegen sind Sie ja hier. Aber ich will nichts vorwegnehmen. Sie müssen sich also noch eine Weile gedulden.“ Während er sprach, ging Nicotra bereits zur Tür. „Maresciallo, lassen Sie uns aus der Bar doch bitte zwei Cappuccini und ein paar Cornetti bringen“, rief er dem Davoneilenden nach. Und zu Giorgio gewandt: „Gegessen haben Sie ja noch immer nichts und auf nüchternen Magen könnte die Überraschung, die uns vielleicht bevorsteht, zu viel für Sie sein.“

Nervös wanderte Giorgio im Zimmer auf und ab. Erst jetzt entdeckte er hinter einem Paravent, der ein Massagebett verbarg, zwei Statuetten, die in rundgemauerten Wandnischen hervorragend zur Geltung kamen. „Ich habe Probleme mit dem Rücken und gestern war der Masseur da“, sagte Nicotra, der Giorgios Blicken gefolgt war. Mit zwei Handgriffen klappte er das Bett zusammen und verstaute es in einer kleinen Abstellkammer neben dem überraschend geräumigen Badezimmer.

Giorgio nutzte die Unterbrechung, um das Thema Maddalena vorerst zu beenden. 7000 Euro für eine Kopie! Das musste er erst einmal überschlafen! „Sie lieben nicht nur Nolde, sondern auch Giacometti?“, wandte er sich fragend um, nachdem er die schmalen Skulpturen genauer betrachtet hatte. „Die Dame hier habe ich im Guggenheim-Museum in Venedig vor zwei Jahren im Original gesehen. Aber der junge Mann ist mir neu.“

„Dann waren Sie noch nie im Museo Etrusco Guarnacci von Volterra“, stellte Nicotra trocken fest. „Dieser Jüngling ist im Original nämlich etwa 2300 Jahre alt und vielleicht das beste Beispiel dafür, woher Giacometti seine Ideen hatte.“

Schon wieder war Giorgio der Blamierte. Beschämt betrachtete er die etwa einen halben Meter große Figur mit dem nadeldünnen Körper und dem kleinen Kopf. Dass das kein Giacometti war, sondern das Werk eines etruskischen Künstlers? Unglaublich!

„Dieses Exemplar sollte eine von jenen 300 Statuetten sein, die als streng limitierte Auflage 1999 genauso wie in der Antike im Wachsausschmelzverfahren gegossen wurden. Unter Aufsicht der Museumsleitung. Das Geschäft schlug wie eine Bombe ein, was zu der skurrilen Situation führte, dass Fälscher anfingen, im großen Stil Kopien zu kopieren. Inzwischen sind wahrscheinlich unzählige Ausgaben des *ombra della sera* auf dem Markt.“

„*Abendschatten,* ein ungewöhnlicher Name“, wunderte sich Giorgio.

„Stammt von Gabriele D’Annunzio, aber das muss man nicht wissen“, brummte Nicotra, der für den nationalistischen Dichter absolut nichts übrig hatte. „Viel interessanter ist für mich die Überlegung, wie weit die Inspiration für einen Künstler gehen darf. Sie sind nicht der Erste, der den *Abendschatten* für einen Giacometti hält! Ist sein unverkennbarer Stil wirklich eine

Eigenschöpfung, die sich nur an gewissen Vorbildern orientiert hat? Oder kopierte er schamlos eine uralte Kunstrichtung, die in Vergessenheit geraten war?“

Nicht zum ersten Mal an diesem Morgen blickte Giorgio seinen Vorgesetzten erstaunt an. Doch erstmals begriff er, weshalb dieser Mann, der kaum ein Jahr älter war als er selbst, in der Hierarchie so weit nach oben gelangt war. Natürlich hatte es ein gebürtiger Römer aus gutem Haus leichter als ein Sizilianer aus der tiefsten Provinz. Doch das allein genügte nicht. Colonnello Nicotra verdankte seinen beruflichen Einstieg vielleicht den richtigen Verbindungen, aber nicht seinen rasanten Aufstieg. 2003 hatte er das Kommando über die italienische Kunst-Polizei übernommen, im Alter von gerade einmal 41 Jahren. Einen solchen Karrieresprung schaffte man nicht durch Protektion, sondern nur, wenn man wirklich eine Persönlichkeit war.

„Wissen Sie, dass demnächst eine Giacometti-Plastik bei Sotheby's in London versteigert wird? *Der Schreitende,* eine lebensgroße Bronze-Skulptur, notiert mit einem Schätzwert von 12 bis 18 Millionen Pfund und wie man unter vorgehaltener Hand flüstert, könnte der Preis auf 50 Millionen Euro und mehr hinaufschnellen. Verstehen Sie jetzt, warum ich den *Abendschatten* neben dem Giacometti aufgestellt habe?“

„Ich begreife, was Sie meinen. Und wenn ich richtigliege, dann ist das nicht unbedingt als Liebeserklärung für den Schweizer Bildhauer gemeint. Echte Genies schöpfen demnach einzig und allein aus sich selbst“, antwortete Giorgio langsam. Seine Gedanken nahmen erst allmählich Gestalt an, denn unter diesem Aspekt hatte er Kunst noch nie betrachtet.

„Auf einen kurzen Nenner gebracht, ja“, gab Nicotra zurück. „Auch wenn ich es offiziell nicht zugeben darf, Fälscher wie Mrugalla ringen mir Hochachtung ab. Ich halte diesen Mann für kreativer als manchen Künstler, der sich seine Ideen von überall herholt und diesen Mischmasch dann als Eigenschöpfung ausgibt. Damit beziehe ich mich jetzt aber nicht auf Giacometti, sondern denke eher an einige Maler, die es mit einer Prise Dalí, einem Schuss Chagall und einer gehörigen Portion Picasso ganz schön weit gebracht haben."

Nicotra griff nach seinen Marlboro und auch Giorgio zündete sich erneut eine Zigarette an. Die schräg einfallenden Strahlen der Vormittagssonne durchschnitten den Rauch, der als Schleier aus durchscheinendem Blau vor den weit geöffneten Balkontüren schwebte. Schweigend hingen die beiden Männer ihren Gedanken nach, und erst nach einer geraumen Weile ergriff der Colonnello erneut das Wort.

„Diese Künstler sind nur Sternschnuppen am Kunsthimmel. Mit denen würde sich ein Mrugalla nie abgeben, denn der Deutsche hat ein angeborenes Gefühl für Qualität. Ich kenne kaum eine buntere Lebensgeschichte. Er müsste jetzt knapp über siebzig sein. Seine Schulbildung war bescheiden. Nach allerlei obskuren Berufen machte er einen Trödelladen auf und wurde prompt von Händlern, die ihm einige gute Bilder um einen Pappenstiel abknöpften, über den Tisch gezogen. Irgendwann begann er zu restaurieren und entdeckte dabei sein Talent. Bald fertigte dieser hochbegabte Autodidakt, der nie eine Kunstakademie von innen gesehen hatte, Kopien auf Bestellung an. Meisterhafte Kopien, ausschließlich von großen Meistern, die gewiefte Kunsthändler um ein Vermögen als Originale verkauften. 1987 flog das Geschäft auf, und Mrugalla, der davon am wenigsten profitiert hatte, wanderte ins Gefängnis. Aber nur kurz, denn in Wahrheit war er ein betrogener Betrüger. Heute malt er nur noch eigene Motive, die er über Ebay anbietet. Und fast wäre ich versucht zu sagen: schade. Seine Malerei ist Durchschnitt, seine Kopien aber sind genial."

„Und seine Fälschungen hängen noch immer unerkannt in Museen?"

„Jede Menge, davon können Sie ausgehen. Und sie schwirren nach wie vor zu Hunderten auf dem Markt herum, da sind wir uns sicher. Nach neuesten Schätzungen handelt es sich bei etwa 40 Prozent aller Kunstwerke, die von der Welt bestaunt oder von Sammlern gekauft werden, um Plagiate oder Kopien. Getrickst wurde also immer schon, aber noch nie zuvor hatte ein einziger Mann gleich ein paar tausend Kuckuckseier in Umlauf gebracht. Je raffinierter die Hightech-Methoden werden, umso mehr Falsifikate spüren die Experten Jahr für Jahr auf. Und das nicht nur in den zuständigen Denkmalämtern, viele Privatlaboratorien leben mittlerweile ausschließlich von Fälschungsuntersuchungen."

„*Permesso*?" Höflich unterbrach der Maresciallo, der ein volles Tablett vorsichtig durch die Türöffnung balancierte, den Monolog seines Chefs. „Greifen Sie zu", forderte Nicotra seinen Gast auf, als die ofenwarmen Cornetti und der heiße Kaffee auf dem Tisch standen. „Das Mittagessen wird wahrscheinlich ausfallen."

So war es dann auch. Aber daran dachte Giorgio ohnedies nicht mehr, als er wenig später zusehen durfte, wie der Hermes aus der Engelmann-Villa Zentimeter um Zentimeter sein Geheimnis preisgab.

16. Kapitel

Giorgio war sich der Ehre durchaus bewusst. Der oberste Chef hatte ihn nicht nur in seinem privaten Refugium empfangen, sondern ihm sogar mehr als eine Stunde seiner Zeit gewidmet. Dass dies keineswegs alltäglich war, konnte er an den respektvollen Mienen seiner Kollegen ablesen, als er an der Seite des Colonnello an den offenen Bürotüren vorbeiging. Angestrengt bemühte er sich, mit seinem ihn um Kopflänge überragenden Chef mitzuhalten, der mit weit ausgreifenden Schritten durch die langen Bogengänge des alten Klosterbaus eilte.

Auf dem Weg zum Röntgenlabor, das in einem eigens dafür adaptierten Trakt lag, passierten sie die Datenverarbeitung. Hier wurden sämtliche Informationen, die das Comando Tutela Patrimonio Culturale innerhalb von Jahrzehnten gesammelt hatte, gespeichert: fast hunderttausend Fälle, betreffend zweieinhalb Millionen Kunstwerke, dokumentiert durch eine Viertelmillion Fotografien, wie Nicotra voll Stolz erklärte.

Nach einem schier endlosen Marsch durch verwinkelte Gänge erreichten die beiden schließlich eine schmale Nebentreppe, die zu den Laboratorien im Erdgeschoss führte. „Jetzt kennen Sie unseren internen Schleichpfad. Ihr Hermes ist natürlich direkt von der Straße zu uns gebracht worden“, erklärte Nicotra, als sie erneut um eine Ecke bogen und noch immer nicht am Ziel waren.

Mein Hermes? Giorgio war die ungewöhnliche Wortwahl nicht entgangen, doch er wusste nicht, ob das nun etwas Gutes oder Schlechtes bedeutete. Wollte sich der Colonnello etwa rechtzeitig distanzieren, falls sich die aufwändige Aktion als Flop erweisen sollte? Nein, sagte sich Giorgio, er ist nicht der Typ, der sich eine Hintertür offen hält! Abgesehen davon hat er und niemand anderer den Experten aus Florenz kommen lassen.

Endlich erreichten sie eine Stahltür, vor der ein Brigadiere Wache schob. „Melde gehorsamst, Professore Martini ist soeben eingetroffen. Höflich trat der blutjunge Carabiniere beiseite und gab den Zugang zu den Laboratorien frei, wo sie von einem sichtlich nervösen Unteroffizier erwartet wurden.

„Agli ordini, Colonnello, buon giorno, Capitano!" Ausnahmsweise hatte Maresciallo Luogotenente Giovanni Pellegrini seine Uniform angelegt. So herausgeputzt hätte Nicotra den Laborchef, der normalerweise legere Kleidung unter dem Arbeitsmantel trug, fast nicht erkannt.

Pellegrini trat zur Seite und gab den Blick auf das Zentrum seines Reiches frei. Nicht weniger als sechs weitere Personen hatten sich in einem rechteckigen Saal von beachtlicher Größe rund um einen schweren Metalltisch gruppiert, der von einem bodenlangen Tuch verhüllt war. „Wie in einer Prosektur", dachte Giorgio, der sich nur allzu gut an seine Besuche in der Gerichtsmedizin erinnern konnte, als er noch Commissario der Mordkommission war.

Ein weißhaariger Mann löste sich aus der Gruppe. *„Salve!* Allmählich wird es hier ein wenig eng!" Freundlich lächelnd streckte er zuerst Nicotra und dann Giorgio die Hand entgegen. „Gestatten, dass ich mich vorstelle. Luigi Martini mein Name."

Bevor die anderen dem Beispiel des Professors aus Florenz folgen konnten, griff Pellegrini mit säuerlicher Miene ein. Immerhin war er hier der Hausherr und als solchem stand es ihm und sonst niemandem zu, das Begrüßungsritual zu leiten. Doch ausgerechnet sein eigener Chef machte ihm den zweiten Strich durch die Rechnung.

„Formalitäten können wir uns sparen“, drängte Nicotra. „Die Herren hatten ja reichlich Zeit, sich bekannt zu machen. Ich bin Colonnello Nicotra und an meiner Seite steht Capitano Valentino, dem wir unsere heutige Zusammenkunft zu verdanken haben.“ Und mit einem Nicken in die Richtung der Zivilisten, die zwischen den schwarzen Carabinieri-Uniformen in ihrer leichten Sommerkleidung wie bunte Vögel wirkten, setzte er fort. „Danke, dass Sie, Dottore, gleich mit drei Assistenten gekommen sind. Fangen wir an!“

Verwirrt blickte Giorgio um sich. „Dottor Stefano Piazza ist der Mann im lichtblauen Hemd. Er ist der Leiter des römischen Denkmalamtes und die drei neben ihm sind seine besten Restauratoren“, klärte ihn Nicotra mit leiser Stimme auf, bevor er in gewohnter Lautstärke fortfuhr.

„Können wir als Erstes die Röntgenbilder sehen? Sie haben doch seit gestern weitere gemacht?“

Der noch immer verärgerte Pellegrini wies stumm auf eine Leuchttafel am anderen Ende des Raumes, die von Negativen nahezu vollständig bedeckt war. Wieder fühlte sich Giorgio an die Ermittlungen in einem Mordfall erinnert. Auch in seinem Büro hatte er die Bilder der Mordopfer und Tatorte während der Ermittlungen ständig vor Augen gehabt. Fotografien, die in aller Schärfe jedes noch so schaurige Detail enthüllt hatten. Auf diesen Röntgenaufnahmen hingegen konnte er bloß Konturen erahnen, die sich wie ein helles Fischgrätenmuster von dem verschwommenen Dunkel des Hintergrunds abhoben.

„Wie ich sehe, können Sie damit wenig anfangen“, stellte Nicotra lakonisch fest. „Aber Sie erkennen, dass sich eindeutig etwas im Inneren verbirgt. Was das sein kann, darüber können wir vorerst nur spekulieren. Es sei denn, wir haben einen Verdacht. Wie wären Sie als Commissario in dieser Situation vorgegangen?"

Giorgio fühlte sich wie auf einem Prüfstand. Das Gemurmel um ihn war verstummt, denn alle Anwesenden wollten offenbar hören, was der Neuling in ihren Reihen zu sagen hatte.

„In einem Mordfall mit einem unbekannten Toten würde ich als Erstes die Vermisstenlisten durchsehen."

„Genau das sollen Sie jetzt auch tun", grinste Nicotra, dem diese Art der Einschulung offenbar großen Spaß bereitete.

„Das heißt, ich muss feststellen, wo und wann etwas gestohlen wurde, das im Engelmann-Hermes Platz finden könnte. Der Gedanke liegt nahe, dass ich nach einer Skulptur suchen muss. Haben Sie eine Aufstellung bei der Hand?"

Stumm überreichte Nicotra Giorgio einen Computerausdruck, den er rasch überflog. Erst als er ziemlich am Ende der Liste angelangt war, stockte er.

„Das kann doch nicht sein!", rief er entgeistert aus.

„Vielleicht doch", antwortete Nicotra mit einem Lächeln. „Der Verdacht drängt sich jedenfalls auf und deshalb werden wir unserem griechischen Gott hier gründlich zu Leibe rücken!"

Giorgio zuckte entsetzt zurück. „Dürfen wir aufgrund einer vagen Vermutung ein Kunstwerk beschädigen? Oder gar zerstören? Was ist, wenn wir uns irren?"

„So vage, wie sie glauben, ist unsere Annahme nicht. Sonst wäre Professore Martini, der eigentlich schon in Pension ist und nur noch in außergewöhnlichen Fällen aktiv wird, nicht sofort angereist." Der Angesprochene nickte stumm, sodass Nicotra ohne Unterbrechung fortfuhr. „Außerdem arbeiten wir nie ohne Netz."

„Dafür ist ein weiterer Ermittlungsschritt nötig", schloss Giorgio mit leisem Zögern in der Stimme, was ihm einen aufmunternden Blick seines Vorgesetzten eintrug. „Es ist zu klären, wer der Schöpfer der Hermes-Statue ist und wie hoch diese auf dem Markt notiert."

„Bravo, Capitano. Genau das haben wir recherchiert. Einen Aegidius Franz gibt es in der gesamten Schweiz nicht und auch nicht in Österreich oder Deutschland. Zumindest keinen lebenden. Einen toten haben wir gefunden, bestattet 1975 auf einem Dorffriedhof bei Bern. Die Hermes-Figur aber wurde angeblich 1999 geschaffen. Da hat der Perfektionist Engelmann ausnahmsweise einmal geschlampt. Aber er hat auch nicht damit gerechnet, dass sein griechischer Gott in jeder Hinsicht durchleuchtet werden könnte."

Während die anderen noch herumstanden, hatte es sich Professore Martini bequem gemacht. „Wenn die drei Herren jetzt loslegen, will ich ihnen nicht im Weg stehen", erklärte er mit einem Augenzwinkern, weshalb er sich der einzigen Sitzgelegenheit im Raum bemächtigt hatte.

„Pellegrini, einen Stuhl für Dottor Piazza", ordnete Nicotra an, doch noch bevor der Angesprochene reagieren konnte, rollte sein Assistent bereits einen Bürostuhl aus dem Nebenraum herbei. Inzwischen hatten die Restauratoren mit gekonntem Schwung das Tuch von der Statue entfernt. Unter dem grellen Licht der Deckenstrahler sah der Kunststein-Hermes aus nacktem Beton desillusionierend aus. Sein Aufenthalt auf Capri war viel zu kurz gewesen, um sich eine Patina aus Staub und Moos als schmückenden Mantel umzulegen.

Kein Laut war zu hören, als die Restauratoren mit ihren handlichen Ultraschall-Meißeln an drei Stellen gleichzeitig mit ihrer Arbeit begannen. Giorgio, der aus einiger Distanz die Szenerie beobachtete, glaubte sich in einen Operationssaal versetzt. Die drei Männer, die sich konzentriert über den Tisch beugten, trugen nun weiße Arbeitsmäntel und als Schutz gegen die feinen Steinsplitter Gesichtsmasken.

Es herrschte Schweigen, das nur hin und wieder vom monotonen Surren der Maschinen oder durch einen kurzen Kommentar unterbrochen wurde. Dass keiner von ihnen glaubte, ein Kunstwerk vor sich zu haben, spielte keine Rolle. Wie Ärzte, die ohne Ansehen der Person ihr Bestes zu geben haben, gingen auch die Experten des Denkmalamts mit ihrem Patienten um. Es war Präzisionsarbeit, denn Millimeter um Millimeter wurde Schicht um Schicht des etwa fünf Zentimeter dicken Kunststeins an mehreren Stellen abgehoben.

„Pinzette!" Ohne sich umzuwenden, wartete einer der Restauratoren darauf, dass man ihm das Gewünschte in die Hand drückte. Giorgios Vergleich mit einem medizinischen Eingriff war wirklich nicht weit hergeholt. Als handelte sich um ein Stück Gewebe, ließ der Restaurator ein winziges graues Teilchen in eine Glasschale fallen. Wie auf ein Stichwort sprang Professore Martini auf. „Das werden wir gleich haben", sagte er, und verschwand mit dem Laborgehilfen im Nebenraum.

„Weitermachen. Und Sie brauchen auf die Skulptur keine Rücksicht mehr zu nehmen", rief der Professor wenig später begeistert aus. „Auch ohne chemische Analyse bin ich mir sicher, dass es sich bei der Probe um eine gummiartige Substanz handelt. Weg mit dem Schutt und tragen Sie den Steinmantel weiter ab. Sie zerstören nichts anderes als wertloses Verpackungsmaterial!" Strahlend blickte Martini um sich, bevor er Giorgio, der wie betäubt dastand, auf die Schulter klopfte. „Sie haben die richtige Nase gehabt. Ich weiß zwar noch nicht hundertprozentig, was wir vorfinden werden, aber ich habe eine ziemlich konkrete Vermutung!"

„Kommen Sie, Capitano, gönnen wir uns eine Rauchpause. In der nächsten Stunde wird sich hier wenig Aufregendes tun." Stumm folgte Giorgio seinem Chef ins Freie und ebenso stumm nahm er die angebotene Zigarette an. „Ihnen hat es wohl die Rede verschlagen?"

Aus der Höhe seiner fast zwei Meter blickte der Colonnello auf den Ex-Commissario aus Trapani herab, den er mit gutem Grund in seine Mannschaft geholt hatte. Der Widerstand in den eigenen Reihen war erheblich gewesen. Einige seiner Offiziere hatten nichts davon gehalten, einen ehemaligen Polizisten abzuwerben, mit der Absicht, ihn in kürzester Zeit zum Maggiore zu befördern. Sollte sich jedoch die vorläufige Expertise von Professore Martini bewahrheiten, konnten selbst die größten Zweifler nichts mehr gegen die Berufung Valentinos zum Leiter des neuen T.P.C-Büros in Catania vorbringen.

Von den Überlegungen seines Vorgesetzten ahnte Giorgio nichts. Ihn beschäftigte einzig und allein der Gedanke an die Liste der gestohlenen Kunstwerke, die ihm der Colonnello übergeben hatte. Konnte es wirklich wahr sein, dass er innerhalb weniger Monate zum zweiten Mal einen unglaublichen Glücksgriff getan hatte?

„Auf mich wartet im Büro eine Menge Arbeit. Wenn es so weit ist, wird man mich rufen. Sie bleiben in der

Nähe, wie ich annehme." Nicotra trat seinen Zigarettenstummel aus und verschwand im Inneren des Gebäudes. Ratlos, wie er die nächsten Stunden herumbringen sollte, stand Giorgio auf der Straße. Am besten, er deckte sich mit genügend Zigaretten ein, denn heute war sicherlich nicht der geeignete Zeitpunkt, sich Zurückhaltung aufzuerlegen.

Am Ende der Via Anicia fand er einen Tabakladen und gleich daneben eine Bar. Noch ein Espresso, überlegte er, aber Kaffee hatte er heute schon genug getrunken. Kurz entschlossen bestellte er einen Averna. Normalerweise trank Giorgio kaum Alkohol und schon gar nicht am Vormittag. Ein Glas Wein zum Essen, ja, aber für härtere Sachen hatte er an sich wenig übrig. Für seine angespannten Nerven aber war der Kräuterbitter aus seiner sizilianischen Heimat jetzt genau das Richtige.

Vielleicht würde die Zeit bei einem zweiten Averna und einem Plausch mit dem Mann hinter der Theke, der gelangweilt an den Glasregalen herumputzte, schneller vergehen? Giorgio widerstand vorerst einmal der Versuchung und griff stattdessen nach einer Zeitung, mit der er sich auf eine Sitzbank im hinteren Lokalbereich zurückzog. Allmählich füllte sich die Bar mit den Angestellten der umliegenden Büros. Auch Giorgios Magen meldete, dass es höchste Zeit für einen Mittagsimbiss war. Als er schließlich gute zwei Stunden später in das Labor zurückkehrte, schien man nur noch auf ihn und den Colonnello, der unmittelbar hinter ihm auftauchte, gewartet zu haben.

Von den spitzwinkeligen Dreiecken der Hermes-Skulptur war nur ein Haufen Schutt übrig geblieben, der notdürftig zusammengekehrt in einer Ecke des Raumes lag. Auf dem Tisch, der ebenso wie die Restauratoren über und über mit feinem Staub bedeckt war, erspähte Giorgio eine undefinierbare Gestalt in einer Art Taucheranzug. Was die Haut aus Gummi verhüllte, hatte kaum etwas Menschenähnliches an sich.

Vor Aufregung biss er sich fast auf die Zunge. Genau so musste die Figur im Liegen aussehen, wenn er mit seiner Vermutung richtig lag. Zuletzt hatte er sie vor zwei Jahren in aufrechter Haltung gesehen. In einer ehemaligen Kirche in Westsizilien, die zum Museum umfunktioniert den stilvollen Rahmen für eine archäologische Weltsensation bildete. Von raffiniert angebrachten Spots beleuchtet, war die Skulptur wie ein vom Himmel gefallener Götterbote scheinbar schwerelos im Raum geschwebt.

Nie würde er den verzückten Gesichtsausdruck des weinselig herumwirbelnden Jünglings vergessen. Und auch nicht die Eleganz der Bewegung, die sich allein schon im Muskelspiel des perfekt geformten Körpers offenbarte. Seinen linken Unterschenkel hatte er in Ekstase abgewinkelt nach hinten gestreckt in einer für die Ewigkeit festgehaltenen Momentaufnahme von unnachahmlicher Grazie. Dass ihm das Standbein und auch beide Arme fehlten, konnte der Schönheit des nackten Tänzers keinen Abbruch tun.

Einer der Restauratoren reichte seinem Chef ein Skalpell mit großer Klinge. Niemand anderem als dem Leiter des Denkmalamts von Rom stand die Ehre zu, das Geheimnis zu lüften. Wieder war es Feinarbeit, bis der Schnitt durch das weiche Material endlich lang genug war. Ein Zentimeter noch, dann faltete Dottor Piazza behutsam die beiden Teile der Latexmaske auseinander.

Aus seinen großen Elfenbeinaugen blickte der *Tanzende Satyr von Mazara del Vallo* seine Befreier an.

Wie lebendig sieht dieser Halbgott selbst aus allernächster Nähe aus! Ganz so, als könnte er jeden Moment zu uns sprechen, dachte Giorgio, als er sich über den lockengeschmückten Kopf der bronzenen Gestalt beugte. Dann würde er uns auch verraten, wer hinter seiner Entführung steckte. Aber eigentlich wissen wir das längst, nur beweisen können wir es nicht.

Wer auch immer der Auftraggeber gewesen sein mochte, niemand anderer als die Mafia konnte bei einem Coup dieser Größenordnung ihre Hände im Spiel gehabt haben. Doch selbst diese Profis waren zwei Mal gescheitert und erst bei ihrem dritten Anlauf im Juni dieses Jahres erfolgreich gewesen.

Über Nacht war die zwei Meter große, 96 Kilogramm schwere Statue aus dem Museum verschwunden. Niemand hatte etwas gesehen, niemand etwas bemerkt. Und inzwischen hatte auch niemand mehr daran geglaubt, dass sich das Meisterwerk eines Praxiteles, das 1998 wie aus dem Nichts aus seinem Grab auf dem Meeresgrund aufgetaucht war, noch in Italien befinden könnte.

Das wäre freilich nur noch kurze Zeit der Fall gewesen. Ohne Giorgios Eingreifen hätte der Transport des Jünglings aus dem vierten Jahrhundert vor Christus demnächst stattgefunden – und die Welt wäre damit für immer einer ihrer kostbarsten Kunstschätze beraubt gewesen. Denn mit Sicherheit war der *Tanzende Satyr* nicht für das Wilson-Museum in Cincinnati bestimmt, das hätte nicht einmal ein Arthur Engelmann gewagt. In der Privatsammlung irgendeines Milliardärs hingegen wäre er vor dem Zugriff der europäischen Fahnder für alle Zeiten sicher gewesen.

Künstlerpech für die Kunsträuber! Aber genau das schien der Gefährte des Dionysos all jenen zu bringen, die sich seiner jemals gewaltsam bemächtigt hatten. Von den Römern war er aus Griechenland an den Tiber gebracht worden und dort einige Jahrhunderte später den Vandalen bei der Plünderung Roms im Jahr 455 in die Hände gefallen. Auf dreißig Schiffen hatte ihr König Geiserich die gewaltige Beute in das heutige Tunis bringen lassen. Doch eines davon hatte die Hauptstadt des Vandalenreiches nie erreicht, wie zeitgenössische Historiker zu berichten wussten, und zwar „jenes mit den Statuen".

Mehr als eineinhalb Jahrtausende später war eines der Opfer dieses Schiffbruchs ein paar Fischern aus dem westsizilianischen Städtchen Mazara del Vallo ins Netz gegangen. In der Straße von Sizilien, auf halbem Weg zwischen Europa und Afrika, hatten sie 1998 den Fang ihres Lebens gemacht.

„Der Staatsanwalt hat die Untersuchungshaft für Arthur Engelmann bereits verlängert." Colonnello Nicotra grinste über das ganze Gesicht, als er mit der erhofften Nachricht hereinplatzte. Dass er sich überhaupt entfernt hatte, war Giorgio ebenso entgangen wie kurz zuvor eine Ankündigung von Professor Martini, die sofort hektische Aktivitäten ausgelöst hatte: In etwa zwanzig Minuten sollte das erste Fernsehteam eintreffen und weitere würden mit Sicherheit folgen. Er habe seine Verbindungen spielen lassen, erklärte der Experte aus Florenz, und das Interesse sei wie immer groß, wenn sein Name ins Spiel kam.

„Vielen Dank für Ihre Bemühungen, Professore", sagte Nicotra, der eben bei der Tür hereinkam und die letzten Worte Martinis gehört hatte, mit undurchdringlicher Miene. „Aber den Medienrummel sollte besser doch nur einer koordinieren, sonst kommt bloß ein großes Durcheinander dabei heraus. Ich habe bereits eine

Pressekonferenz für 16 Uhr festgesetzt. Um spätestens 15 Uhr 30 erwarte ich Sie alle in meinem Büro." Mit wenigen Worten hatte der Colonnello klargestellt, wer hier das Kommando führte.

Fernsehteams? Pressekonferenz? Giorgio schwirrte der Kopf, auch wenn ihm das eigentlich nichts Neues war. Erst vor wenigen Monaten hatte „seine" Maddalena einigen medialen Staub aufgewirbelt. Von einem Commissario Valentino war im Zusammenhang mit der sensationellen Entdeckung eines Renaissance-Gemäldes allerdings nur am Rande die Rede gewesen. Diesmal würde es kaum anders sein und das war auch richtig so. Der Ruhm gebührte der gesamten Truppe – und allen voran dem Chef, der ja auch für einen Misserfolg hätte geradestehen müssen. Doch wie er den Colonnello seit ihrem Gespräch am frühen Vormittag einschätzte, könnte ein Abglanz davon diesmal auch auf ihn fallen. Vielleicht würde er sogar für ein paar Sekunden im Scheinwerferlicht stehen. In jedem Fall musste er sofort Elena anrufen, damit sie sich die Abendnachrichten ansah!

Automatisch fasste er mit einer Hand nach seinem Kinn. Mit diesen Bartstoppeln würde er sich vor keine Fernsehkamera wagen! Und auch nicht mit dem verschwitzten, zerknitterten Hemd! In der Viale Trastevere, in der er heute Früh aus dem Bus gestiegen war, müsste es doch einen Friseur und auch ein Herrenmodengeschäft geben. Mit seiner Barschaft würde er allerdings nicht weit kommen, doch wie er zu seiner Erleichterung feststellte, hatte er die Kreditkarte ausnahmsweise einmal eingesteckt.

Giorgio hatte keine Ahnung, dass man ihm jeden einzelnen seiner Gedanken vom Gesicht ablesen konnte. Und glücklicherweise sah er auch nicht das amüsierte Lächeln, mit dem Colonnello Nicotra, der sich auch über seine eigene Eitelkeit keine Illusionen machte, seinem Capitano nachblickte.

17. Kapitel

Skeptisch betrachtete Giorgio den feuerroten Teufel, der sich als unumschränkter Herrscher seines Reiches fühlte. Sobald der *Betta splendens* mit wehenden Flossen das Aquarium durchquerte, ergriffen alle anderen Bewohner sofort die Flucht. Das dürfte wohl doch nicht das richtige Gastgeschenk für seinen alten Freund Daniele sein, der ihn für heute Abend zum Essen eingeladen hatte. Da mochte der Verkäufer in der Zoohandlung ihm noch so oft versichern, der Siamesische Kampffisch sei nur für ein anderes erwachsenes Männchen seiner Art gefährlich, Giorgio wollte es nicht darauf ankommen lassen. Nicht auszudenken, wenn sein Mitbringsel ein Todesdrama im Pfarrhaus auslösen sollte.

Vorsichtshalber entschied er sich nicht für den aggressiven Schönling, sondern für einen dunkelblauen Guppy mit einer aparten Schwanzflosse in Schwarz und Orange. Und schließlich auch noch für den Kakadu-Zwergbuntbarsch, der keck zwischen den Blättern einer Stängelpflanze hervorgelinst hatte. Damit konnte nichts schiefgehen, sagte er sich, als er mit dem durchsichtigen Plastikbeutel, in dem die beiden Fischlein aufgeregt ihre Mäuler aufrissen, nach einem Taxi Ausschau hielt.

In der anderen Hand trug Giorgio ebenfalls zwei Fische, doch waren diese bereits seit einigen Stunden tot. Auf den Punkt gebraten sollte das zarte Fleisch der Zahnbrassen ein weiterer Höhepunkt der zu erwartenden kulinarischen Orgie werden. Daniele müsste sich schon sehr geändert haben, sollte sich der Pfarrhaustisch heute nicht unter den Köstlichkeiten aus Küche und Keller biegen, sagte sich Giorgio, dem bereits beim

Gedanken an den bevorstehenden Abend das Wasser im Mund zusammenlief.

Nach dem aufregenden Tag in Rom war er heute etwas länger als sonst im Bett geblieben. Mit gutem Gewissen, galt er doch seit gestern im Kollegenkreis als Held. Was offenbar nicht allen schmeckte, aber er würde sich an die giftigen Blicke von Capitano Fiorello, der ihn zuvor schon nicht gemocht hatte, gewöhnen.

Die Pressekonferenz war für die T.P.C.-Brigade jedenfalls ein voller Erfolg gewesen. Die sensationelle Entdeckung der Kunstjäger stand in allen Zeitungen auf der Titelseite. Auf den Fotos war Giorgio jedoch, wenn überhaupt, nur am Rande zu sehen. Auch sein Fernsehauftritt war denkbar bescheiden ausgefallen. Bei der Nennung seines Namens hatte sich die Kamera lediglich für ein paar Sekunden auf ihn gerichtet und dann sofort wieder Colonnello Nicotra ins Visier genommen.

Heute ist ein anderer Tag, sagte sich Giorgio, und beschloss, vorerst nicht mehr an die turbulenten Ereignisse in Rom zu denken.

„*Salve, amico!* Schlau von dir, dass du nicht mit deinem Auto kommst!“ Stürmisch umarmte Daniele seinen alten Freund und hätte dabei um ein Haar die Zierfische in ihrem fragilen Gefängnis zerdrückt.

„Vorsicht, sonst kannst du die zwei gleich zu den *Dentice* in die Pfanne legen“, lachte Giorgio, als er seine Gastgeschenke übergab. „Aber kläre mich auf: Essen Aquarium-Liebhaber überhaupt Fische?“

Erst als die Neuankömmlinge, die sich von den Strapazen des Transports offenbar rasch erholten, mit kräftigen Flossenschlägen ihr künftiges Zuhause inspizierten, gab Daniele eine für ihn typische Antwort. „Essen Sie Gänsebraten, Professore, wurde der Nobelpreisträger Konrad Lorenz einmal gefragt. Du weißt schon, das ist der Verhaltensforscher aus Österreich, der für seine Studien als Graugans unter seinen Graugänsen gelebt hatte. Wie, glaubst du, hat er auf diese provokante Frage reagiert?“

Giorgio zuckte ratlos mit der Schulter.

„Eine ihm persönlich unbekannte Gans verzehre er mit dem größten Vergnügen, hat Konrad Lorenz nonchalant geantwortet. Wunderbar! Mit diesem Satz hat er meine Gewissensbisse hinweggefegt“, lachte Daniele, doch dann wurde er unvermutet ernst: „Wenn das nur immer so einfach wäre!“

„Was ist los? Kann ich dir helfen? Ich sehe dir an, dass dir etwas auf der Seele brennt!“ Besorgt musterte Giorgio das Gesicht seines Freundes. Wie die dunklen Augenringe verrieten, hatte er offensichtlich schlecht oder vielleicht gar nicht geschlafen.

Wie auf Bestellung erfüllte das elektronisch gesteuerte Läuten der Kirchenglocken den Raum. Acht lange Schläge verkündeten in enervierender Lautstärke die volle Stunde. Doch selbst, als wieder Ruhe eingekehrt war, ließ sich Daniele mit seiner Antwort noch Zeit. Dass er über seinen Kummer nicht reden wollte, war unübersehbar. „Du hast recht“, sagte er schließlich eher unwillig. „Aber das muss ich mit mir allein ausmachen. Niemand kann mir das abnehmen. Und gerade du am allerwenigsten.“

„Ist es so schlimm, dass du nicht einmal mit mir darüber reden kannst?“ Giorgio, der seinen Freund besser kannte, als dieser ahnte, ließ nicht locker.

Daniele zögerte noch immer. Wie sollte er ausgerechnet einem Polizisten erklären, warum er einem Drogendealer, der auf der Fahndungsliste stand, Unterschlupf gewährt hatte? Dass er Priester war, würde vor dem Gesetz – und auch vor Giorgio – kaum als Entschuldigung gelten.

„Vielleicht erzähle ich dir später, worum es geht. Jetzt essen wir erst einmal." Wie Giorgio vorausgesehen hatte, wartete ein halbes Dutzend *Antipasti* auf die beiden Männer. Normalerweise wäre weder von der *Caponata* noch von der *Parmigiana* ein Bissen übrig geblieben. Doch die beiden Männer stocherten in den wohlschmeckenden Auberginengerichten, die Danieles Haushälterin Rita am Vormittag zubereitet hatte, nur lustlos herum.

Mit einem tiefen Seufzer schob der Priester nach einer Weile seinen Teller zur Seite. „Willst du es wirklich wissen? Also gut! Seit gestern verstecke ich Andrea Bozza vor der Polizei", platzte Daniele heraus.

„Und wo ist das Problem? Ich bin nicht mehr bei der Polizei. Und selbst wenn, dann hättest du von mir doch nichts zu befürchten. Das müsste dir eigentlich klar sein", antwortete Giorgio gekränkt. „So wenig Vertrauen hast du zu mir?"

„Das ist leider nicht alles. Ich weiß nicht, was weiter werden soll. Andrea geht zurzeit durch die Hölle. Er leidet an entsetzlichen Entzugserscheinungen, und ich bin mir sicher, wenn ich nicht sofort einen Therapieplatz für ihn finde, wird er wieder rückfällig, sobald er aufstehen kann. Liefere ich ihn in eine Klinik ein, dann kommt er erst einmal ins Gefängnis. Das überlebt er nicht. Die Freiheit aber auch nicht. Denn entweder bringt ihn das Heroin um oder er wird wieder niedergestochen. Ein zweites Mal wird er nicht so viel Glück haben."

„Langsam und alles der Reihe nach", unterbrach Giorgio den Redestrom. Allmählich dämmerte ihm, wovon Daniele sprach. „Dein Schützling ist der Mann, der vor zwei Tagen vor dem Castello Capuano blutüberströmt aufgefunden wurde? Ich erinnere mich an die Zeitungsnotiz, und auch im Fernsehen haben sie kurz etwas darüber gebracht. Woher kennt er dich?"

„Ich habe ihm schon einmal geholfen, clean zu werden. Vor Jahren. Und diesmal: Kaum war Andrea nach der Notoperation wieder bei Bewusstsein, ist er aus dem Spital abgehauen. Dienstag am Nachmittag stand er plötzlich vor meiner Tür. Was hätte ich denn machen sollen?"

„Wo ist er jetzt?"

„In einem Notbett auf dem Friedhof. Über Nacht schläft er im Gästezimmer, aber am Morgen muss ich ihn ausquartieren. Rita darf doch nichts merken und auch sonst niemand. Außer Dottor Penisi, der Andrea zweimal täglich besucht und mit Methadon versorgt."

„Wir holen den armen Kerl sofort zu uns herüber! Du wirst doch nicht warten wollen, bis ich gegangen bin."

„Lass dir Zeit, bald ist es finster und dann ist es sicherer. Außerdem wird Pia Angelina gleich kommen, um den Schlüssel zu holen. Heute ist doch Donnerstag?"

„Wer ist Pia Angelina?"

„Sie leitet den Selbsthilfeverein *Frauen gegen Drogen*. Jeden Donnerstagabend trifft sich die Gruppe im Pfarrsaal."

Kaum hatte Daniele ausgesprochen, klopfte es. Neugierig geworden, linste Giorgio durch den Türspalt ins Vorzimmer. Von der dunkelhaarigen Frau, die etwa so groß war wie Elena, bekam er im spärlich beleuchteten Flur bloß einen flüchtigen Eindruck. Eine schlanke Gestalt, mit einer Spange zurückgefasste Haare, ein schmales, blasses Gesicht, mehr konnte er nicht ausnehmen. Doch ihre helle, prägnante Stimme, mit der sie auf den Priester einsprach, war verblüffend mädchenhaft.

Daniele hatte sich gerade wieder niedergesetzt, da klopfte es erneut. „Das wird Dottor Penisi sein. Hoffentlich ist er Pia Angelina nicht begegnet!“ Der alte Arzt war erstaunt, einen Besucher im Pfarrhaus vorzufinden. Fragend blickte er den Priester an. „Geht schon in Ordnung, Dottore. Darf ich Ihnen meinen alten Freund Giorgio Valentino vorstellen? Er weiß Bescheid. Und er schweigt wie ein Grab.“

„Dann ist es ja gut“, murmelte der Doktor, der von einem weiteren Mitwisser sichtlich wenig begeistert war. Nach einem flüchtigen *piacere* in Giorgios Richtung verlor er keine Zeit mit dem Austausch weiterer Höflichkeiten. „Bringen wir Andrea wieder herüber?“ Eine Antwort wartete er erst gar nicht ab. Mit Daniele im Schlepptau steuerte er die Wohnungstüre an, die Sekunden später mit lautem Krachen ins Schloss fiel. Giorgio war allein. Eine gute Gelegenheit, sich bei Elena zu melden.

„*Carissimo!* Endlich! Nach einem schrecklichen Tag tut es so gut, deine Stimme zu hören. Du bist bei Daniele, nehme ich an. Ich liege schon im Bett und rühr mich nicht mehr von der Stelle. Das Abendessen lasse ich sausen, denn von diesen Ungeheuern will ich keines mehr sehen.“

„Was ist denn passiert, Liebling?“, unterbrach Giorgio das Klagelied. „Und bevor du weitersprichst: Ja, ich bin bei Daniele. Er musste nur einen Sprung weg.“

„Was geschehen ist? Alles, was bei einer Gruppe von 53 Leuten nur geschehen kann. Gleich nach der Abfahrt ist einer Frau schlecht geworden, aber wir konnten sie ja nicht mitten auf der Strecke aussetzen. Du kennst die Amalfitana! Die schönste Küstenstraße, die es gibt. Wenn man kurvenfest ist. Nachdem die erste gekotzt hatte, mussten es ihr gleich zwei weitere Passagiere nachmachen. Im Bus natürlich. Wie das gerochen hat, kannst du dir vorstellen. Auf dem schnellsten Weg zurück aber wollten die anderen 50 auch nicht. Also haben wir das volle Programm absolviert. In Amalfi ist uns dann einer abhandengekommen, eine Stunde lang haben wir ihn gesucht. Der gute Mann hat unseren Bus nicht mehr gefunden und ist ziellos herumgeirrt. Statt zwischen fünf und sechs sind wir kurz vor acht ins Hotel gekommen. Doch jetzt ist Schluss, mein Dienst ist damit beendet!“

Elena musste wirklich am Ende ihrer Kraft sein, denn so wütend hatte sie sich noch nie über eine Gruppe geäußert. Aber normalerweise war sie auch nicht mit mehr als 50, sondern maximal mit 15 Personen unterwegs.

„Noch so ein Tag und ich muss mich von Elisabetta psychotherapieren lassen“, setzte Elena bereits merklich besser gelaunt fort.

„Wer ist Elisabetta?“, fragte Giorgio, der sich dunkel an den Namen erinnern konnte.

„Weißt du nicht mehr? Sie war eine Freundin von Paul, eine Psychiaterin, die sich auf Suchtkrankheiten spezialisiert hat. Seit einigen Jahren lebt sie völlig zurückgezogen auf Alicudi und behandelt dort Junkies aus besserem Haus. Wir haben doch vorgehabt, sie zu besuchen! Aber dann war es zu heiß und wir waren zu faul!“

Giorgio erinnerte sich wieder: Dottoressa Elisabetta Brugger aus Südtirol, die Jugendliebe von Elenas verstorbenem Mann.

„Bist du noch dran?“, riss ihn Elena aus seinen Gedanken.

„Ja, aber ich muss Schluss machen. Daniele wird gleich zurückkommen und wir haben einiges zu besprechen."

„Männer! Wahrscheinlich wollt ihr die Welt wieder einmal neu erfinden. Ihr solltet lieber deinen gestrigen Erfolg feiern. Wir holen das morgen nach, versprochen?"

„Versprochen! Aber ich rufe dich wahrscheinlich heute noch einmal an. *Ciao, amore!*"

Abrupt beendete Giorgio das Gespräch. Er musste in aller Ruhe über die Idee nachdenken, die ihm plötzlich durch den Kopf geschossen war. Es wäre doch die perfekte Lösung, wenn Elena ihre Freundin überreden könnte, Andrea aufzunehmen. Das Problem war nur, dass sich nicht jeder eine Therapie bei Elisabetta Brugger leisten konnte.

Was heißt *nicht jeder!* Zu ihr kamen jene, die sich mit viel Geld nicht nur eine optimale Behandlung, sondern auch größtmögliche Diskretion erkaufen wollten. Doch ab und zu nahm die Ärztin, die zuvor in einem Therapiezentrum in Rom mittellose Suchtkranke auf Staatskosten behandelt hatte, auch einen Sozialfall auf. Zur Gewissensberuhigung, hatte Elena damals lachend gesagt. Weil die jahrelang unterbezahlte Elisabetta mittlerweile Geld geradezu scheffelte.

Der Standort ihrer ungewöhnlichen Klinik, die man nur zu Fuß oder auf dem Rücken eines Maultiers erreichen konnte, war schlichtweg ideal. Auf Alicudi gibt es bis auf ein paar Meter an der Hafenmole keine einzige Straße. Die winzige Insel besteht eigentlich nur aus einem erloschenen Vulkan, der sich wie ein Zuckerhut aus dem Tyrrhenischen Meer erhebt. Mit steil abfallenden Flanken, an die sich ein paar Dutzend Häuser klammern, die ausschließlich über Treppen aus geschichteten Steinen zu erreichen sind. Um zur Dottoressa zu gelangen, musste man unter glühender Sonne ein paar hundert Stufen steigen – eine Anstrengung, die bisher noch kein Sensationsreporter auf sich genommen hatte.

Und vermutlich auch noch kein Polizist, überlegte Giorgio. Lediglich die Reise könnte gefährlich werden, doch das Risiko wäre nicht allzu groß, solange niemand Andreas Entzugserscheinungen bemerkte.

„Wann kann er wieder unter Menschen gehen?", fragte Giorgio ohne Umschweife den Arzt, der eben ins Zimmer trat.

„Wozu willst du das wissen?" Das Misstrauen in Dottor Penisis Stimme war unüberhörbar.

„Weil ich ihm helfen will", schnappte Giorgio ebenso unfreundlich zurück. Erst als ihm Daniele besänftigend seine Hand auf den Arm legte, sprach er in gemäßigtem Tonfall weiter. In kurzen Worten schilderte er seinen Plan.

„Das könnte klappen", brummte der Arzt. „Das Schlimmste hat er hinter sich. Ich würde sagen, in etwa zwei Tagen ist er so weit! Ich muss jetzt gehen. Morgen Früh sehen wir weiter!" Auf Danieles Einladung auf ein Glas Wein ging er erst gar nicht ein. Mit einem Nicken in Giorgios Richtung verschwand er ebenso rasch, wie er aufgetaucht war.

„Ein ganz schönes Raubein, dein Dottore", sagte Giorgio, nachdem die Eingangstür ins Schloss gefallen war.

„Was täte ich ohne ihn?", antwortete Daniele schlicht. „Und was täte ich ohne dich?"

„Noch habe ich nichts für dich getan! Ich musste ja erst abwarten, was der Arzt sagt. Jetzt rufe ich Elena an und dann sehen wir weiter."

„Du vertraust ihr?"

„Hundert Prozent. Sie ist die Frau meines Lebens!"

„Das hast du über Angelica damals auch gesagt!"

„Muss das jetzt sein? Darüber reden wir später." Über alles wollte Giorgio jetzt sprechen, nur nicht über seine gescheiterte Ehe. Vielleicht würde er nach ein paar Gläsern Wein die richtigen Worte finden, im Moment aber erschienen ihm seine Probleme vergleichsweise banal.

Elena meldete sich bereits nach dem zweiten Läuten. „Das konntest nur du sein, das habe ich gespürt", sagte sie zärtlich. Doch Giorgio, sonst ein Meister im Liebesgeflüster, verschwendete keine Zeit. In aller Kürze schilderte er die Situation.

„Meinst du, Elisabetta wird uns helfen?", schloss er seinen Bericht. „Immerhin ist Andrea Bozza ein polizeilich gesuchter Mann!"

„So etwas hat sie noch nie gestört. Ich spreche sofort mit ihr und rufe zurück!"

Daniele, der während des Telefonats auf den Boden gestarrt hatte, hob den Kopf. „Schade um das gute Essen. Aber ich bringe jetzt keinen Bissen hinunter."

„Der Appetit kommt schon noch", tröstete Giorgio seinen Freund, der mit bedauernder Miene auf die gefüllten Platten blickte. „Die Gefahr, dass du vom Fleisch fällst, halte ich für äußerst gering." Daniele quittierte die Spitze mit einem Schulterzucken. „Der Schöpfung ging ein Plan voraus. Nichts geschah zufällig und alles bekam die zuvor festgelegte Gestalt!"

„Willst du mir jetzt eine Predigt halten?"

„Keine Angst! Du sollst nur begreifen: Ich bin dick gedacht!"

Giorgio stutzte, bevor er in Gelächter ausbrach. „Dass ihr Priester Meister der Dialektik seid, ist mir nicht neu. Aber das ist wohl die abgefeimteste Ausrede für Fraß und Völlerei, die ich je gehört habe."

Daniele grinste ihn an. „Nicht wahr? Sie stammt allerdings nicht von mir, sondern von unserem Erzbischof höchstpersönlich."

Ein zaghaftes Klopfen unterbrach das Geplänkel. „Das ist Pia Angelina, die den Schlüssel zurückbringt." Während Daniele zur Eingangstür eilte, schenkte sich Giorgio ein Glas aus der Flasche ein, die zwischen den Antipasti-Tellern auf dem Tisch stand. Der Wein war ausgezeichnet, dafür musste er nicht erst das Etikett studieren. Ein *Greco di Tufo,* Jahrgang 2004, das hatte er sich fast gedacht. Für einen guten Tropfen war sein Freund offenbar bereit, Geld auszugeben. Nicht aber für Kleidung, wie nicht zu übersehen war, und schon gar nicht für alltägliche Dinge wie Einrichtung oder Geschirr.

Wortlos nahm Daniele das gefüllte Glas, das Giorgio ihm über den Tisch zuschob. Und ebenso schweigend prosteten die beiden Männer, die sich sonst so viel zu sagen hatten, einander zu. Mit Banalitäten wollten sie die Zeit, bis Elena sich meldete, nicht füllen. Alles hing jetzt von ihr ab, einen anderen schnellen Ausweg als den Zufluchtsort auf Alicudi gab es für Andrea kaum. Mit nervtötender Langsamkeit schob sich der Minutenzeiger der billigen Wanduhr weiter. Nur ihr gleichmäßiges Ticken und das Blubbern der Luftblasen im Aquarium waren zu hören. Als Giorgio glaubte, die bedrückende Stille nicht länger ertragen zu können, schrillte sein Handy.

„*Pronto!* Was hast du erreicht?"

„*Tutto a posto,* Elisabetta erwartet euren Schützling."

„Und die Bezahlung?"

„Könnt ihr vergessen. Sie verdient an den beiden anderen, die sie derzeit behandelt, genug. Sagt sie. Und auch, dass ihr sofort kommen sollt."

„Nicht sofort, sondern frühestens ab Sonntag. Vorher ist es zu riskant, meint der Arzt."

Bei Giorgios letzten Worten entspannte sich Daniele. Das konnte doch nur bedeuten, dass er sich bloß noch um die Überfahrt auf die Insel sorgen musste.

„Elena, *amore mio*. Du bist die Größte, Beste, Schönste", jubelte Giorgio.

„Übertreib nicht! Ich habe doch nur vermittelt. Bedankt euch lieber bei Elisabetta. Ich gebe dir die Nummer, und dann könnt ihr alles mit ihr im Detail besprechen. Sie hat auch die Fahrpläne bei der Hand. Denn ganz einfach ist es nicht, nach Alicudi zu gelangen. Ich nehme an, Daniele wird den Patienten persönlich abliefern. Allein darf er auf gar keinen Fall fahren, sagt Elisabetta."

„Das ist klar. Aber noch etwas. Weiß sie, dass Andrea von der Polizei gesucht wird?“

„Selbstverständlich. Das habe ich ihr natürlich sagen müssen. Aber das ist ihr egal. Es ist nicht sehr wahrscheinlich, dass man einen Flüchtigen bei ihr sucht. Außerdem könnte sie sich im Fall des Falles auf die ärztliche Schweigepflicht berufen. Wir sollten aber jetzt Schluss machen. Elisabetta wartet auf euren Anruf. *A domani, carissimo!*“

Giorgio strahlte. Nichts schien unmöglich, sobald sich Elena einer Sache annahm. Diese Frau durfte er nie verlieren!

„Sprichst du mit Dottoressa Brugger?“, wollte Daniele wissen, der bereits eifrig die von Giorgio hingekritzelte Nummer in die Tasten seines altmodischen Handys tippte.

„Das musst du schon selbst machen“, antwortete Giorgio. „Schließlich bringst du Andrea zu ihr, also müsst ihr euch zusammenreden. Ich hole inzwischen eine neue Flasche Wein. Du hast doch noch eine eingekühlt? Und dann wird gegessen, denn ich sterbe allmählich vor Hunger!“

Danieles Gespräch dauerte nicht lang. Für Sonntagabend würde er eine Kabine auf der Nachtfähre zu den Liparischen Inseln buchen. Andrea könnte während der Überfahrt schlafen und außerdem bekäme ihn kaum jemand zu Gesicht. Mit dem Tragflügelboot wäre Daniele in fünf Stunden wieder zurück in Napoli.

Ihm graute schon jetzt bei dem Gedanken an das Rütteln und Schütteln, das ihm auf dem Schnellboot bevorstand, doch er hatte keine Wahl. Die Frühmesse am Montag ausfallen zu lassen, war problematisch genug. Spätestens zu Mittag aber müsste er zurück sein, sonst würde seine Abwesenheit unangenehme Fragen aufwerfen.

„Ich werde garantiert seekrank", erklärte Daniele mit Leidensmiene, während er die Platte mit den *Gamberetti al limone* leer räumte. Von den mit Zitrone, Kapern und Olivenöl marinierten Garnelen hatte Giorgio nicht einmal gekostet. Hastig griff er zu, bevor auch noch der *Insalata con polpo bollito* zur Gänze auf Danieles Teller landete. Die gekochten Kraken, die Rita nur mit Öl und Zitronensaft beträufelt und mit Salz und gehackter Petersilie bestreut hatte, zergingen auf der Zunge. „Sie hat mir das Geheimnis verraten", nuschelte Daniele mit vollem Mund. „Wenn du zu Tintenfischen oder Kraken einen Korken ins Kochwasser gibst, werden sie butterweich. Ich habe keine Ahnung, wieso, aber es funktioniert!"

Während Giorgio noch die letzten Bissen der *Antipasti* in den Mund schob, duftete es bereits verführerisch aus der Küche. Rechtzeitig hatte Daniele den vorbereiteten Lammbraten auf den Herd gestellt. Jetzt fehlte nur noch fein geschnittener frischer Schafkäse sowie ein Löffel voll geriebenem Parmesan zur Verfeinerung. Vorsichtig balancierte Daniele den heißen Topf mit dem *Agnello in umido* bei der Tür herein. „Noch eine von Ritas Spezialitäten. Du siehst, es fehlt mir an nichts!"

„Wirklich an nichts?", fragte Giorgio leise. Doch kaum hatte er ausgesprochen, bereute er die Frage bereits. Nichts lag ihm ferner, als die Intimsphäre seines Freundes anzutasten.

„Du willst wissen, wie ich mit einem Leben ohne Frau an meiner Seite zurechtkomme?" Ohne Umschweife brachte Daniele das Thema auf den Punkt.

„Sagen wir so: Es wird immer leichter. Aber einfach war es nicht, zumindest nicht am Anfang. Für alles muss man seinen Preis bezahlen. Ich wollte Priester werden und ich habe gewusst, was das bedeutet."

„Den Verzicht auf ein Leben mit Valentina!" Giorgio erinnerte sich nur zu gut. Daniele war in das zierliche Mädchen, das er im letzten Jahr vor seiner Weihe kennen gelernt hatte, bis über beide Ohren verliebt gewesen. „Hast du es je bereut?"

„Nein, nicht bereut, das wäre zu viel gesagt. Aber natürlich habe ich darüber nachgedacht, wie anders mein Weg verlaufen wäre. Ich hätte heute Kinder und ich wäre hoffentlich ein guter Vater geworden. Dass ich keine habe, macht mir manchmal zu schaffen. Weil ich auf die vielleicht wesentlichste Erfahrung, die ein Mensch machen kann, verzichten musste."

„Auch Elena hat keine Kinder. Und sie leidet darunter, auch wenn sie selten darüber spricht. Ich habe welche und ich sehe sie kaum. Caterina ist neunzehn, Sebastiano siebzehn. Noch leben sie bei Angelica, aber bald werden sie von zu Hause ausziehen und ihre eigenen Wege gehen. Aber du hast schon recht, ich könnte mir nicht vorstellen, dass es sie nicht gibt. Sie sind ein Teil von mir und das werden sie immer sein. Auch wenn sie auf einmal zu unehelichen Kindern geworden sind!"

„Unehelich? Was soll das heißen? Ich war doch dein Trauzeuge!"

„Angelica hat unsere Ehe annullieren lassen. Geschieden sind wir seit Mai 2000 und fünf Jahre danach hat sie über ihren Pfarrer bei der *Sacra Rota Romana* ein Ehe-Nichtigkeitsverfahren einleiten lassen. Weil sie nicht länger warten wollte, kam sie auf die Idee, den sogenannten Beschleunigungs-Tarif zu überweisen. Mehrere tausend Euro! Sechs Monate später wurde unsere Ehe mit vatikanischem Amt und Siegel für null und nichtig erklärt."

Daniele schwieg betreten. Erst vor kurzem hatte der *Corriere della Sera* berichtet, dass 2008 in Italien bereits jede fünfte Ehe vom Päpstlichen Gerichtshof annulliert worden war.

„Ich kann nur schwer erklären, was mir daran so zu schaffen macht“, fuhr Giorgio mit belegter Stimme fort. „Die Trennung ist von mir ausgegangen, die Scheidung hat zwei Jahre später Angelica eingereicht. Weil sie geordnete Verhältnisse wollte. Mir wäre es egal gewesen und wir wären wahrscheinlich heute noch auf dem Papier verheiratet, wenn sie nicht die Initiative ergriffen hätte. Die Scheidung selbst hat mich nicht wirklich berührt. Das war wie ein Schlussstrich unter ein Kapitel meines Lebens. Aber eine Annullierung bedeutet doch, dass es dieses Kapitel überhaupt nicht gegeben hat. Dass ich nie ein glücklich verheirateter Mann gewesen bin. Doch das war ich, wenn auch nicht bis ans Ende meiner Tage. Aber meine Ehe war Realität, war gelebtes Leben!“

Ratlos, was er darauf sagen sollte, schob Daniele einen weiteren Bissen Lammbraten in den Mund. Zwar konnte er Giorgio gegenüber ruhig zugeben, dass ihm die geübte Praxis der *Sacra Rota Romana* seit langem ein Dorn im Auge war. Doch würde er eine solche Antwort nicht als Plattitüde empfinden? Abgesehen davon hatte er nie zuvor über die emotionelle Seite nachgedacht. Was Giorgio empfand, war durchaus nachzuvollziehen.

„Deine Kinder gelten nicht als unehelich, zumindest in diesem Punkt kann ich dich beruhigen“, sagte Daniele, um das Schweigen endlich zu brechen. „Weil zum Zeitpunkt der Zeugung zumindest ein Partner guten Glaubens war, mit dem Segen der Kirche verheiratet zu sein, ist die Nachkommenschaft ehelich.“

„Eine eigenartige und schwer verständliche Argumentation! Danach wird eine Ehe, die gar nicht existiert hat, gleichzeitig als Tatsache anerkannt, wenn sie erfolgreich vollzogen wurde. Eigentlich müsste diese Logik auch für Bigamisten gelten, aber das glaube ich kaum! Der Staat sieht das anders, aus einer ungültigen Ehe können keine ehelichen Kinder stammen. Aber lassen wir das. Es hat mir jedenfalls gutgetan, einmal darüber zu reden." Abrupt wechselte Giorgio, der seinen Freund nicht in einen noch größeren Loyalitätskonflikt mit der Amtskirche bringen wollte, das Thema.

„Möchtest du wissen, warum ich mich für den größten Glückspilz auf Erden halte?"

„Stichwort Elena!", unterbrach ihn Daniele. „Bevor du anfängst, hole ich Nachschub! Das wird sicherlich länger dauern." Die reichlich gewürzten Speisen hatten Durst gemacht. und so war auch die zweite Flasche bereits leer. Und auch die dritte ging zur Neige, als Giorgio am Ende seiner Erzählung angelangt war. Daniele musste sich alles anhören, von der ersten Begegnung mit Elena, die er um Mitternacht in ihrem Hotelzimmer aufgescheucht hatte, um sie als Zeugin in einem Mordfall zu vernehmen, bis zum Happy End des frechen Kunstdiebstahls, der ihm das Tor zu einer neuen Karriere aufgestoßen hatte.

„Aber in Wahrheit hast du deinen Dienst in Trapani doch ihretwegen quittiert? Elena hätte auch nach Westsizilien ziehen können?", hakte Daniele nach.

„Um in der tiefsten Provinz zu versauern?", gab Giorgio zurück. „Das wäre nie gut gegangen."

„Aber Taormina ist ja nicht gerade die große, weite Welt!"

„Nein, aber dort hat sie ihre Freunde und ein kleines, aber wunderschönes Haus mit Blick aufs Meer.

Glaubst du ernsthaft, sie würde das gegen mein Apartment in einer Wohnsiedlung in Trapani eintauschen? Außerdem hat mir der Job-Wechsel bisher nur Gutes gebracht. Unter anderem, dass wir beide heute hier sitzen."

„Du warst doch auch an der Entdeckung des *Tanzenden Satyr* beteiligt? Zumindest habe ich deinen Namen in diesem Zusammenhang in der heutigen Zeitung gelesen. Ich habe den Artikel allerdings nur überflogen. Du weißt, ich hatte anderes im Kopf." Vom Lammbraten war so gut wie nichts übrig geblieben, weshalb Daniele begann, den Tisch abzuräumen.

„Auf den Fotos bin ich kaum zu sehen und manche Zeitungen haben mich überhaupt weggeschnitten", antwortete Giorgio, während er Daniele mit dem Rest des Geschirrs in die Küche folgte. Er war stolz auf seine diplomatische Antwort, doch er hätte sich die Mühe sparen können. Sein verfressener Freund war längst mit den Gedanken bei den mitgebrachten Zahnbrassen angelangt.

„In meinem Magen wäre noch Platz", meinte er mit einem hoffnungsvollen Seitenblick auf seinen Gast, der bereits während des Essens den Gürtel an seinen Jeans gelockert hatte.

„Für ein klitzekleines Fischlein ist doch immer Platz", erbarmte sich Giorgio. „Deswegen habe ich die *Dentice* mitgebracht. Und ich werde sie auch braten, wenn du das *Salmoriglio* machst."

Wie nahezu alle Männer des Südens waren beide ausgezeichnete Köche. Eifrig begann Daniele Knoblauch zu schälen und Petersilie zu hacken. Nun fehlten nur noch Salz, eine Prise Pfeffer, ein Schuss frisch gepresster Zitronensaft und eine gehörige Portion feines Olivenöl – fertig war die Mixtur, die erst auf dem Teller über den filetierten Fisch geträufelt wurde. Ein perfektes *Salmoriglio* zu mischen, war eine Kunst für sich. Vor allem mit dem Knoblauch, aber auch mit der Zitrone musste man behutsam umgehen, denn es sollte der Eigengeschmack eines Fisches keinesfalls überdeckt, sondern dezent unterstrichen werden.

Daniele beherrschte diese Kunst in höchster Vollendung. „Das war ein Gedicht", stöhnte Giorgio, während er seinen Teller mit einem Stück Brot blank putzte.

„Kann Elena eigentlich kochen?", wollte Daniele wissen.

„Ehrlich, ich weiß es nicht. Denn bisher war ich der Chef in der Küche. Wenn wir nicht ausgegangen sind, war ich für unsere Tafelfreuden zuständig. Aber du kannst beruhigt sein, sie isst für ihr Leben gern."

„Das beruhigt mich tatsächlich. Askese war mir noch nie geheuer, auch wenn das aus dem Mund eines Priesters seltsam klingen mag. Wann werde ich sie endlich kennen lernen? Schade, dass sie heute nicht kommen konnte."

„Wie wäre es mit Sonntag? Wir müssen dich und Andrea ohnedies zum Hafen bringen. Nein, widersprich nicht. Ein Pfarrer aus dem Sanità-Viertel im Taxi, das wäre viel zu auffallend. Die Fähre geht um acht Uhr abends. Wir könnten nach der Sonntagsmesse gemeinsam essen gehen. Ich kenne da ein Fischlokal in den Phlegräischen Feldern, köstlich sage ich dir. Anschließend helfen wir euch beim Packen, denn ein paar Sachen wird Andrea auch auf Alicudi brauchen."

„Gut, dass du mich erinnerst. Ich habe für ihn bisher nur eine Hose, ein Hemd, Socken und einen Slip besorgt. Aber er braucht natürlich genügend Wäsche zum Wechseln. Und auch ein Paar Tennisschuhe, seine fallen demnächst auseinander."

„Das erledigst du in den nächsten zwei Tagen. Und deck dich mit genügend Schlaftabletten und Methadon ein, damit es auf der Überfahrt keine Probleme gibt. Jetzt muss ich aber allmählich losziehen. Mein letzter Zug nach Portici geht um Mitternacht. Danke, du brauchst mir kein Taxi zu rufen. Diesmal werde ich zum Bahnhof mit der Metro fahren. Der Fußmarsch zur Station wird mir nach dieser Völlerei sicherlich guttun."

Bevor Giorgio aufbrach, warf er noch einen Blick ins Gästezimmer. Unter einem Berg aus Decken und Leintüchern war Andrea kaum zu sehen, doch sein gleichmäßiger Atem verriet, dass er tief und fest schlief.

„Es müsste mit dem Teufel zugehen, wenn wir diesen Burschen nicht retten können", sagte Daniele leise, während er auf den Schlafenden herabblickte.

„Für Himmel und Hölle bist du zuständig! Und mit genügend Weihwasser wirst du schon mit dem Satan und seinen Spießgesellen fertig werden", scherzte Giorgio, doch sein Freund sah ihm mit unerwartetem Ernst in die Augen.

„Mach darüber bitte keine Witze. Irgendetwas Unheimliches ist im Gange. Der Teufel ist raffinierter, als du denkst. Weil er Andrea nicht bekommen hat, wird er vielleicht einen anderen zur Hölle schicken. Oder er lauert geduldig darauf, dass er sein Werk doch noch vollenden kann."

Wie recht Daniele mit seiner Vorahnung haben sollte, würde Giorgio nur allzu bald erfahren. Doch wenigstens war Andrea längst in Sicherheit, als sich der Teufel sein nächstes Opfer holte.

19. Kapitel

Wenn ich das in meinen Memoiren schreibe, glaubt mir das keiner! Da sitze ich um fünf Uhr morgens mutterseelenallein auf dem Deck einer Fähre, um einen polizeilich gesuchten Junkie in Sicherheit zu bringen. Und dazu angestiftet haben mich ausgerechnet ein Priester und ein Polizist. Über sich selbst verwundert, schüttelte Elena den Kopf.

Sie war in ihrem Leben schon in so manch skurrile Situation geraten, doch ihre momentane Lage übertraf eindeutig alles Bisherige. Ihre Mutter würde jetzt wieder einmal eine ihrer Lieblingsweisheiten von sich geben: Gewisse Dinge passieren eben nur gewissen Leuten. Die momentane Situation hatte sie sich jedenfalls freiwillig eingebrockt, gestand sie sich ehrlicherweise ein. Dabei hatte alles harmlos angefangen.

Die Sonntagsmesse war eben zu Ende gegangen, als Giorgio und Elena gegenüber der Carmine-Kirche einparkten. Daniele, umringt von seinen Schäfchen, winkte ihnen vergnügt zu. „Ich zieh mich nur rasch um", rief er von weitem. „Dauert keine fünf Minuten." Er hätte doch seine Soutane anbehalten können, meinte Elena, als sie dem Davoneilenden nachblickte.

Giorgio klärte sie auf: „Bevor wir fahren, will er sicherlich nach Andrea schauen. Das ist der Grund, warum er nochmals heimgeht. Was er anhat, ist ihm nämlich völlig egal."

Die Fahrt zu den *Campi Flegrei* dauerte länger als geplant, denn sie waren in den typischen Ausflugsverkehr geraten. An einem strahlenden Septembersonntag wie diesem zog es halb Napoli auf die Halbinsel von Sorrent. Die andere Hälfte wollte zu den *Brennenden Feldern* am gegenüberliegenden Ende des Golfs. Der

Name für die vulkanische Erde stammte noch aus griechischer Zeit. Wie passend er noch immer war, bewies die *Solfatara,* diese nach faulen Eiern riechende *Schwefelgrube* mit ihren heißen Dämpfen als kleinem Gruß aus der Hölle. Und mit ihrem teuflischen Suppentopf, in dem kochender, grauer Schlamm brodelt und wie Erbsenbrei Blasen schlägt.

Gerade noch rechtzeitig fing Elena den warnenden Blick auf, den Giorgio ihr zuwarf. Sie biss sich auf die Lippen, denn fast hätte sie in gewohnter Reiseleitermanier einen Vortrag über den Feuergott Hephaistos und sein Vorzimmer zur Unterwelt gehalten. Darüber brauchte ein Neapolitaner wahrlich keinen Nachhilfeunterricht – und ein katholischer Priester erst recht nicht.

Mit einiger Verspätung erreichten sie das für seine Fischspezialitäten berühmte Lokal an einer kleinen Lagune nahe dem *Lago di Averno*. Der kleine Kratersee mit seinem dunklen Wasser, in dem die alten Griechen ein weiteres Tor zu Unterwelt gesehen hatten, war längst kein unheimlicher Ort mehr. Im Gegenteil, das zwanzigste Jahrhundert hatte ihn in eine Freizeitidylle verwandelt, mit Tennisplätzen, Badeanstalten, Bootsverleih und Restaurants.

Zum Glück hatte Giorgio daran gedacht, einen Tisch zu reservieren. Kurz nach ihrer Ankunft war das *Ristorante Ninfea* bis auf den letzten Platz besetzt, und wie erwartet schmeckte das Essen vorzüglich. Amüsiert beobachtete Elena, mit welchem Appetit sich Padre Daniele über die *Linguine con vongole veraci* hermachte, nachdem er bereits einen Berg Miesmuscheln verzehrt hatte. Wie Giorgio ließ auch sie den Pasta-Gang aus, sonst hätte Daniele allein die Fischplatte für drei Personen vertilgen müssen.

„Zum Ernst des Lebens", mahnte Giorgio nach einem Blick auf seine Armbanduhr, als sie beim Kaffee angelangt waren. „Den geplanten Spaziergang werden wir streichen, damit wir nicht in den Sonntagsstau geraten. Spätestens um sieben solltest du mit Andrea im Hafen sein. Hast du die Kabine bestellt?"

„Nicht am Telefon, sondern persönlich. Damit ja nichts schiefgeht", antwortete Daniele. Voll Stolz über seine Umsicht wollte er Giorgio die Reservierungsbestätigung zeigen. Umständlich durchsuchte er seine Jackentaschen und stieß dabei sein Wasserglas um. Als er sich nach den Scherben bückte, fiel auch noch sein Kalender zu Boden. „Zu dumm, jetzt ist die Seite mit den Eintragungen für nächste Woche nass geworden", brummelte er. „Bevor ich gar nichts mehr erkennen kann, übertrage ich rasch die Termine."

Während Giorgio die Rechnung beglich, studierte Daniele seine kaum mehr leserlichen Notizen. Plötzlich sprang er mit einem Schreckensschrei auf.

„Das ist eine Katastrophe! Morgen um zehn Uhr Vormittag ist eine Taufe angesetzt! Wie konnte ich darauf nur vergessen? Das kann ich nicht mehr absagen! Unmöglich, dafür ist es jetzt zu spät!"

Entgeistert starrte Giorgio seinen Freund an. „Und was machen wir jetzt? Natürlich kannst du auch am Montagabend fahren, aber wahrscheinlich bist du da auch schon mit Verpflichtungen eingedeckt."

„Du sagst es! Mein Kalender ist voll. Zwar habe ich immer wieder ein paar Stunden frei, aber entweder muss ich am Morgen da sein oder am Abend oder beides. Vor nächsten Sonntag komme ich nicht weg. Jedenfalls nicht unauffällig!"

„Ich kann auch nicht für dich einspringen. Solange ich noch in Ausbildung bin, brauche ich mehr als nur einen guten Grund, um dem Dienst fernzubleiben“, sagte Giorgio. „Nein, ich kann dir leider nicht helfen!“

„Aber ich“, fiel ihm Elena ins Wort. „Ob ich ein paar Tage früher oder später nach Taormina komme, ist völlig egal. Auf mich wartet daheim nur mein Hund und der ist gut versorgt.“

Das sieht ihr wieder einmal ähnlich, dachte Giorgio! Wenn jemand Hilfe braucht, ist Elena zur Stelle. Aber das kommt überhaupt nicht in Frage! Sie kann sich doch unmöglich mit einem Junkie auf Entzug, den sie nicht einmal kennt, allein auf den Weg machen. Von der Gefahr, in eine Polizeikontrolle zu geraten, einmal abgesehen. Doch bevor er auch nur einen einzigen seiner Einwände anbringen konnte, schmiedete Elena bereits konkrete Pläne.

„Eigentlich trifft sich das ganz gut, denn ich wollte Elisabetta ohnedies schon seit langem besuchen. Statt nach Catania zu fliegen, nehme ich das Schiff nach Milazzo. Von dort wird mich schon irgendwer abholen. Oder ich fahre dann mit dem Zug nach Hause. Und davor mache ich ein paar Tage Zwischenstation auf den Inseln. Nein, Giorgio, unterbrich mich nicht. Als Carabiniere-Offizier darfst auf keinen Fall mit einem polizeibekannten Junkie erwischt werden. Aber ich bin eine Privatperson und noch dazu Ausländerin. Was kann mir schon passieren?“

Auch das ist wieder typisch, räsonierte Giorgio im Stillen. Illegale Aktionen übten offenbar eine magische Anziehungskraft auf Elena aus. Sie hat ja auch für ihr Leben gern geschmuggelt, hatte sie ihm einmal eingestanden. Sie ist nicht nur aus Hilfsbereitschaft für die Idee Feuer und Flamme, auch wenn sie das wahrscheinlich nicht zugeben wird. Hätte sie sich auch so rasch bereit erklärt, ein braves Mütterchen auf ihrem

Weg ins Altersheim zu begleiten? Sicherlich nicht. Oder zumindest nicht mit Begeisterung.

„Überlegen Sie sich das gut“, meldete sich Daniele zu Wort, der bisher betreten geschwiegen hatte. „Dass ich Ihnen mehr als dankbar wäre, brauche ich nicht eigens zu betonen. Aber ich möchte nicht, dass Sie ihre spontane Entscheidung bereuen!“

„Da gibt es nichts mehr zu überlegen! Außer, wie ich rechtzeitig zu meinem Gepäck komme. Meine Sachen sind natürlich alle in Sorrent, weil ich erst morgen auschecken wollte.“ Elena vermied tunlichst jeden Augenkontakt mit Giorgio. Dass er mit ihrem Vorhaben alles andere als einverstanden war, wusste sie auch, ohne ihn anzusehen.

„Von hier nach Sorrent und wieder zurück nach Napoli und dann noch in den Hafen, dafür reicht die Zeit nie“, wandte Giorgio prompt ein. „Nicht an einem Sonntag!“

„Fahr los! Und zwar zum Bahnhof. Mit der Circumvesuviana bin ich schneller als mit jedem Auto. Ihr holt erst Andrea im Pfarrhaus und dann mich an der Piazza Garibaldi ab. Etwa um sieben, den genauen Fahrplan habe ich nicht im Kopf. Von dort sind wir in einer Viertelstunde im Hafen.“

Giorgio wusste, dass er sich fügen musste. Wenn Elena sich etwas in den Kopf gesetzt hatte, dann konnte sie nichts von ihrem Vorhaben abbringen. Während er sich in den Verkehrsstrom Richtung Napoli einfädelte, schweiften seine Gedanken zurück zu dem Tag, an dem ihm klar geworden war, weshalb er sich ausgerechnet in diese Frau verliebt hatte. Weil sie unkonventionell, spontan, klug und gleichzeitig auch ein wenig verrückt war. Und weil sie mehr Zivilcourage besaß als alle anderen Menschen, die er kannte.

Unversehens stahl sich ein Lächeln in seine Augen, was Elena, die Giorgio im Rückspiegel beobachtete, nicht entging. Zärtlich legte sie ihm eine Hand auf die Schulter. Vor Daniele konnte sie ihm schlecht sagen, wie sehr sie sich auf die letzte gemeinsame Nacht gefreut hatte. Doch Giorgio verstand auch ohne Worte. In wenigen Wochen würden sie wieder zusammen sein. Zu Elenas Geburtstag am 13. November oder vielleicht sogar schon ein paar Tage früher.

Alles klappte nach Plan. Sie war bereits zur Stelle, als Giorgios Auto in den Kreisverkehr vor dem Bahnhof einbog. Auch auf der Fähre gab es keine Schwierigkeiten. Sie musste nur die Billets vorzeigen und schon hielt sie die Schlüssel für die auf den Namen Daniele Buonanno gebuchte Zweierkabine in der Hand. Andrea hatte sich tapfer gehalten, doch sobald die Tür hinter ihnen ins Schloss fiel, machte sich seine Erschöpfung bemerkbar.

„Du legst dich sofort nieder“, ordnete Elena, der ein förmliches Sie in dieser Situation lächerlich vorgekommen wäre, energisch an. Erst jetzt kam sie dazu, den jungen Mann genauer zu mustern. Wie neunundzwanzig sieht er jedenfalls nicht aus, stellte sie fest, als sie in das ausgezehrte Gesicht blickte. „Dottor Penisi hat dir doch Schlaftabletten mitgegeben?“

„Sie sind in der Tasche“, krächzte Andrea. „Ich weiß nicht, wie ich Ihnen danken soll!“

„Indem du clean wirst. Und das Sie kannst du dir schenken. Ich heiße Elena, falls du es vergessen hast. Aber jetzt muss ich erst einmal eine Flasche Mineralwasser aus der Bar holen. Rühr dich nicht vom Fleck!“

„Bitte geh nicht, ich kann die Tabletten auch ohne Wasser hinunterschlucken“, flehte Andrea.

„Kommt nicht in Frage. Du kannst dich ausziehen, während ich unterwegs bin!“

Ohne weitere Diskussion verließ Elena die Kabine. Sie wollte sich ein wenig an Bord umsehen. Bis Mitternacht würde die Bar geöffnet sein und dann wieder ab sechs Uhr Früh, stellte sie fest. Später könnte sie sich dort ein Panino kaufen, doch Andrea, der vermutlich heute noch kaum etwas zu sich genommen hatte, musste sofort etwas essen.

„Keine Widerrede, ein Tramezzino wirst du wohl noch schaffen!" Erst hatte Andrea, der bei ihrer Rückkehr bereits im Bett lag, das Gesicht zur Wand gedreht, doch dann würgte er das mit Schinken und Käse belegte Brot folgsam hinunter.

„Ich bleibe bei dir sitzen, bis du eingeschlafen bist", versprach Elena, nachdem sie ihm entsprechend den Anordnungen von Doktor Penisi zwei Tabletten eingeflößt hatte. Wie sie dem beigelegten Schreiben entnahm, war Andrea für heute bereits mit ausreichend Methadon versorgt. Mit Mühe entzifferte sie die krakelige Schrift des alten Arztes: Alle Medikamente stets außer Reichweite bringen! Andrea ist nach wie vor suizidgefährdet!

Na bravo, murmelte Elena, die in ihrem Schrecken kurz zum heimatlichen Dialekt zurückgekehrt war. Was tu ich bloß, wenn er mir über die Reling hüpft?

„Sei ganz ruhig. Ich habe den Zettel auch gelesen, aber der Dottore irrt sich. Ich will leben. Wenn ich mich hätte umbringen wollen, dann wäre ich schon längst tot!" Andrea, der sich auf einen Ellbogen aufgestützt hatte, sah Elena die Sorgen an. „Du wirst keine Probleme mit mir haben, glaub mir."

Was konnte das Versprechen eines Süchtigen wert sein? Elena hatte so ihre Zweifel. Bei Drogenkranken kannte sie sich nicht aus, wohl aber mit Alkoholikern. Vor Jahren hatte sich einer ihrer besten Freunde in

Rom zu Tode gesoffen. Ein hochbegabter Maler, gerade einmal vierzig Jahre alt, und weder Paul noch sie waren imstande gewesen, ihm zu helfen. Bei allen Heiligen hatte er geschworen, nie wieder eine Flasche anzurühren. Und war dann doch immer wieder rückfällig geworden, bis sein Körper einfach nicht mehr mitgespielt hatte.

Elena hielt dem Blick Andreas stand. „Es bleibt mir kaum etwas anderes übrig, als dir zu vertrauen", sagte sie leise. „Möchtest du mir erzählen, was passiert ist? Du warst doch so viele Jahre lang clean. Warum hast du wieder zur Nadel gegriffen?"

Aufseufzend ließ sich Andrea zurück in die Kissen fallen. „Wenn ich darauf eine Antwort wüsste, wäre ich der glücklichste Mensch auf Erden. Es gab nicht den geringsten Grund. Mit meinem Job war alles in Ordnung. Ich habe in den besten Hotels von Sorrent gespielt, als Gitarrist in einer populären Band. Reich bin ich damit nicht geworden, aber zu einem guten Leben hat es gelangt. Von der großen Karriere habe ich nicht mehr geträumt und auch nicht von der großen Liebe. Das war meine Freundin Clara sicherlich nicht, und deswegen hat es mir auch nicht allzu viel ausgemacht, dass wir uns allmählich entfremdet haben. Vor einem Jahr sind wir auseinandergegangen, aber das kann nicht der Grund für meinen Rückfall gewesen sein. Der ist erst sieben Monate später passiert. Am 23. Mai, dieses Datum werde ich nie vergessen. Aber warum, warum nur? Ich weiß es nicht."

Die letzten Worte murmelte Andrea nur noch undeutlich. Als sich Elena über ihn beugte, war er bereits in tiefen Schlaf geglitten. Behutsam strich sie die Decke glatt, bevor sie die Lampe über seinem Kopf ausschaltete. Falls er aufwachen sollte, würde er sich nicht im

Stockfinsteren wiederfinden. Die Notbeleuchtung neben der Tür tauchte die Kabine in ein zartblaues Licht. Ursprünglich hatte sie vorgehabt, an Deck zu gehen, sobald Andrea versorgt war. Plötzlich aber machten sich die Aufregungen des Tages bemerkbar.

Angezogen, wie sie war, legte sich Elena auf ihr Bett. Das gleichmäßige Stampfen der Fähre, die sich ihren Weg durch das Tyrrhenische Meer pflügte, ließ sie in einen seichten Schlummer fallen. Doch sobald auf dem Gang oder in den Nebenkabinen Geräusche zu hören waren, schreckte sie auf. Andrea hingegen schlief tief und fest, wie sie sich nach jedem Aufwachen überzeugte. Zuletzt um vier Uhr Früh, und als sie das nächste Mal kurz vor fünf erneut auf die Uhr sah, beschloss sie, aufzustehen.

Laut Fahrplan müssten sie sich Stromboli nähern. Tatsächlich erblickte Elena vor sich einen pupurnen Schein, der sich wie ein roter Schleier vom tiefen Schwarz des Nachthimmels abhob. Das konnte unmöglich die rosenfingrige Eos sein! Erst in einer guten Stunde sollte die Göttin der Morgenröte ihren Auftritt ankündigen.

Als würde der Teufel selbst dazu musizieren, schoss unter Fauchen und Grollen eine Feuersäule empor und ein Regen aus glühendem Gestein ergoss sich aus dem Schlund zur Unterwelt. Noch lange nachdem die letzten Funken verglüht waren, quoll eine dunkle Rauchsäule aus dem perfekt geformten Kegel des Vulkans.

Drei- bis viermal pro Stunde spie der Stromboli sein feuriges Innenleben aus. Seit Hunderttausenden von Jahren, in schöner Regelmäßigkeit und ohne jemals eine Pause einzulegen. „Leuchtturm des Mittelmeeres" hatte ihn deshalb der Amerikaner Mark Twain genannt, seit jeher ein weithin sichtbares Signal für alle Seeleute, die sich in die Inselwelt vor der Nordküste Siziliens wagten. Auch Odysseus war im Reich des Windgottes Äolos umhergeirrt und schließlich bei dem sagenhaften König Liparos gestrandet. *Isole Eole o Lipari*, bis heute erinnert der Name des Archipels an Mythen und Legenden aus den Anfängen der Menschheitsgeschichte.

Eine kräftige Brise, die plötzlich aufgekommen war, ließ Elena frösteln. Ein Gruß von Äolos, dachte sie, aber mich wird er nicht so schnell vertreiben! Oder sollte sie nicht besser nach Andrea schauen? Zumindest einmal noch wollte sie den Feuerzauber sehen, dieses Schauspiel der Nacht, das bei Tageslicht seinen schaurigschönen Schrecken einbüßte.

Die Mannschaft begann bereits mit den Anlegevorbereitungen, als vor Elenas Augen noch einmal eine Feuergarbe aus dem Krater des Stromboli emporschoss. Gerade noch rechtzeitig, denn sobald die Fähre an der Mole von Scari anlegte, versteckte sich der Berg hinter einem Abhang und auch seine Rauchfahne war kaum mehr zu sehen. Noch lagen die gekalkten Häuschen von San Vincenzo in tiefer Dunkelheit, nur das Mondlicht ließ die Gischt, die an den langen schwarzen Lavastränden leckte, wie eine weiße Spitzenborte aufleuchten.

20. Kapitel

Andrea schlief, als Elena in die Kabine zurückkehrte, doch schon wenige Minuten später ließ ihn das Kettengerassel der Ankerwinden erschrocken auffahren. Offensichtlich wusste er im ersten Moment nicht, wo er sich befand. Erst als er Elena erkannte, wich die Panik aus seinen Augen. „Gut geschlafen? Bis zum Aussteigen haben wir gute zwei Stunden Zeit. Hier ist deine Dosis Methadon. Ich hole uns Kaffee und bin gleich zurück!“

Leichter gesagt als getan, denn der gelangweilt an der Theke lümmelnde Barmann dachte nicht daran, auch nur eine Minute vor seinem Dienstbeginn mit der Arbeit anzufangen. Als das Sperrgitter endlich aufging, schummelte sich Elena an dem Dutzend Wartender vorbei und war als Erste an der Kassa, was allerdings nicht unbedingt hieß, dass man sie auch als Erste bedienen würde. In jeder Bar Italiens wird derjenige bevorzugt behandelt, der die größte Münze auf seinen *scontrino* legt. Doch es funktionierte wie immer, mit fürstlichen fünfzig Cent Trinkgeld handelte sich Elena nicht nur vor allen anderen ihre zwei Cappuccini, sondern sogar ein freundliches Lächeln ein.

Gleich nach dem Aufwachen sollte Andrea sein Methadon bekommen, hatte Dottor Penisi geschrieben. Aber wann fängt das Zeug zu wirken an, fragte sich Elena nervös, als sie Andrea den Plastikbecher mit dem warmen Kaffee in die zitternden Hände drückte. Nur allzu gern wäre sie gleich wieder an Deck gegangen, um den Sonnenaufgang zu erleben. Sie wusste zwar nicht, wie sie ihm helfen konnte, aber in diesem Zustand durfte sie Andrea nicht allein lassen. Zu ihrer Erleichterung war das Zittern verschwunden, als sie ihm den leeren Becher abnahm. „Du musst nicht bei mir bleiben, es geht mir schon besser“, flüsterte er, als sie ihm forschend ins Gesicht sah. „Wirklich nicht?“, vergewisserte sie sich nochmals. Diesmal erhielt sie keine Antwort. Andrea, der ihr den Rücken zukehrte, war nochmals eingenickt.

Eos hatte auf Elenas Rückkehr gewartet. Ein kaum merklicher Schimmer zeigte sich am Himmel, als die Fähre Stromboli hinter sich ließ und Kurs auf Panarea nahm. Der Himmel verlor sein samtenes Schwarz, die Sterne verblassten im Anthrazitgrau, das von Minute zu Minute heller wurde. Noch immer lag der Sonnengott in seinem Nachtlager, doch seine Botschafterin hatte er schon ausgesandt. Mit ihren Rosenfingern griff die ewig junge Göttin der Morgenröte nach der Welt, die jeden Tag aufs Neue ihr Erscheinen herbeisehnte.

Homer! Vor bald drei Jahrtausenden hatte er diese Worte gefunden. Elena war es völlig egal, wenn Wissenschaftler wieder einmal behaupteten, der geniale Dichter hätte nie existiert. Dass Ilias und Odyssee unmöglich die Werke eines Einzelnen sein konnten. Für sie war dieser Mann, der mit seinen unsterblichen Versen die Welt der Griechen besungen hatte, lebendiger als so mancher Prominente aus der heutigen Literaturszene.

Wie ein Scherenschnitt zeichnete sich die trapezförmige Silhouette von Panarea vor einem Himmel ab, der vom zartesten Rosa bis zum dunkelsten Rot in allen nur vorstellbaren Nuancen leuchtete. Die Bühne für den Sonnenaufgang war vorbereitet. Zentimeter um Zentimeter stieg die goldene Kugel empor und ihre Strahlen zauberten Myriaden glitzernder Diamanten auf Homers *weinfarbenes Meer*. Für eine kurze Weile hielt die Welt den Atem an. Unberührt von Menschenhand zeigte sie sich in der perfekten Schönheit des ersten Schöpfungstags.

Der Moment Ewigkeit verging wie ein flüchtiger Traum. Eine französische Touristengruppe stürmte an Deck, um ihre Kameras auf die kleinste und mit Sicherheit reichste Insel der Liparen zu richten. Das Motiv war aber auch wirklich überwältigend. Vom dunkelsten Blau bis zum hellsten Türkis funkelte das Meer zwischen spitzzackigen Klippen. Panarea und die umliegenden tiefschwarzen Inselchen glichen einem Archipel im Miniaturformat.

Die Fähre legte nur kurz an und es ging auch kaum jemand von Bord. Der einstige Schlupfwinkel des berühmt-berüchtigten Piraten Dragut war längst zum Sommerrefugium von Italiens Geldadel geworden – und der reiste zumeist mit eigenen Jachten an. Wie Elisabetta ihr erzählt hatte, kam ein Gutteil ihrer Patienten aus diesen Kreisen. An Drogen gab es nichts, was es auf der Insel der Millionäre nicht gab, und nicht selten brachten die Reichen und Neureichen ihre Söhne oder Töchter ohne Umweg über Rom oder Mailand direkt nach Alicudi. Mit einem schnellen Motorboot benötigte man dafür kaum eine Stunde, Normalsterbliche hingegen mussten dafür einen halben Tag veranschlagen.

Der Rummel an Deck störte Elena, doch sie harrte aus, bis die Fähre das *Capo Milazzese* an der Südspitze von Panarea umrundet hatte. Von den Überresten des Bronzezeit-Dorfs auf einem Plateau hoch über dem Meer konnte sie freilich nichts erkennen. Dennoch hatte sich das Warten gelohnt. Dank der Franzosen, die plötzlich wie eine aufgescheuchte Hühnerschar hin und her liefen, sah auch Elena, was die Reiseleiterin ihren Touristen offenbar rechtzeitig angekündigt hatte: sieben auf einen Streich!

Von einem einzigen Punkt aus konnte man alle Inseln des Archipels gleichzeitig sehen, und an dieser

Stelle kamen sie eben vorbei. Aber nicht alle auf einmal fotografieren, dachte Elena boshaft, als ein kamerabewehrter Mann sie rücksichtslos von ihrem Platz an der Reling zu verdrängen suchte. Sie wollte eigentlich schon gehen, jetzt aber blieb sie, bis der Leuchtturm von Salina in Sicht kam.

In der Kabine wartete ein bereits vollständig angezogener Andrea auf sie. Rasiert hatte er sich nicht, was weiter nicht störte, denn die dunklen Bartstoppeln passten gut zu seinem brünetten Pferdeschwanz. Eigentlich sieht er ganz passabel aus, stellte Elena fest, als sie den jungen Mann erstmals in seiner Gesamterscheinung musterte. Nicht nur passabel, sondern sogar ausgezeichnet, korrigierte sie sich, wenn man sich die eingefallenen Wangen wegdenkt. Sein Profil ist jedenfalls ziemlich attraktiv.

Nachdem die Fähre fahrplanmäßig im Hafenstädtchen Rinella angelegt hatte, begann der schwierigste Teil der Reise. Sie mussten die nächsten Stunden so unauffällig wie möglich über die Runden bringen. Als sie gemeinsam mit einer deutschen Wandergruppe das Schiff verließen, wäre es fast schon zur Katastrophe gekommen. Sobald Andrea zwei Polizisten an der Mole entdeckte, wollte er in Panik davonstürzen. Glücklicherweise versperrten ihm ein paar Nordic Walker den Weg und gerade noch rechtzeitig schnappte Elena nach seinem Arm.

„Wir sind ein Liebespaar, kapiert? Du umarmst mich und dann gehen wir Hand in Hand weiter. Die wenigen Schritte bis zur nächsten Bar wirst du doch schaffen? Dort setzen wir uns in aller Ruhe nieder und du wirst sehen, die Polizei beachtet uns gar nicht. Wenn überhaupt, halten sie nach einem heruntergekommenen Junkie Ausschau und nicht nach einem Urlaubspärchen, das vor ihren Augen frühstückt!"

Mit eisernem Griff lotste Elena den am ganzen Leib zitternden Mann an den Uniformierten vorbei. „Die Polizisten sind doch zu ihrer Unterhaltung hier! Schau, wie sie sich über die Deutschen lustig machen. Aber Skistöcke zu kurzen Hosen sehen wirklich idiotisch aus."

In der Bar herrschte wenig Betrieb, und das würde sich in den nächsten zwei Stunden auch kaum ändern. Erst wenn die Morgenfähre aus Milazzo eintraf, würde kurzfristig etwas Leben einkehren. Doch mit mehr als ein paar Dutzend Besuchern war nicht zu rechnen, von Tagestouristen in Massen, wie sie in der Sommersaison über Lipari und Vulcano herfielen, blieb Salina verschont. Auf der grünen Insel, die beinahe zur Gänze ein Nationalpark war, lebte man vom Ertrag der Kapernfelder und Weingärten.

„Warst du eigentlich schon einmal auf den Inseln?", fragte Elena, nachdem sie es sich auf den Plastikstühlen bequem gemacht hatten.

„Nein", antwortete Andrea, der ängstlich beobachtete, wie die Polizisten Richtung Bar schlenderten. „Außer auf Stromboli. Dort habe ich vor Jahren einmal ein Wochenende verbracht."

Elena war sein Blick nicht entgangen. „Schau nicht hin, sondern unterhalte dich mit mir. Und lächle mich an. Ja, so ist es gut. Siehst du, sie gehen weiter. Du bist nicht so wichtig, dass die halbe Polizei von Italien hinter dir her ist! Außerdem vermutet dich keiner hier. Nur noch zwei Stunden, dann sind wir auf dem Schiff und nochmals knapp zwei und du bist endgültig in Sicherheit. Alles wird gut, glaub mir." Beruhigte sie damit eigentlich Andrea oder sich selbst, fragte sie sich, denn auch ihr hatten die beiden Uniformierten einen gehörigen Schrecken eingejagt. Dass ihm nach ihrer Ankunft auf Alicudi noch ein Eselritt bevorstand, verriet sie ihm lieber nicht.

„Weil ich den Rossellini-Film mit Ingrid Bergman gesehen habe“, setzte Andrea fort, als hätte es keine Unterbrechung gegeben.

„Du meinst *Terra di Dio*? Das wurde vor sechzig Jahren auf Stromboli gedreht!“

„Ich bin – war – Mitglied in einem Film-Club. Bis ich wieder in die Scheiße gerutscht bin. Verzeihung! Die italienischen Klassiker kenne ich so gut wie alle.“

„Auch Filme neueren Datums? Wie *Il Postino*?“

„Selbstverständlich. Mit Massimo Troisi als Briefträger und Philippe Noiret als Pablo Neruda. Ist noch keine zwanzig Jahre alt, aber auch bereits ein Klassiker.“

„Der hier auf Salina gedreht wurde.“

„Du irrst dich, die Geschichte spielt auf Capri.“

„Stimmt. Aber dort sieht nichts mehr so aus wie zur Zeit der Handlung. Zu viele Häuser, zu viele Stromleitungen, zu wenige einsame Strände und Buchten. Deshalb wurden die grandiosen Landschaftsszenen alle hier aufgenommen.“

„Schade, dass ich von Salina nicht mehr zu sehen bekomme als diese Bar. Ich habe mir *Il Postino* mindestens fünf Mal angeschaut, im Kino und dann auch im Fernsehen. Troisi wollte diesen Film unbedingt machen. Deswegen hat er seine Herzprobleme ignoriert. Einen Tag nach dem Ende der Dreharbeiten ist er zusammengebrochen und kurz darauf gestorben.“

Als Daniele wie vereinbart pünktlich um zehn Uhr anrief, musste sie sich nicht mehr verstellen. „Alles bestens“, berichtete sie mit fröhlicher Stimme. „Andrea geht es gut! Wollen Sie ihn sprechen?“

„Nicht nötig. Läuft wirklich alles glatt?“

„Ich melde mich, sobald wir auf Alicudi sind. Unser Schiff ist schon zu sehen, ich muss Schluss machen. *Ciao*, Daniele.“

Diesmal gab es keine Kabine, in der Andrea sich hätte ausruhen und vor neugierigen Blicken verstecken können. Allmählich war ihm die Erschöpfung anzusehen. Die meisten Passagiere sonnten sich an Deck, in den Aufenthaltsräumen hingegen herrschte gähnende Leere. Nur jetzt keinen Fehler machen, sagte sich Elena. Wenn wir uns als Einzige in den Salon zurückziehen, erinnert sich vielleicht später jemand an das lichtscheue Pärchen.

Andrea protestierte nur schwach, bevor er sich in sein Schicksal fügte und die engen Stufen zum Oberdeck emporkletterte. Schweißperlen standen ihm auf der Stirn, als er sich auf einer Bank im Schatten der Rettungsboote niederließ. Mit Schrecken registrierte Elena, dass seine Hände wieder zitterten. Methadon durfte sie ihm vorerst keines geben, doch es wäre auch nicht notwendig gewesen. Minuten später war Andrea, der sich auf der Bank ausgestreckt hatte, eingeschlafen. Mit dem Kopf auf ihren Oberschenkeln, weshalb sie sich bis kurz vor ihrer Ankunft auf Alicudi nicht zu rühren wagte.

Die Aussicht, bald am Ziel zu sein, schien Andrea zu beflügeln. Während er die steile Treppe zum Ausgang ohne Schwierigkeiten bewältigte, kämpfte sich Elena mit steifen Beinen alles andere als graziös hinunter.

„Elisabetta! Noch nie war ich so froh, dich zu sehen!“ Die Schmerzen in ihren verkrampften Gliedmaßen waren wie weggewischt, als sie der Freundin an der kleinen Hafenmole um den Hals fiel.

Andrea hatte sich während der stürmischen Begrüßung im Hintergrund gehalten und er stand noch immer stumm neben Elenas Koffer, als ihm die Ärztin die Hand entgegenstreckte. „Willkommen, Andrea. Hast du Schmerzen? Wirklich nicht? Ich frage deswegen so direkt, weil deine erste Lektion der Ritt auf einem Maulesel ist. Besser gesagt auf einer Mauleselin. Schau nicht so entsetzt, Mimmi ist ein gutes Tier. Sie wird dich langsam, aber sicher hinaufbringen."

Verwirrt blickte Elena um sich. „Wohin denn, da ist doch weit und breit kein Weg?"

„Mach dir keine Hoffnungen, dass du hoch zu Esel bei mir einreiten wirst. Dieser Luxus ist Andrea vorbehalten. Wir beide gehen zu Fuß. Es sei denn, du quartierst dich bei Peppino in dem kleinen Hotel am Hafen ein. Zu mir geht es da hinauf."

Voll Entsetzen starrte Elena auf eine schmale Treppe aus geschichteten Steinplatten, die zwischen Felsbrocken und sonnenverbrannter Erde schnurgerade in die Höhe führte. „Da hinauf? Irgendwo dort oben wohnst du? Das ist ja schlimmer als ein Wolkenkratzer, in dem der Lift ausfällt! Wie viele Stufen sind es denn?"

„Fünfhundert, du kannst mitzählen. Und schlimm ist es nur beim ersten Mal. Du rauchst doch nicht mehr? Gut! Deinen Koffer binden wir Mimmi auch noch auf den Rücken und dann los!"

Elena war noch nie gern gewandert und sie hatte auch noch nie begriffen, warum so viele Menschen aus reinem Vergnügen stundenlang in der Gegend herumliefen. Der einzige für sie einsichtige Grund wäre ein Hund. Aber selbst ihr Ercole war längst daran gewöhnt, ohne ihre Begleitung herumzustromern. Großstadtpflaster war etwas anderes, da kannte sie keine Ermüdungserscheinungen. Im Gegensatz zur freien Natur. Landschaft ist doch nichts anderes als das unverbaute Gebiet zwischen zwei Städten, hatte einmal jemand treffend gesagt. Sie konnte sich zwar nicht mehr erinnern, wer, aber sie stimmte dieser Betrachtungsweise aus vollem Herzen zu. Was wäre demjenigen wohl zu einer Klettertour über fünfhundert Stufen eingefallen?

Gottergeben fügte sich Elena in ihr Schicksal. Theoretisch hätte sie auf die Situation vorbereitet sein müssen. Sie hatte gewusst, dass es auf Alicudi keine Straßen gab. Und dass Maulesel das einzige Verkehrsmittel waren. Nur war ihr nicht klar gewesen, was das in der Praxis bedeutete. Die schönste Aussicht konnte ihr gestohlen bleiben, wenn man sie sich so schwer erkämpfen musste. Eine Meinung, die sie allerdings revidierte, sobald sie am Ziel waren. Ein vor Hitze weißer Himmel wölbte sich über ihnen. Kein Lüftchen regte sich um diese Mittagsstunde, die Luft flirrte über dem erstarrten Land und wie ein Spiegel aus tiefblauem Glas lag ihnen das Meer zu Füßen.

Liebevoll hatte Elisabetta den alten Bauernhof inmitten des staubtrockenen, steil abfallenden Abhangs renoviert. Außer Feigenkakteen und Mäusedorn wuchs auf den mühselig wiederhergestellten Terrassen nichts mehr, dafür erhoben sich in Rufdistanz zum Haus drei rundgemauerte Steinhütten im Stil apulischer Trulli. „Meine Klinik", erklärte die Ärztin voll Stolz. „Von mir entworfen und gebaut!"

„Wie bitte?", fragte Elena entgeistert.

„Pro Trullo habe ich etwa 150 Bimssteinblöcke gebraucht. Dafür allein waren 50 Eselsfuhren nötig. Aber im Winter habe ich selten Patienten und somit mehr als genug Zeit." Mit weit ausholender Geste umfasste Elisabetta ihren Besitz. „6000 Quadratmeter Land, all das hier gehört mir!"

„Mit Himmel und Meer als Draufgabe“, setzte Elena fort, bevor sie ziemlich falsch zu trällern begann: *„On a clear day ...“*

„On a clear day, you can see forever and ever more“, sang Andrea leise. „Barbra Streisand. Eines meiner Lieblingslieder.” Leise und nahezu akzentfrei sang er den Refrain des Evergreens. Elisabetta runzelte nachdenklich die Stirn. „Du bist doch Berufsmusiker, oder?“

„Gitarrist und aushilfsweise auch Pianist.“

„Ein Klavier kann ich dir hier nicht bieten, aber eine Gitarre liegt irgendwo herum. Aber jetzt essen wir erst einmal und dann bekommst du deine Medikamente“, erklärte sie. „Heute sind wir noch allein, morgen kommen noch zwei junge Männer. Direkt aus Panarea. Ihre Eltern bringen sie mit ihrer Jacht. Während sich Andrea ausruht, deckst du bitte den Tisch, meine Liebe.“

Neugierig folgte Elena ihrer Freundin von der schattigen Terrasse ins Innere des Hauses. „Es gibt *Spaghetti aglio e olio* und Salat”, rief ihr Elisabetta über die Schulter zu. „Geschirr findest du in der Anrichte im Wohnzimmer.“ Wie hat sie nur dieses Ungetüm hier heraufgebracht, fragte sich Elena erstaunt, als sie das schwere Möbelstück betrachtete. Und all die Bücher? Rasch inspizierte sie die bunten Rücken auf den Regalen. Sogar Goethes gesammelte Werke gab es hier – am Ende der Welt.

„Für die Übersiedlung habe ich mir einen Hubschrauber geleistet“, erklärte Elisabetta, als sie wenig später alle drei vor der dampfenden Pasta saßen. „Und bevor du fragst, zweimal pro Woche hilft mir eine Frau, die auf zweihundert Stufen wohnt. Den Rest erledige ich selbst.“

Elena hatte kaum zwei Bissen gegessen, als ihr Handy läutete. Giorgio, endlich! „Die Adler sind gelandet“, sagte sie anstelle einer Begrüßung. „Einsamer kann es auf dem Mond auch nicht sein. Wo steckst du?"

„Mitten in einer Mordermittlung!"

„Wieso das? Dafür bist du doch nicht mehr zuständig. Und wer ist umgebracht worden?"

„Was ich damit zu tun habe, kann ich dir am Telefon nicht erklären, das ist zu kompliziert. Aber sagt dir der Name Vittorio Mattanza etwas? Er wurde in der Kunstgalerie Lembo erschlagen."

„Der Aktionskünstler Mattanza? Natürlich ist er mir ein Begriff", antwortete Elena.

„Ermordet? Mattanza wurde umgebracht?" Mit entsetzt aufgerissenen Augen ließ Andrea sein Wasserglas fallen, das in tausend Stücke zersprang.

„Einen Moment, Giorgio. Was hast du, Andrea? Was ist los?"

„Pippo ist tot?", krächzte er. „Jetzt haben sie ihn auch noch erwischt!"

„Welcher Pippo, die Rede ist von Vittorio Mattanza!"

„Hallo, Elena, hallo", versuchte sich Giorgio, der Bruchteile des Gesprächs mitbekommen hatte, bemerkbar zu machen. „Mattanza ist nur ein Künstlername, in Wahrheit heißt der Tote Pippo Longo. Aber wieso weiß Andrea das? Frag ihn bitte."

„Ich ruf dich sofort zurück. Mit euch beiden gleichzeitig reden kann ich nicht."

Wie ein Häufchen Elend saß Andrea zusammengesunken auf seinem Stuhl und er blickte auch nicht auf, als ihm Elisabetta eine Tablette und ein frisches Glas Wasser reichte. „Pippo war nicht auf Heroin so wie ich, er hat gekokst. Aber in Mengen. Als sich seine Bilder nicht mehr verkauft haben, hat er zu dealen angefangen. Wir haben uns erst vor ein paar Tagen getroffen. Da war er bestens drauf. Weil er endlich wieder eine Ausstellung in Aussicht hatte. Danach wollte er auf Entzug gehen“, stammelte er nach einer Weile. „Zu spät. Sie bringen uns alle um, früher oder später.“

„Wer sind sie? Um Himmels willen, wer ist hinter wem her? Sag schon!“

„Ich weiß es nicht. Nur dass sie einen nach dem anderen erwischen. Der Busfahrer, den sie zu San Gennaro vor dem Dom niedergestochen haben, war ein Dealer. Die Apothekerin, die vor kurzem erschossen wurde, hat unter der Hand Drogen verkauft. Das war in der ganzen Szene bekannt. Als Dritter war ich an der Reihe. Und jetzt musste Pippo sterben.“

Was wird Giorgio wohl dazu sagen? Aufgeregt drückte Elena die Taste mit der eingespeicherten Nummer.

21. Kapitel

Im Tod hatte sich Vittorio Mattanza selbst übertroffen, perfekter konnte seine *Vermählung mit der Kreatur* nicht gelingen. Zwar war das Happening des Aktionskünstlers, der mit seinen spektakulären Inszenierungen in den achtziger Jahren Furore – und viel Geld – gemacht hatte, erst für den Abend geplant. Und auch nicht mit ihm als Hauptdarsteller, sondern als gottgleichem Regisseur, der die Regeln für seine Schöpfung bestimmte. Das Szenario bot wenig Neues: In Ekstase geratene Bacchantinnen wälzten sich schreiend auf ausgebreiteten Rinderhälften, ein obszöner Anblick, an dem sich nur ein ausgesuchtes Publikum ergötzen durfte. Erst wenn die Frauen am Rand der Erschöpfung waren, goss der Meister höchstpersönlich eimerweise Blut auf die zuckenden Leiber. Dann wählte er unter den Weibern, und jene, auf die sein Auge fiel, erhob sich wie in Trance. Blutüberströmt, wie sie war, legte sie der Aktionskünstler behutsam auf eine noch unberührte Leinwand, um mit ihrem Körper sein Werk zu malen.

Mit seinen rostroten Gemälden hatte er einst astronomische Preise erzielt, doch irgendwann war ihr Wert in den Keller gefallen. Jahrelang interessierte sich niemand mehr für die *Körperbilder* eines Vittorio Mattanza, doch als er selbst schon nicht mehr an ein Comeback glauben wollte, gab ihm plötzlich die Kunstgalerie Carlo Lembo eine Chance. In den Gewölben unter dem noblen Straßenlokal in der Via Gaetano Filangeri hätte in wenigen Stunden das Spektakel über die Bühne gehen sollen. Doch nun lag er selbst als Schlachtopfer zwischen den toten Tieren, und das frische Blut, das an ihren Knochen klebte, war sein eigenes.

Lembos Lebensgefährte, der dem Künstler einen Kaffee bringen wollte, hatte die schaurige Entdeckung gemacht und ohne viel zu überlegen die Polizei verständigt. Eine Entscheidung, die er bald bitter bereuen sollte. Die Mordkommission brauchte nicht lange, bis sie auf die in unscheinbarem Grau gestrichene Eisentür im hintersten Winkel des Gewölbes aufmerksam geworden war.

Zuerst dachten sich die Beamten nicht viel dabei, doch als der sichtlich nervös gewordene Eigentümer den Schlüssel nicht und nicht finden konnte, schöpfte Commissario Franco Verbelli Verdacht. Als Leiter des Morddezernates hatte er das Recht, das Schloss aufbrechen zu lassen und er war auch nicht weiter überrascht, als er stapelweise ungerahmte Bilder vor sich sah. Bevor ein blass gewordener Carlo Lembo zu einer Erklärung ansetzte, tippte Verbelli bereits die Nummer der Kunst-Squadra in sein Handy.

Tenente Marazzo hatte sofort seine gesamte Mannschaft zusammengetrommelt. Seit geraumer Zeit war die Galerie Lembo im Visier der Kunstfahnder, doch für eine Razzia hatten die Verdachtsmomente bisher nicht ausgereicht. Wieder war dem T.P.C. von Neapel ein Zufall zu Hilfe gekommen. Wie im Fall Engelmann auf Capri, wo ein simpler Villeneinbruch halbwüchsiger Schmalspurgangster zum „Sesam, öffne dich" geworden war. Diesmal handelte es sich gar um Mord, doch darum brauchten sich die Carabinieri der Spezialeinheit nicht zu kümmern.

Es war mittlerweile früher Nachmittag, doch von der heißen Septembersonne, die auf Neapel herunterbrannte, merkte man in dem hohen Kellergewölbe nichts. Seit Stunden stand Giorgio mehr oder minder tatenlos herum. Seine Aufgabe war es, für einen reibungslosen Abtransport der beschlagnahmten Kunstwerke zu sorgen. Doch seine Kollegen wussten auch ohne ihn, was sie zu tun hatten. Auch wenn es ihm schwerfiel, hielt er sich dezent im Hintergrund, um den Beamten von der Mordkommission nur ja nicht in die Quere zu kommen. Dabei hätte er so gern Näheres erfahren. Schließlich war die Aufklärung von Mord und Totschlag bis vor kurzem sein Metier gewesen.

Giorgio waren die misstrauischen Blicke der Männer von der Spurensicherung nicht entgangen, sobald er auch nur einen Schritt in Richtung der Leiche gemacht hatte. Aber was kümmerte ihn auch ein Mord an einem Mann, dem auf makabre Weise sein Pseudonym zum Schicksal geworden war. Wer wusste besser als einer von der Westspitze Siziliens, was dieser Name in Wahrheit bedeutete: Abschlachterei!

Nichts anderes als ein blutiges Gemetzel war die *mattanza,* die alljährlich Ende Mai oder Anfang Juni vor Giorgios Haustüre stattfand. Für die Thunfischschwärme auf ihrem Weg zum Afrikanischen Meer war zwischen Trapani und den *Isole Egade* Endstation. Aus der *Camera della morte,* der Todeskammer des raffiniert ausgelegten, kilometerlangen Netzsystems, gab es kein Entkommen. Das Wasser färbte sich blutrot, wenn die Fischer von Favignana die Haken ihrer Harpunen in die mächtigen Fischleiber bohrten.

Nomen est omen, dachte Giorgio. Von wegen Vittorio Mattanza! Aber als Pippo Longo, wie das Mordopfer mit offiziellem Namen hieß, wäre eine Karriere als Bürgerschreck schwerlich erfolgreich gewesen. Dank Elena und Andrea wusste er mehr, als Commissario Verbelli lieb sein konnte. Sollte er ihn ärgern und ganz lässig fragen, ob es bereits eine Spur gab? Besser nicht, Neider hatte er in den eigenen Reihen zur Genüge, da brauchte er sich nicht auch noch zusätzlich Feinde schaffen. Aber durfte er die Information vorenthalten, dass in Neapel wahrscheinlich ein mordlüsterner Serientäter sein Unwesen trieb?

Während Giorgio noch überlegte, wie er sein Wissen an den Mann bringen könnte, ohne gleichzeitig seine Quelle zu verraten, gab der Gerichtsmediziner die Leiche zum Abtransport frei. „War der Sturz von der Leiter die Todesursache oder doch ein Schlag mit einem Hammer?“, fragte Giorgio, der sich nicht länger zurückhalten konnte.

„Das dürfte für Sie wohl kaum von Interesse sein, Capitano“, fuhr Verbelli dazwischen. „Wir haben uns zwar noch nicht offiziell bekannt gemacht, aber natürlich weiß ich, wer Sie sind. Aber Sie wissen auch, wer ich bin. Der zuständige Leiter der Mordkommission. Und als solcher ersuche ich Sie in aller Höflichkeit, sich aus unseren Ermittlungen herauszuhalten!“

Kälter konnte eine Dusche nicht sein! Dann eben nicht, sagte sich Giorgio, der allein schon aus Langeweile Spekulationen über den Tathergang anstellte. Es musste ganz schnell gegangen sein. Jemand hatte die hohe Aluminiumleiter umgestoßen, als Mattanza alias Longo auf der obersten Stufe gestanden war. Vielleicht hatte er sich bereits beim Sturz das Genick gebrochen? Weil der Täter offenbar auf Nummer sicher gehen wollte, hatte er seinem wehrlosen Opfer den Hinterkopf mit einem Hammer eingeschlagen. Große Körperkraft war dafür nicht mehr nötig gewesen, denn der Künstler war zu diesem Zeitpunkt zumindest bewusstlos.

Giorgio beschloss, die Details über die zwei kürzlich passierten Morde im Archiv des *Mattino* nachzulesen. Wenn er sich nicht irrte, kam in beiden Fällen auch eine Täterin in Frage. Die Drogenszene hatten die

Medien im Zusammenhang mit dem zu San Gennaro erstochenen Busfahrer und mit dem Mordversuch an dem Musiker erwähnt, da war sich Giorgio sicher. Den Bericht über die erschossene Apothekerin aber hatte er nicht mehr im Kopf, doch nach Andreas Aussage war sie ebenfalls in den Rauschgifthandel verwickelt gewesen.

Falls man bei der Obduktion im Körper von Vittorio Mattanza Spuren von Kokain finden sollte, würde es Commissario Verbelli jedenfalls nicht viel weiterhelfen. Nicht einmal ein größerer Drogenfund in der Wohnung des Toten würde ihn auf die richtige Spur bringen. Wie sollte Verbelli auch auf die Idee verfallen, den Mord an einem prominenten Aktionskünstler mit den anderen drei Anschlägen in Verbindung zu bringen?

Die einzige Hoffnung des Commissario bestand offenbar darin, dass irgendwer den Täter oder die Täterin gesehen hatte. Den Mienen seiner Mitarbeiter nach zu schließen, war die Befragung in der Nachbarschaft bisher ohne Ergebnis geblieben. Kein Wunder, wer beachtete auch schon die schmale Tür in der Seitengasse, die zu den Kellergewölben führte. Sie war mit Sicherheit unversperrt, während Mattanza seine Aktion vorbereitet hatte.

Wäre es sein Fall, hätte Giorgio als Nächstes die finanzielle Situation des Künstlers durchleuchtet. Am Gipfel seines Erfolgs musste er Unsummen verdient haben, doch Kokain und was er vielleicht sonst noch alles konsumiert haben mochte, würde seinen Reichtum ebenso rasch wieder zunichtegemacht haben. Wenn Andrea recht hatte, war der Maler zu einem Dealer wie er selbst geworden, um seine Sucht weiterhin finanzieren zu können.

Noch immer schleppten die Kunstfahnder Bild um Bild aus dem Versteck. „Das ist schon der zehnte Schifano“, hörte er einen Kollegen rufen, doch zu sehen bekam Giorgio von dem Werk, das die Signatur des gefragten Pop-Art-Künstlers trug, ebenso wenig wie von den anderen, die man an ihm vorbeigetragen hatte. Jedes Stück musste für den Transport auf das Sorgfältigste verpackt werden. Nicht auszudenken, falls ein Original zu Schaden kommen sollte.

„Ein gefälschter Picasso?“, fragte er schüchtern, als er zufällig einen Blick auf eine Tuschzeichnung erhaschte, die er glaubte zuordnen zu können.

„Wahrscheinlich ein echter. Und wenn mich nicht alles täuscht, hing dieser Stierkampf vor kurzem noch in einer Mailänder Villa. Näheres kann ich dir erst sagen, wenn ich die Liste mit den gestohlenen Picassos vor mir habe. Wir sind übrigens bald fertig. Noch drei Modigliani und zwei Dalí und wir sind es auch schon!“ Freundlich nickte der Kollege, dessen Namen Giorgio dummerweise entfallen war, ihm zu. „Du fährst doch mit uns zurück?“

„Muss ich beim Ausladen dabei sein? Wenn nicht, bleibe ich noch in der Stadt. Ich werde das mit dem Tenente klären und gebe dir dann Bescheid.“ Giorgio, der vom Nichtstun und Herumstehen genug hatte, sehnte sich nach einem ausgiebigen Spaziergang. Auch wusste er nicht, was er jetzt schon im langweiligen Portici anfangen sollte. Er wagte gar nicht daran zu denken, wie er die langen dienstfreien Abende ohne Elena verbringen würde.

„Sie können Ihren Dienst für heute beenden, Capitano“, beschied ihn Tenente Marazzo, der wie aus dem Nichts neben ihm aufgetaucht war. „Ab morgen gibt es genug Arbeit. Auch für Sie. Sämtliche Dokumente, die wir oben in der Galerie beschlagnahmt haben, müssen zugeordnet und überprüft werden."

Überrascht registrierte Giorgio die Wärme, die ihm nach Verlassen des Kellergewölbes entgegenschlug. Da unten fühlt man sich wie in einer Gruft, dachte er, und atmete tief durch. Mit einem Mal störten ihn weder der Gestank der Auspuffgase noch der Verkehrslärm in den belebten Straßen rund um die Piazza Martiri. All das roch und klang nach Leben und Lebenslust. Neugierig, wohin ihn der Zufall wohl führen mochte, ließ er sich ziellos treiben.

Instinktiv aber war er Richtung Zentrum geschlendert. Schon nach zwanzig Minuten endete das Gassengewirr und er stand auf der pompösen Piazza Plebiscito. Fast hätte er beim Überqueren des riesigen, halbkreisförmigen Platzes gegenüber dem Palazzo Reale einen Haken um einen Taubenschwarm geschlagen. Elena und ihre Vogelphobie! Sie nahm jeden Umweg in Kauf, um ihren gefiederten Feinden so weiträumig wie möglich auszuweichen. Schon wieder Elena! Konnte nicht einmal eine Stunde vergehen, ohne dass er an sie denken musste? Er war doch kein verliebter Primaner! Oder doch?

I've got you under my skin, I've got you deep in the heart of me, summte er versonnen Frank Sinatras Evergreen, als er erschrocken zusammenfuhr. Eine Taube, auf die er fast gestiegen wäre, flatterte nur knapp an seinem Kopf vorbei. Ein Horrorszenario für Elena, das er einmal miterlebt hatte. *So deep in my heart that you're really a part of me* – sie war wirklich zu einem Teil von ihm geworden. Wie von selbst kamen Giorgio die Worte in den Sinn. In lange zurückliegenden Tagen hatte er Texte amerikanischer Oldies auswendig gelernt, um auf diese Weise seine Aussprache zu verbessern. Wie bei den meisten Italienern klang auch Giorgios Schulenglisch ziemlich grässlich. Sein Jugendfreund Marco, der dank seiner Ferienaufenthalte bei einem Onkel in New Jersey ein perfektes Amerikanisch sprach, hatte ihn auf die Idee gebracht. Wie er bald herausfand, boten sich die meisten Sinatra- und Dean-Martin-Hits für diese Zwecke geradezu an.

The rat pack – in seiner Jugend hatte ihm die *Ratten-Gang,* wie sich Sinatra und seine Freunde nannten, ungemein imponiert. Als er älter wurde, gefiel ihm die Tatsache bereits weit weniger, dass *Ol' Blue Eyes* in seinen späteren Jahren kein Hehl mehr aus seinen guten Beziehungen zu den höchsten Kreisen der Cosa Nostra gemacht hatte.

Marco war es auch gewesen, der ihm am Beginn seiner Polizeikarriere ziemlich deutlich klargemacht hatte, dass man gewisse Dinge besser nicht hinterfragen sollte. Seither bewegte er sich auf dem schmalen Grat, auf dem jeder sizilianische Polizist balancierte. Er konnte – im wahrsten Sinne des Wortes – nur überleben, wenn er die unausgesprochenen Gesetze seiner Insel akzeptierte: An gewissen Leuten nicht einmal anzustreifen, denn sie waren tabu! Die Namen der „Unberührbaren" waren auf Sizilien kein Geheimnis, und dass es sich hier mit der Camorra nicht anders verhielt, war Giorgio klar. Jeder Neapolitaner kannte sich aus, nur er wusste nicht wirklich Bescheid. Eine irritierende Situation und ein Grund mehr, warum er das Ende seiner Ausbildungszeit herbeisehnte.

Vergnügt vor sich hin pfeifend mischte sich Giorgio unter die Menge, die am frühen Abend Neapels Einkaufsmeile in der Via Toledo bevölkerte. Dass er bisweilen erstaunt gemustert wurde, fiel ihm nicht gleich auf. Plötzlich aber wurde ihm bewusst, dass er ja noch immer seine Uniform trug. Schlagartig stellte er sein Pfeifkonzert ein, denn selbst im lockeren Napoli gab es für Offiziere so etwas wie einen Verhaltenskodex.

Wenn er jetzt rechts in die Via Armando Diaz abbog, würde er auf den Corso Umberto stoßen, der direkt zur Piazza Garibaldi führte. Doch was sollte er jetzt schon am Bahnhof? Gedankenverloren ließ er sich mit dem Fußgängerstrom an den Auslagen von Kaufhäusern und Boutiquen vorbeitreiben. Bis zur Spaccanapoli konnte es nicht mehr weit sein, sagte er sich und wäre in dem Moment fast an der Abzweigung vorbeigelaufen. Doch dann erkannte er die schnurgerade schmale Straße wieder. Sobald er jedoch rechterhand das *Café Scaturchio* erblickte, wusste er, auf welcher Höhe der Spaccanapoli er sich befand. Nur noch wenige Meter fehlten bis zur Via San Gregorio Armeno.

War wirklich erst eine Woche vergangen, seit Elena ihre Gruppe durch die Krippenstraße geführt hatte? Es kam ihm eher wie ein Monat vor, nach allem, was in nur wenigen Tagen auf ihn hereingestürzt war. Ohne zu überlegen, bog er nach der Piazza San Domenico nach links ab. Noch war es hell genug, dass nirgendwo Straßenlaternen brannten, doch hier waren die Lichter in den meisten Läden bereits eingeschaltet. In dieser magischen Stunde zwischen Tag und Nacht entfaltete die kleine Straße ihren Zauber. Der helle Schein der Lampen, die über den Verkaufspulten unter freiem Himmel baumelten, ließ die unzähligen Krippenfiguren auf seltsame Weise lebendig erscheinen.

Weihnachtsstimmung im September! Nie hätte Giorgio gedacht, dass auch er der Magie, die von den geschnitzten oder aus Ton gebrannten Figuren ausging, verfallen könnte. Wie von selbst wanderten seine Gedanken zurück zum Fest im vergangenen Jahr, das er wie immer im Kreis seiner Familie verbracht hatte. Mit seinen Eltern, den Kindern und Angelica. Zumindest am Heiligen Abend war die Welt im Hause Valentino heil. Seine Scheidung wurde von seiner Mutter ohnedies ignoriert – und zu Weihnachten erst recht. Was sie wohl dazu sagen wird, dass meine Ehe nie existiert hat? Dass sie mit einem Federstrich annulliert worden war. Oder wusste sie es schon längst und nur er war – wie der betrogene Ehemann aus den Witzen – der Letzte, der davon erfahren hatte?

Betrogener Ehemann, genau das war er, dachte er selbstmitleidig. Aber nicht einer, dem man Hörner aufgesetzt hatte, sondern ein Mann, der um die Ehe selbst betrogen worden war. Die kommenden Weihnachten werden sie jedenfalls ohne ihn verbringen müssen! Caterina und Sebastiano, die den Kinderschuhen längst entwachsen waren, wird es ziemlich egal sein, wenn nur ein entsprechend hohes Geldgeschenk auf dem Gabentisch liegt. Und seine Eltern konnten sich ja mit der geliebten Schwiegertochter trösten!

Im Grunde seines Herzens aber wusste Giorgio, dass er sich etwas vormachte. In Wahrheit suchte er nur nach einem Vorwand, sein Fernbleiben vor sich und seiner Familie zu rechtfertigen. Vor seinen Kindern, mit denen er in durchaus gutem Einvernehmen stand. Und vor seinen Eltern, die zum ersten Mal seit 46 Jahren Weihnachten ohne ihren Sohn feiern würden. Unbewusst straffte Giorgio seine Schultern. Es war höchste Zeit, die Nabelschnur endlich durchzuschneiden.

Falsche Sentimentalität würde niemandem etwas bringen. Er hatte sich für eine neue Frau entschieden, für einen neuen Berufsweg, für ein neues Leben. Wenn er im November zur Versteigerung des Maddalena-Bildes nach Palermo flog, würde er seine Mutter vor vollendete Tatsachen stellen. Aber mit leeren Händen wollte er nicht erscheinen. Nur was könnte in diesem Fall ein passendes Geschenk sein? Vielleicht ein Weihnachtsengel? Sein Blick fiel auf ein Schild mit der Aufschrift *Fausto Zampognaro.* Kurz entschlossen öffnete er die schwere Glastür mit dem blank geputzten Messinggriff.

Elegant wie das Portal war auch das Innere des Geschäftslokals. In der Decke versenkte Spots brachten kostbare Einzelstücke auf samtüberzogenen Postamenten raffiniert zur Wirkung. Versteckte Leuchtstoffröhren tauchten die auf Glasregalen aufgereihten Figuren in sanftes Licht, das von überallher zu kommen schien. Der Blickfang des Raums aber war eine Krippe, die selbst einem Laien wie Giorgio einen begeisterten Ausruf entlockte. Verlegen blickte er sich um, doch offenbar hatte ihn niemand gehört. Seltsam, einen solchen Laden konnte man doch nicht unbeaufsichtigt lassen?

„Kann ich Ihnen behilflich sein?“ Unbemerkt war ein Mann mit grau melierten Haaren neben ihn getreten. Giorgio wusste nicht recht, was er sagen sollte. Ein flüchtiger Blick auf eines der wenigen Preisschilder hatte ihm klargemacht, dass er sich hier nicht einmal das kleinste Engelchen leisten konnte. Am liebsten hätte er auf dem Absatz kehrtgemacht, doch das ging natürlich auch nicht.

„Danke, nein. Ich möchte mich nur ein wenig umsehen“, antwortete Giorgio, der seine Unsicherheit überspielen wollte, schroffer als beabsichtigt.

„Umsehen, Capitano?” Der gedehnte Tonfall ließ keinen Zweifel offen, was man in diesem Geschäft von einem solchen Ansinnen hielt. Capitano! Das war mehr als deutlich. Siedend heiß fiel Giorgio seine Uniform ein. Seit seinem Pfeifkonzert auf dem Toledo hatte er nicht mehr daran gedacht. Doch für einen Rückzieher war es zu spät, er konnte und wollte sein Gesicht nicht verlieren.

„Ganz recht, umsehen. Ich verstehe von Krippen nicht allzu viel und möchte mir gerne ein Bild machen."

„Mein Name ist Zampognaro. Und mit wem habe ich das Vergnügen, Capitano?" Die steinerne Miene machte klar, dass die höfliche Frage alles andere als freundlich gemeint war.

„Giorgio Valentino. Und um kein Missverständnis aufkommen zu lassen, ich bin privat unterwegs."

„In voller Montur? Dann müssen Sie Ihren Beruf wohl sehr lieben. Bei welcher Einheit sind Sie denn?"

Giorgio saß in der Zwickmühle. Angehörige der Kunst-Squadra sollten es tunlichst vermeiden, ihre Zugehörigkeit publik zu machen, hatte er als eine der ersten Lektionen gelernt. Auf der anderen Seite musste sein Benehmen tadellos sein, solang er Uniform trug, und Fausto Zampognaro hatte sich bisher völlig korrekt verhalten. Unter dem prüfenden Blick der kleinen grauen Augen, die ihn durch dicke Brillengläser anfunkelten, fiel ihm jedoch beim besten Willen keine Ausrede ein.

„Das tut nichts zur Sache", stieß er schließlich hervor. „Es war interessant, Sie kennen zu lernen. Jetzt muss ich mich leider verabschieden." Fast hätte Giorgio die Hacken zusammengeschlagen, aber dann begnügte er sich mit einer angedeuteten Verbeugung.

Die Lust weiterzuschlendern war ihm gründlich vergangen. Nervös fingerte Giorgio nach der Zigarettenpackung in seiner Brusttasche. Faule Geschäfte konnte er schon von weitem riechen und seine Nase sagte ihm, dass bei diesem Zampognaro so einiges stank. Im Moment konnte er gar nichts tun, aber gleich morgen würde er ein paar Nachforschungen anstellen. Vielleicht ging ihm nach Arthur Engelmann ein weiterer dicker Fisch ins Netz? Beinahe hätte Giorgio bei diesem Gedanken wieder zu pfeifen begonnen, doch diesmal dachte er gerade noch rechtzeitig an die Uniform.

In bester Laune betrat Giorgio kurz vor neun die Kaserne. Vielleicht hatte irgendwer Lust, mit ihm auf eine Pizza zu gehen.

„Sofort zum Chef!" Der Befehl, den ihm der diensthabende Maresciallo am Eingang entgegenschleuderte, konnte nichts Gutes verheißen.

„Was fällt Ihnen eigentlich ein? Sie belästigen ehrenwerte Bürger! Aus welchem Grund haben Sie bei Fausto Zampognaro herumgeschnüffelt? Während er Giorgio wütend anfunkelte, stützte sich Tenente Marazzo mit zu Fäusten geballten Händen auf seinem Schreibtisch auf. „Das kann ein Disziplinarverfahren zur Folge haben, ist Ihnen das klar?"

Im ersten Schrecken war Giorgio gar nichts klar, doch dann begriff er, in welchem Wespennest er ahnungslos herumgestochert hatte. Ob Mafia oder Camorra, wenn man einem hochkarätigen Mitglied auch nur auf die Zehen trat, musste man nicht lang auf einen Fußtritt warten. Er war vermutlich noch nicht einmal am Ende der Spaccanapoli angelangt, als Zampognaro bereits Himmel und Hölle in Bewegung gesetzt hatte. Und Giorgio begriff auch, warum. Dass ein Uniformierter es wagte, vor aller Augen seinen Laden zu betreten, war ein direkter Angriff auf seine Ehre. Leute wie er duldeten es nicht, dass ihre Autorität auch nur im Geringsten in Frage gestellt wurde. Und genau das hatte Giorgio getan.

„Ihnen ist wohl nicht bewusst, wer Fausto Zampognaro ist? Ein Freund des Bürgermeisters und außerdem ein Wohltäter, der nicht genug für die Armen dieser Stadt tun kann. Ich erwarte, dass Sie ihn auf der Stelle anrufen und sich für Ihr Benehmen entschuldigen!“

Giorgio schluckte, bevor er zu einer Antwort ansetzte. Er brauchte erst gar nicht zu argumentieren, dass es in Wahrheit überhaupt keinen Grund für einen Kniefall gab. Wahrscheinlich hätte er sich ähnlich verhalten wie Tenente Marazzo, wenn auf Sizilien einer seiner Untergebenen einem der führenden Mafiosi von Trapani auf die Zehen getreten wäre. Man musste ihm das spinnwebenfeine Geflecht gegenseitiger Abhängigkeiten und Beziehungen, in dem jeder unfreiwillig die ihm zugewiesene Rolle zu spielen hatte, nicht erklären. „Es tut mir leid, Tenente“, sagte er mit unbewegter Miene, bevor er den Hörer in die Hand nahm, den ihm Marazzo bereits ungeduldig hinhielt.

Wie tief ihn der Anpfiff in Wahrheit getroffen hatte, ließ sich Giorgio nicht anmerken. Nach dem Disput mit dem Commissario der Mordkommission wurde er nun schon zum zweiten Mal in seine Schranken verwiesen. Heute war definitiv nicht sein Tag! Dass ihm zu guter Letzt auch noch ein boshaft grinsender Fiorello begegnen musste, hätte das Fass fast zum Überlaufen gebracht. Der Appetit auf eine Pizza war ihm jedenfalls gründlich vergangen. Ohne weiteren Umweg ging Giorgio in sein schäbiges Quartier, um seine Wunden zu lecken.

Aus der Tageszeitung „Il Mattino"

MORD IN KUNSTGALERIE

Aktionskünstler Mattanza erschlagen – Keine Hinweise auf Täter

von Luigi Carone

NAPOLI (29. September) – Montagfrüh wurde in der bekannten Kunstgalerie Carlo Lembo in der Via Gaetano Filangeri die blutüberströmte Leiche des für seine Blut-Aktionen berühmt-berüchtigten Künstlers Vittorio Mattanza, 57, entdeckt. Mattanza, mit bürgerlichem Namen Pippo Longo, bereitete nach einer jahrelangen Pause wieder eine Ausstellung seiner Bilder vor. Im Rahmen der Vernissage am Abend wäre eine Aktion geplant gewesen, bei der neue sogenannte „Körperbilder" – mit Tierblut überschüttete Models müssen sich auf einer Leinwand wälzen – entstehen sollten. Noch in den achtziger Jahren konnten Mattanzas Veranstaltungen aufgrund heftiger Proteste von Tierfreunden nur unter Polizeischutz stattfinden. Diesmal jedoch hatte Galeriechef Lembo öffentlich erklärt, der Künstler habe das Blut ordnungsgemäß im städtischen Schlachthaus erworben. Daher waren auch keinerlei Drohungen gegen die Aktion eingelangt.

Nach den Worten von Commissario Franco Verbelli, dem Leiter der Mordkommission, konnte als Tatzeitpunkt die Nacht auf Montag gegen 2 Uhr Früh fixiert werden. Mattanza, der gerade dabei war, eines seiner Gemälde aufzuhängen, wurde von der Leiter gestoßen und dann mit einem Hammer erschlagen. Der oder die

Täter dürften nicht durch die Galerie, sondern über eine Seitentüre in die Ausstellungsräume im Keller eingedrungen sein. Sie hinterließen keinerlei Spuren.

Im Zuge der Ermittlungen wurden in einem Versteck im Kellergewölbe mehrere Dutzend Bilder – Gemälde und Grafiken – moderner Künstler sichergestellt. Zur Klärung der Frage, ob es sich um Originale, gestohlene Kunstwerke oder um Fälschungen handelt, wurde die Spezialeinheit T.P.C. eingeschaltet.

***

Die Besucher, die am Sonntagnachmittag durch die Zimmerfluchten und Salons des Palazzo d'Avalos schlenderten, hatten ihn gesehen – und dennoch nicht bemerkt. Auch dem Aufseher, der gelangweilt seinem Feierabend entgegengähnte, war die prachtvolle Krippe aus dem 18. Jahrhundert, in deren Mitte ein roter Teufel hämisch grinste, keinen Blick wert gewesen. Wie die Kunstsammlung, das Porzellan und die Möbel zählte sie zum Familienbesitz der Fürsten d'Avalos. Um das desolate Palais in der Via dei Mille vor dem Verfall zu bewahren, war einem der ältesten Adelsgeschlechter zuletzt nichts anderes mehr übrig geblieben, als seine Privaträume gegen Eintrittsgeld zur Besichtigung freizugeben.

Es war nicht einfach gewesen, für den Teufel, der schon einmal kläglich versagt hatte, einen geeigneten Ort aufzutreiben. In keiner der Kirchen-Krippen gab es eine Metzgerei, in der außer Würsten und Schinken auch frisch geschlachtete Tiere zu sehen waren. Bestenfalls hing einmal ein ungerupftes Huhn oder ein gehäutetes Kaninchen an den Fleischerhaken. Der Teufel aber wollte Blut sehen. Blut, das noch am Messer des Schlächters klebte.

Der Leibhaftige persönlich musste seine Hände im Spiel gehabt haben, denn der maßgeschneiderte Schauplatz gleich um die Ecke der Galerie Lembo konnte kein Zufall sein. Wie an jedem Montag hielt das Palais auch heute seine Pforten geschlossen. Bis dahin war der Teufel vor einer Entdeckung sicher. Denn erst wenn sein Werk in aller Munde war, sollte man ihn diesmal finden.

22. Kapitel

Manchmal konnte Liebe auch recht anstrengend sein! Seufzend wälzte sich Elena auf die andere Seite, um nach ihrem Handy zu tasten. Es war Punkt sieben Uhr Früh. Seit sie vor mehr als einer Woche von Alicudi zurückgekehrt war, rief Giorgio sie jeden Morgen an, sobald sein Wecker geläutet hatte. Ebenso pünktlich stand seither ihr Hund Ercole schwanzwedelnd vor ihrem Bett. Nie hätte er es gewagt, sie zu wecken, doch der kluge Vierbeiner hatte das neue Ritual, das ihm überaus gefiel, sofort spitzbekommen. Beim ersten Läuten des Telefons sprang er auf und rannte zur Tür, um in die Freiheit entlassen zu werden.

Von Spaziergängen an der Leine hielt der dreifärbige Jagdhundmischling wenig, doch das passierte ihm auch nur, wenn er mit auf eine Reise genommen wurde. Sein Zuhause hingegen war für Hundewünsche wie maßgeschneidert. Auf dem Hochplateau unterhalb des Friedhofs von Taormina gab es so gut wie keinen Verkehr, denn nur wenige Autos verirrten sich auf die schmale Sandstraße, die vor dem Steilabfall zum Meer endete. Dafür trieben sich jede Menge Feldmäuse, Katzen und Kaninchen zwischen Feigenkakteen und Ginsterbüschen herum.

Als hätte sie gewusst, dass Ercole bald in ihr Leben platzen würde, hatte sich Elena nicht für eine komfortable Dachterrassenwohnung im Zentrum von Taormina, sondern für das einsam liegende kleine Anwesen entschieden. Nach einem mysteriösen Mord, der sich in seinen Mauern ereignet hatte, war es Jahrzehnte lang leer gestanden. Kurz vor dem endgültigen Verfall hatte Elena das kleine Haus mit der großen Terrasse um ein

Butterbrot erworben und mit einigem Aufwand in ein Schmuckkästchen verwandelt.

„Fort mit dir, du lästiger Köter", forderte Elena den Vierbeiner auf, der sich das nicht zweimal sagen ließ. Kaum hatte sie die Haustür geöffnet, entschwand Ercole auch schon mit einem übermütigen Satz im umliegenden Dickicht. Während sie ihm nachsah, drückte sie auf die Empfangstaste ihres Handys.

„Buon giorno, carissima! Gut geschlafen?" „Zu kurz, *carissimo,* leider viel zu kurz", antwortete Elena, während sie in die Morgensonne blinzelte.

„Wieso das?" Der leichte Anflug von Eifersucht in Giorgios Stimme war nicht zu überhören.

„Ich war bei Peppe eingeladen. Weißt du noch? Wir haben ihn im Sommer einmal besucht." Giorgio erinnerte sich nur allzu gut an die prüfenden Blicke des bärtigen Hoteliers und Malers. Keiner aus Elenas Freundeskreis hatte ihn zuvor dermaßen unverblümt unter die Lupe genommen.

„Dann hast du gestern auch nichts von Elisabetta gehört? Ich habe am späteren Abend kurz mit ihr gesprochen und sie wollte dich danach anrufen. Aber wahrscheinlich hast du dein Handy wieder einmal daheim vergessen. Andrea geht es inzwischen einigermaßen gut. Aber er vermisst dich, soll ich dir ausrichten."

„Hat er dir noch etwas über Mattanza erzählen können? Gibt es etwas Neues?"

„Nein. Außer dass wir noch immer mitten in der Auswertung unserer Funde in der Galerie Lembo stecken. Es handelt sich tatsächlich zum Großteil um Fälschungen oder um Hehlerware, das steht bereits fest. Mit dem Mordfall aber habe ich nichts zu tun, das hat man mir doch gleich zu Beginn der Ermittlungen unmissverständlich klargemacht."

„Ich weiß, und das schmeckt meinem erfolgsverwöhnten Ex-Commissario ganz und gar nicht!“, spöttelte Elena. Wie sehr sie den Nagel auf den Kopf getroffen hatte, konnte sie freilich nicht ahnen. Noch immer wurmte Giorgio sein unglückseliger Zusammenstoß mit Fausto Zampognaro. Deshalb hatte er Elena bisher noch nichts davon erzählt.

„Erfolgsverwöhnt? Leider nicht mehr!“ Auch jetzt wollte er eigentlich nicht darüber reden, doch plötzlich kamen ihm die Worte wie von selbst über die Lippen. „Ich meine nicht den Auftritt mit Commissario Verbelli, den habe ich fast schon vergessen. Am selben Abend hat mir leider auch noch mein Tenente einen Verweis erteilt. Und zwar einen ganz gehörigen!“

„Warum denn? Und weshalb sagst du mir das erst jetzt? Nach zwei Wochen! Warte einmal, ich muss rechnen, genau zwölf Tage ist das her!“

„Weil ich mich noch immer über mich selbst ärgere.“

„Und das ist ein Grund, nicht mit mir darüber zu reden? Was hast du denn angestellt?“

„Ich bin einem Mafioso auf die Zehen gestiegen. Unbeabsichtigt, weil ich gar nicht gleich auf die Idee gekommen bin, dass ich es mit der Camorra zu tun habe. Aber das ist keine Entschuldigung.“

„Wer ist der Mann?“

„Der Name wird dir nichts sagen. Fausto Zampognaro!“

„Aus der Krippenstraße? Meinst du den? Den kenne ich und dass er ein Camorrist reinsten Wassers ist, war mir ziemlich bald klar.“ Erschrocken hielt Elena inne. Der letzte Satz war ihr unwillkürlich herausgerutscht.

„Dann solltest du statt mir zur Polizei gehen. Ich habe leider länger gebraucht, um das zu erkennen“, antwortete Giorgio kühl. Er bereute es bereits, das Thema überhaupt angeschnitten zu haben. Dann aber siegte doch seine Neugier. „Woher kennst du Zampognaro?“

„Von meiner letzten Führung durch die Spaccanapoli. Einige aus der Gruppe haben sich ganz besonders für Krippen interessiert. Und Zampognaro ist nun einmal dafür die erste Adresse in Neapel. Er war übrigens sehr freundlich und entgegenkommend.“

„Wieso hast du ihn dann mit der Camorra in Zusammenhang gebracht?“

„Weil er sich gegenüber dem Münchner Antiquitätenhändler aufgeplustert hat. Der hat sich gewundert, dass er seine Schätze nicht besser sichert. Einen Fausto Zampognaro bestehle man nicht, hat er geantwortet. Und damit war eigentlich alles gesagt.“

„Wir recht du hast. Ich bin hingegen wie ein Tölpel in voller Uniform in seinen Laden geplatzt. Den Rest kannst du dir vorstellen.“

„Kann ich. Aber was dich vielleicht interessieren wird, Zampognaro kommt im Dezember nach Wien. Als Neapel-Repräsentant bei der ersten internationalen Krippenschau in der Hofburg.“

„Das hat er dir erzählt?“

„Voller Stolz! Und ich habe ihm sogar versprochen, ihn bei der Ausstellung aufzusuchen.“

„Du wirst verstehen, dass ich dich dorthin nicht begleiten werde!“

„Verstehe ich nicht! In Wien bist du Privatperson. Ich bin jetzt schon neugierig, wie er auf deinen Anblick an meiner Seite reagieren wird“, lachte Elena. „Hast du eigentlich sein Prunkstück im Hinterzimmer zu sehen bekommen? Eine Krippe mit mehr als hundert Figuren von unschätzbarem Wert, die angeblich sein Onkel auf einem Dachboden entdeckt hat?“

„Hinterzimmer? Nein! Ich habe nur die Krippe in der Mitte des Schauraums bewundert. Die schien mir zwar ziemlich alt zu sein, aber sie war viel kleiner. Und unschätzbar war der Wert auch nicht, denn es waren Preise angeschrieben. Und zwar ziemlich gesalzene."

„Da stand bei meinem Besuch noch keine Krippe. Forsch doch einmal nach, ob in jüngster Zeit vielleicht irgendwo eine abhandengekommen ist."

„Ich werde mich hüten! Glaub mir, um einem Zampognaro das Handwerk zu legen, braucht es mehr als einen vagen Diebstahlsverdacht. Ein paar Krippenfiguren, und mögen sie auch noch so kostbar sein, reichen bei einem Kaliber wie ihm nicht aus."

„Wahrscheinlich hat er seine Bestände ohnedies bloß neu arrangiert. Oder vor kurzem restauriert, denn das hat er gelernt. Reden wir darüber am Abend weiter. Schau einmal auf die Uhr, ich glaube es ist höchste Zeit für dich!"

„Um Himmels willen, so spät ist es schon? *Ciao, amore.*"

Während Elena noch überlegte, ob sie nicht doch noch einmal ins Bett zurückkehren sollte, läutete das Telefon erneut. Das war sicherlich nicht nochmals Giorgio, der sich mit seiner Morgentoilette beeilen musste. Und für einen Anruf aus ihrem Freundeskreis war es um halb acht Uhr morgens viel zu früh. Demnach konnte es nur ihre Mutter sein, die sich um die im Süden herrschenden Sitten noch nie gekümmert hatte.

„Hallo, mein Schatz", flötete es prompt aus dem Hörer. „Ich weiß, dass ich dich nicht aufgeweckt habe! Bei dir war ja dauernd besetzt!" Natürlich war es Mutter, der Giorgio mit seinem Anruf offenbar nur knapp zuvorgekommen war. Elena verkniff sich die Antwort, die ihr auf der Zunge lag.

„Guten Morgen. Was gibt es ...“

„... Neues, wolltest du fragen“, unterbrach Ilse Hubinek ihre Tochter. „Gar nichts! Sag, mit wem hast du denn in aller Herrgottsfrüh stundenlang telefoniert?“ Elena gelang es, auch diesmal wieder, sich zu beherrschen. Statt zu sagen, dass sie das eigentlich nichts anginge, griff sie zum probaten Mittel einer kurzen Gegenfrage. Darauf fiel ihrer Mutter erfahrungsgemäß nichts ein.

„Warum?“

Schweigen! Erst nach mehreren Sekunden fing sich Ilse Hubinek. Wohlweislich verzichtete sie darauf, nochmals nachzuhaken. „Helene, bist du noch da? Gut! Wie ist bei euch das Wetter?“

„Du rufst doch nicht an, um mit mir über das Wetter zu plaudern“, blaffte Elena nach einem sehnsüchtigen Blick auf ihr Bett nun doch zurück.

„Muss man immer einen Grund haben? Vielleicht wollte ich nur die Stimme meiner Tochter wieder einmal hören. Denn wie die ausschaut, weiß ich eh nicht mehr!“ Wenn sich Ilse ärgerte, verfiel sie in ihr wienerisches Idiom, was die Schärfe ihrer Worte ein wenig mildern sollte. Elena konnte sie damit freilich nicht besänftigen. Der Vorwurf war unüberhörbar, und wie so oft hatte es ihre Mutter mit wenigen Worten geschafft, ihr die Laune gründlich zu verderben.

„Ich sehe aus wie immer! Plus zwei Kilo.“

„Deswegen bist du so gereizt“, lachte Ilse. „Wann fängst du mit dem Abnehmen an?“

„Wenn meine letzte Sizilien-Rundreise für heuer vorbei ist, also nach dem 25. Oktober. Es geht in einer Woche los, also zahlt sich eine Diät vorher nicht mehr aus.“

„Dann bist du zu deinem Geburtstag wieder rank und schlank.“ Die Katze war aus dem Sack, sagte sich

Elena, die ihre Mutter wieder unwillig dafür bewunderte, wie geschickt sie es verstand, ein heikles Thema so lange einzukreisen, bis der andere es anschnitt. Es funktionierte auch diesmal.

„Sag es doch gleich. Du willst doch nur wissen, wo und mit wem ich meinen 43er zu feiern gedenke?“ Stille. Nicht einmal durch ein Räuspern verriet Ilse, dass die Verbindung nach wie vor intakt war.

„Hallo, Mutter, sag was! Gut, dann eben nicht! Falls du mich doch hören kannst: Ich werde in Neapel sein. Keine Sorge, nach Wien komme ich schon rechtzeitig. Um eine kleine Gruppe zu führen, der ich von unseren Christkindlmärkten und Punschbuden vorgeschwärmt habe.“

„Einmal im Jahr kommst du nach Wien und dann hast du keine Zeit für mich!“ Ilse konnte nicht länger an sich halten. „Eine schöne Weihnachtsüberraschung!“

„Von wegen *einmal*. Wie du dich vielleicht noch erinnerst, war ich zuletzt im Mai bei dir“, giftete Elena im gleichen Tonfall zurück. „Und damit du es gleich weißt, die Touristen sind nur ein paar Tage da, aber Giorgio bleibt.“

„Giorgio? Natürlich, der Commissario aus Trapani, mit dem du im Mai unentwegt telefoniert hast. Ist der noch aktuell? Da schau her!“

„Mutter! Du weißt ganz genau, dass mir die Sache damals schon ziemlich ernst war. Auch wenn ich nicht darüber gesprochen habe.“

„Das war immer schon so, wenn dich etwas wirklich berührt hat.“ Die Ironie war aus Ilses Stimme verschwunden. „Ich freue mich so für dich, mein Kind!“

Typisch Mutter! Erst reizt sie mich bis aufs Blut und in der nächsten Sekunde möchte ich sie am liebsten umarmen und abbusseln! Nur gut, dass Elena keinen

Spiegel zur Hand hatte! In diesem Moment war die Ähnlichkeit zwischen Mutter und Tochter unübersehbar – und genau da lag das Problem. Sie liebten einander sehr, doch sie waren sich viel zu ähnlich, um auf Dauer miteinander auszukommen.

„Giorgio ist natürlich herzlich willkommen. Und ich gebe es zu, dass ich schon sehr neugierig auf ihn bin", setzte Ilse fort, nachdem diesmal Elena geschwiegen hatte. „Wann wird er kommen?"

„Genaueres weiß ich auch noch nicht, aber ich nehme an, dass er um den dritten Adventsonntag herum eintreffen wird." Während Elena noch sprach, hatte Ilse bereits ihren Kalender aufgeschlagen. Sonntag, 13. Dezember!

„Ist im Moment ja auch egal", antwortete sie, bevor sie rasch das Thema wechselte. „Wie geht es eigentlich der Contessa? Siehst du Amalia, wenn du in Syrakus bist? Gibt sie sich überhaupt noch mit Touristengruppen ab?"

„Die Antwort ist zweimal ‚ja', aber warte bitte einen Moment. Oder besser, ich ruf dich in ein paar Minuten zurück. Ercole kommt eben bei der Tür herein und will frisches Wasser haben. Und ich brauche dringend einen Kaffee! Bis gleich."

Während Elena darauf wartete, dass sich die Espressomaschine aufheizte, hatten die ersten Strahlen der Morgensonne ihr Haus erreicht. Gedankenverloren ließ sie sich in ihrem Long-Shirt, das sie als Nachthemd trug, auf der Terrasse nieder. Giorgio würde ausgerechnet am 13. Dezember nach Wien kommen! Die Dreizehn, sie war ihre Schicksalszahl.

Am 13. Februar vor zwanzig Jahren, drei Monate nach ihrem 23. Geburtstag, hatte sie bei einem Skiurlaub in den Dolomiten Paul kennen gelernt. Paul Martell, den damals schon ziemlich bekannten Bildhauer aus Südtirol mit Wohnsitz in Rom, dem die Kunststudentin auf den ersten Blick ins Auge gefallen war. Kurz danach hatte sie ihr Studium an den Nagel gehängt, um als Texterin in einer Werbeagentur zu arbeiten. Ein Job, der es ihr finanziell ermöglicht hatte, so oft wie möglich nach Rom zu fliegen. Am 13. Mai 1991 hatten sie geheiratet. Aus Helene Hubinek war Elena Martell geworden, die an der Seite ihres Mannes in Italien lebte. Dreizehn glückliche Jahre lang. Bis Paul am 13. März 2004 an einem inoperablen Kopftumor starb.

Schwanzwedelnd tauchte Ercole mit seinem leeren Plastiknapf im Maul auf der Terrasse auf. Das Wasser für den Hund! Sie hatte völlig darauf vergessen. Schuldbewusst sprang Elena auf und eilte in die Küche. Mit der Kaffeetasse in der einen und dem Mobiltelefon in der anderen Hand kehrte sie zurück. Mutter würde langsam ungeduldig werden, doch noch immer konnte sie sich nicht entschließen, die Taste mit der eingespeicherten Nummer zu drücken. Automatisch streichelte sie ihren Hund, der sich mit einem zufriedenen Seufzer neben ihr niedergelassen hatte. Noch waren die Terracotta-Fliesen angenehm kühl, bald aber würde die Sonne, die auch noch Anfang Oktober kaum etwas von ihrer Kraft eingebüßt hatte, Ercole ins kühle Innere des Hauses treiben.

Das zweite Gespräch mit Mutter verlief wesentlich kürzer. Keine der beiden erwähnte Giorgio oder Elenas bevorstehenden Geburtstag, und auch das Thema Weihnachten blieb unberührt. Jetzt haben wir doch noch über das Wetter gesprochen, dachte Elena, während ihr Blick zum Ätna schweifte, der an diesem Morgen einer Postkartenidylle glich. Majestätisch erhob er sich über der sonnenverbrannten Landschaft, die von einem langen, heißen Sommer erzählte. In wenigen

Wochen würden die ersten Regenfälle der steinharten, ockerfarbenen Erde einen zartgrünen Mantel umlegen. Dann kehrte in die vor Hitze erstarrte Natur das Leben zurück, mit blühenden Wiesen und milden Temperaturen. Eine umgekehrte Welt, weil der Frühling im Winter begann und die tote Jahreszeit erst wieder mit der versengenden Glut der Sommersonne anbrach.

In Wien hatte der Herbst längst Einzug gehalten, mit Morgennebel, Nieselregen und fallenden Blättern. Auf Sizilien dagegen herrschte nach wie vor ideales Badewetter, auch wenn die Tage bereits merklich kürzer und die Nächte schon etwas kühl waren. Bald war es an der Zeit, die Uhren wieder zurückzustellen, und dann wurde es um eine Stunde früher dunkel. Spontan beschloss Elena, den herrlichen Tag zu nützen und an den Strand zu fahren. Noch hatte das Meer angenehme zweiundzwanzig, dreiundzwanzig Grad, eine Temperatur, die sie schätzte. Ercole konnte sie auch mitnehmen, in der Nachsaison kümmerte sich keiner um das Hundeverbot.

Wie erwartet war der öffentliche Strand von Giardini Naxos bis auf ein paar Angler menschenleer. Als sich Elena nach einem ausgiebigen Bad auf ihrem Handtuch ausstreckte, erschien ihr Wien im Advent auf einen anderen Planeten entrückt. Bratäpfel, Vanillekipferl und leise rieselnder Schnee – heute noch eine absurde Vorstellung, in wenigen Wochen aber bereits Realität. Mit Kerzenlicht, Weihnachtsliedern und Geschenken unter dem Christbaum. Es würde wie immer sein, hübsch und stimmungsvoll, aber doch ein wenig langweilig.

Elena irrte sich gewaltig, Langeweile sollte diesmal ihre letzte Sorge sein. Denn ausgerechnet im friedlichen, vorweihnachtlichen Wien sollte eine tödliche Gefahr auf sie warten.

23. Kapitel

Und folgst du mir per Rösselsprung – wirst du verrückt, mein Liebchen! Seltsam, dass ihr hier und jetzt ausgerechnet Christian Morgenstern einfiel. Elena lehnte sich auf dem breiten Doppelbett zurück und betrachtete die schwere Tagesdecke. Farben und Muster harmonierten perfekt mit den Tapeten des eleganten Schlafzimmers. Perfektion bis ins kleinste Detail, nichts anderes duldete Livia Iaccarino, die mit ihrem Mann in dem kleinen Ort Sant'Agata sui Due Golfi hoch über Sorrent mit dem *Don Alfonso* eines der besten Feinschmeckerlokale Italiens führte.

Bereits im September hatte Elena ein paar Tage auf dem Familiensitz der Iaccarinos verbringen wollen. Ein Privileg, das nur wenigen handverlesenen Gästen zuteilwurde. Doch dann war Giorgios Einsatz auf Capri dazwischengekommen und sie hatte im letzten Moment absagen müssen. Nun war sie endlich da. Wo zum Teufel aber steckte Giorgio? Jedenfalls nicht in seinem Büro, das hatte sie gleich nach ihrer Ankunft feststellen müssen. Capitano Valentino habe seit gestern Urlaub und sei erst wieder am Montag erreichbar, hatte die lakonische Auskunft gelautet.

Nachdenklich fuhr Elena mit ihrem Zeigefinger die Konturen der rosaroten Hibiskusblüten auf dem dunkelgrünen Hintergrund des Bettüberwurfs nach. In kleinerer Ausgabe zierten die zarten Kelche als Rankenmuster die cremefarbenen Wände des Schlafzimmers. Diesmal war es ihr endlich gelungen, das renovierte Gartenhaus zu mieten, das ihr noch besser gefiel als die luxuriösen Apartments oberhalb des Restaurants. Kein Wunder, dass es immer ausgebucht ist, dachte Elena, als sie ihre Toilettensachen im goldgelb verfliesten Bad deponierte. Ein schöneres Liebesnest für einen Kurzurlaub war kaum vorstellbar. Wenn einem der Liebhaber nicht abhandenkam.

In ein flauschiges Frotteetuch gewickelt, fühlte sie sich nach einer ausgiebigen Dusche zwar um einiges wohler, ihre Laune aber hatte sich nicht gebessert. Im Gegenteil, je länger sie darüber nachdachte, desto wütender wurde sie. Was dachte sich Giorgio eigentlich? Dass sie ihm blind vertraute – und damit hatte er bis vor kurzem ja auch recht gehabt. Sie hatte ihm geglaubt, dass er seinen Resturlaub, der noch aus seiner Zeit als Commissario stammte, nicht vor Dezember konsumieren konnte. Und jetzt hat er sich einfach frei nehmen können? Nur durch Zufall war sie ihm auf die Schliche gekommen.

„Auf die Schliche" – was für ein hässlicher Ausdruck! Dass er ihr überhaupt in den Sinn gekommen war! Bevor sie und Giorgio anfingen, einander zu belauern und zu misstrauen, sollten sie die Beziehung besser gleich beenden. Ob sie überhaupt auspacken sollte? Wenn Giorgio sie weiterhin belog, würde sie gleich morgen Früh Richtung Wien fahren. Mit einem Zwischenstopp in Rom, wo sie mit Freunden aus alten Tagen ihren Geburtstag feiern könnte. Erst aber musste sie den heutigen Abend, von dem sie sich so viel versprochen hatte, hinter sich bringen. Aber wie? Und mit wem?

Spontan sprang sie auf, um sich anzukleiden. In dem breiten Doppelbett würde sie noch früh genug allein liegen. Ohne lang zu überlegen, schlüpfte sie in Jeans und Pullover. Erwartungsvoll wedelnd lief Ercole die wenigen Treppen hinunter in den Wohnraum voraus, doch dann senkte er enttäuscht seine Rute. Rasch war ihm klar geworden, dass aus dem versprochenen

Spaziergang vorerst nichts wurde. Statt nach der Leine zu greifen, war Elena in einen der weichen Fauteuils vor dem offenen Kamin gesunken, in dem sorgfältig aufgeschichtete Holzscheite nur darauf warteten, angezündet zu werden. Aus einem romantischen Abend vor einem flackernden Feuer würde wohl nichts werden. Warum sind wir Frauen bloß so hoffnungslose Romantikerinnen? Wenn uns der richtige Mann verspricht, die Sterne vom Himmel zu holen, schmelzen wir dahin.

Aus irgendeinem Winkel ihres Gedächtnisses kramte sie plötzlich das gesamte Gedicht hervor, das sie die ganze Zeit nicht losgelassen hatte:

Tapetenblume bin ich fein,
kehr wieder ohne Ende,
doch statt im Mai'n und Mondenschein,
auf jeder der vier Wände.
Du siehst mich nimmerdar genug,
soweit du blickst im Stübchen,
und folgst du mir per Rösselsprung –
wirst du verrückt, mein Liebchen.

Wenigstens sitze ich nicht in irgendeinem Stübchen, sondern in einem allerliebsten Puppenhaus, sagte sich Elena, während sie das geschmackvolle Interieur erneut musterte. Und verrückt werde ich mit Sicherheit auch nicht! Unglücklich kann man natürlich auch in einem Palast sein! Wo war bloß ihr Selbstbewusstsein geblieben? Eifersucht hatte ihr doch noch nie zu schaffen gemacht! Nicht einmal während ihrer Ehe, obwohl Paul wahrlich keine Gelegenheit für einen Flirt ausgelassen hatte. Doch als ernsthafte Bedrohung war ihr keine dieser Frauen erschienen, dazu war sie sich seiner Liebe stets sicher genug gewesen. Nicht nur ihr Mann, die ganze Welt hatte ihr gehört, jung, begehrenswert, wie sie damals war, sprühend vor Lebenslust und Energie!

Mit 43 Jahren aber sah die Sache vielleicht anders aus. Kritisch musterte sich Elena in einem goldgerahmten Spiegel gegenüber der Kaminwand, der ein recht schmeichelhaftes Bild zurückwarf – das einer schlanken, blonden Frau mit aparten Gesichtszügen, die zwar nicht im klassischen Sinn schön, aber durchaus attraktiv war. Eine Illusion, sagte sie sich bitter, denn die Realität sah anders aus. Das unbarmherzige Licht im Badezimmer hatte ihr zuvor jede noch so kleine Falte mit erschreckender Deutlichkeit gezeigt. Vielleicht war sie für einen Neubeginn wirklich schon zu alt? Und Giorgio hatte die Trennungszeit dazu genützt, sich darüber klar zu werden, und ging nun einer Aussprache aus dem Weg, indem er einfach vorübergehend verschwand. Damit schob er ihr den Schwarzen Peter zu. Wenn sie aus seinem Verhalten Konsequenzen zog, konnte er sein Gesicht wahren!

Unvermutet fiel ihr ein Lieblingsspruch ihrer Mutter ein: *Lieber ein Ende mit Schrecken als ein Schrecken ohne Ende* – ein Satz, den sie immer schon abscheulich gefunden hatte. Nicht nur Musik kann zum Ohrwurm werden, nach wie vor verfolgten sie die Morgenstern-Verse, die sie immer schon seltsam traurig gestimmt hatten. Wo waren Mai und Mondenschein wirklich geblieben? Verweht und dahin – wie bald auch die Erinnerungen an den Beginn einer Liebe, die nun mit Schrecken zu Ende ging? Was meinst du, Ercole? Gedankenverloren streichelte Elena über das silbergraue Fell ihres Hundes.

Einmal versuche ich es noch, und wenn Giorgio noch immer auf *segreteria telefonica* geschaltet hat, dann unternehmen wir zwei einen ausgedehnten Spaziergang, versprach sie. Ohne Telefon. Ab sofort bin ich dann auch nicht mehr erreichbar!

Als Elena nach dem Handy griff, schien Ercoles Geduld am Ende. Zuerst beschwerte er sich noch zaghaft, doch dann steigerte er seine Unmutsäußerungen zu erbostem Gebell. Allem Anschein nach würde es noch eine ganze Weile dauern, bis er endlich zu seinem Recht kam, und auch wenn er nicht wirklich dringend hinausmusste – versprochen war versprochen. Doch es nützte ihm nichts, als sein Gekläff im Vorzimmer zu laut wurde, warf ihm sein Frauchen die Salontür vor der Nase zu. Beleidigt ließ sich Ercole vor der Schwelle nieder, während Elena mit neu gewonnener Energie eine Nummer eintippte, die sie aus ihrem Kalender herausgesucht hatte.

„Daniele? *Ciao, come stai?*" In ihrer Freude, dass sich der Priester schon nach wenigen Sekunden gemeldet hatte, war Elena versehentlich das Du-Wort über die Lippen gerutscht. Was Daniele nicht weiter aufzufallen schien, denn er duzte sie mit größter Selbstverständlichkeit zurück.

„Elena, bist du es? Ist alles in Ordnung? Mit Andrea, meine ich“, fragte er ängstlich.

„Mit Andrea schon. Zumindest bis gestern. Heute habe ich noch nichts aus Alicudi gehört.“

„Und mit Giorgio?“ Hellhörig, wie Daniele war, hatte er das leichte Zögern in Elenas Stimme sofort richtig interpretiert.

„Giorgio ist verschollen. Oder besser gesagt, ich habe keine Ahnung, wo er steckt. Seit vorgestern war er nicht mehr im Büro.“

„Und du willst wissen, ob ich etwas von ihm gehört habe. Tut mir leid, nein. Wann kommst du nach Neapel?“

„Ich bin schon da und das ist offenbar das Problem. Giorgio rechnet erst morgen mit mir. Bis jetzt ahnt er nicht, dass ich Sizilien einen Tag früher verlassen habe, und ich bitte dich, ihn auch nicht vorzuwarnen, falls er sich bei dir melden sollte."

„Ist zwar unwahrscheinlich, aber versprochen! Was machst du jetzt?"

„Dich zum Essen einladen. Du steigst in die Circumvesuviana und ich hole dich in Sorrent ab. Wenn dir Sant' Agata zu weit sein sollte, komme ich und wir gehen in Neapel irgendwohin. Ganz, wie es dir beliebt."

„Es tut mir leid! Aber heute kann ich nicht weg, weil Pia Angelina wie jeden Donnerstag den Schlüssel für den Pfarrsaal braucht."

„Pia Angelina? Ich erinnere mich, Giorgio hat den Namen kurz erwähnt. Ihr Sohn Leandro ist doch erst vor kurzem gestorben."

„Ja, das war vor bald einem Jahr. Und damit sie sich nicht selbst aufgibt, habe ich ihr geraten, eine Selbsthilfegruppe zu gründen. *Frauen gegen Drogen*, der Name stammt von ihr. Und heute will sie mir nach der Sitzung berichten, was sie bisher erreicht hat."

„Wenn das so ist, dann will ich nicht stören. Dann eben ein andermal, bis dahin ..."

„Halt, du störst nicht. Ich kann nur nicht fort. Komm doch du vorbei, dann können wir ..."

„Lass es gut sein, natürlich stör ich, wenn ihr etwas zu besprechen habt."

„Jetzt hör einmal zu und unterbrich mich bitte nicht. Pia Angelina kann mir auch nächste Woche noch Bericht erstatten. Aber vielleicht tut es ihr ganz gut, einmal nicht nur über Drogen und Tod zu reden. Sie ist geradezu besessen davon. Wenn du kommst, könnten wir einen ganz normalen Abend verbringen. Zu essen gibt es allerdings nichts Besonderes. Aber ich habe heute auf dem Markt verschiedene Käse eingekauft. Dazu Brot und Wein, was meinst du, genügt dir das?"

„Das Essen ist meine letzte Sorge und Käseplatte klingt verführerisch. Du hast mich überredet. In zwei Stunden bin ich bei dir. Kannst du mir ..."

„...erklären, wie du fahren musst? Entschuldige, jetzt bin ich dir ins Wort gefallen. Aber es ist ziemlich einfach. Die Strecke zum Flughafen kennst du? Du musst nur rechtzeitig ..."

„Vergiss es, das merke ich mir nie. Aber ich habe einen ausgezeichneten Stadtplan. Außerdem bin ich Reiseleiterin, nicht wahr?"

„Mit einem katastrophalen Orientierungssinn, sagt Giorgio."

„So? Sagt er das? Der muss es ja wissen!"

„Jetzt sei nicht gleich eingeschnappt. Irgendwann einmal hat er das nebenbei erwähnt. Damit ich nicht glaube, dass du gar keine Fehler hast. Er ist aus dem Schwärmen gar nicht mehr herausgekommen und da habe ich ihn gefragt, was du nicht kannst. Meine Schuld!"

„Vergeben! Giorgio hat ja leider recht. Wenn ich nicht aufpasse, verlaufe ich mich ständig. Ganz schön stressig in meinem Beruf. Aber sei beruhigt, Karten lesen kann ich, und zwar ziemlich gut."

„Noch etwas, bevor ich vergesse. Vor Pia Angelina bitte kein Wort über Andrea. Sie hasst alle Drogenhändler, ausnahmslos. Und sie darf nie erfahren, dass wir einen Dealer versteckt haben. Das würde sie mir nie verzeihen."

Ercole reichte es. Da ihm sein Bellen nichts genützt hatte, probierte er es mit kläglichem Winseln – und es funktionierte. „Entschuldige, ich muss Schluss machen.

Mein Hund macht Terror, weil er längst hinausmüsste. *Ciao, a più tardi!*“

Elena rannte die Treppe hinauf, um ihre Tennisschuhe aus dem nur zur Hälfte ausgepackten Koffer zu holen. Nach den vielen Stunden Fahrt hatte sich Ercole wahrlich einen ausgiebigen Spaziergang verdient. Dann aber überlegte sie, ob sie nicht das letzte Tageslicht ausnützen sollte, um das Auto leer zu räumen. Wertvolles gab es zwar nicht zu stehlen und sie konnte sich auch nicht vorstellen, dass ein Dieb allzu große Freude mit der Beute haben würde. Doch im Sanità-Viertel rund um Danieles Pfarre nahm man im Zweifelsfall alles, was man kriegen konnte.

Im viel zu kleinen Kofferraum ihres *Punto* hatte sie nur mit Mühe alle Mitbringsel für Wien untergebracht: Jede Menge erst gestern gepflückter Zitronen vom eigenen Baum, zwei Zehnliterkanister mit bestem Olivenöl und einige Kilo eingesalzener Kapern. Dazu kam eine Reisetasche voll mit funkelnagelneuen Designer-Klamotten. Zu einem Bruchteil des Ladenpreises hatte sie erst kürzlich ihre Wintergarderobe auf dem Markt von Catania auf den neuesten Stand gebracht.

Mit schlechtem Gewissen führte Elena ihren Hund nur in den kleinen Park gleich gegenüber, bevor sie sich ans Ausräumen ihrer Schätze machte. „*Signora, buona sera!* Wie schön, dass Sie wieder einmal bei uns sind! Kann ich Ihnen helfen?“ Mit ausgestreckten Armen ging der Chefkellner des *Ristorante Don Alfonso* auf sie zu. Sein bewundernder Blick, der wie zufällig über ihre schlanke Rückseite streifte, tat Elena ausgesprochen wohl.

Wie Marcello Mastroianni in seinen besten Jahren sieht er aus, stellte sie fest. Er war wirklich fast zu schön! Die weißen Fäden, die sein schwarzes, volles Haar durchzogen, standen ihm hervorragend. Wie ungerecht die Welt doch war! Manche Männer werden mit den Jahren immer attraktiver, doch sie kannte keine einzige Frau, von der man das ebenfalls behaupten konnte.

Ohne lang zu fragen, hievte der *Maître* eine Kiste voll Gläser und Flaschen aus dem Kofferraum. „Wie ich sehe, macht uns die Signora Konkurrenz", sagte er schmunzelnd, als er die selbstgemachten Marmeladen und Liköre zum Gästehaus schleppte. Verwirrt sah Elena auf, doch dann begriff sie. Im gegenüberliegenden Gourmet-Shop boten die Iaccarinos eine reiche Auswahl an kulinarischen Souvenirs an. Mein Limoncello ist mindestens ebenso gut, sagte sich Elena trotzig, und einen Lorbeer-Likör haben sie wahrscheinlich gar nicht im Sortiment! Eine Kostprobe davon würde sie Daniele auf jeden Fall mitbringen.

„Schmeckt köstlich! Aber das Zeug hat es in sich", stellte Daniele eine gute Stunde später mit Kennermiene fest. „Das Rezept musst du mir unbedingt geben. Bisher habe ich Lorbeerblätter nur in den Kochtopf gesteckt. Dass man einen Likör daraus machen kann, ist mir neu."

„Ist eigentlich nicht als Aperitif, sondern als Digestif gedacht", lachte Elena, als ihr Gegenüber zum dritten Mal nach der Flasche mit dem giftgrünen Likör griff.

„Ich sollte Pia Angelina auch noch etwas davon übrig lassen. Sie müsste jeden Moment kommen." Zerknirscht leckte sich Daniele die Lippen. „Bleib sitzen, ich geh' nur kurz in die Küche." Ohne auf seinen Protest zu hören, folgte Elena ihrem Gastgeber, der damit begann, eine beachtliche Auswahl an Käse auf einer viel zu kleinen Platte zu arrangieren.

„Es hat geklopft! Lass nur, ich find schon alles, was ich brauche. Geh du nur zur Tür." Dankbar, seinen Hausmannspflichten entronnen zu sein, eilte Daniele in den Flur. Erst als Elena mit einem gefüllten Brotkorb in der einen und einem Käsebrett in der anderen Hand ins Wohnzimmer trat, sprang Daniele schuldbewusst auf. „Darf ich euch bekannt machen? Elena – Pia Angelina."

Höflich gaben die Frauen einander die Hand, während sie sich verstohlen musterten. Als das Schweigen langsam peinlich wurde, versuchte Daniele das Eis zu brechen. *„Fontina, Mozzarella, Gorgonzola, Pecorino, Caciocavallo, Montasio, Provolone* und, als einziger Nicht-Italiener *Camembert* – alles da. Ich kann zwar nicht besonders gut kochen, dafür aber einkaufen! Lasst es euch schmecken!" Elena, die außer einem Pizzastück in einer Autobahnraststätte den ganzen Tag nichts gegessen hatte, ließ sich das nicht zweimal sagen, und auch Pia Angelina griff nach kurzem Zögern herzhaft zu. Anfangs schleppte sich die Unterhaltung noch mühsam dahin, doch als Daniele die zweite Flasche Wein entkorkte, war der Abend gerettet.

„Ein *Fiano di Avellino,* alle Achtung", sagte Pia Angelina mit einem leisen Lachen, als sie das Etikett studierte. „Für Damenbesuch ist Ihnen offenbar nichts zu teuer, Padre." Wie gut sie aussieht, sobald sie etwas Farbe in ihre Wangen bekommt, dachte Elena. Als Mädchen muss sie bildschön gewesen sein. Ohne es zu wollen, war sie wieder bei dem Thema angelangt, das sie den ganzen Nachmittag über beschäftigt hatte. Mit der Jugend entschwand auch die Schönheit. Doch vielleicht stimmte das gar nicht und es waren erst die Spuren von Kummer und Leid, die einem durchschnittlich hübschen Gesicht Reife und Persönlichkeit verliehen?

„Wo steckt eigentlich dein Hund?“, fragte Daniele, der eben dabei war, sämtliche Käserinden auf seinem Teller aufzuhäufen. „Du wolltest ihn doch mit nach Wien nehmen, wenn ich mich richtig erinnere.“

„Vor deiner Haustür im Auto“, antwortete Elena. „Und Käse frisst Ercole besonders gern.“

„Ercole? Ein interessanter Name für einen Hund. Warum holen Sie ihn denn nicht herauf?“, mischte sich Pia Angelina ein. „Padre Daniele hat sicherlich nichts dagegen und ich auch nicht.“

„An sich macht es ihm nichts aus, im Auto zu bleiben. Das ist für ihn wie eine Hundehütte, die er sorgsam bewacht. Ercole ist für mich die beste Diebstahlsicherung. Haben Sie auch einen Hund?“ Endlich hatte Elena ein unverfängliches Thema gefunden, das ihr behagte. Bisher hatte sie sich mit Standardfloskeln und Banalitäten über die Runden gerettet. Pia Angelina war bisher alles andere als eine einfache Gesprächspartnerin gewesen. Die meiste Zeit war die Unterhaltung von Daniele und ihr bestritten worden.

„Eine dreieinhalb Jahre alte Hündin. Sie heißt Cora und ist eine undefinierbare Mischung. Seit mein Sohn tot ist, hängt sie umso mehr an meinem Vater. Cora zieht Männer eindeutig vor.“

Erstaunt blickte Daniele auf. Dass Pia Angelina einer Fremden gegenüber den Tod von Leandro erwähnte, wunderte ihn. Selbst mit ihm sprach sie nur selten darüber und auch ihren Vater erwähnte sie kaum, seit dessen Lungenkrankheit erneut und heftiger denn je ausgebrochen war.

Erwartete Pia Angelina, dass sie danach fragte, wann und wie ihr Sohn gestorben war? Das würde sie überraschen, denn die nahezu gleichaltrige Frau schien ihr nicht der Typ zu sein, der mit den Tragödien ihres Lebens hausieren ging.

„Was meinen Sie, sollten wir unsere beiden Köter miteinander bekannt machen?“, setzte Pia Angelina zu Elenas Erleichterung fort. Damit war ihr die Entscheidung abgenommen.

„Nur allzu gern. Und wenn Kinder dabei herauskommen, wird es spannend, denn auch Ercoles Ahnenreihe ist ziemlich bunt. Aber das müssen wir auf nächstes Jahr vertagen, denn jetzt bin ich auf dem Weg nach Österreich. Aber ich könnte bei der Rückfahrt wieder in Neapel Station machen.“

„Was heißt könnte! Das musst du sogar“, warf Daniele ein. „Schließlich können wir nicht alle nach Wien kommen, wenn wir dich sehen wollen.“

„Oder nach Sizilien“, gab Elena zurück. „Das wäre doch auch eine Möglichkeit. Aber Wien ist für euch sicherlich ein interessanteres Ziel. Warum eigentlich nicht? Ich meine, weshalb solltet ihr beide nicht Silvester an der Donau feiern? Halt, sagt jetzt erst einmal gar nichts. Dass ihr zu Weihnachten daheim sein wollt, sehe ich ein. Da hast du als Priester alle Hände voll zu tun und Sie werden Ihren Vater nicht allein lassen wollen. Aber rund um *capodanno* könntet ihr euch doch für ein paar Tage frei nehmen. Die Quartiersuche überlasst mir. Ich würde euch in der *Pension Donizetti* bei der Votivkirche unterbringen. Von dort ist es ins Zentrum nicht weit und auch nicht zu uns. Besser gesagt, zur Wohnung meiner Mutter.“

Je länger Elena darüber nachdachte, desto besser gefiel ihr die Vorstellung, Daniele und Pia Angelina Wien zu zeigen. Vom ersten Augenblick an war ihr die Neapolitanerin, deren aparte Schönheit sich erst auf den zweiten Blick offenbarte, sympathisch gewesen.

Mehr als das, wie Daniele zählte Pia Angelina zu jenen Menschen, die Elena bereits ein Leben lang zu kennen vermeinte. Dieses seltsame Gefühl von Vertrauen und Nähe passierte ihr nicht oft, doch wenn sich dieser unsichtbare Draht wie ein Blitz aus heiterem Himmel einstellte, dann erschien er ihr umso kostbarer.

Daniele räusperte sich verlegen, bevor er sich Elena zuwandte. „Dein Vorschlag ehrt mich, aber er kommt ein wenig überraschend. Was meinst du dazu, Pia? *Donizetti* zu *capodanno*? Das klingt gut!“

„Vater braucht mich, das wissen Sie ganz genau, Padre. Ich habe schon ein schlechtes Gewissen, wenn ich ihn wie heute einmal einen Abend lang allein lasse. Nein, ich kann nicht weg. Aber Sie sollten fahren. Seit ich Sie kenne, haben Sie noch nie Urlaub gemacht.“

„Bravo, Pia, sagen Sie es ihm gleich noch einmal so richtig hinein. Selbst Priester müssen einmal ausspannen. Und was Sie betrifft, verstehe ich Sie sehr gut. Man hat nur einen Vater. Meiner ist schon lange tot, aber wenn ich an ihn denke oder gar über ihn spreche, dann bekomme ich immer noch feuchte Augen. So wie jetzt.“

Kommentarlos reichte Pia Angelina eine unbenützte Papierserviette über den Tisch und ebenso stillschweigend erhob sie sich. Auch sie war überrascht, wie seltsam vertraut ihr die Fremde aus Österreich erschien. Über ihr Privatleben sprach sie nur in ihrer Frauen-Gruppe und selbst da offenbarte sie sich äußerst zurückhaltend. Ihr Herz auf der Zunge zu tragen, würde ihr nicht einmal im Traum einfallen. Und doch hatte sie dieser Elena gegenüber Leandro erwähnt.

„Danke für den netten Abend, Padre. Aber ich muss jetzt wirklich gehen. Es hat mich gefreut, Sie kennen zu lernen, Elena. Und danke für die Einladung nach

Wien. Ich bin froh, dass Sie verstehen, warum ich nicht kommen kann. *Arrivederci, buona notte.*“

Bevor ihr Gastgeber gegen den abrupten Aufbruch protestieren konnte, war Pia Angelina bereits aus der Tür geschlüpft. Während ihre Schritte im Treppenhaus verhallten, vernahm Elena einen leisen Piepston aus den Tiefen ihrer Handtasche. Das konnte nur Giorgio sein, der ihr eine SMS geschickt hatte. Tapfer widerstand sie der Versuchung, ihr Handy sofort hervorzukramen. Dafür war später Zeit genug!

Später? Um Himmels willen, es war kurz vor Mitternacht. Sie hatte völlig vergessen, auf die Uhr zu sehen. Ihr Hund saß noch immer im Auto, was ihr nun doch ein schlechtes Gewissen bereitete. Nach ein paar Stunden verlor selbst der geduldigste Vierbeiner die Geduld, und Ercole konnte ziemlich gut den Beleidigten spielen, wenn man ihn zu lange allein ließ. Doch vielleicht würde er sich diesmal mit den Käserinden bestechen lassen, die Daniele sorgsam in ein Papier gewickelt und ihr zum Abschied in die Hand gedrückt hatte.

Während Ercole sein Geschäft neben einer umgestürzten Mülltonne erledigte, las sie mit Befriedigung, was Giorgio ihr kaum eine Viertelstunde zuvor in seiner SMS geschrieben hatte: „Feierst du Abschied von Sizilien? Du bist ausgegangen und das *Cellulare* ist zu Hause. Wie so oft. Ruf mich an, egal wie spät es ist. Bitte.“ Er machte sich Sorgen? Gut so!

Garantiert ruft er um punkt sieben Uhr Früh an, sagte sich Elena, als sie ihren *Punto* eine knappe Stunde später in Sant'Agata einparkte. Und ich werde zuckersüß sein. Aber wo war ich an meinem angeblichen Abschiedsabend? Er fragt sicher danach. Nicht bei Nino, dort könnte er mich gesucht haben. Am besten, ich gebe mich geheimnisvoll, dann hat wenigstens auch er etwas zum Nachdenken, beschloss sie rachsüchtig.

Erst nachdem sie das Handy eingeschaltet und auf dem Nachttischchen deponiert hatte, dachte sie daran, den Hund mit den mitgebrachten Käserinden zu versöhnen. Der noch immer beleidigte Ercole schnupperte jedoch nur kurz und desinteressiert, bevor er sich mit einem tiefen Seufzer auf seinem Teppich zusammenrollte. „Dann eben nicht“, murmelte Elena, als sie das verweigerte Bestechungsgeschenk wieder einwickelte. „Morgen wirst du es vielleicht bereuen, aber dann ist es zu spät. Das kannst du dem Herrchen auch gleich ins Ohr bellen.“

Den ganzen Abend lang hatte sie die Gedanken an Giorgio und sein seltsames Verhalten erfolgreich verdrängt, nun aber war Elenas Laune erneut in den Keller gefallen. Als sie das ziemlich streng riechende Hunde-Mitbringsel in die winzige Küche trug, um es in den Müll zu befördern, musste sie jedoch plötzlich kichern. Denn der Duft, der ihr aus dem Päckchen entgegenschlug, erinnerte sie daran, womit Daniele sie und Pia Angelina gleich zu Beginn des Abends zum Lachen gebracht hatte.

„Wisst Ihr eigentlich, was ein französischer Dichter einmal über einen reifen Camembert gesagt hat?“ Mit ernster Miene hatte der Priester die Frage gestellt, doch dann war ein verschmitztes Lächeln über sein Gesicht gehuscht: „Camembert – das sind die Füße Gottes!“

24. Kapitel

Alles war besser als eine Lüge! Die Erkenntnis kam freilich zu spät, und schon bald sollte es Giorgio bitter bereuen, dass er Elena nichts von seinem Kurzausflug nach Sizilien erzählt hatte. Eine unerwartete Dienstreise, kombiniert mit der Chance, seine Eltern vor Weihnachten noch einmal besuchen zu können – eine Ausrede, die möglichst nahe an der Wahrheit vorbeischrammte, wäre mit Sicherheit klüger gewesen. Er aber hatte ihr vorgespielt, dass er sie wie jeden Morgen aus Portici anrief.

Sobald das Freizeichen ertönte, räusperte er sich noch einmal vorsorglich. Dass Elena auf seine SMS nicht reagiert hatte, war ihm nämlich ganz und gar nicht geheuer. Wahrscheinlich aber sah er Gespenster und alles war in schönster Ordnung. Sicherlich hatte sie bloß mit ihren Freunden in Taormina ihren Geburtstag – und Weihnachten auch gleich dazu – ausgiebig gefeiert und seine Nachricht gar nicht gesehen. Bis zwei Uhr morgens hatte er vergebens auf ihren Rückruf gewartet, erst dann war er in einen unruhigen Schlaf verfallen.

„*Auguri, auguri.* Alles Gute zum Geburtstag, mein Liebling!“ Wenn Giorgio wollte, konnte er seiner Stimme ein unwiderstehliches Timbre verleihen. Doch diesmal hätte er sich seine Bemühungen getrost ersparen können, denn Elena ließ ihn erst gar nicht weiterreden.

„Guten Morgen, Giorgio. Schön, dass du mir als Erster gratulierst. Aber ich bin noch gar nicht richtig munter. Ich ruf dich zurück. Bis später. *Ciao!*“, krächzte Elena, die freilich alles andere als verschlafen aufrecht im Bett saß. Seit mehr als einer Stunde war sie hellwach und hatte hin und her überlegt, ob sie sich wirklich ahnungslos stellen sollte. Irgendwie erschien es ihr kindisch, in ihrem Alter ein Beziehungsdrama aufzuführen. Sie waren doch keine Teenager mehr! Andererseits aber wäre es unklug, die Initiative zu ergreifen und als Erste die Karten auf den Tisch zu legen. Sollte Giorgio doch zusehen, wie er aus dem Gespinst aus Lüge und Vertrauensbruch mit heiler Haut wieder herauskam. Sie würde ihm jedenfalls nicht dabei helfen.

Das muss ja ein toller Abend gewesen sein, sagte sich Giorgio vergrämt. Nicht sehr klug, bis in die Puppen zu feiern, wenn man am nächsten Tag 500 Autobahnkilometer vor sich hat. Aber er würde sich hüten, ein Wort darüber zu verlieren. Kein Schatten sollte auf ihr Wiedersehen fallen, schwor er sich. Das bedeutete freilich, Elena durfte nichts von seinem Kurzbesuch auf Sizilien erfahren. Nicht auszudenken, wenn sie herausbekam, dass er sie an ihrem Geburtstagsmorgen aus Trapani angerufen hatte. Aus seiner alten Wohnung, in der er die letzten beiden Nächte verbracht hatte und die ihm seltsam fremd geworden war.

Fremd, wie sein altes Leben überhaupt. Hals über Kopf war Giorgio am Mittwochnachmittag zum Flughafen gerast, um die letzte Abendmaschine nach Palermo zu erwischen. Ursprünglich hatte die Polizei die Versteigerung der Bestände aus ihrer Asservatenkammer bereits für Anfang November anberaumt. Aus Gründen, die Giorgio nie herausfinden sollte, war der Termin aber kurzfristig um zehn Tage später angesetzt worden. Es würde knapp werden, doch er könnte das Maddalena-Bild, das Elena und ihm zum Schicksal geworden war, gerade noch rechtzeitig erwerben. Wenn er Glück hatte und niemand mehr als 7000 Euro bot – die Obergrenze seiner finanziellen Möglichkeiten.

Giorgio hatte Glück gehabt, der einzige Mitbewerber hatte bei 6500 Euro aufgegeben. Die meisterhafte Kopie des Renaissancegemäldes, das er Elena als Geburtstagsgeschenk überreichen wollte, war seit gestern in seinem Besitz. Oder so gut wie, denn er musste das Bild vor seinem Abflug nach Neapel erst noch abholen. Unmittelbar nach der Versteigerung war Giorgio nach Trapani gerast, um die Geldüberweisung zu veranlassen. Und wieder war das Glück auf seiner Seite gewesen. Zehn Minuten vor der Sperrstunde hatte er die Filiale der *Banca di Sicilia* unweit seiner Wohnung gestürmt und seine Ersparnisse bis auf eine klägliche Summe geplündert.

Der Rest des Tages war freilich weniger glücklich verlaufen. Seine Kinder, die von seinem überfallsartigen Besuch nichts geahnt hatten, waren alles andere als erfreut gewesen, ihre Verabredungen abzusagen, um den Abend mit ihrem Vater zu verbringen. Mit steinerner Miene hatte sich auch seine Ex-Frau bereit erklärt, ebenfalls an dem Familienessen in einem sündteuren Restaurant in der Altstadt teilzunehmen. Keiner hatte so recht Appetit gehabt, und von dem köstlichen Couscous, das man nirgendwo in Europa besser zuzubereiten versteht als in Trapani, war das meiste unberührt wieder zurückgegangen.

Dieses Kapitel ist abgeschlossen, machte sich Giorgio bewusst, als er sich noch einmal in seiner Wohnung umsah. Er würde sie verkaufen, um seine Zelte in seiner Heimatstadt endgültig abzubrechen. Seine Tochter Caterina studierte seit September in Palermo, sein Sohn Sebastiano sollte in zwei Jahren die Schule abschließen und danach den Militärdienst ableisten. Das Einzige, was Giorgio noch mit Trapani verband, waren seine Eltern, mit denen er gestern nur kurz telefoniert hatte. Zu ihnen würde er jetzt fahren, denn er wollte ihnen persönlich beibringen, dass mit ihm zu Weihnachten diesmal nicht zu rechnen war.

Als Giorgio mit noch ofenwarmem Gebäck sein Elternhaus betrat, roch es verführerisch nach Kaffee. Schlagartig fühlte er sich in seine Kindheit zurückversetzt, denn damals hatte es zu seinen Aufgaben gehört, mit Marmelade gefüllte Cornetti vom Bäcker um die Ecke zu holen. Am liebsten hätte er seinen Plan aufgegeben und kein Wort über die bevorstehenden Feiertage verloren. Feig, feig, feig, dachte er bei sich, als er seiner Mutter einen Kuss auf die Wange drückte. Auch sie umarmte ihn kurz, bevor sie ihrem Mann zunickte, der bereits am Wohnzimmertisch Platz genommen hatte.

„Ich nehme an, unser Sohn hat uns etwas mitzuteilen!“

„Du hast recht, Mutter. Ihr müsst Weihnachten diesmal ohne mich feiern. Ich fliege nach Wien“, platzte Giorgio heraus.

„Etwas Ähnliches haben wir uns schon gedacht. Aber ich bin froh, dass du es uns jetzt schon sagst und nicht erst im letzten Moment am Telefon. Denn ab sofort können auch wir Pläne machen!“

Verblüfft blickte Giorgio seine Mutter an, die ihm mit ruhiger Hand eine gefüllte Kaffeetasse reichte. „Für Weihnachten? Was habt ihr denn vor?“

„Wegzufahren. Wohin wissen wir noch nicht, aber ich habe vorige Woche einen ganzen Stoß Prospekte aus dem Reisebüro geholt. Vater will lieber in Italien bleiben und denkt an eine Busreise nach Rom. Ich würde lieber fliegen. Zum ersten Mal in unserem Leben, und wenn wir es nicht bald wagen, dann sind wir dafür zu alt. Ich habe an Ägypten gedacht. Da wollte ich immer schon einmal hin."

Wie gewohnt hatte sein Vater, der sich bereits über das zweite Cornetto hermachte, bisher kein Wort verloren. Nach den ungeschriebenen Gesetzen des Südens war er zwar das Familienoberhaupt, doch die Entscheidungen trafen in Wahrheit die Frauen. Wenn Mutter ins Reich der Pharaonen wollte, dann würde das Ehepaar Valentino auch dort landen, das war so sicher wie das Amen im Gebet. Und außerdem hatte sie recht. Mit 66 beziehungsweise 70 Jahren waren Maria und Salvatore Valentino noch jung genug, um das Abenteuer ihrer ersten Flugreise zu wagen.

„Du hast es eilig wie immer, das sehe ich. Also will ich erst gar nicht lang herumreden. Wir sind dir nicht böse, dass du dich für einen anderen Lebensweg entschieden hast. Und für eine andere Frau, die wir natürlich gern bald einmal kennen lernen möchten. Aber das muss ja nicht unbedingt zu Weihnachten sein." Respektvoll sah Giorgio, der neben seinem Vater Platz genommen hatte, zu seiner Mutter auf. Souverän hatte sie ihm eine Last von den Schultern genommen und mit derselben Leichtigkeit sprach sie auch weiter.

„Hast du dir schon den Kopf über die Geschenke zerbrochen?" Giorgio schreckte zusammen. Für einen flüchtigen Moment hatte er befürchtet, dass seine Mutter mit ihren hellsichtigen Fähigkeiten über Elenas heutigen Geburtstag oder gar den Gemäldekauf Bescheid wusste. Dann aber war ihm klar, dass sie keine Ahnung von seinem Leichtsinn hatte. Dass er ziemlich genau die Hälfte ihrer Jahresrente für ein Bild ausgegeben hatte, würde sie bei all ihrer angeborenen Großzügigkeit kaum verstehen. Davon konnte er ihr mit Sicherheit nichts erzählen und auch nicht, dass ihm für größere Weihnachtsgeschenke schlicht und einfach das Geld fehlte.

Weil ihr Sohn wie erwartet schwieg, griff Maria Valentino zu der kleinen Schatulle, die sie auf dem Tisch platziert hatte. „Schade, dass ich den Schmuck meiner Mutter nicht mehr tragen kann. Aber du weißt schon, seit dieser dummen Allergie – “

„Vergiss es, Mutter, das sind deine Sachen ...“

„ ... mit denen ich machen kann, was ich will. Du steckst jetzt diese Korallenkette deiner Großmutter ein. Ohne Widerrede. Wenn deine Elena Geschmack hat, und daran zweifle ich keine Sekunde, wird sie Freude damit haben. Das ist uralte trapanesische Handwerkskunst, die längst ausgestorben ist.“

„Kommt überhaupt nicht in Frage, dass ich das annehme. Und allergisch bist du nur auf Gold, nicht auf Korallen.“

„Und diese Kette hat eine breite, goldene Schließe, aber das nur nebenbei. Du hast schon recht, ich habe andere Gründe. Vater und ich haben beschlossen, unseren Garten zu verkaufen. Die Arbeit wird uns allmählich zu viel und von dem Geld können wir uns einige Wünsche erfüllen. Eine neue Wohnzimmereinrichtung oder eben einige Reisen. Das heißt, dass du nur wenig erben wirst, wenn es einmal so weit ist. Deswegen möchten wir, dass du gewisse Dinge sofort bekommst. Es ist ohnedies nicht viel, ein wenig Schmuck und Vaters Münzsammlung, von der ...“

„... er sich nicht trennen wird! Und wenn, dann soll er sie ebenfalls zu Geld machen. Das ihr bis zum letzten Cent verbrauchen sollt. Und das Gleiche gilt für deinen Schmuck.“

„Streite nicht mit mir, es ist alles entschieden“, fertigte Maria Valentina ihren Sohn kurz ab.

„Und warum schenkst du die Kette nicht deiner Enkeltochter? Dann weißt du wenigstens, dass das Schmuckstück in der Familie bleibt!"

„Weiß ich das? Kaum, denn wer sagt mir denn, dass Catarina sie nicht sofort zum nächsten Juwelier trägt und verkauft?"

„Unsinn, dazu hat sie viel zu viel Familiensinn."

„Von ihrer Mutter vielleicht? Das glaube ich allerdings kaum! Angelica hat uns allen klargemacht, dass sie mit den Valentinos nichts mehr zu tun haben will."

„Du sprichst von der Annullierung unserer Ehe? Aber damit haben doch meine Kinder nichts zu tun!"

„Zum Glück konnte Angelica diese Tatsache nicht auch noch aus der Welt schaffen. Aber glaube mir, wenn sie könnte, sie würde dir die Kinder – und damit uns die Enkelkinder – ebenfalls absprechen. Ich habe nie eine Schwiegertochter gehabt, so sieht es aus. Aber um dich zu beruhigen, Catarina bekommt den Ring mit dem Brillanten als Weihnachtsgeschenk. Den kann sie dann entweder neu fassen oder verkaufen, ganz wie sie will. Daran hängt mein Herz nicht. Wohl aber an der Korallenkette und die steckst du jetzt ein. Sie soll dir und deiner Elena Glück bringen! Und jetzt mach dich auf den Weg. Dein Flug geht bald und ich möchte nicht, dass du dich hetzten musst."

Wieder einmal ist es ihr gelungen, mich zu überrumpeln! Giorgio fasste sich erst, als er die Stadtgrenze von Trapani längst hinter sich gelassen hatte. Typisch Mutter! Kein Wort des Vorwurfs, keine unnötigen Fragen und dann noch dieses großzügige Geschenk, damit ihr Sohn etwas Anständiges unter den Wiener Weihnachtsbaum legen konnte. Und er selbst war mit leeren Händen dagestanden, denn nach seinem Auftritt mit

Fausto Zampognaro war ihm die Lust auf Weihnachtseinkäufe gründlich vergangen.

Sobald er sich finanziell einigermaßen erholt hatte, würde er den Eltern eine Reise schenken, beschloss Giorgio spontan. Eine Kreuzfahrt durchs Mittelmeer? Oder vielleicht gar einen Urlaub in Wien? Er würde das in aller Ruhe mit Elena besprechen, aber jetzt sollte er sich vielleicht doch besser auf den Vormittagsverkehr rund um Palermo konzentrieren.

Fast wäre er an der Polizeikaserne vorbeigefahren. Mit quietschenden Reifen brachte er den *Fiat Seicento*, den er vorgestern am Flughafen gemietet hatte, vor dem breiten Gittertor zum Stehen. Noch vor wenigen Monaten hatte der diensthabende Polizist bei seinem Anblick gar nicht rasch genug die Einfahrt freigeben können, nun forderte er ihn herrisch auf, weiterzufahren. Er gehörte definitiv nicht mehr hierher, sagte sich Giorgio, als ihm der Beamte nach Rücksprache mit der Asservatenkammer widerwillig den Weg freigab.

Ebenso unfreundlich fiel auch der Empfang im Sekretariat aus. Das von ihm gestern ersteigerte Objekt könne er selbstverständlich heute noch nicht mitnehmen, wurde er kurz und bündig beschieden. Die vorsorglich mitgebrachte Überweisungsbestätigung seiner Bank nützte gar nichts, solange nicht auch eine Unbedenklichkeitserklärung vorlag. Wie bitte, Capitano Valentino hatte noch nie etwas von den Anti-Mafia-Gesetzen gehört? Hatte er schon, aber er war der Meinung, dass die Maßnahmen zur Schwarzgeldkontrolle für einen Carabinieri-Offizier keine Gültigkeit hätten? Da irrte er aber gewaltig! Frühestens nächste Woche würde man das Bild ausfolgen können. Wenn alles in Ordnung war! *Arrivederci!*

Neidhammel, allesamt! Laut vor sich hinfluchend trat Giorgio das Gaspedal durch. Anti-Mafia-Gesetz hin oder her, mit etwas gutem Willen hätten ihm seine ehemaligen Kollegen natürlich helfen können. Die Unbedenklichkeitsbescheinigung war in seinem Fall eine reine Formsache, die man dem Akt ohne weiteres nachträglich hätte beilegen können. Aber vermutlich hatte der Vice-Questore, der ihm seinen Karrieresprung und den Wechsel zu den Carabinieri nicht verzeihen konnte, das höchstpersönlich verhindert. Aus reiner Schikane musste er nochmals nach Palermo fliegen!

Wütend fuhr er die Strecke zum Flughafen, an dem er erst eine Stunde zuvor vorbeigekommen war, zurück. Welche Verschwendung an Zeit und Geld! Außerdem stand er heute ohne ein Geschenk für Elena da! Erst als er das Leihauto zurückgegeben und sich seine Bordkarte geholt hatte, fiel ihm die Korallenkette seiner Mutter ein. Als hätte sie geahnt, in welcher Notlage er sich befinden würde! Sechs Wochen und vier Tage war es her, seit er Elena zum letzten Mal in seinen Armen gehalten hatte. Endlich würde er sie wiedersehen. An ihrem Geburtstag, dem ersten, den sie gemeinsam feiern konnten. Da war das Beste gerade gut genug und das Beste wäre das Maddalena-Bild gewesen. Wie oft hatte er sich ihre Überraschung und ihre Freude ausgemalt!

Nachdenklich betrachtete er das Schmuckstück, das einst seiner Großmutter gehört hatte. Kurz überlegte er, ob er im Juwelierladen des Flughafens eine neue Schatulle kaufen sollte. Doch dann verwarf er die Idee und eilte ohne weitere Umwege zu seinem Gate. Das cremefarbene, ein wenig brüchig gewordene Seidenfutter der schmalen Schachtel unterstrich den altmodischen Charme der kostbaren Korallen, die man im Mittelmeer längst nicht mehr brechen durfte.

Am liebsten hätte er Elena, die sich aus unerfindlichen Gründen nicht gemeldet hatte, sofort angerufen. Vermutlich aber war sie längst unterwegs auf der Autobahn und hatte ihr Handy ausgeschaltet. Außerdem hätte sie die Flughafen-Ansagen im Hintergrund hören können, was im Moment nur schwer zu erklären gewesen wäre. Erst beim Überreichen des Geschenks würde er ihr von seinem Ausflug erzählen. Zufrieden, dass letztlich doch alles gut gegangen war, lehnte er sich in dem unbequemen Plastikstuhl zurück. Bald war er wieder in Neapel, rechtzeitig genug, um wie vereinbart am späten Nachmittag in Sant'Agata einzutreffen.

Dass sein Zeitplan gründlich durcheinanderkommen sollte, erfuhr Giorgio wenige Minuten später. Sein Alitalia-Flug hatte drei Stunden Verspätung, und es würde eng werden. Sehr eng.

***

Um spätestens sechs wollte er hier sein, jetzt war es kurz vor sieben und außer einer kurzen SMS um 16 Uhr 12 hatte sie den ganzen Tag nichts von Giorgio gehört. „Unvorhergesehene Besprechung. Komme etwas später. Verzeih mir. G." Noch einmal las Elena die lakonische Mitteilung, bevor sie zornig auf die Löschtaste drückte. Was auch immer passiert sein mochte, sie würde sich ihren Geburtstag nicht verderben lassen. Nach einem letzten Blick in den Spiegel, der sie ausnahmsweise einmal befriedigte, verließ sie das Haus. Ercole musste allein zurückbleiben, denn bei der bevorstehenden Weinverkostung und der anschließenden Kellerführung konnte er beim besten Willen nicht dabei sein.

In dem Gourmet-Shop gleich gegenüber hatten sich die angemeldeten Gäste bereits versammelt. Wieder einmal bewunderte Elena den zielsicheren Geschmack der Iaccarinos. Die in mattem Cremeweiß lackierten Wandborde, in denen sich vom Boden bis zur Decke Kochbücher aus aller Welt fanden, verwandelten den Empfangssalon des schlichten Bungalows in eine exquisite Bibliothek. Der anschließende Raum, in denen sich in meterhohen Regalen die besten Weine der Region stapelten, war Livias Reich. Als eine der wenigen weiblichen Sommeliers Europas hatte sie sich in der Männerwelt der Weinexperten längst einen führenden Platz erobert.

Es war nicht das erste Mal, dass Elena hier eine Verkostung miterlebte und auch diesmal faszinierte sie, wie Livia Iaccarino in eine Art Trance verfiel und im Singsang einer Hohepriesterin aus alten Zeiten dem goldenen Getränk in ihrem Glas Hochachtung zollte. Sie kümmerte sich keinen Deut um ihr rotblondes Haar, das sich aus ihrer Frisur löste, sondern beschwor Blume und Aroma des lebendigen Wesens in ihrer Hand. Nichts anderes war nämlich ihrer Ansicht nach Wein. Kein mehr oder weniger gelungenes Produkt ambitionierter Winzer, sondern ein Geschenk der Götter.

„*Amore mio*, endlich." Unbeachtet von den Anwesenden war Giorgio leise an Elenas Seite getreten, und auch sie hatte ihn erst bemerkt, als er ihr die Worte ins Ohr flüsterte. Gut sieht er aus, stellte sie aus den Augenwinkeln fest. Sein Anzug muss neu sein und beim Friseur war er vor kurzem offenbar auch. Wie aber sollte sie sich jetzt verhalten? Kühl und distanziert? Die Rolle der Beleidigten stand ihr nicht und außerdem würde sie das auch nicht allzu lang durchhalten. Liebevoll, wie er es erwartete? Das fiel ihr schwer, denn erst einmal wollte sie Klarheit haben. Die Anwesenheit der anderen Gäste erlöste Elena aus ihrem Dilemma, denn mit einem innigen Kuss konnte sie ihn vor aller Augen nicht begrüßen.

Kurz drückte sie Giorgios Hand, die er unmerklich in ihre geschoben hatte. „Schön, dich zu sehen", flüsterte sie, um Livias Vortrag, der sich allmählich dem Ende zuneigte, nicht zu stören. „Schade, du hast einiges versäumt. Aber zur Kellerführung bist du gerade noch rechtzeitig gekommen."

„Ich will nicht in den Keller, sondern zu dir, mein Geburtstagsmädchen", gab er ebenso leise zurück. „Können wir nicht unauffällig verschwinden?"

„Nein. So etwas bekommst du nicht so bald wieder zu sehen und ich bin nachher auch noch da." Ohne seine Antwort abzuwarten, schob sich Elena, die sich bisher im Hintergrund gehalten hatte, nach vorn und griff nach einem der bereitstehenden Gläser mit dem Wein, über den Livia zuletzt gesprochen hatte. „Trink erst einmal. Du siehst aus, als hättest du es nötig." Erst auf den zweiten Blick hatte Elena bemerkt, wie erschöpft und abgespannt Giorgio aussah.

Offenbar war er auch zu müde, um zu widersprechen. In einem Zug stürzte er den edlen Tropfen hinunter, was glücklicherweise niemand außer Elena zu bemerken schien, und ebenso widerspruchslos trottete er hinter der Gruppe her, die sich vor dem Kellerabgang versammelt hatte. Doch schlagartig erwachte sein Interesse: Regale mit Hunderten und Aberhunderten Flaschen edelster Weine aus aller Welt verkleideten die Wände entlang schmaler, abgetretener Steinstufen, die in einem steilen Winkel in die Tiefe führten.

Als Giorgio schon glaubte, der Weg in die Unterwelt würde kein Ende finden, weitete sich der in den

Fels gehauene Treppenspalt zu einem kleinen Rondeau mit einer rundgemauerten Zisterne. Hoch angebrachte Fackeln ließen eine Ritzzeichnung erkennen, die einen Fisch zeigte. Eindeutig hatte der Ort zur Zeit der Christenverfolgung als Versteck gedient. „Der Keller selbst ist noch viel älter. Er stammt wahrscheinlich aus der Etruskerzeit", erklärte Elena im Flüsterton. „Aber siehst du, was in den Nischen liegt? Livia behauptet, dass hier herunten die optimalen Bedingungen herrschen, um Käse reifen zu lassen."

Erst jetzt bemerkte Giorgio die riesigen Laibe verschiedener Größe und Farbe, doch bevor er einen Kommentar abgeben konnte, fuhr Elena fort: „Wie ich sehe, sind die Füße Gottes nicht dabei!"

„Was um alles in der Welt meinst du damit?"

„Camembert! Laut Daniele die Füße Gottes! Das hat er zumindest gestern gesagt!" Kaum war Elena der Satz herausgerutscht, wusste sie auch schon, dass sie sich verraten hatte. Wie erwartet hakte Giorgio sofort nach.

„Am Telefon? Seltsam! Das musst du mir näher erklären."

„Werde ich. Aber erst beim Essen. Ich bin schon fast verhungert!"

Erleichtert stellte Elena fest, dass sich Giorgio vorerst damit zufriedengab. Auch wartete Livias Assistent bereits ungeduldig auf die Nachzügler, um die Kellertür wieder verschließen zu können.

--- + ---

Ercole zog sich beleidigt auf den Vorzimmerteppich zurück. Den ganzen Abend hatte er allein im Haus verbringen müssen und jetzt beachteten ihn die beiden Menschen, die nach Wein und gutem Essen rochen, nicht im Geringsten. Offenbar glaubten sie, ihn mit dem mitgebrachten Knochen bestechen zu können! Dafür hatte er seinen Schlafplatz räumen müssen, weil die beiden offenbar nichts anderes im Sinn hatten, als so rasch wie möglich selbst ins Bett zu klettern. Aber nicht um zu schlafen, wie er feststellen musste, als sie ihn endlich wieder ins Zimmer ließen. Mitten in der Nacht saßen sie putzmunter auf ihrem zerwühlten Lager und redeten und redeten.

Elena strich Giorgio zärtlich über die Haare und verschwand im Badezimmer. Noch einmal musterte sie sich kritisch im Spiegel, bevor sie wieder ins Schlafzimmer ging. Mit nichts am Körper als der doppelreihigen Kette aus lachsfarbenen Korallen. Wie sie wusste, schmeichelte ihr das warme Licht der Stehlampe, doch selbst bei der raffiniertesten Beleuchtung würde sie ihre dreiundvierzig Jahre nicht verleugnen können. Eine kleine Ewigkeit lang starrte Giorgio sie an, dann nahm er sie stumm in seine Arme. Sein Gesichtsausdruck sagte ihr mehr als tausend Worte. Alles war in Ordnung, alle Missverständnisse waren ausgeräumt.

Resignierend trollte sich Ercole freiwillig, um nicht wieder hinausgeworfen zu werden. Er war hier nicht gefragt, das musste selbst der dümmste Hund begreifen –

und er war alles andere als ein dummer Hund. Erst als er Stunden später Elena laut auflachen hörte, wagte er sich zurück ins Schlafzimmer. Giorgio schlief bereits tief und fest, als sie dabei war, die Kleidungsstücke vom Boden aufzuheben. „Eindeutig nicht die Füße Gottes“, sagte sie, als sie ihm mit glücklichem Lächeln einen Männersocken unter die Nase hielt. „Eher dein Geschmack, oder was meinst du, Ercole?“

Aus der Tageszeitung „Il Mattino“

MORD IN PIZZERIA „SOLE“
Lokalbesitzer erschlagen – Keine Spur vom Täter

von Luigi Carone

NAPOLI (29. November) – Eine grausige Entdeckung machten am Samstag die Angestellten der kleinen Pizzeria „Il Sole“ in der Via dei Cimbri. Als sie für das Abendgeschäft an ihrem Arbeitsplatz eintrafen, lag ihr Chef Salvatore Tricesimo, 48, tot vor dem Pizzaofen. Der Lokalbesitzer, so die ersten Ermittlungen der Mordkommission unter der Leitung von Commissario Franco Verbelli, war aus nächster Nähe erschossen worden. Eine Tatwaffe konnte nicht gefunden werden. Die Spurensicherung war heute, Sonntag, noch nicht abgeschlossen. Tricesimo hielt sich während der Nachmittagspause von 15 bis 18 Uhr allein in dem Lokal auf, das zuletzt knapp sechs Wochen wegen Renovierungsarbeiten geschlossen war. Der oder die Täter dürften dem Pizzawirt bekannt gewesen sein, da sich an der Eingangstüre keinerlei Spuren eines gewaltsamen Eindringens fanden. Auch gab es keine Hinweise, dass ein Kampf stattgefunden hatte.

Die Pizzeria „Il Sole“ war im Viertel insbesondere bei Jugendlichen sehr beliebt, Gerüchte aber wollten nicht verstummen, dass sie auch ein Umschlagplatz für Drogen war.

* * *

Als Schauplatz war der Dom von Neapel geradezu ideal. Erst an diesem Morgen hatte der Mesner die prachtvolle Weihnachtskrippe neben dem Eingang zum Baptisterium aufgestellt. Rechtzeitig vor dem ersten Adventsonntag, an dem halb Neapel in die Kirche des geliebten Stadtpatrons pilgern würde. Und diesmal würde der Teufel auch nicht unbemerkt bleiben. Höchste Zeit, dass alle Welt erfuhr, warum der Leibhaftige höchstpersönlich seine Helfershelfer zur Hölle schickte. Es war sicherlich nur eine Frage von Stunden, bis irgendwer die blutrote Figur neben jener des Pizzabäckers, der eben dabei war, die Teigschaufel in den Ofen zu schieben, entdecken würde.

Auch die Symbolik könnte perfekter nicht sein: Die Flammen des Herdes als Vorboten des Feuers, in dem der Gastwirt Salvatore Tricesimo bis ans Ende der Zeiten die Qualen der Hölle erleiden würde. Der Teufel stand bereits parat und nichts und niemand konnte ihn mehr aufhalten. Auch wenn sein Opfer noch nicht ahnte, dass sein Leben in wenigen Minuten verwirkt sein sollte.

Mit einem boshaften Grinsen, das jenem der geschnitzten Teufelsfigur aufs Haar glich, stieß die vermummte Gestalt, die an dem verregneten Novembernachmittag niemandem auffiel, die Tür der Pizzeria „Il Sole“ auf.

25. Kapitel

„In Neapel ist die Hölle los. Ein Serienmörder geht um. Ganz so, wie ich längst vermutet habe", platzte Giorgio heraus, als sich Elena am Telefon ihrer Mutter in Wien meldete.

„Wie wär's erst einmal mit *‚Schönen guten Tag, meine Liebste!'* oder *‚Wie geht es dir, amore?'*", antwortete Elena, die eben von ihrem Nachmittagsspaziergang mit Ercole bei der Tür hereingekommen war. Weil sie wie schon so oft vergessen hatte, ihr Handy rechtzeitig aufzuladen, hing es seit dem frühen Morgen unbeachtet an der Steckdose in ihrem Zimmer.

„Entschuldige bitte, aber ich bin langsam nervös geworden. Hast du das *Cellulare* absichtlich ausgeschaltet oder hat es wieder einmal keinen Saft? Aber egal, Hauptsache, bei dir ist alles in Ordnung. Ist es doch, oder?"

„Natürlich. Außer dass heute erst der dritte Dezember ist und ich noch bis zum dritten Adventsonntag warten muss, bis du bei mir bist. Aber jetzt sag schon, habe ich richtig gehört? Ihr habt wirklich einen Serienmörder in Neapel? Schlimm, aber was hast du damit zu tun?"

„Mehr, als mir lieb ist, wenn ich nicht aufpasse. Hast du schon vergessen, was dir Andrea auf Alicudi erzählt hat? Dass der Anschlag auf ihn kein Zufall war, sondern dass jemand ganz gezielt Jagd auf Drogenhändler wie ihn macht?"

„Natürlich weiß ich das noch. Aber du hast das damals nicht ernst genommen und ich deswegen auch nicht. Das sind Spinnereien eines Junkies auf Entzug, hast du gesagt. Und dass Andrea Gespenster sieht oder sich einfach nur wichtig machen will."

„Andrea geht es jedenfalls gut", setzte Elena fort. „Elisabetta meint, dass er bald ins normale Leben zurückkehren sollte. Daniele hört sich bereits nach einem Job für ihn um. Er wird dich übrigens demnächst anrufen. Er will wissen, wie hoch du das Risiko einschätzt, dass man ihn aufgreifen könnte. Immerhin steht Andrea seit mehr als zwei Monaten auf der Fahndungsliste."

„Das halte ich für das geringste Problem. Wenn er sich nicht wieder in der Drogenszene herumtreibt, ist es unwahrscheinlich, dass sich die Polizei für ihn interessiert. Es sei denn, irgendwer stellt einen Zusammenhang zwischen dem Attentat auf ihn und der Mordserie her, von der ich dir jetzt endlich erzählen will." Giorgio räusperte sich vernehmlich, um seinen Bericht zu beginnen, doch noch bevor er ansetzen konnte, unterbrach ihn Elena ein weiteres Mal.

„Verzeih, verzeih, ich weiß, ich soll endlich den Mund halten. Aber ich stehe im Vorzimmer herum und hänge am Telefonkabel meiner Mutter wie an einer Nabelschnur. Sogar den Mantel habe ich noch an und Ercole braucht dringend frisches Wasser. Sei doch so gut und ruf mich in einer Viertelstunde auf meinem Handy an. Dann habe ich mir etwas Bequemes angezogen, der Hund ist versorgt und meine liebe Frau Mama, die jeden Moment heimkommen müsste, kann auch nicht in unser Gespräch platzen. *Ciao, amore,* bis gleich."

Sich in Geduld zu üben, war Giorgio schon immer schwergefallen. Mit enervierender Langsamkeit strich der Minutenzeiger über das Ziffernblatt der Wanduhr, die gegenüber seinem Schreibtisch hing. In knapp drei Stunden würde die Pressekonferenz im Polizeipräsidium beginnen und er würde diesmal höchstpersönlich auf dem Podium sitzen. Zwar war für ihn auch diesmal nur eine Nebenrolle vorgesehen, doch immerhin sollte er erstmals als Repräsentant der Kunst-Polizei von Neapel vor laufenden TV-Kameras ein Statement abgeben. Die Ehre verdankte er freilich der Tatsache, dass sein Chef seit zwei Tagen mit einer schweren Grippe im Bett lag. Sonst hätte sich Tenente Marazzo den Auftritt vor einem Millionenpublikum sicher nicht entgehen lassen. Wie kaum ein anderes Gewaltverbrechen hatte der Mord in der Pizzeria im Zentrum von Neapel italienweit Aufsehen erregt.

Die Bluttat selbst war dem *Mattino* am Tag nach der Entdeckung nur eine kurze Notiz in seiner Sonntagsausgabe wert gewesen. Doch dann hatten sich die Ereignisse überschlagen. Nach der Morgenmesse hatte der Mesner Gianni Carafa eine geschnitzte Teufelsfigur in der Dom-Krippe entdeckt. Erst hatte er an einen geschmacklosen Scherz gedacht, doch dann war ihm der Bericht über den Mord, der sich gleich um die Ecke ereignet hatte, eingefallen. Der Wirt der Pizzeria *Il Sole*, den er natürlich gekannt hatte, war erschossen worden. Und jetzt stand plötzlich ein böse lächelnder Teufel neben der Figur des Pizzabäckers in der Krippe, die er selbst erst am Vortag aufgebaut hatte. Ein Zufall?

Gianni Carafa hatte flüchtig daran gedacht, den Dompfarrer um Rat zu fragen, doch dann hatte er den Gedanken ebenso rasch verworfen, wie er aufgetaucht war. Was hätte Hochwürden dazu schon sagen sollen? Vielleicht aber hatte sein Neffe Roberto, der als Redaktionsbote beim *Mattino* arbeitete, eine Idee. Glücklich darüber, dass ihm doch noch etwas Vernünftiges eingefallen war, hatte er den Sohn seines Bruders aus dem Bett geholt und in den Dom geschleppt.

Erst war Roberto ziemlich gelangweilt hinter seinem Onkel hergetrottet, doch kaum hatte er die Teufelsgestalt gesehen, war er wie elektrisiert. „Auch wenn es vielleicht gar keine Bedeutung hat, eine gute Geschichte ist es allemal“, hatte er seinem Onkel nach ein paar hektischen Telefonaten erklärt. „Der Lokalreporter, der heute Dienst hat, wird gleich da sein, und einer unserer Fotografen kommt auch. Vielleicht ist das meine Chance.“ Dass Roberto schon lange davon träumte, vom Boten zum Redakteursaspiranten aufzusteigen, wusste die ganze Familie. Doch dass ihm ausgerechnet ein teuflischer Scherz – und um nichts anderes konnte es sich doch nur handeln – dazu verhelfen sollte, erschien seinem Onkel äußerst unwahrscheinlich.

Tatsächlich waren kurz darauf die beiden Männer erschienen und auch ihre anfangs skeptischen Mienen verwandelten sich schlagartig, sobald sie die Krippe mit dem ungebetenen Gast aus der Hölle erblickten. Der Fotograf schoss noch immer seine Bilder, als der Reporter bereits sein Handy hervorholte, um die Polizei anzurufen.

„Ist das nicht ein wenig übertrieben“, hatte der Mesner einzuwenden versucht, doch der Journalist hatte ihn kurzerhand abgefertigt. „Wahrscheinlich ist es wirklich nur ein Zufall, dass diese Teufelsfigur, die irgendein Scherzbold in die Krippe geschmuggelt hat, ausgerechnet neben dem Pizzabäcker steht und ein paar Gassen weiter der Besitzer einer Pizzeria erschossen wurde. Aber wir bringen die Geschichte, keine Frage, denn es ist eine gute Story. Doch wenn wir die Polizei in solch einem Fall außen vor lassen und es stellt sich nachträglich heraus, dass doch etwas dran ist, haben wir Probleme. Und das ist das Letzte, was ein guter Polizeireporter brauchen kann. Hast du gehört, Roberto? Das ist deine erste Lektion. Wie die zweite aussehen wird, besprechen wir später.“

Gerade noch rechtzeitig vor Beginn der zweiten Morgenandacht waren zwei Polizeibeamte in dem noch spärlich besuchten Dom eingetroffen. Ihre Aufgabe war rasch erledigt. Sie machten ebenfalls ein paar Aufnahmen, bevor sie die Figur in einen durchsichtigen Plastikbeutel steckten. „Wie im Film", hatte Gianni Carafa halblaut vor sich hingemurmelt. „Gut, dass ich den Teufel nicht angegriffen habe. Sonst wären jetzt meine Fingerabdrücke darauf. Und sie könnten mich verdächtigen, den Unfug begangen zu haben."

Dass es sich keineswegs um einen schlechten Scherz handelte, sollte sich freilich bald herausstellen. Kaum war der Artikel mit dem Titel „Teuflischer Zufall oder ein Mörder in Teufelsgestalt?" samt groß aufgemachtem Foto in der Montagausgabe des *Mattino* erschienen, hatte sich eine Studentin bei der Mordkommission gemeldet, die Interessantes zu berichten wusste. Wie schon öfter war sie auch am 21. September für ihre Großmutter, die in der Chiesa di S. Giovanni a Carbonara sauber machte, eingesprungen. Dort stand das ganze Jahr über eine Krippe, die hin und wieder abgestaubt werden musste. An diesem Montag – sie hatte sich dieses Datum ganz genau gemerkt, denn damals war sie zu spät zur Vorlesung gekommen und musste sich von ihrem Professor einen ziemlichen Anpfiff gefallen lassen – hatte sie exakt so einen Teufel entdeckt.

Wo war die Figur jetzt und wo ist sie damals gestanden? Neben dem Kräuterweiblein, ganz sicher. Der Teufel habe der armen Frau boshaft über die Schulter geschaut. Hier ist er, er sei die längste Zeit in ihrer Handtasche gesteckt. Natürlich habe sie das grässliche Ding aus der Krippe entfernt, es dort zu lassen, wäre ihr als Gotteslästerung erschienen. Erst hatte sie die Figur wegwerfen wollen, sie dann aber doch zwischen ihren Tennissachen aufbewahrt. Und bis heute nicht mehr daran gedacht. Mit diesen Worten zerrte die Studentin einen großen, schweren Lederbeutel unter ihrem Stuhl hervor, aus dem sie eine etwa zwanzig Zentimeter große Holzfigur herauskramte. Dass der Teufel über und über mit Puder bestreut und ein Bleistift zwischen seinen Hörnern verklemmt war, durfte angesichts des Kuddelmuddels niemanden wundern.

Der nächste Teufel ließ nicht lange auf sich warten. Diesmal war man sorgsamer mit ihm umgegangen, denn der greise Mesner der Chiesa S. Maria del Parto hatte ihn vorsorglich in ein nach Weihrauch duftendes Tuch gehüllt. Wann er ihn gefunden hatte? Am Geburtstag von San Gennaro. Oder war es doch erst am Tag danach gewesen? Ja, es muss der Sonntag gewesen sein, der 20. September, ganz sicher. In der Früh habe er den Teufel in der Krippe in seiner Kirche entdeckt und am Abend habe sich endlich das Blutwunder ereignet.

Neben dem Kameltreiber sei diese grässliche Figur gestanden, ganz so, als wolle sie den Orientalen zur Fahrt in die Hölle abholen. Damit sich der Pfarrer nur ja nicht aufregte, habe er den Satan sofort in eine Lade in der Sakristei verbannt und zur Sicherheit ein Kruzifix dazugelegt. Dort konnte er kein Unheil mehr anrichten und dort wäre er auch geblieben. Aber dann habe er das Bild in der Zeitung gesehen ...

In der Mordkommission schloss man bereits Wetten ab, welches Gotteshaus sich der nächste Teufel wohl ausgesucht haben mochte. Am Montag meldete niemand mehr einen ungebetenen Krippengast, doch bereits am nächsten Vormittag war es wieder so weit. Der Wetteinsatz blieb allerdings im Topf, denn keiner der Beamten, die sich an dem teuflischen Ratespiel beteiligt hatten, war der richtigen Antwort auch nur einigermaßen nahe gekommen. Der Anruf, es wäre ein Teufel in einer Krippe entdeckt worden, kam nämlich nicht aus einer Pfarre, sondern aus dem Palazzo d'Avalos.

Seit wann sich der Abgesandte der Hölle in den öffentlich zugänglichen Räumen des Adelspalastes befand, konnte der Aufseher nicht sagen. Bei seinen Kontrollrunden habe er der prachtvollen Krippe aus dem Familienbesitz der Fürsten d'Avalos bisher keinen zweiten Blick geschenkt. Doch gestern, an seinem freien Tag, war das Foto im *Mattino* erschienen. Deswegen habe er heute gleich nach Dienstantritt Nachschau gehalten. „Und da stand dieser Satansbraten, der genau so aussieht wie der in der Zeitung, tatsächlich direkt neben dem Metzger", gab er zu Protokoll.

Ausnahmsweise hatte die interne Kommunikation diesmal klaglos funktioniert. Unmittelbar nach dem Anruf aus dem Palazzo lag die Meldung über den weiteren Teufelsfund am Tisch von Commissario Verbelli. Dem Leiter der Mordkommission war völlig klar, dass er in dem vermutlich größten Fall seiner Karriere ermittelte. Ein Fehler nur, und seine ehrgeizigen Pläne, in naher Zukunft zum Vice-Questore aufzusteigen, würden für immer zunichte sein. Er brauchte Hilfe, aber nicht aus den eigenen Reihen, in denen er genügend Neider hatte, die nur auf ein Schwächezeichen lauerten.

Aber da gab es doch diesen ehemaligen Commissario, der bei der Kunst-Squadra angeheuert hatte. Franco Verbelli erinnerte sich dunkel daran, dass der Kollege einige Jahre Chef der Mordkommission von Trapani gewesen war. Und auch daran, dass er diesen Sizilianer im Mordfall Mattanza ziemlich rüde behandelt hatte. Egal, für eine Entschuldigung war es nie zu spät. Auch wenn er dafür über seinen eigenen Schatten springen musste.

Valentino hieß der Mann, nach einigem Nachdenken war Verbelli der Name eingefallen. Bevor er es sich anders überlegen konnte, wählte er die Nummer der T.P.C.-Truppe und verlangte ...

„... ausgerechnet nach mir“, erzählte Giorgio von dem unerwarteten Anruf. Wie vereinbart hatte er sich nach knapp zwanzig Minuten nochmals in Wien gemeldet, und diesmal war Elena für ein längeres Gespräch gerüstet.

„Du hast Verbelli aufgesucht und er hat dich über den Stand der Ermittlungen informiert. Erstaunlich und ungewöhnlich. Aber es war ein kluger Schachzug. Allerdings kannst du ihm nur inoffiziell helfen. Denn das ist doch der Sinn der Sache, dass keiner von deiner Rolle etwas erfährt. Einmischen wirst du dich, da bin ich sicher. Weil du nicht nachtragend bist. Aber auch, um deine Neugier zu stillen. Denn wie solltest du sonst an Informationen aus erster Hand gelangen?“ Bevor Giorgio darauf antworten konnte, kicherte Elena plötzlich los. „Ich male mir gerade eure konspirativen Treffen in irgendeiner düsteren Spelunke aus. Zwei Kommissare auf Mörderjagd, da muss dem Täter ja angst und bange werden.“

„Das ist kein Spiel, Elena. Und mir ist wirklich nicht zum Lachen zumute. Wir haben es mit einem Serientäter zu tun, der jederzeit wieder zuschlagen kann. Und wenn du mich ausreden lässt, erkläre ich dir, wieso ich doch noch offiziell mit dem Fall betraut wurde. Als Kunst-Polizist wohlgemerkt und nicht als Kommissar.“

„Bevor du mir das erklärst, möchte ich wissen, wieso ihr so sicher seid, dass ihr nach einem Serienmörder suchen müsst. Ihr habt zwar jetzt insgesamt vier Teufel, aber nur einen Toten, bei dem man einen direkten Zusammenhang herstellen kann. Bei dem Pizzabäcker in der Krippe und dem Mord in der Pizzeria. Aber sonst ...“

„... haben wir ziemlich rasch herausgefunden, dass unser Mörder ein Faible für Symbolik hat. Denn Verbelli und ich halten es für alles andere als einen Zufall, dass ein Busfahrer erstochen wird und zur gleichen Zeit ein Teufel neben der Krippenfigur eines Kamelführers auftaucht. Noch deutlicher ist der Hinweis im Fall der erschossenen Apothekerin. Da hat man einen Teufel neben einem Kräuterweiblein platziert. Das dritte Opfer ist Pippo Longo alias Mattanza. Was dieser Künstlername bedeutet, brauche ich dir nicht zu erklären: Schlächter. Und in der Metzgerei einer Krippe haben wir prompt auch den Teufel Nummer drei gefunden.“

„Zwei Fragen, bevor ich's vergesse. Wieso Mörder? Seid ihr sicher, dass es sich nicht auch um eine Frau handeln könnte? Dann möchte ich gern auch noch wissen, an welchen Tagen sich die Bluttaten ereignet haben. Und nach welchen Kriterien ihr diese Fälle herausgesucht habt. Versteh mich nicht falsch, das klingt alles wie maßgeschneidert und deshalb auch so ungemein plausibel. Aber habt ihr bei eurer Suche nicht unbewusst manipuliert und nur jene Morde berücksichtigt, auf die eure Theorie zutrifft?“

„Wenn ich richtig mitgezählt habe, sind das mehr als zwei Fragen, aber sie sind berechtigt. Erstens kann es sich durchaus auch um eine Mörderin handeln. Oder auch um mehrere Täter. Bisher können wir noch gar nichts ausschließen. Weiters haben sich die Morde, die unserer Meinung nach in Frage kommen, an drei aufeinander folgenden Tagen ereignet und zwar zu der Zeit, zu der auch du in Neapel warst. Am 19., 20. und 21. September. Dann war mehr als zwei Monate lang Pause, denn den Pizzawirt hat man am vergangenen Samstag – also am 28. November – umgebracht."

„Und ihr seid sicher, dass dazwischen nichts passiert ist?", unterbrach Elena, die an ihren Schützling auf Alicudi denken musste, erneut. „Warte einmal, ich suche nur rasch meinen Kalender. Da haben wir es schon. Andrea wurde am 28. September niedergestochen. Vielleicht gehört der Anschlag auf ihn auch zu der Serie und ihr habt den dazugehörigen Teufel einfach noch nicht gefunden. Überlebt hat Andrea jedenfalls nur knapp."

„Wir haben das Messerattentat auf Bozza durchaus in Betracht gezogen. Aber du wirst verstehen, dass ich in diesem Fall befangen bin. Wenn Verbelli weiter nachforschen will, kann und werde ich ihn nicht daran hindern. Aber ich kann schlecht zugeben, dass ich weiß, wo sich Andrea versteckt, oder? Viel wichtiger ist der Hinweis, den er dir gegeben hat. Dass offenbar irgendwer eine tödliche Jagd auf Drogendealer macht. Und damit sind wir auch schon bei einem Gesichtspunkt angelangt, der bei unserer Auswahl eine entscheidende Rolle gespielt hat." Giorgio holte tief Luft, bevor er fortfuhr:

„Das Drogendezernat kennt die Namen aller fünf Opfer, wenn man Andrea dazurechnet. Auch bei ihm passt das Profil haargenau, nur der Teufel fehlt, wie du richtig bemerkt hast. Alle Ermordeten waren selbst drogenabhängig und haben mit Rauschgift gehandelt, um ihre Sucht zu finanzieren. Aber sie waren nur kleine Fische, was allein schon die Tatsache zeigt, dass sie vorzugsweise vor Schulen gedealt haben. Dort ist es am einfachsten, aber die Verdienstspannen sind nicht sehr hoch. Weil die meisten Kinder zu wenig Geld für die wirklich teuren Drogen haben."

„Das heißt im Klartext ..."

„... dass wir mit weiteren Anschlägen rechnen müssen. Vielleicht sogar auf einen der ganz großen Fische. Auch wenn an die natürlich viel schwerer heranzukommen ist. Vielleicht waren die bisherigen Morde nur Fingerübungen. Wir stehen jedenfalls erst ganz am Anfang unserer Ermittlungen."

„Wenn ihr noch kaum etwas wisst, weshalb gebt ihr dann eine Pressekonferenz? Und was machst du dabei?"

„Wir gehen an die Öffentlichkeit, weil wir auf die Mithilfe der Bevölkerung angewiesen sind. Irgendwer muss doch irgendwann einmal etwas gesehen oder bemerkt haben und er kann seine Beobachtung nur nicht einordnen. Und ich vertrete Tenente Marazzo, der mit Fieber im Bett liegt."

„Bei dem bist du doch in Ungnade gefallen?"

„Das ist erledigt", antwortete Giorgio kurz. An den wenig erfreulichen Auftritt mit seinem Vorgesetzten vor einigen Wochen wollte er eher nicht erinnert werden. Da dachte er lieber an das zornige Gesicht seines erklärten Feindes Fiorello, der bisher immer für den Chef eingesprungen war.

„Ich kenne mich noch immer nicht aus. Was hat die Kunst-Polizei mit einer Mordserie zu tun?"

„Normalerweise nichts. Aber man hat uns die Teufelsfiguren zur Beurteilung übergeben. Sind sie eine Massenware? Oder Spezialanfertigungen? Und wenn ja, handelt es sich um Eigenschöpfungen oder gibt es Vorbilder?"

„Und du kennst dich da aus?" Die Skepsis in Elenas Stimme war nicht zu überhören.

„Natürlich nicht. Aber ich habe sämtliche Anfragen bei unseren Experten koordiniert und dann die Ergebnisse aus dem Kunsthistoriker-Kauderwelsch in eine auch für Laien verständliche Sprache übersetzt."

„Mach's nicht so spannend. Was hat es mit den Teufeln auf sich?"

„Das erfährst du, wenn du dir die Pressekonferenz im Fernsehen ansiehst. In den Nachrichten von RAI Uno um 20 Uhr. Ich muss aber jetzt aufhören. Es ist höchste Zeit für mich, ins Polizeipräsidium zu fahren. Wenn alles vorbei ist, ruf ich dich an. *Ciao,* mein Liebling. Und halt mir die Daumen, dass alles gut geht."

Ihr Giorgio im Fernsehen, und zwar nicht auf irgendeinem Provinzkanal, sondern im Staatsfunk zur Hauptsendezeit! Ein Glück, dass sie ihrer Mutter einen Kabelanschluss eingeredet hatte, sonst könnte sie die italienischen Sender gar nicht empfangen.

Während Elena noch nach der Fernbedienung suchte, hörte sie, wie die Wohnungstür aufgesperrt wurde. „Ich bin es nur, mein Kind!", rief Ilse Hubinek, nachdem sie die schweren Einkaufssäcke, die sie tagtäglich in den vierten Stock schleppen musste, auf der Vorzimmerbank abgestellt hatte. Sie keucht nicht einmal ein kleines bisschen, dachte Elena neidig, als sie Ilse aus dem Mantel half. „Nanu, seit wann werde ich von meiner Tochter so liebevoll empfangen?"

„Seit besagte Tochter sehnsüchtig auf die Rückkehr ihrer Mutter wartet. Denn nur sie weiß, wo sich die Fernbedienung versteckt!"

„Keine Ahnung, du weißt doch, dass ich nur selten in das Kastel schau. Und du doch auch nicht."

„Heute aber werden wir beide fernsehen. Wenn meine Uhr richtig geht, in genau einer Stunde und zweiundvierzig Minuten. Also hilf mir bitte bei der

Suche. Ohne das vermaledeite Ding kann ich nur den ORF empfangen und ich brauche die RAI."

Die Fernbedienung war bald entdeckt, aber sie funktionierte nicht. „Wahrscheinlich sind die Batterien leer", mutmaßte Ilse, und genau so war es auch. „Beruhige dich, ich habe irgendwo noch einige in Reserve. Aber zuerst erklärst du mir, was los ist. Wenn etwas Wichtiges im Ausland passiert, bringen das doch auch die heimischen Sender."

„Das ist blanke Erpressung, Mutter. Keine Information – keine Batterie. Aber gut, ich verrate es dir. Giorgio hat heute seinen ersten großen Fernsehauftritt. Bei einer Pressekonferenz in Neapel. Und wenn du jetzt endlich dafür sorgst, dass der Apparat funktioniert, erzähle ich dir den Rest. Allerdings nur unter der Bedingung, dass du nicht sofort einen Rundruf unter deinen Freundinnen startest. Schau nicht so unschuldig, ich kenne dich. Kaum dreh ich mich um, erfährt halb Wien davon."

„Und was wäre dabei? Schließlich handelt es sich um meinen künftigen Schwiegersohn."

„Wie bitte?" Entsetzt starrte Elena ihre Mutter an. „Wie um alles in der Welt kommst du denn auf diese Idee? Du hattest einen Schwiegersohn. Paul. Einen zweiten bekommst du nicht. Weil ich nie wieder heiraten möchte."

„Aber ich habe gedacht ..."

„... dass die Hochzeitsglocken läuten, sobald ich mit jemandem unter deinem Dach schlafe? In welchem Jahrhundert lebst du eigentlich? Giorgio ist der neue Mann an meiner Seite, aber nicht mein künftiger Ehemann. Ist das klar? Wenn nicht, braucht er erst gar nicht nach Wien kommen."

Ilse Hubinek schluckte die Antwort, die ihr auf der Zunge lag, hinunter. Wenn sich Elena in Rage redete, war es sinnlos, mit ihr zu diskutieren. In fünf Minuten würde es ihr bereits leidtun, in diesem Ton mit ihrer Mutter gesprochen zu haben. Ilse war nicht nachtragend, und Elena war sich nicht zu gut, ihre Fehler einzugestehen, weshalb es zwischen den beiden Frauen letztlich doch immer wieder klappte. So wie auch an diesem Abend.

Punkt zwanzig Uhr saßen Mutter und Tochter friedlich vereint vor dem Fernsehapparat, aus dem die Kennmelodie der RAI-Tagesschau „TG 1" ertönte.

26. Kapitel

Bei diesem Sauwetter jagt man nicht einmal einen Hund auf die Straße, dachte Daniele, als er die Tür hinter Pia Angelina schloss. Wie jeden Donnerstag seit nunmehr bald einem Jahr hatte sie ihm die Schlüssel zum Pfarrsaal nach der Sitzung der Frauen-Gruppe zurückgebracht, bevor sie sich auf den Heimweg zu ihrem kranken Vater machte. Wenigstens hat sie nicht weit, beruhigte er sein Gewissen, dass er behaglich im Trockenen saß, während sie sich durch den Regen kämpfen musste. Auch die Aussichten für die kommenden Tage verhießen nichts Gutes, wie der Meteorologe eben im Fernsehen erklärte. Regenschauer, heftiger Wind und maximal acht Grad – Neapels Sonne machte Winterpause.

Daniele wollte eben auf Canale 5 zappen, auf dem in wenigen Minuten eine weitere Folge mit Camilleris *Commissario Montalbano* beginnen würde. Doch dann ließ ihn eine Ankündigung des Nachrichtensprechers, dem er nur mit halbem Ohr zugehört hatte, im letzten Augenblick innehalten: „... bringen wir nach dem Bericht von der Pressekonferenz der Polizei, die in Neapel nach einem Serienmörder im Drogenmilieu fahndet, ein Interview mit dem Innenminister."

Gespannt beugte sich Daniele vor, denn bereits das nächste Bild zeigte ein Podium, auf dem zwischen hochdekorierten Uniformierten unverkennbar auch sein Freund Giorgio saß. Kein Zweifel, er war es, denn eben schwenkte die Kamera auf das vertraute Gesicht, während der Kommentator die Konferenzteilnehmer vorstellte: „... und zwischen dem Polizeipräsidenten und dem Chef der Mordkommission von Neapel ein Vertreter des Comando Carabinieri Tutela Patrimonio

Culturale. Capitano Valentino wird uns gleich erklären, welche Rolle die Kunst-Polizei T.P.C. bei der Ermittlung in einer Mordserie spielt."

Doch zunächst einmal kam Commissario Verbelli zu Wort. Während er die einzelnen Fälle mit Daten und Namen auflistete, wurden Porträtfotos der Opfer gezeigt. Erst danach berichtete er von den merkwürdigen Teufelsfunden. Wieder wurden Bilder eingeblendet und man sah die feuerroten Figuren in abwechselnder Folge in Großaufnahme und dann wieder an den Fundorten. „Wir haben schon einige Zeit vermutet, dass die drei Septembermorde in einem Zusammenhang stehen. Die Opfer hatten alle Kontakt mit der Drogenszene, doch diese Tatsache allein reichte nicht aus, um einen Serientäter – oder eine Täterin – zu vermuten. Die Teufel, die in allen genannten Fällen eine symbolische Rolle spielen, wurden erst nach dem Mord in der Pizzeria am vergangenen Samstag entdeckt. Seither arbeiten wir eng mit der T.P.C.-Abteilung von Neapel zusammen. Capitano Valentino, bitte übernehmen Sie."

Dass Giorgio aus purer Nervosität mehrere Sekunden verstreichen ließ, bevor er mit seinen Ausführungen begann, ahnte keiner der anwesenden Journalisten. Im Gegenteil, die meisten hielten die Pause für einen geschickten Kunstgriff – und den feschen Capitano für einen Medienprofi, der es bestens verstand, die Dramatik der Situation noch zu steigern. Unbeabsichtigt wurde er damit zum Liebling der Reporter. Und weil Giorgio gut aussah, eine angenehme Stimme hatte und somit äußerst telegen war, räumte ihm der Fernseh-Regisseur mehr Sendezeit als dem stinklangweiligen Innenminister ein, der anschließend aus der Hauptstadt zugeschaltet wurde.

„Unsere Aufgabe war es, Herkunft, Alter und Wert der Teufelsfiguren festzustellen“, begann Giorgio seine Ausführungen. „Damit sie sich selbst ein Bild machen können, habe ich nicht nur Fotos, sondern die Beweisstücke mitgebracht.“ Es war Giorgios Idee gewesen, die Figuren selbst zur Pressekonferenz mitzunehmen, wofür er freilich die Einwilligung des obersten Chefs in Rom benötigt hatte. Doch zur Überraschung seiner Kollegen war Colonnello Nicotra sofort einverstanden gewesen. Demnächst standen nämlich die Budgetverhandlungen für das kommende Jahr ins Haus, und wie immer musste die T.P.C. um jeden Euro kämpfen. Also konnte es nicht schaden, wenn die Öffentlichkeit erfuhr, dass die Arbeit der Kunst-Polizei sogar in einer spektakulären Mordserie unverzichtbar war.

„Auf den ersten Blick sehen die Figuren identisch aus, aber bei näherer Betrachtung kann sogar ein Laie feststellen, dass es sich keineswegs um eine maschinelle Serienfertigung handelt“, setzte Giorgio fort, nachdem er die vier Teufel aus einem Metallkoffer geholt und auf dem Podiumstisch aufgereiht hatte. Ich gebe ihnen jetzt eine Kurzfassung unserer bisherigen Erkenntnisse. Fotos und Details wie millimetergenaue Größenangaben oder Analysen der verwendeten Holzarten entnehmen Sie bitte den Ihnen vorliegenden Pressemappen.“ Giorgios anfängliche Nervosität hatte sich gelegt, weshalb er ohne weitere Verzögerung fortfuhr.

„Nach Meinung unserer Experten wurden die Teufel nach einem barocken Vorbild geschnitzt, und zwar von zwei verschiedenen Personen. Drei Figuren sind meisterhaft gefertigt, bei der vierten wurde nachgebessert. Bei dem Original, von dem wir nicht wissen, wo es sich befindet, dürfte es sich höchstwahrscheinlich um eine

Schnitzarbeit aus dem frühen 18. Jahrhundert aus dem alpinen Raum handeln, und zwar aus dem Grödner Tal."

„Wie viel wäre der Originalteufel wert? Und was könnte man für eine dieser Kopien verlangen? Das steht nämlich nicht in den Unterlagen." Demonstrativ hielt der junge Reporter, der sich offenbar vor laufenden Kameras profilieren wollte, seine Pressemappe in die Höhe.

„Dazu wäre ich schon noch gekommen, aber bitte, ich kann das auch gleich beantworten. Es kommt natürlich auf den Zustand des Objekts an. Aber gehen wir davon aus, dass es unbeschädigt ist, sich keine Holzschäden finden und auch die Fassung intakt ist ..."

„Die Fassung? Welche Fassung?", unterbrach der Jüngling ein zweites Mal Giorgios Ausführungen.

„Ich spreche von der Lackierung. Vom oftmals komplizierten Farbaufbau künstlerisch gestalteter Oberflächen. Man streicht eine Figur nämlich nicht einfach an, sondern sie wird ‚gefasst'. Das ist der korrekte Ausdruck. Aber darf ich jetzt bitten, sich Ihre Fragen bis zum Schluss aufzuheben, denn vielleicht erübrigen sie sich dann ohnedies."

Niemand merkte, dass Capitano Valentino kurzfristig aus dem Konzept geraten war. Vielleicht wäre Daniele das verräterische Zucken um Giorgios Mundwinkel, das er noch aus der gemeinsamen Militärzeit kannte, aufgefallen. Doch dem Priester jagten ganz andere Gedanken durch den Kopf. Ein fürchterlicher Verdacht hatte sich seiner bemächtigt. Es war zwar schon einige Jahre her, doch er erinnerte sich ganz genau, wo und wann er eine feuerrote Teufelsfigur aus Südtirol gesehen hatte. Unwillkürlich wanderte Danieles Blick zu dem kunstvoll geschnitzten Kruzifix über dem Türstock seines Wohnzimmers.

War es denkbar, dass dieselbe Hand fähig gewesen war, nicht nur Christus in seinem Leid, sondern auch den Satan in all seiner Bösartigkeit zu schaffen? Durchaus, beantwortete der Priester seine stumme Frage gleich selbst. Ratlos, was er tun sollte, starrte er den Bildschirm an, auf dem sein Freund Giorgio noch immer zu sehen war. Ihm konnte er zwar blind vertrauen, doch in diesem Fall würde er ihn in einen unzumutbaren Gewissenskonflikt stürzen. Die Bürde war sogar für einen Priester fast zu schwer, denn wenn er sich nicht irrte, kannte er nicht nur die Person, die hinter den Bluttaten steckte, sondern auch das Motiv.

Ein Polizist durfte sich in einem Mordfall keine Loyalitäten erlauben. Sobald die Tatsachen auf dem Tisch lagen, musste er handeln. Und er konnte sich nicht hinter einem Beichtgeheimnis verschanzen. Aber auch er nicht, gestand sich Daniele ein, nicht in diesem Fall. Denn noch waren seine Gedanken bloße Vermutungen, über die er frei sprechen konnte. Erst wenn man sich ihm in der Beichte anvertraut hatte, müssten seine Lippen versiegelt bleiben. Das musste so rasch wie möglich passieren, denn noch könnte er Giorgio anrufen und ihm erzählen, was er wusste. Nein, das würde er niemals tun, oder doch? Plötzlich war sich Daniele seiner selbst nicht mehr sicher.

Beichte und Absolution – das war die Lösung. Auf diese Weise konnte er einen Menschen vor dem Zugriff der irdischen Gerechtigkeit und gleichzeitig vor der ewigen Verdammnis bewahren. Dann aber wurde Daniele schlagartig klar, dass es ihm nicht um das Seelenheil eines Mörders, sondern in erster Linie um sein eigenes ging. Weil er Angst hatte, zum Verräter zu werden, gedachte er, das Sakrament der Beichte zu missbrauchen. Indem er jemand von Todsünden lossprach, der seine Taten vielleicht gar nicht bereute.

„Ob die roten Teufel vor oder nach den Mordanschlägen in die Krippen gestellt wurden, lässt sich nicht sagen. Aber nach Ansicht der Kriminalpsychologen wollte der Täter den jeweiligen Mord ankündigen, möglicherweise sogar schon Stunden vorher. Aber niemand hat etwas bemerkt und selbst wenn, hätte man die Symbolik unmöglich deuten können. Ab sofort aber ist das anders. Wer auch immer eine solche oder ähnliche Figur in einer Krippe entdeckt, soll sofort die Polizei verständigen."

In seinen Gedanken versunken hatte Daniele nicht bemerkt, dass die Fragen der Journalisten nicht mehr allein von Giorgio, sondern nun auch vom Chef der Mordkommission beantwortet wurden. Die beiden Kriminalisten Valentino und Verbelli agierten wie ein jahrelang eingespieltes Team, und je nach Thema ließ der eine dem anderen den Vortritt.

„Sie haben immer noch nicht gesagt, was so ein Figur wert ist", kam eine Journalistin in der ersten Reihe zum Ausgangspunkt der Fragerunde zurück. „Wir wissen zwar jetzt, dass nicht nur Juwelen gefasst werden, sondern auch Teufel, aber die Antwort sind Sie uns schuldig geblieben." Die lockere Formulierung hatte der Frau, die Giorgio schon die längste Zeit fixiert hatte, zustimmendes Gelächter aus dem Kollegenkreis eingebracht.

Das hat uns grade noch gefehlt, dachte Giorgio. Du willst das eigentlich gar nicht so genau wissen, meine Liebe, sondern du möchtest dich nur wichtig machen! Aus gutem Grund haben wir bisher verschwiegen, dass selbst die Kopien bei einer Versteigerung mehrere hundert Euro erzielen würden und das Original mindestens das Sechs- bis Achtfache wert ist. Oder sogar siebentausend Euro und mehr, falls sich die Vermutung bestätigen sollte, dass der barocke Originalteufel aus der Werkstatt der berühmten Grödner Schnitzerfamilie und Bildhauerdynastie Vinatzer stammt.

Seit ihrem makabren Einsatz als Todesboten aber lässt sich der Liebhaberwert der Teufel überhaupt nicht abschätzen. Es gibt weltweit genügend Sammler, die für solche Skurrilitäten bereit wären, ein Vermögen auszugeben. Wird das bekannt, sinken die Chancen, dass ein neuerlicher Fund gemeldet wird. Denn nichts wäre doch einfacher, als so eine Figur, die ja niemand vermissen würde, aus einer Krippe zu stehlen und zu Geld zu machen.

Wenn es jemals einen guten Grund gegeben hat, die Unwahrheit zu sagen, dann in diesem Fall! Giorgio hatte nicht die geringsten Skrupel, zu einer Notlüge zu greifen und er wurde auch nicht rot, als er gekonnt improvisierte und mit größter Selbstverständlichkeit erklärte: „Wir bleiben niemand etwas schuldig, Signora. Sollten Sie jedoch vermuten, dass diese Schnitzereien ein kleines Vermögen wert sein könnten, muss ich Sie leider enttäuschen. Da es sich bloß um Nachahmungen handelt, die noch dazu aus einem anderen kulturellen Umfeld stammen und in einer original neapolitanischen Krippe nichts zu suchen haben, wird man in Neapel dafür vielleicht fünfzig, sechzig Euro bekommen, aber das ist schon hoch geschätzt."

- * -

So ein Unsinn! Erbost richtete sich Fausto Zampognaro in seinem bequemen Ohrensessel auf. Wie an jedem Abend, den er zu Hause verbrachte, hatte er es sich pünktlich zu Beginn der RAI-Uno-Nachrichten vor dem überdimensionierten Flachbildschirm im Salon bequem gemacht. Und wie an beinahe jedem Abend war er nach wenigen Minuten eingenickt. Fast hätte er den Bericht über die Teufelsmorde verschlafen, doch plötzlich schrak er aus unerfindlichen Gründen auf. Das war doch dieser Carabiniere, über den er sich vor noch gar nicht langer Zeit geärgert hatte! Tatsächlich, Capitano Giorgio Valentino von der T.P.C., das Insert, das in regelmäßigen Abständen am unteren Bildschirmrand erschien, bestätigte seine Vermutung. Er erinnerte sich noch gut an den Namen, weil er nie jemanden vergaß, der ihm einmal in die Quere gekommen war.

So jemand nannte sich Kunstfahnder! Unglaublich, denn dieser Valentino hatte doch überhaupt keine Ahnung von den branchenüblichen Preisen, so viel stand fest. Und die Journalisten, die eifrig mitschrieben, ebenso wenig. Ein kleines Vermögen könnte man mit den vier Teufeln machen und erst recht mit dem Original, für das er ohne mit der Wimper zu zucken bis zu zehntausend Euro hinblättern würde. Aber sollten sie doch allesamt glauben, was sie wollten, ihn interessierte heute einzig und allein das Europawetter. Übermorgen flog er nach Wien und es könnte durchaus sein, dass er nach Budapest oder Prag weiterreisen musste. Dass ihn dort Temperaturen um den Gefrierpunkt erwarten konnten, hatte man ihm bereits gesagt, aber die Prognose für die kommende Woche kannte er noch nicht.

Auf jeden Fall sollte ihm Anna Maria genügend warme Sachen einpacken. Aber das brauchte er seiner Frau nicht erst zu sagen. Auch wenn sie ihn seit Jahren auf keiner Reise mehr begleitete, wusste sie genau, was er in seinem Koffer vorzufinden wünschte. Dennoch würde er an einem Streifzug durch die teuren Läden der Wiener Innenstadt wohl kaum vorbeikommen. Seit Tagen lag ihm seine Freundin Nicola mit ihrem Wunsch nach einem Pelzmantel in den Ohren und damit sie endlich Ruhe gab, hatte er sie mit einem Ticket überrascht. Nur ihretwegen flog er bereits am Samstag nach Österreich. Doch nach dem Wochenende war Schluss, und zwar in jeder Hinsicht.

Es war höchste Zeit, die Beziehung zu beenden, die ihn nur noch nervte. Nicola würde er mit einem neuen Pelz, der sich geradezu ideal als Abschiedsgeschenk eignete, Montag mit der ersten Morgenmaschine nach Neapel zurückschicken und er könnte sich anschließend in aller Ruhe um die Vorbereitungen für die Ausstellung in der Hofburg kümmern. Kurzfristig hatte Fausto überlegt, Nicola gar nicht mitzunehmen, sondern sie zum nächstbesten Juwelier zu schleppen, um sich gleich an Ort und Stelle mit ein paar Klunkern freizukaufen. Dann aber war seine Eitelkeit stärker gewesen.

Ein Mann in seiner Position und in seinem Alter musste ganz einfach eine Freundin vorweisen können, so lautete das ungeschriebene Gesetz in seinen Kreisen. Und je jünger und blonder, desto besser. Erst gestern hatte ihn der Bürgermeister augenzwinkernd daran erinnert, dass für ihn eine Suite im *Hotel Marriott* reserviert sei. Und zwar bereits drei Nächte vor der Eröffnung der Krippenschau, damit der offizielle Repräsentant Neapels seinen Aufenthalt in Wien auch genießen konnte. Auf Kosten der Stadtkasse natürlich, schließlich war Fausto Zampognaro nicht irgendwer! Auch der Kulturstadtrat hatte ihm beim gestrigen Rathaus-Empfang verschwörerisch auf die Schulter geklopft und viel Spaß in Wien gewünscht. Undenkbar, wenn ihn auf einer Dienstreise dieser Art die eigene Ehefrau begleiten würde! Dabei hätte Fausto gar nichts dagegen, denn er könnte mittlerweile gut und gerne auf die Nicolas dieser Welt verzichten.

Natürlich wusste Anna Maria Bescheid. Wie über alle Vorgängerinnen – und unvermeidlichen Nachfolgerinnen – der jeweils amtierenden Freundin, die sich diesmal allerdings überraschend lang an der Seite ihres Mannes hielt. In erster Linie aus Faustos Bequemlichkeit, da war sich Anna Maria sicher. Eine neue Affäre kostete sowohl Nerven als auch Zeit, und es war einfacher, an einer alten Beziehung festzuhalten.

Liebe war nicht im Spiel, denn was Liebe war, das wusste ein Fausto Zampognaro nicht. Anna Maria machte sich keine Illusionen – auch sie hatte er nie geliebt. Wäre sie nicht die Tochter von Giuseppe Constantini, er hätte nie um sie geworben. Doch ein besseres Sprungbrett als die Einheirat in eine alteingesessene Camorrafamilie gab es für einen ehrgeizigen jungen Mann aus kleinen Verhältnissen nicht – und er hatte seine Chance genützt.

Die Rechnung war aufgegangen, Fausto hatte weder seinen Schwiegervater noch seine Ehefrau enttäuscht, denn die Bilanz seines bisherigen Lebens konnte sich wahrlich sehen lassen: Die beiden Söhne Achille und Ottavio erhielten die denkbare beste – und teuerste – Ausbildung in Schweizer Internaten. Er selbst residierte im vornehmsten Viertel von Neapel, und sein Zweitwohnsitz auf Panarea konnte es mit den Villen des Mailänder Geldadels aufnehmen. Natürlich beschäftigte er auch das entsprechende Hauspersonal, besaß einen Wagenpark, eine eigene Jacht, die er viel zu wenig nützte, und ein wendiges Schnellboot, das im

Hafen von Santa Lucia vor Anker lag und ihn bei ruhiger See in Windeseile zu seinen Verabredungen an der Costiera Amalfitana oder nach Capri bringen konnte.

Jetzt aber war auch in Neapel der Winter eingekehrt. Heftige Windböen rüttelten an den hohen Fensterflügeln des Salons, den Fausto nach den Vorschlägen eines Innenarchitekten hatte einrichten lassen. Dementsprechend stimmte jedes Detail, von den goldfarbenen Brokatvorhängen bis zu den schweren Barockmöbeln, den düsteren Ölgemälden und den dicken Teppichen. Ein idealer Rahmen, um zu repräsentieren, aber wohl gefühlt hatte er sich in diesem musealen Ambiente noch nie. Als Anna Maria den Raum betrat, sah er nur flüchtig auf, bevor er sich erhob, um an der mit Damast gedeckten Tafel Platz zu nehmen. Dass sie wie immer elegant gekleidet zum Abendessen erschienen war, nahm er ebenso wenig wahr wie das Silberbesteck, das Porzellan und die Kristallgläser. Lustlos schob er nach ein paar Bissen seinen Teller, den das Hausmädchen serviert hatte, von sich.

Als jungem Mann hatte ihm Anna Maria mit ihrem kultivierten Lebensstil imponieren können, doch mittlerweile ging ihm dieser ganze Firlefanz nur noch auf die Nerven. Irgendwann war ihm klar geworden, dass er sich im eigenen Netz gefangen hatte. Ein Entkommen gab es nicht. Was blieb ihm anderes übrig, als weiterzumachen und noch mehr Geld zu verdienen, als er ohnedies schon zusammengerafft hatte? Sein Schwiegervater erwartete, dass die Familiengeschäfte expandierten, aber dazu mussten erst einmal neue Märkte eröffnet werden.

Genau deswegen flog er nach Wien. Die Ausstellung in der Hofburg war ein idealer Vorwand, um von dort aus Kontakte im ehemaligen Ostblock aufzubauen. Wer sollte schon auf die Idee kommen, dass der anerkannte Restaurator und Antiquitätenhändler Fausto Zampognaro in Wahrheit ganz andere Geschäfte im Sinn hatte als den Verkauf von Krippenfiguren? Eine perfekte Tarnung, die sich in Neapel bewährt hatte und auch an der Donau funktionieren würde. Und nebenbei auch noch recht einträglich war. Allerdings hätte er mit seinen Läden allein all das hier niemals finanzieren können. Wieder schweifte sein Blick über die üppig gedeckte Tafel, an der ihm seine Frau stumm gegenübersaß.

Höchste Zeit, dass er wieder einmal wegkam! Fort aus dieser Gruft des Schweigens, denn er und Anna Maria hatten einander schon lange nichts mehr zu sagen. Auch wenn das vermutlich in erster Linie an ihm lag, aber darüber wollte er jetzt nicht nachdenken. Da gab es wichtigere Dinge, über die er sich den Kopf zerbrechen sollte. Nachdem Fausto sich noch etwas Rotwein nachgeschenkt hatte, stand er auf und wanderte mit dem Glas in der Hand unruhig auf und ab.

Die Fernsehnachrichten hatten ihm bestätigt, was er längst wusste: Neapel war im Moment ein heißes Pflaster. Diese seltsame Teufelsgeschichte! Dass in der Drogenszene seit längerem einiges nicht stimmte, hatte ihn bisher nur am Rande interessiert. Sollten sich die Junkies und kleinen Dealer doch gegenseitig umbringen! Laut Polizei aber ging ein Serienkiller um, schlimmer noch, ein Psychopath mit einem seltsamen Faible für Symbole, der jederzeit wieder zuschlagen konnte.

Ihm selbst drohte zwar keine Gefahr, da war sich Fausto sicher. Wer sollte sich schon an einem „Unberührbaren“ wie ihm vergreifen? Nur ein Verrückter würde das wagen – und an seinem Leibwächter scheitern, der ihn auf Schritt und Tritt unauffällig begleitete. In Neapel konnte ihm nichts passieren, aber im Ausland? Sollte er seinen Bodyguard nicht vielleicht doch mit auf die Reise nehmen? Nicht zu seinem amourösen Wochenende mit Nicola, aber der Mann könnte ohne weiteres in dem Transporter mitfahren, der mit der Museumskrippe und seinen eigenen Waren im Lauf des Montags in Wien eintreffen würde.

So schnell, wie Fausto der Einfall gekommen war, verwarf er ihn auch wieder. Seine beiden Assistenten, die er schon vor Wochen bei der Sicherheitsabteilung in der Wiener Hofburg akkreditieren hatte lassen, genügten als Begleitung vollauf. Mit einer Nachnominierung würde er nur unnötig auffallen.

Aufmerksamkeit zu erregen aber war das Letzte, was er bei seinen Plänen gebrauchen konnte.

27. Kapitel

Zu einer späteren Stunde hätte man ihren Aufschrei auch noch auf der Wiener Ringstraße gehört. Im abendlichen Vorweihnachtsverkehr aber schoben sich die Autos im Schritttempo über den mehrspurigen Boulevard rund um die Innenstadt, und die Motorgeräusche überlagerten Nicolas schrilles Gekreisch. Auch die wenigen Fußgänger, die unter den Alleebäumen entlang des Stadtparks mit eingezogenen Köpfen vorbeihasteten, schenkten den nur einige Schritte entfernten Geschehnissen nicht die geringste Beachtung.

Dabei hätte die Szene vor der von Scheinwerfern angestrahlten Johann-Strauß-Statue durchaus Aufmerksamkeit verdient. Zu Füßen des selig vor sich hin geigenden Walzerkönigs klammerte sich eine Frau schluchzend an den Arm ihres Begleiters, der wie zur Salzsäule erstarrt neben ihr stand. Entsetzt starrte der Mann auf die unheimlichen Gestalten, die sich von einem nur spärlich beleuchteten Seitenweg näherten. Kettenrasselnde Teufel, die mit wilden Bocksprüngen auf das Paar zukamen.

„Diese Bestie", schrie Nicola, die von der neuerlichen Gefahr noch nichts bemerkt hatte. „Siehst du nicht, was er mir angetan hat? Mein schöner Pelz ist komplett ruiniert." Tatsächlich würden die Spuren, die der giftgrüne Acryllack auf Nicolas Silberfuchs-Mantel hinterlassen hatte, kaum mehr entfernt werden können. Wie ein Springteufel aus der Kiste war der Attentäter mit einer Spraydose hinter dem vergoldeten Denkmal aufgetaucht und ebenso rasch wieder verschwunden. In jüngster Zeit hatten sich bereits einige Anschläge militanter Tierschützer auf Pelzträgerinnen in Wien ereignet, doch bisher war es der

Polizei nicht gelungen, auch nur eines Täters habhaft zu werden.

Das war Fausto, der erst wenige Stunden zuvor bei einem Kürschner am Graben ein kleines Vermögen für Nicolas Traum ausgegeben hatte, egal. In wenigen Sekunden würden sie von den Ungeheuern umzingelt sein und was dann mit ihm geschah, daran wagte er gar nicht zu denken. Die mordenden Teufel aus Neapel waren hinter ihm her! Sie waren ihm gefolgt, denn niemand anderer als er sollte das nächste Opfer sein. Ohne sich um Nicola zu kümmern, die ihm mit den hohen Absätzen ihrer Stiefeletten kaum folgen konnte, stürzte er dem Parkausgang zu.

Fast wäre er in ein Auto gerannt, als er in Panik die Ringstraße überquerte. Das infernalische Gelächter, das seine Flucht begleitet hatte, noch immer im Ohr, stand Fausto schwer atmend vor dem hell erleuchteten Portal des *Marriott*, während ihm Nicola von der anderen Straßenseite her verzweifelt zuwinkte. Er keuchte noch immer, als endlich auch sie beim Hotel angelangt war. Fausto holte noch einmal tief Luft, bevor er die gläserne Drehtür betrat. Niemand sollte ihm anmerken, dass er nur wenige Augenblicke zuvor noch Todesängste ausgestanden hatte. Doch dem Rezeptionisten eines Fünf-Sterne-Hotels entging nicht so leicht etwas. „Was ist denn passiert, Signor Zampognaro?“, erkundigte er sich in korrektem Schulitalienisch besorgt.

„Das hier ist passiert“, antwortete an seiner Stelle Nicola, die sich in ihrem ruinierten Mantel vor ihn schob. „Erst hat mich im Park gegenüber ein Sprayer angegriffen und dann wurden wir auch noch von einer Horde Teufel verfolgt.“

„Wenn Sie wollen, verständige ich die Polizei, aber ich fürchte, die Chancen, dass man den Täter fasst, sind gering. Das war leider kein Einzelfall, fast täglich steht eine Meldung über derartige Anschläge in der Zeitung. Vermutlich aber werden Sie eine amtliche Bestätigung, dass Sie die Farbattacke angezeigt haben, für Ihre Versicherung benötigen."

„Keine Polizei", wehrte Fausto reflexartig ab. „Ich bin nicht versichert, deshalb nützt mir eine Anzeige gar nichts. Und was die Teufel betrifft, die uns überfallen wollten ..."

„... kann ich Sie beruhigen. Das waren ganz sicherlich harmlose Burschen, die sich nur zum Spaß verkleidet haben, um junge Mädchen und alte Damen zu erschrecken. Heute ist der 5. Dezember, also Krampus, und da gehen in ganz Österreich Teufel um. Als Gegenspieler zum heiligen Nikolaus, der heute und morgen Geschenke bringt. Aber diesen Brauch kennen Sie doch auch?", beruhigte der Rezeptionist, der heilfroh war, sich einen Anruf beim nächsten Kommissariat erspart zu haben, das echauffierte Paar.

„San Nicola, natürlich! Aber wir feiern sein Fest im Mai, und zwar in Bari, wo seine Gebeine aufbewahrt werden", antwortete Fausto. Krampus – was für ein kindischer Unfug! Einen Drink könnte er aber jetzt vertragen. Während Nicola unter der Dusche stand, ließ er sich mit einem Whisky aus dem gut sortierten Kühlschrank im Salon seiner Suite nieder, um in aller Ruhe über die Geschehnisse nachzudenken.

Außer einem ruinierten Mantel war bisher nichts Schlimmes passiert. In ihrer Aufregung hatte Nicola von seiner Todesangst vor dem vermeintlichen Killerkommando vermutlich gar nichts bemerkt. Wohl aber, dass er Hals über Kopf davongestürzt war und sie ihrem Schicksal überlassen hatte. Falls ihr nachträglich doch noch einfallen sollte, dass sich Gentlemen anders verhielten, wäre Nicola allerdings gut beraten, darüber kein Wort zu verlieren. Kluge Mädchen wussten, wann sie zu schweigen hatten – und bisher war noch keine seiner Freundinnen dumm gewesen.

Wohlgefällig musterte Fausto eine Stunde später die Frau an seiner Seite. In ihrem perfekt sitzenden Kostüm aus mitternachtsblauem Wollgeorgette und den cremefarbenen Stiefeln aus handschuhweichem Rehleder sah Nicola einfach umwerfend aus. Ihre langen blonden Haare trug sie zur Kleidung passend damenhaft aufgesteckt, sodass die diamantenen Ohrringe, die er ihr erst vor kurzem zu ihrem 28. Geburtstag geschenkt hatte, perfekt zur Geltung kamen.

„Bist du fertig?", fragte Nicola lächelnd. „Allmählich bekomme ich einen Riesenhunger. Du bist doch einverstanden, dass wir in das Lokal gehen, das mir meine Freundin Ilona empfohlen hat? Den *Schwarzen Fuchs* in der Weihburggasse. Das soll derzeit die erste Adresse für Wiener Spezialitäten sein."

Fausto runzelte die Stirn. Eigentlich hätte er nach den Aufregungen am frühen Abend am liebsten im Hotel gespeist. Er würde in den nächsten zwei Wochen noch genügend Gelegenheiten haben, die besten Restaurants der Stadt kennen zu lernen. Nicht aber Nicola, die ihn erwartungsvoll ansah. „Soll mir recht sein", brummte er zustimmend. „Aber wir nehmen ein Taxi. Von Spaziergängen habe ich für heute genug."

„Das lohnt sich nicht", klärte ihn Nicola auf. „Schau doch einmal auf den Stadtplan. Die Weihburggasse ist gleich um die Ecke. Außerdem ziehe ich meinen Stoffmantel aus Neapel an. Den wird mir keiner ruinieren." Klugerweise verzichtete sie auf jede Anspielung auf die Teufel, die sich vermutlich nach wie vor in den Gassen der Innenstadt herumtrieben. Ihr war Faustos unerklärliche Angst vor ein paar kostümierten Jugendlichen keineswegs entgangen. Auch wenn sie seine Überreaktion nicht verstand, begriff Nicola instinktiv, dass sie dieses Thema besser nicht anschnitt. Andernfalls könnte sie ihre Hoffnungen auf ein großzügiges Weihnachtsgeschenk, das sie über den ruinierten Pelz hinwegtrösten würde, gleich begraben. Dass der Abend dennoch zu einem Desaster ausufern sollte, konnte sie freilich nicht vorhersehen.

Im *Schwarzen Fuchs* herrschte voller Betrieb, als die beiden kurz vor acht das Restaurant betraten. In den Lokalen von Neapel waren um diese Zeit bestenfalls ein paar Tische besetzt, doch an der Donau aß man früher als im Süden. Fausto gefiel der einzige Platz, der noch frei war, ganz und gar nicht. Eingezwängt zwischen einem Garderobenständer und einer Anrichte studierte er die Speisenkarte, die ihm ein Kellner schließlich in einer kühnen Mischung aus Englisch und Italienisch übersetzte. Was ein „Beuschel mit Knödel" oder „Tiroler Gröstl" war, blieb ihm zwar weiterhin unklar, und auch von den meisten anderen Gerichten bekam er nur eine vage Vorstellung, aber dass es sich beim „Jägerpfandl" um einen Hirschbraten handelte, begriff er schließlich doch.

Fausto war, wie fast alle Italiener, verrückt nach der Jagd, und im Gegensatz zu den meisten seiner Landsleute, die in ihrem Leben bestenfalls einmal ein mickriges Kaninchen vor die Flinte bekamen, konnte er sich bereits einiger guter Abschüsse rühmen. Erst vor wenigen Wochen hatte er auf Einladung eines Geschäftsfreundes, der im Hinterland von Bologna ein Revier besaß, einen kapitalen Bock erlegt. Verspeist hatten seinen Hirsch dann allerdings andere, denn er war noch am selben Tag nach Neapel zurückgeflogen.

Dafür würde er sich heute das „Jägerpfandl" bestellen, beschloss Fausto, während Nicola auf Nummer sicher ging und ein Wiener Schnitzel und dazu ganz und gar nicht linienbewusst ein Glas Bier wählte. Keine Suppe, die beide nicht mochten, und auch keine Pasta, denn es fand sich weder ein Nudelgericht noch ein Risotto auf der Karte. Weil er auf der Getränkeliste keine vertrauten italienischen Marken fand, orderte Fausto vorsichtshalber erst einmal nur ein Glas österreichischen Rotwein, der ihm überraschend gut mundete. Nach dem zweiten Achtel sah die Welt bereits freundlicher aus und auch mit dem unbequemen Sitzplatz hatte er sich mittlerweile abgefunden. Das Lokal entsprach zwar ganz und gar nicht seinem Geschmack, der Raum war ihm zu niedrig, die Einrichtung zu rustikal und der Lärmpegel zu hoch, aber wenn das Essen ebenso gut war wie der Wein, würde er nicht klagen.

Es dauerte ziemlich lang, bis das Bestellte kam, und Fausto knurrte mittlerweile schon ganz gehörig der Magen. Doch als der Kellner endlich mit dem „Jägerpfandl" erschien, glaubte der Neapolitaner seinen Augen nicht zu trauen. Schwungvoll hatte man ihm ein glühend heiße Pfanne in einer schmiedeeisernen Halterung vor die Nase gestellt und *buon appetito* gewünscht. Von wegen gutem Appetit! Alles andere als unauffällig blickte sich Fausto um, doch auf keinem der anderen Tische sah er irgendetwas, das wie ein Kochgeschirr aussah. Auch Nicola hatte man ihr Schnitzel auf einem Teller serviert. Entrüstet rief er nach dem Kellner, der irgendetwas Unverständliches vor sich hin murmelnd in der Küche verschwand.

„Fang ruhig an", forderte er Nicola auf. „Offenbar sind ihnen die Teller ausgegangen und sie müssen erst einen für mich abwaschen!"

„Das meinst du doch nicht im Ernst? Wahrscheinlich ist es hier Sitte, Gebratenes vom Herd direkt auf den Tisch zu bringen."

„Rede doch keinen Unsinn. Ich bin der Einzige, den man hier so behandelt."

Während Fausto wartete, inspizierte er misstrauisch den Pfanneninhalt. Eine undefinierbare weiße Sauce bedeckte etwas Ähnliches wie Gnocchi, die ziemlich klebrig aussahen. Neben dem in Scheiben geschnittenen Fleisch, das nicht einmal ordentlich durchgebraten, sondern in der Mitte noch rosa war, lag die Hälfte einer gekochten Birne, gekrönt von einem Klacks seltsamer roter Marmelade. *Primo, Secondo* und *Frutta* – die klassische Abfolge eines italienischen Mahls – hatte man ihm gleichzeitig serviert! Wie unappetitlich! Wenn überhaupt, würde er das alles hintereinander – und natürlich auf separaten Tellern – essen. Aber dazu müsste der Kellner erst einmal auftauchen.

Dieser ließ sich freilich Zeit, dem unzufriedenen Gast das Gewünschte zu bringen. Noch nie hatte es beim Hirschbraten nach klassischer Art Beschwerden gegeben, im Gegenteil. Der *Schwarze Fuchs* war berühmt für dieses Wildgericht, das stets mit hausgemachten Nockerln in Rahmsauce und einer Preiselbeer-Birne serviert wurde. In eigens dafür angeschafften, portionsgerechten Pfannen in dekorativen Halterungen. Deswegen hieß es ja auch „Jägerpfandl", aber wie sollte er das diesem unfreundlichen Italiener erklären? Am besten gar nicht, beschloss der Kellner. Dazu reichten seine Fremdsprachenkenntnisse bei weitem nicht aus und außerdem war es dafür ohnedies zu spät, wie er aus den Augenwinkeln bemerkte. Kaum hatte er den Teller hingestellt, war der Mann mit hochrotem Kopf aufgesprungen.

„Wenn es dir hier so gut gefällt, kannst du ja bleiben!“ Mit wütender Miene sah Fausto, der im Stehen nach seiner Brieftasche kramte, auf Nicolas entgeistertes Gesicht herab.

„Lass mich doch wenigstens aufessen. Das Schnitzel ist sehr gut. Besser als unsere *Scaloppina milanese*. Koste doch einmal“, versuchte sie ihn zu beruhigen.

„Keinen Bissen esse ich hier“, fauchte er sie an. „Ich sage es zum letzten Mal. Entweder du kommst jetzt mit oder du musst allein zurückgehen. Den Weg zum Hotel wirst du wohl noch finden!“

Weil Nicola noch immer keine Anstalten machte aufzustehen, warf Fausto kurzerhand ein paar Geldscheine auf den Tisch. „Das wird reichen. Ich wünsch dir einen schönen Abend.“ Wenige Minuten später stürmte er in die Halle des *Marriott,* wo er sich nicht erst lange mit Höflichkeitsfloskeln aufhielt. „Was ist das beste italienische Restaurant der Stadt?“, herrschte er den Mann an der Rezeption an.

„Ob es das beste ist, wage ich nicht zu beurteilen. Aber ich würde Ihnen das *Martinelli* empfehlen. Bisher habe ich nur Gutes gehört.“

„Danke. Und jetzt bestellen Sie mir ein Taxi!“

„Ein Standplatz befindet direkt vor der Tür. Aber warten Sie bitte noch einen Moment. Ich lasse nachsehen, ob auch ein Wagen bereitsteht. Es könnte sein, dass alle unterwegs sind, seit es zu schneien begonnen hat.“ Auf einen Wink eilte der goldbetresste Portier auf die Straße und nickte kurz darauf seinem Kollegen zustimmend zu. „Das Taxi ist vorgefahren“, erklärte der Rezeptionist dem Hotelgast, der mit seinen Fingern ungeduldig auf das Pult trommelte. „Sagen Sie, dass Sie zum Palais Harrach auf der Freyung wollen“, setzte er fort. „Es könnte sein, dass der Fahrer das Restaurant nicht kennt. Das kommt leider immer wieder vor. Ich schreibe Ihnen die Adresse am besten auf."

Vom Portier vorsorglich beschirmt, kletterte Fausto in das wartende Taxi. Innerhalb kürzester Zeit hatten sich die paar Flocken von zuvor in ein heftiges Schneetreiben verwandelt. Noch blieb die weiße Pracht nicht liegen, doch wenn es weiterhin so dicht schneite, würden sich die Parkanlagen und Alleebäume an der Ringstraße bald in ein Wintermärchen verwandeln. Mit einer dicken, weißen Daunendecke über dem Ziegelrot der alten Dächer und neckischen Schneehauben auf den Häuptern unsterblicher Großer.

Dem ehrwürdigen Geheimrat Goethe auf seinem Dichterthron stand der glitzernde Kopfschmuck ebenso gut zu Gesicht wie der Zepter schwingenden Kaiserin Maria Theresia oder der goldbehelmten Pallas Athene vor dem angestrahlten Parlament. Doch Fausto beachtete die Nachschöpfung eines griechischen Tempels ebenso wenig wie zuvor die hell erleuchtete Staatsoper oder das Burgtheater, vor dem das Taxi nach rechts abbog. Erst als der Wagen vor einem eleganten Palazzo an einer großzügig angelegten Piazza anhielt, blickte er interessiert auf.

„*Buona sera, signore*. Ist Ihnen dieser Tisch recht?" Fausto nickte zustimmend, nachdem er sich mit zufriedener Miene in dem geschmackvoll eingerichteten Raum umgeblickt hatte. Das war endlich ein Ambiente, in dem er sich wohl fühlte. Aus dem Nichts zauberte der Oberkellner, der ihn empfangen hatte, eine Speisenkarte herbei. Wie erfreulich, dachte er, dass die Speisen zuerst auf Italienisch und erst danach auf Deutsch angeschrieben sind. Das Angebot war verlockend, und an einem anderen Abend hätte Fausto seine Mahlzeit sicherlich mit einem Aperitif und einem Antipasto begonnen, um sich danach für ein Primo wie *Gnocchi di limone in salsa di noci* oder *Ravioli ripieni in agrodolce* zu entscheiden, gefolgt von einem *Filetto di branzino selvatico*. Aber nach einem Tag wie heute stand ihm der Sinn nicht nach erlesenen Genüssen, sondern nach der einfachen, ehrlichen Küche seiner Heimat. Kurz entschlossen klappte er die Karte wieder zu.

„Ist Signor Martinelli zugegen? Ich würde ihn gerne sprechen", erklärte er dem Kellner, der seine Bestellung aufnehmen wollte.

„Sie meinen wohl Signor Barbaro, den Chef? *Martinelli* ist nur der Name des Lokals. Als Hommage an den Architekten des Palais Harrach. Domenico Martinelli aus Lucca."

Alles kann man nicht wissen, sagte sich Fausto, dem es völlig egal war, wie der Restaurantbesitzer hieß. Hauptsache, er erfüllte seine Wünsche.

„Was kann ich für Sie tun?" Mit einem freundlichen Lächeln begrüßte Luigi Barbaro den ihm unbekannten Gast, der nach ihm verlangt hatte.

„Etwas ganz Einfaches. Und das sollen Sie wörtlich nehmen. Ich habe einen Riesenhunger, aber keinen Appetit auf ein Gourmet-Menü. Das werde ich schon noch nachholen, ich bin erst heute angekommen und bleibe mehr als eine Woche in Wien. Kurzum, ich möchte einen Teller *Spaghetti aglio e olio* mit viel *peperoncino* und danach nur einen Fisch vom Grill, und zwar den frischesten, den Sie haben. Dazu einen leichten, trockenen Weißwein. Die Marke ist mir egal, am besten Sie lassen mir den bringen, den Sie selbst gerne trinken. Auf die Rechnung können Sie schreiben, was Sie wollen. Geht das in Ordnung?"

„Selbstverständlich. Ausnahmsweise einmal sizilianische Hausmannskost zu kochen, wird unserem Antonio Noto sicherlich Spaß machen."

„Neapolitanische", korrigierte Fausto. „Ich komme aus Neapel."

„Glauben Sie, das ist mir entgangen, Signore? Das war mir sofort klar. Ein Neapolitaner erkennt nun einmal den anderen. Nicht auf den ersten Blick, aber nach dem zweiten Wort. Ich wollte damit nur sagen, dass unser Koch aus Sizilien stammt."

„Wunderbar! Besser hätte ich es nicht treffen können!"

Dieser Meinung war Fausto noch immer, als er sich wohlig gesättigt an die Bar begab, um sich eine Zigarette anzuzünden. Wie er erfreut festgestellt hatte, war das *Martinelli* in jeder Hinsicht ein kleines Stück Heimat. Mit einer kleinen Einschränkung, denn während man hier an der Theke noch rauchen durfte, war das in Italien in allen Räumen eines Lokals ausnahmslos verboten. Was selbst leidenschaftliche Raucher wie Fausto mittlerweile zu schätzen wussten. In Österreich dachte man darüber offenbar anders. Zu seinem Missvergnügen hatte man im *Schwarzen Fuchs* an nahezu allen Tischen gequalmt, und die Luft im Lokal war dementsprechend schlecht gewesen.

Wie lange es Nicola dort wohl noch ausgehalten hat? Erst als Fausto sich zu seinem Digestif eine weitere Zigarette anzündete, dachte er erstmals wieder an seine Freundin. Er hatte sie vielleicht wirklich ungerecht behandelt! Doch so war er nun einmal, wenn ihm etwas gegen den Strich ging, und das sollte sie allmählich wissen. Das zweite Glas Averna stimmte Fausto sentimental. Morgen war zwar Sonntag, aber vor Weihnachten sollten die Luxusläden der Innenstadt geöffnet haben.

Dann kaufe ich ihr den Mantel eben ein zweites Mal, beschloss er spontan.

Fausto vertrug einiges, aber hatte dem sizilianischen Kräuterbitter vielleicht doch ein wenig zu freudig zugesprochen, was er in der kalten, klaren Winterluft doppelt stark zu spüren bekam. Was er jetzt dringend brauchte, war Bewegung. Deshalb hatte sich Fausto kein Taxi rufen lassen, sondern war einfach losmarschiert. Es schneite noch immer, doch der Wind hatte sich gelegt, sodass die großen, duftigen Flocken nahezu senkrecht vom Himmel fielen. Nur wenige Autos zogen fast lautlos ihre Spuren durch den Schnee, und auch Fußgänger waren so gut wie keine mehr unterwegs.

Instinktiv hatte Fausto den kürzesten Weg zurück zu seinem Hotel eingeschlagen. Statt durch die Schottengasse zurück zur Ringstraße zu marschieren, um dort ein Taxi aufzuhalten, war er über die Freyung Richtung Stephansplatz gegangen und aus einer plötzlichen Laune heraus vor dem Platz Am Hof in ein schmales Gässchen eingebogen. Die weihnachtlich dekorierten Schaufenster der wenigen Läden warfen kleine Lichtinseln auf das buckelige Pflaster der Naglergasse.

Jetzt wusste er, wo er war, denn hierher hatte ihn Nicola am Nachmittag auf ihrer Suche nach einem Pelzmantel geschleppt. Doch während des Einkaufsbummels inmitten der vielen Menschen, die durch die Fußgängerzone gehastet waren, hatte er seine Umgebung kaum wahrgenommen. Jetzt aber betrachtete er fasziniert den weihnachtlich geschmückten Kohlmarkt an seiner rechten Seite, bevor sein Blick auf die raffinierten Lichtgebilde fiel, die wie kostbare Lüster aus Kristall hoch über dem Graben hingen und Wiens teuerstes Pflaster in einen Salon verwandelten.

Was für eine herrliche Stadt! Eine Viertelstunde später traf Fausto bestens aufgelegt im *Marriott* ein und er lächelte noch immer vergnügt vor sich hin, als er die Suite betrat. Doch mit seiner guten Laune war es schlagartig vorbei, sobald er das leere Bett entdeckte. Von Nicola keine Spur! Sie wagte es tatsächlich, ihn einfach sitzen zu lassen! Weiß der Teufel, wo sie sich um ein Uhr nachts noch herumtrieb! Der Teufel? Wahrscheinlich vergnügte sie sich mit irgend so einem Krampus in der Hotelbar! Wütend beschloss er, Nachschau zu halten, doch auch dort konnte er sie nirgends entdecken.

Morgen Früh wird sie ihre Koffer packen und mit der erstbesten Maschine nach Neapel zurückfliegen, dachte Fausto rachsüchtig, bevor er den Schlüssel an der Schlafzimmertür von innen umdrehte. Nach einer Nacht auf dem Sofa im Salon würde ihr schon klar sein, was es geschlagen hatte. Wenn sie überhaupt noch vor Tagesanbruch zurückkam.

Bisher hatte immer er den Schlussstrich unter eine Affäre gezogen. Jetzt war es wieder einmal so weit – und ein Abschiedsgeschenk würde er sich auch ersparen. Wie sehr er sich damit selbst belog, konnte und wollte sich Fausto nicht eingestehen. Nicola hatte nicht nur seine Eitelkeit zutiefst verletzt, ihr Verlust schmerzte ihn mehr, als er wahrhaben wollte.

Dass diese Niederlage erst der Beginn seiner Unglückssträhne war, hätte er sich allerdings selbst in seinen schlimmsten Albträumen nicht vorstellen können.

28. Kapitel

Zum zweiten Mal musterte Daniele seine kleine Gemeinde, die sich am Festtag von Maria Empfängnis in der Chiesa S. Maria del Carmine versammelt hatte. Er kannte alle Gesichter, die sich ihm in Erwartung der Predigt aufmerksam zuwandten, und auch so gut wie alle Namen. Nein, er hatte sich nicht geirrt, Alberto Lombardo war auch diesmal nicht dabei. Wie er von Pia Angelina wusste, ging es ihm den Umständen entsprechend einigermaßen gut, was auch immer das im Fall von unheilbarem Krebs heißen mochte. Doch Daniele machte sich nicht nur um den körperlichen Zustand des Kranken Sorgen.

Gekränkelt hatte der zierliche Mann schon lange, doch konnten Medikamente sein Lungenleiden, das ihm nach einer Rippenfellentzündung geblieben war, bis vor einem Jahr in Schach halten. Mit dem Tod seines Enkels aber war sein Lebenswille schlagartig erloschen. Daniele erinnerte sich genau: Anfang Jänner hatten sie Leandro zu Grabe getragen, Ende März war Alberto Lombardo zusammengebrochen, und mit der Diagnose Lungenkrebs hatte man ihn im Mai nach Hause geschickt. Zum Sterben.

Zum Erstaunen der Ärzte aber, die ihm bestenfalls noch ein Vierteljahr zugestanden hatten, klammerte sich ihr Patient plötzlich an sein Leben. Ganz so, als hätte er noch eine letzte Mission zu erfüllen. Er bestand auf Chemotherapien und Bestrahlungen, die man ihm eigentlich hatte ersparen wollen. Ohne ein Wort der Klage ließ er die Prozeduren über sich ergehen und auch nach dem Rückfall Anfang Oktober war er zwar schwach, aber keineswegs hilflos aus dem Spital zurückgekehrt. Mittlerweile konnte er nahezu normal leben und sogar sein Haus ohne Begleitung verlassen.

Danieles Kirche aber hatte Alberto seit der Seelenmesse für seinen Enkel nie wieder betreten. Trotz wiederholter Versprechen, die ihm seine Tochter abgerungen hatte. Denn nicht nur der Pfarrer, auch Pia Angelina fürchtete um das Seelenheil ihres Vaters. Sie hatte nach Leandros Tod Trost gesucht und in der von ihr gegründeten Selbsthilfegruppe „Frauen gegen Drogen" auch gefunden. Gemeinsam mit einem Dutzend Schicksalsgenossinnen kämpfte sie seither gegen die Suchtgift-Mafia, die wie eine mörderische Krake ihre Fangarme nach immer jüngeren Opfern ausstreckte.

Ein wissendes Lächeln überzog Pia Angelinas Gesicht, als sie an das teuflische Quartett dachte, von dem mittlerweile ganz Napoli sprach. Alle vier Ermordeten hatten mit Drogen gehandelt, was zwar die ganze Stadt wusste, von der Polizei aber erst gestern offiziell bestätigt worden war. Gott war gerecht und seine Strafe hätte die Elendigen früher oder später ohnedies ereilt! Aber dass sie noch vor dem Ablauf ihrer Zeit der ewigen Verdammnis anheimgefallen waren, erfüllte Pia Angelina mit einem Gefühl tiefer Befriedigung. Für die gläubige Katholikin war die Hölle nämlich kein fiktiver Ort, sondern vorstellbare Realität. Im Zentrum des glühenden Erdinneren lag das Reich des Satans, davon war sie felsenfest überzeugt. Und genau dort erlitten die vier nun und bis in alle Ewigkeit die schlimmsten Qualen.

Als Padre Daniele nach der Messe auf sie zutrat, rollte Pia Angelina ihre Sonntagszeitung rasch zusammen. Seit mehr als einer Woche prangte das Foto eines roten Teufels als Blickfang auf jeder Titelseite. Auch wenn es nichts Neues zu vermelden gab und die

Polizei weiterhin im Dunkeln tappte. Doch dank der täglichen Berichterstattung über die „Jagd nach dem Krippenmörder, um den sich das Netz immer enger zusammenzog“, waren die Auflagenzahlen des *Mattino* in ungeahnte Höhen geschnellt.

Daniele war Pia Angelinas Reaktion nicht entgangen. Offenbar wollte sie mit ihm nicht über die unheimliche Mordserie reden. Über den Grund musste er nicht lange nachdenken. Dass sie den Opfern ihr Schicksal von Herzen gönnte, war ihm klar. Doch ihm erschien es sinnlos, hier und jetzt eine Diskussion vom Zaun zu brechen. Leandro war noch nicht einmal ein Jahr unter der Erde. Wie sollte sich da seine Mutter einen Vortrag über die Christenpflicht des Verzeihens und Vergebens anhören? Christenpflicht wäre es, nicht wegzuschauen, wenn die Camorra unsere Kinder tötet, würde ihm Pia Angelina an den Kopf werfen. Was sollte er ihr darauf entgegenhalten? Sie sprach nur die Wahrheit aus, denn sie alle hier im Viertel – und Daniele nahm sich dabei nicht aus – hatten viel zu lange ihre Augen und Herzen verschlossen. Aus Feigheit, aus Bequemlichkeit, aus Gleichgültigkeit. Und damit eine Mitschuld am Tod eines jungen Menschen wie Leandro auf sich geladen, der nur wenige hundert Meter von hier entfernt einen einsamen, elenden Tod gestorben war. Weil allmächtige Drogenbosse mit Verbindungen nach ganz oben die Stadt mit Rauschgift überschwemmten und niemand etwas dagegen unternahm.

Eigentlich hatte Daniele die beiden Lombardos zu einem Mittagsimbiss einladen wollen. Aber Alberto war nicht aufgetaucht, und Pia Angelina, die nach der Messe stets noch eine ganze Weile herumzustehen pflegte, schien wie vom Erdboden verschluckt zu sein. Ob sie ein Rendezvous mit einem Mann hatte oder mit einer Freundin einen Bummel über die weihnachtlich geschmückte Via Toledo unternehmen wollte, war Nebensache. Sie war offenbar endlich aus ihrer Erstarrung erwacht, nur das zählte. Wie aber ging es ihrem Vater? Noch saß er nicht im Rollstuhl, noch konnte ihn seine Tochter tagsüber allein lassen. Alberto Lombardo war zäh. Daniele kannte seine Lebensgeschichte gut und er wunderte sich nicht zum ersten Mal, welchen Schicksalsschlägen dieser Mann hatte trotzen müssen.

Nach nur zehn Jahren Ehe war seine Frau 1974 an Leukämie gestorben. Seine vier Kinder, damals im Alter von neun bis vier, musste der gelernte Goldschmied allein aufziehen. Der kleine Juwelierladen in einem Seitengässchen der Spaccanapoli, den er mit den Ersparnissen aus seiner Gastarbeiterzeit in der Schweiz gekauft hatte, warf gerade einmal genug zum Leben, nicht aber für eine teure Ausbildung ab. Wer in Neapel nichts Richtiges gelernt hatte, fand selbst in den achtziger Jahren, als die Wirtschaftslage gar nicht so schlecht war, kaum Arbeit. Sein ältester Sohn Lucio hatte deshalb sein Glück in Amerika gesucht und lebte seither in New Jersey, der zwei Jahre jüngere Salvo in Düsseldorf und seine Tochter Francesca war nach ihrer Hochzeit nach Mailand übersiedelt. Von ihnen allen hörte er wenig, man telefonierte zu den Geburtstagen und zu Weihnachten, doch sie waren ihm fremd geworden. Nur seine Jüngste – Pia Angelina – war ihm geblieben.

Als sie mit kaum zwanzig schwanger wurde, brach für Alberto eine Welt zusammen. Er liebte sie über alles – und das nicht nur, weil sie ihrer Mutter unglaublich ähnlich sah. Er selbst hatte nie wieder geheiratet, doch für sein schönes Kind wünschte er sich eine Märchenhochzeit. Seine Träume zerplatzten, als ihm seine Tochter klipp und klar erklärte, dass es keinen Bräutigam gab und auch nie einen geben würde. Auch den Namen des Mannes, dem er seinen Lieblingsenkel verdankte, sollte Alberto erst viele Jahre später erfahren.

Leandro kam am letzten Tag des Jahres 1990 kurz vor Mitternacht zur Welt. Dass er ein uneheliches Kind war, störte den stolzen Großvater überhaupt nicht mehr. Auch wenn er es nie zugegeben hätte, im Grunde seines Herzens war er damals bereits froh gewesen, dass weit und breit kein Schwiegersohn in Sicht war, um ihm Tochter und Enkel zu rauben. Mit seinen gerade einmal 50 Jahren fühlte sich Alberto durchaus jung genug, um dem Buben den Vater zu ersetzen. Leandros Kindheit wurde zur glücklichsten Zeit seines Lebens. An ihm wollte er wieder gutmachen, was er einst bei seinem eigenen Nachwuchs versäumt hatte. Und es war ihm auch gelungen.

Nach Leandros sechstem Geburtstag hatte sich Albertos altes Lungenleiden zurückgemeldet, doch was ihm anfänglich als Katastrophe erschienen war, erwies sich bald als Glücksfall. Kurz entschlossen hatte er seinen Laden verkauft, um mit dem Erlös seine winzige Invalidenrente, die ihm der Staat zu seiner Überraschung zugestand, ein wenig aufzubessern. Sobald Alberto nicht mehr arbeitete, ging es ihm aber nicht nur finanziell besser als je zuvor. Erstmals hatte er unbegrenzt Zeit für die wirklich wichtigen Dinge des Lebens. Und das hieß nichts anderes als Zeit für Leandro. Alberto und sein Enkelsohn wurden unzertrennlich. Nicht zu seiner Mutter, die meist müde von der Arbeit heimkam und nur mit einem halben Ohr zuhörte, rannte der Bub mit seinen Sorgen, sondern zum Großvater.

Plötzlich aber war alles anders geworden. Anfangs hatte Alberto die Veränderung, die in Leandro vorgegangen war, für die ersten Anzeichen der Pubertät gehalten. Auch als der mittlerweile Fünfzehnjährige immer häufiger die Schule schwänzte und an den Abenden kaum mehr zu Hause war, schrillten bei ihm noch keine Alarmglocken. Erst als er bemerkte, dass immer wieder größere Scheine aus seiner Brieftasche fehlten, durfte er seine Augen nicht länger vor den Tatsachen verschließen: Niemand anderer als sein eigener Enkelsohn konnte sie gestohlen haben, und Alberto ahnte mittlerweile, wofür Leandro das Geld so dringend brauchte.

Daniele erinnerte sich noch gut an den Tag, an dem Alberto Lombardo tränenüberströmt einsam und allein in seiner Kirche gekniet war. Der in ein stummes Gebet versunkene Mann hatte ihn erst bemerkt, als er ihm tröstend eine Hand auf die Schulter legen wollte. Trost aber hatte er ihm keinen spenden können, damals nicht und nach Leandros Tod schon gar nicht. Worte waren alles, was er anzubieten hatte. Wie sollte ein Pfarrer, der an seine eigenen Grenzen gestoßen war, das Unerklärliche erklären? Wie einen Verzweifelten damit trösten, dass sich auch hinter dem größten Leid ein göttlicher Plan verbarg? Er konnte keine Antworten auf etwas geben, das er selbst nicht begriff.

Irgendwann hatte Alberto aufgehört, Fragen zu stellen. Hilflos hatte er zusehen müssen, wie der ihm liebste Mensch auf Erden unaufhaltsam dem Untergang entgegentaumelte. Damals hatte er seinen Glauben verloren, jeden Tag ein Stückchen mehr. Als Leandro starb, war nichts mehr davon übrig geblieben, und sein eigenes Todesurteil, das ihm die Ärzte kurz darauf verkündeten, erschien ihm nur noch wie ein letzter böser Scherz eines unbarmherzigen Gottes. Niemand kam seither an ihn heran, seine Tochter nicht und schon gar nicht ein Priester.

Leises Donnergrollen hatte die letzten Kirchgänger nach Hause eilen lassen.

Daniele zog den Kopf ein, als die ersten Tropfen fielen. Bei solch einem Wetter jagt man keinen Hund auf die Straße! Er würde sich jedenfalls heute nicht mehr aus dem Haus rühren.

Hoffentlich verdirbt der Regen Pia Angelina nicht den Tag, dachte er flüchtig, bevor er sich wieder seinen Fischen zuwandte, die gierig nach dem Futter schnappten. Pia Angelina! Jetzt erinnerte er sich wieder, welcher Gedanke die ganze Zeit an ihm nagte. Ihr Vater wolle ihn nicht sehen, hatte sie ihm mit unbewegter Miene ausgerichtet. Er wünsche keine Anrufe und schon gar keinen Besuch. Daniele wusste, worauf Alberto Lombardo anspielte. Als gewissenhafter Pfarrer hatte er den alten Mann nach seiner Rückkehr aus dem Spital besuchen wollen, doch bisher war er nicht ans Telefon gegangen. Weil er offenbar ahnte, wer ihn unbedingt sprechen wollte.

Auch wenn seine Chancen gering waren, Daniele machte sich klar, dass er nicht so ohne weiteres aufgeben durfte. Sobald er seine Fische fertig gefüttert und selbst ein paar Bissen gegessen hatte, würde er Alberto Lombardo daheim aufsuchen. Das hatte er eigentlich schon längst tun wollen, aber Pia Angelina hatte immer wieder abgewinkt. Die Mühe könne er sich ersparen. Ihr Vater würde die Tür nicht öffnen.

Es war Jahre her, seit er zuletzt an der Wohnungstür der Lombardos geläutet hatte. Angesichts der heruntergekommenen Gasse hätte das allerdings auch gestern gewesen sein können, denn nichts hatte sich hier geändert. Zumindest nicht zum Besseren.

Wie damals trieb der Wind Papierfetzen und Plastiksäcke vor sich her, nur zu regnen hatte es inzwischen aufgehört. Aus den überquellenden Mülltonnen stank es infernalisch. Ein wahres Paradies für Ratten, sobald sich die streunenden Katzen die Leckerbissen herausgesucht hatten. Bröckelnde Fassaden, angesprüht mit obszönen Zeichnungen und Sprüchen, brüchiger Asphalt, verrostete Laternenmasten – die Tristesse seines Viertels, die unter einem blauen Himmel gerade noch erträglich war, traf Daniele an diesem grauen Dezembertag mit voller Wucht. Urbane Verwahrlosung und Jugendarbeitslosigkeit – ein idealer Nährboden für Drogendelikte und Kleinkriminalität. Wer keine Zukunftsperspektive hat, gibt sich früher oder später selbst auf.

„Kommen Sie herein!" Einen herzlichen Empfang hatte Daniele, der froh war, dass er nicht gleich an der Schwelle abgewiesen worden war, auch nicht erwartet. Er folgte Alberto Lombardo, so rasch er konnte, damit es sich dieser nicht im letzten Moment noch anders überlegte. Wenn er einmal in der Wohnung war, würde er ihn kaum mehr hinauswerfen.

„Was verschafft mir die Ehre?", fragte Alberto, während sich sein unerwarteter Gast aus dem Mantel schälte. „Wenn Sie vorhaben, mich zu bekehren, brauchen Sie erst gar nicht abzulegen. Nein? Sie haben keine zuckersüßen Worte mitgebracht? Was wollen Sie dann? Für die letzte Ölung sind Sie, wie Sie sehen, noch zu früh dran", setzte er mit einem Seitenblick auf Danieles Handkoffer fort. „Abgesehen davon, dass ich ohne die Segnungen Ihrer Sakramente sterben will. Damit habe ich ein für allemal abgeschlossen."

„Womit? Mit der Kirche oder mit Gott?"

„Mit beiden. Das Kapitel ist für mich erledigt. Aber kommen Sie weiter, mit Ihnen persönlich hat das nichts zu tun."

Daniele ließ sich nicht ablenken, sondern blieb im Flur stehen „Sie glauben nicht mehr an Gott, Alberto? Woran glauben Sie dann?“

„An die Gerechtigkeit! Irgendwann bekommt jeder, was er verdient.“

Jede andere Antwort hätte Daniele eher erwartet, aber noch bevor er nachhaken konnte, fuhr sein Gegenüber fort. „Damit wir uns nicht missverstehen. Nicht Gott ist gerecht, nicht er hat diese Verbrecher bestraft.“ Während er sprach, klopfte Alberto auf die auf einer Konsole liegende Zeitung. „Hier, die Opfer des Krippenmörders, alle vier nebeneinander fein säuberlich abgebildet Aber was heißt Opfer? Jeder Einzelne von ihnen hat es verdient, umgebracht zu werden. Ihr Schicksal hat sie schließlich doch noch ereilt. Aber nicht etwa durch Gottes Fügung, der hätte weiterhin tatenlos zugesehen. Sie sind von Menschenhand getötet worden.“

„Die Rache ist mein, sprach der Herr ...“, hob Daniele an, doch noch bevor ihm sein Gegenüber ins Wort fallen konnte, wurde ihm selbst klar, dass er mit Bibelsprüchen am allerwenigsten erreichen konnte.

„Sogar Ihnen bleibt dieser Satz im Hals stecken“, spöttelte Alberto. „Was halten Sie stattdessen von ‚Auge um Auge‘, ‚Zahn um Zahn‘? Das stammt doch auch aus der Heiligen Schrift!“

„Was ich davon halte? Gar nichts. Wie Sie genau wissen, gibt es für gläubige Christen keine alttestamentarische Rachsucht!“

„Wie gut, dass ich keiner mehr bin. Aber jetzt treten Sie endlich ein. Das ist kein Gespräch, das man zwischen Tür und Angel führen sollte.“

Erst im Wohnzimmer sah Daniele, in welch erschreckendem Ausmaß Albertos Krankheit bereits fortgeschritten war. Er konnte sein Entsetzen über das abgemagerte Gesicht mit den hervorstehenden Backenknochen unter der papierdünnen Haut kaum verbergen. Vor nicht einmal einem Jahr hatte sich nur wenig Grau in dem noch immer dichten Haar gefunden. Jetzt grinste ihn ein kahler Totenschädel an.

„Kein schöner Anblick, stimmt's? Aber an eine Glatze kann man sich gewöhnen, Hauptsache die Chemotherapie hat gegriffen“, half ihm Alberto über seine Verlegenheit hinweg. „Diese Weihnachten wollte ich noch erleben und das wird mir, wie es scheint, auch gelingen. Sie fragen sich, warum? Sie verstehen nicht, was einem Ungläubigen wie mir das Christfest überhaupt noch bedeuten kann? Dann schauen sie sich doch einmal um.“

Daniele hatte von seiner Umgebung bisher nichts wahrgenommen. Doch jetzt betrachtete er den mit zielsicherem Geschmack eingerichteten Raum. Er war in einem großbürgerlichen Haus aufgewachsen und auch wenn er heute mehr als bescheiden lebte, erkannte er Qualität auf Anhieb.

Nur etwas weniger Klimbim sollte auf der Kommode und der Anrichte herumstehen, kritisierte Daniele im Stillen, doch dann sah er, worum es sich bei den vermeintlichen Nippes handelte. Um Krippenfiguren, die sich allerdings deutlich von der neapolitanischen Tradition unterschieden. Die Hirten und Bauern waren in dicke Gewänder gehüllt, wie man sie im Süden nicht kannte. Als Daniele die Tracht einer Bäuerin näher betrachtet, fiel ihm plötzlich ein, wo er etwas Vergleichbares schon einmal gesehen hatte: im Val Gardena, dem für seine Holzschnitzkunst berühmten Südtiroler Grödner Tal.

„Das sind keine Kopien, aber jede Figur ist einem alten Original nachempfunden“, sagte Alberto, der leise hinter seinen Gast getreten war. „Die meisten stammen von mir, aber viele auch von Leandro. Dieser Esel zum Beispiel und auch die Schafherde. An die Tiere hat er sich als Erstes gewagt, zuletzt aber sogar schon an Engel. Der Bub war wirklich begabt, das sage ich nicht als sein Großvater, sondern weil ich etwas davon verstehe. Er hätte es als Kunsthandwerker weit bringen können, wenn nicht ..."

„Davon hat mir Pia Angelina nie erzählt", unterbrach Daniele, weil er das schmerzhafte Thema nicht sofort anschneiden wollte. Doch Alberto ließ sich nicht bremsen.

„Weil sie eifersüchtig war", antwortete er, und für einen winzigen Augenblick huschte ein Lächeln über sein Gesicht. „Beim Schnitzen ist alles um uns herum versunken und wir waren in einer Welt, zu der sie keinen Zugang hatte. Wahrscheinlich hat sie deshalb alles, was wir beide jemals gemeinsam gemacht haben, in Kisten verpackt und weggesperrt. Nur an meine alten Arbeiten hat sie sich nicht herangewagt."

Alberto deutete auf eine wunderschöne Madonna, die ein Meister der Gotik geschaffen haben könnte. Das an der gegenüberliegenden Wand hängende Kruzifix kam Daniele vertraut vor. Ein ganz ähnliches hatte er vor mehr als zehn Jahren, als er die Pfarre übernahm, als Einstandsgeschenk von den Lombardos erhalten.

„Vor ein paar Monaten aber hat Pia Angelina die Kisten wieder hervorgeholt. Mit der Bitte, dass ich die Krippe vollenden soll, bevor ... Na, Sie wissen schon, es ist ja bald so weit mit mir ..."

Etwas Klügeres hätte Pia Angelina nicht einfallen können, sagte sich Daniele im Stillen. Solange ihr Vater ein Ziel hatte, würde er sich nicht aufgeben. Wie richtig er damit lag, bestätigten ihm Albertos nächste Worte, der mit glänzenden Augen fortfuhr:

„Ein paar Engel zu wenig ist nicht weiter schlimm, das fällt niemandem auf. Doch jeder merkt sofort, wenn der Interessanteste der Drei Könige fehlt. Alle lieben Caspar, den schönsten aller Mohren, nicht nur die Kinder. Warum? Weil sich an ihm die Phantasie entzünden kann. Ein schwarzer König aus dem Morgenland – wie geheimnisvoll allein das schon klingt!" Ein Hustenanfall zwang Alberto, seine Ausführungen zu unterbrechen. Doch kaum bekam er wieder Luft, fuhr er mit unverminderter Leidenschaft fort.

„Seit ich aus dem Spital zurück bin, war ich sehr fleißig. Auch Caspar ist bald fertig. Nur an das Wichtigste habe ich mich noch nicht herangewagt. An das Jesuskind. Das sollte eigentlich Leandro schnitzen ..." Alberto versuchte erst gar nicht, die Tränen, die ihm über die eingefallenen Wangen rollten, zu verbergen. Die Zeiten, in denen er sich für seine Schwächen geschämt hatte, waren vorbei. Nur sentimental wollte er nicht werden und schon gar nicht in Selbstmitleid ertrinken, weshalb er schroffer als beabsichtigt zum Ausgangspunkt des Gesprächs zurückkehrte.

„Ziehen Sie aber nur ja keine falschen Schlüsse. Ein Krippenschnitzer muss nicht gläubig sein. Oder sind Sie anderer Meinung?"

„Ich gebe Ihnen recht", antwortete Daniele, was ihm einen erstaunten Blick eintrug. „Wer Dutzendware herstellt, kommt auch ohne Gott aus. Nicht aber jemand, der Bleibendes schaffen will. Etwas, das Bestand hat. So wie Ihre Arbeiten."

„Sie meinen also wirklich, dass ein wahrer Künstler gläubig sein muss? Und alle anderen dazu verdammt sind, Dilettanten zu bleiben?"

„Reden Sie keinen Unsinn, denn Sie wissen ganz genau, dass ich nicht von Kunst im Allgemeinen spreche und auch nicht von irgendwelchen Krippenfiguren, wie man sie überall kaufen kann. Ich rede davon, dass jemand wie Sie gar nicht anders kann, als seine ganze Seele in sein Werk zu legen. Den gekreuzigten Herrgott konnten sie nur erschaffen, weil sie an ihn glaubten. Daran hat sich nichts geändert, auch wenn Sie sich noch so sehr dagegen wehren. Deshalb werden Sie auch Ihre Krippe vollenden. Aber das Jesuskind wird Ihnen erst gelingen, wenn Sie aufhören, mit Gott zu hadern."

„Was wissen Sie denn schon! Ich brauche keinen Gott, der Unschuldigen bereits auf Erden die Hölle beschert", brach es aus Alberto heraus. „Haben Sie überhaupt eine Vorstellung davon, was er Pia Angelina angetan hat? Nein. Dann werde ich Ihnen einmal erzählen, wer Leandros Vater war."

Daniele schüttelte nur stumm den Kopf. Darüber hatte sie nicht einmal im Beichtstuhl mit ihm gesprochen.

„Er hieß Gaetano und er ging bei uns ein und aus, denn er war der beste Freund meines Sohnes Lucio. Pia war zwanzig, als Gaetano sie vergewaltigt hat. Und er ist nach Amerika verschwunden, sobald sich herausstellte, dass sie schwanger war. Gemeinsam mit Lucio, der ganz genau wusste, was seiner Schwester angetan worden war. Im Gegensatz zu mir. Ich war nur wütend auf meine Tochter. In meinem ersten Zorn wollte ich sie sogar hinauswerfen. Ein uneheliches Kind, das war auch in den neunziger Jahren bei uns noch eine Schande. Aber von einer Abtreibung wollte sie nichts wissen. Um keinen Preis der Welt würde sie einen Mord begehen, hat sie mich angeschrien. Und sie hat nicht nur das Kind eines Mannes zur Welt gebracht, der sie mit Gewalt genommen hatte. Sie hat Gaetano verziehen, weil er der Vater ihres Sohnes war."

Wieder wollte Daniele etwas sagen, doch noch immer ließ ihn Alberto nicht zu Wort kommen.

„Nie hat sie aufgehört, an Gottes Güte zu glauben, und es hat sich auch wirklich alles zum Besten gewandt. Leandro wurde zum Mittelpunkt ihres Lebens. Erinnern Sie sich noch an seine Erstkommunion? Natürlich nicht, Sie waren erst seit kurzem unser Pfarrer, und unter den vielen Kindern kann Ihnen unser Bub gar nicht aufgefallen sein. Auch für die Firmung haben Sie ihn vorbereitet, aber das wissen Sie wahrscheinlich noch."

„Stimmt", warf Daniele kurz ein. „Kurz danach kam er als Ministrant zu mir und er war einer der eifrigsten, die ich je in meiner Kirche hatte. Aber wann haben Sie eigentlich die Wahrheit erfahren?"

„Was glauben Sie? Ich habe Pia Angelina nur einmal danach gefragt. Damals, als es um die Abtreibung ging, und danach nie wieder. Und keine Antwort bekommen. Nur nicht daran rühren, dachte ich all die Jahre. Denn auch ich wollte mich nicht mehr daran erinnern, dass ich dieses Kind einmal hatte töten wollen. Zwanzig Jahre später haben das dann andere an meiner Stelle getan. Ich bin nicht besser als jene, die Leandro mit ihrem Heroin ermordet haben."

„Warum haben Sie mir das nie gebeichtet?"

„Keine Sorge, Padre, für diese Todsünde muss ich nicht in der Hölle braten. Von ihr hat mich noch Ihr Vorgänger freigesprochen. Und alle weiteren mache ich mit mir und meinem Gewissen aus."

Daniele war der spöttische Unterton nicht entgangen, doch noch wollte er darauf nicht eingehen. Wenn er Alberto helfen wollte, musste er mehr wissen.

„Sie wollten mir sagen, seit wann Sie von der Vergewaltigung wussten."

„Meine Tochter hat es mir nach Leandros Tod gesagt. Seither weiß ich, dass auch sie nicht mehr an den Himmel glaubt, sondern nur noch an die Hölle. Weil nur der Teufel ein so grausames Katz-und-Maus-Spiel aushecken kann, bei dem der Sieger von Anfang an feststeht. Erst zwingt er einer Frau ein Kind mit Gewalt auf, um sie zu einem Mord zu verführen. Und wenn sie der Versuchung widersteht, wartet er lange genug ab, bis sie es von ganzem Herzen liebt, um es dann von seinen Handlangern umbringen zu lassen."

„Pia Angelina kommt aber weiterhin in die Kirche. Im Gegensatz zu Ihnen ..."

„Aber sie geht schon lange nicht mehr zur Beichte und auch nicht zur Kommunion. Das weiß ich, weil sie es mir gesagt hat. Und Sie wissen es auch, aber den Grund dafür wollen Sie nicht hören. Dreimal dürfen Sie raten, warum. Weil Pia sich schuldig fühlt. Schuld an Leandros Tod, schuld an meiner Krankheit, schuld an ..." Abrupt brach Alberto ab.

„Sprechen Sie weiter. Woran noch?" Alles, was Daniele zu hören bekam, verstärkte den Verdacht, der ihn seit Tagen nicht mehr losgelassen hatte. „Was kann sie Schreckliches getan haben, von dem sie glaubt, dass Gott es ihr nicht verzeiht?"

Albertos Gesicht spiegelte einen furchtbaren Gewissenskampf wider. Der Priester wusste, dass die Stunde der Wahrheit gekommen war. Behutsam fasste er nach der Hand des alten Mannes, bevor er sich niederbeugte, um den Sakramentenkoffer zu öffnen.

„Sie werden mir jetzt alles sagen und was immer ich zu hören bekomme, wird bei mir sicher sein. Denn kein Vertreter der irdischen Gerechtigkeit wird mich zwingen können, auch nur ein Wort zu verraten."

Alberto hob den Kopf, um zu widersprechen, doch dann sah er die Stola, die sich sein Gegenüber umgelegt hatte, und zögerte. Padre Daniele hielt ihn mit seinem Blick fest.

Mit leiser Stimme begann Alberto zu sprechen.

29. Kapitel

Viel heißer konnte es in der Hölle auch nicht sein, aber zumindest war ein Ende ihrer Qualen abzusehen. Elena verdrehte den Hals, um nach der Uhr auf ihrem Nachttisch zu schielen. Acht Minuten noch, dann war es überstanden. Eine kleine Ewigkeit, wenn man wie eine Mumie verpackt unter einem Berg dicker Decken begraben lag und nur den Kopf ein paar Zentimeter bewegen konnte. Der Sekundenzeiger strich mit enervierender Langsamkeit über das Ziffernblatt. Sieben Minuten! Mehr als dreimal so lang hatte sie schon ausgeharrt, seit ihre Mutter sie der berühmten Hubinek-Folter unterzogen hatte. Einem Ganzkörper-Wickel wie zu Großmutters Zeiten, als probates Heilmittel seit jeher bei allen Familienmitgliedern angewandt, die es wagten, eine fiebrige Erkältung nach Hause zu schleppen.

Wohlweislich hatte Elena am gestrigen Abend kein Wort über die untrüglichen Vorzeichen einer Grippe verloren und war rasch zu Bett gegangen, bevor ihre Mutter die krächzende Stimme oder die bereits leicht geröteten Augen bemerken konnte. Der Hustenanfall am Morgen, der selbst durch die geschlossene Tür zu hören war, hatte sie letztlich aber doch verraten.

„Bleib liegen, bis alles vorbereitet ist“, hatte Ilse Hubinek nach einem Blick auf ihre nach Atem ringende Tochter kurz und bündig angeordnet. Wenn sie diesen Tonfall anschlug, war jeder Widerstand zwecklos. Abgesehen davon blieb Elena gar nichts anderes übrig, als sich zu fügen, um so schnell wie möglich gesund zu werden. Ihre Gruppe aus Neapel, die sie leichtfertigerweise zu einem Besuch im vorweihnachtlichen Wien überredet hatte, kam in zwei Tagen an.

Die Prozedur von Ilses bewährter Rosskur war ebenso einfach wie effizient. Eine Tasse Tee mit einem ordentlichen Schuss Rum, zwei Aspirin und ein Vollbad, so heiß wie gerade noch erträglich, bildeten nur das Vorspiel. Sobald der von Fieber, Alkohol und Wasserdampf benebelte Patient aus der Wanne stieg, wurden ihm ein kalt-nasses und darüber ein trockenes Leintuch fest um Körper und Kopf gewickelt. Bevor er wusste, wie ihm geschah, lag er wehrlos wie ein Baby im Steckkissen unter aufeinandergehäuften Tuchenten im Bett. Eine halbe Stunde Schwitzen war angesagt, nicht mehr, aber auch nicht weniger. Es nützte kein Jammern und kein Flehen, wie jeder leidvoll erfahren musste, der jemals in Ilses Fänge geraten war: Sie hatte sich noch nie auch nur eine Minute herunterhandeln lassen.

Dankbar für jede Ablenkung hörte sich Elena von Mutter gottergeben den neuesten Klatsch aus der Wiener Society an. Über die jüngsten Eskapaden eines schrulligen Burgtheaterschauspielers musste sie sogar hellauf lachen, und die Zeit verging einigermaßen rasch, bis das Telefon im Vorzimmer läutete. Bei nächster Gelegenheit kommt ein schnurloser Apparat ins Haus, beschloss Elena, als Ilse ungewöhnlich lang verschwunden blieb. Im Moment aber blieb ihr gar nichts anderes übrig, als die Zimmerdecke anzustarren und dabei ihre Gedanken auf Wanderschaft zu schicken, was ihr in ihrem geschwächten Zustand allerdings einiges an Konzentration abforderte.

Am besten, sie dachte an das Nächstliegende zuerst. In wenigen Stunden fand die Eröffnung der Krippenschau in der Hofburg statt. Ein groß aufgezogenes Medienspektakel vor handverlesenen Gästen, zu denen sich auch Elena zählen durfte. Dank ihres Freundes

Norbert Cordes, den sie seit ihrer Studienzeit kannte. Sie hatte nach ein paar Semestern Kunstgeschichte aufgegeben, er aber war nach seiner Promotion beim Bundesdenkmalamt gelandet. Dort verlief seine Karriere allerdings keineswegs wie auf Schienen. Immer wieder schob man Norbert Cordes aufs Abstellgleis, weil er sich mit den Schikanen einer schwerfälligen Bürokratie nicht abfinden wollte, und erst allmählich lernte er, dass ein Beamter besser nicht gegen den Stachel löckte.

In Fachkreisen zählte er schon lange zu den besten Kunstexperten. Dass man ihm nunmehr aber auch im Amt die Anerkennung nicht weiterhin versagen konnte, verdankte er einem kleinen Porträt aus Sizilien, das ihm Elena im Mai aus einem Adelspalast in Syrakus ins Haus geschleppt hatte. Als er das Bild als Werk eines der größten Renaissancemaler Italiens identifizierte, sorgte er für eine Sensation und international für Schlagzeilen. Die größten Auktionshäuser der Welt rissen sich seither um Gutachten des Fachmanns aus Wien. Das große Geld lockte, doch Norbert dachte nicht einmal im Traum daran, sich davon verführen zu lassen. Er liebte seine Arbeit, was ihm tagtäglich aufs Neue bewusst wurde, sobald er den Schweizertrakt der Hofburg betrat. Hier stand sein Schreibtisch und hierher gehörte er auch – mitten ins Herz des imperialen Wien.

Die unvermeidlichen Repräsentationspflichten aber waren alles andere als nach seinem Geschmack und dass Hofrat Cordes sie schwänzte, wann immer es ging, war sozusagen amtsbekannt. Doch wenn der Bürgermeister höchstpersönlich eine Kunstschau im Festsaal der Hofburg eröffnete, durfte er nicht fehlen. Seine Frau Monika hingegen ging sogar sehr gern zu feierlichen Empfängen. Aber es nützte nichts, das neue

Kleid, das sie sich eigens für diesen Anlass zugelegt hatte, musste im Schrank bleiben. Seit Tagen lag sie mit Grippe im Bett. Deshalb sollte ihre alte Freundin, die glücklicherweise auf Weihnachtsurlaub in Wien weilte, für sie einspringen. Elena hatte auch sofort begeistert zugesagt, nicht ahnend, dass das heimtückische Virus auch sie bald niederstrecken sollte.

„Norbert anrufen und absagen“ stand somit als erster Punkt auf der Liste, die Elena in Gedanken anlegte. Jetzt aber musste sie erst einmal aus diesem verdammten Schwitzkasten heraus! Vierzig Sekunden noch, dann würde sie wie am Spieß losbrüllen! Ilse konnte zwar nicht Gedanken, wohl aber die Uhr lesen und betrat gerade noch rechtzeitig das Zimmer.

„Es war Norbert, der wissen wollte, wann er dich abholen soll“, erklärte sie, während sie Elena aus den pitschnassen Laken herausschälte. „Brav hast du geschwitzt“, konstatierte sie befriedigt. „Das Schlimmste hast du hinter dir, jetzt kommt der angenehme Teil. Dreh dich zu mir, damit ich dich auch vorne trocken rubbeln kann, und dann ab mit dir auf die Wohnzimmercouch. Ich habe sie für dich überzogen, damit du vom Bett aus fernsehen kannst. Du wirst am besten heute auch dort schlafen. Dann brauche ich dich nicht zu wecken ...“

„Und was hast du vor?“, unterbrach Elena misstrauisch den Redeschwall ihrer Mutter. „Du überlässt mir deinen geheiligten Lieblingsplatz doch nicht ohne Grund.“

„Erst bin ich bei der Kosmetikerin und anschließend beim Friseur. Ich will doch in der Hofburg nicht als zerrupftes Huhn herumlaufen.“

„Wie bitte? Du gehst zur Eröffnung der Krippenausstellung? Mit Norbert?“

„Jawohl. An deiner Stelle. Als er gehört hat, dass du krank bist, hat er mich eingeladen. Kurz vor sechs holt er mich ab. Was dagegen?“ Herausfordernd sah Ilse ihre Tochter an, die offenbar kurz vor dem Explodieren war. Typisch Mutter! Keine Frage, sie hatte Norbert überrumpelt. Elena war wütend, doch plötzlich überzog ein süffisantes Lächeln ihr Gesicht.

„Ausgezeichnet“, antwortete sie mit zuckersüßer Stimme. „Schau dir nur alles ganz genau an. Damit du dich nicht blamierst, wenn du Frau Kramer und ihre Freundinnen am Freitag in der Hofburg herumführst.“

„Wie komme ich dazu? Wen soll ich wo herumführen? Und wer sind diese Frauen überhaupt?“

„Du weißt doch, übermorgen kommt meine Neapel-Gruppe nach Wien. Fritzi Kramer ist Krippenbaumeisterin, also Vorsicht, sie versteht wirklich etwas von ihrem Metier. Ihre Freundin Liesi ist ziemlich ahnungslos, ihr kannst du erzählen, was du willst. Die Dritte im Bunde – sie heißt Gerti Berger – kenne ich nicht.“ Die spontane Idee, die drei Oberösterreicherinnen ihrer Mutter anzuhängen, gefiel Elena von Sekunde zu Sekunde besser.

„Das kann ich nicht“, stotterte Ilse. „Die Reiseleiterin bist du. Wie kommst du überhaupt auf diesen verrückten Einfall?“

„Wer hat denn gesagt, dass ich mich schonen soll? Niemand anderer als du. Also nehme ich dich beim Wort. Je weniger Gäste desto weniger Stress, das ist eine einfache Rechnung. Du schleppst das Trio auf alle Christkindlmärkte der Stadt und ich kann in aller Ruhe mein Kulturprogramm durchziehen.“

„Kurz gesagt: Mir willst du die Schreckschrauben anhängen, während du dich mit kultivierten Leuten vergnügst.“

„Stimmt, wenn auch nicht ganz! Fritzi und Liesi sind eigentlich recht nett. Nur ein wenig einfach gestrickt, weshalb sie den anderen oft auf die Nerven gehen. Aber du wirst mit den drei Steirerinnen spielend fertig."

„Frei nach dem Motto, dass auf einen groben Klotz ein grober Keil gehört? Du meinst doch, dass eine Nervensäge wie ich für diese Damen genau das Richtige ist, oder irre ich mich? Meine Antwort lautet klar und deutlich: nein!" Grimmig blickte Ilse ihre Tochter an, doch ihre Entrüstung war nur gespielt. Bevor das Gespräch eine unbeabsichtigte Wendung nahm, hatte ihr Humor die Oberhand gewonnen. Die Fähigkeit, über sich und die eigenen Fehler lachen zu können, zählte zu Ilses liebenswertesten Charaktereigenschaften.

„Du verordnest mir also einen Schnellkurs in Krippenkunde. In Wahrheit aber willst du nur verhindern, dass sich deine Mutter in der Hofburg mit Champagner betrinkt."

„Von wegen Champagner. Es ist gibt bestenfalls zweitklassigen Sekt oder lauwarmen Prosecco."

„Spielverderberin", lachte Ilse. „Aber wie ich sehe, bist du auf dem Weg der Besserung. Ich zieh jetzt los und Ercole nehme ich mit."

Als Elena einfiel, dass ihr Hund weder im Kosmetiksalon noch beim Friseur willkommen sein würde, war die Eingangstür längst zugefallen. Aber weshalb machte sie sich eigentlich darüber Gedanken? Wenn sie Ercole zu ihrem Schönheitsprogramm mitnahm, ersparte sich Ilse zumindest einmal die Klettertour in den vierten Stock.

Das große, von Licht durchflutete Wohnzimmer war wie immer makellos aufgeräumt. Oft bewirkte ein Übermaß an Ordnungssinn, dass ein Raum jeglichen Charme einbüßte, doch in Ilses Reich war dies eindeutig nicht der Fall. Vielleicht lag es an den deckenhohen Bücherwänden, möglicherweise auch an den bunten Zierkissen auf den cremefarbenen Fauteuils, die kecke Farbakzente setzten, oder auch an den in satten Rottönen gehaltenen Teppichen, dass man sich einfach wohl fühlen musste.

Zufrieden mit sich und der Welt stopfte sich Elena einen weiteren Polster in den Rücken, bevor sie nach der Fernbedienung eines bereits in die Jahre gekommenen Fernsehapparates griff. Ein Flachbildschirm statt des Schnurlostelefons unter dem Christbaum – das wäre ernsthaft zu überlegen! Doch im Grunde wusste Elena genau, dass sie ihrer Mutter weder mit dem einen noch dem anderen Geschenk wirklich Freude bereiten würde. Technische Errungenschaften interessierten Ilse nur am Rande, und sie sah überhaupt nicht ein, wozu man ein Gerät durch ein anderes ersetzen sollte, wenn das alte noch funktionierte. Erst wenn sich etwas amortisiert hatte, durfte man etwas Neues anschaffen, hatte Werner Hubinek seiner Frau mit Erfolg gepredigt.

Bei seiner Tochter war er damit vorerst auf taube Ohren gestoßen. Wie oft hatte sich Elena in ihrer Kindheit dafür geniert, und dass ihr Vater damit goldrichtig lag, sollte Elena erst viele Jahre später erkennen. Er war nicht nur von dem sich immer rascher drehenden Konsum-Karussell frühzeitig abgesprungen, er hatte seiner Tochter auch beigebracht, mit den Ressourcen der Erde sorgsam umzugehen. Unnötig eingeschaltete Lampen, Standby-Geräte, schlecht abgedichtete Türen und Fenster – all das war ihm schon immer ein Gräuel gewesen. Nicht aus übertriebener Sparsamkeit oder gar aus Geiz, sondern weil er Vergeudung von Energie für eine Sünde an der Natur hielt.

Bevor es eine Grünbewegung in Österreich überhaupt gegeben hatte, war Werner Hubinek bereits ein Grüner gewesen, doch das sollte ihm nie wirklich bewusst werden. Er dachte nicht in politischen Kategorien, nicht einmal während der Besetzung der Hainburger Au im bitterkalten Dezember 1984, die er mit vollem Herzen unterstützt hatte. Ohne einen Gedanken daran zu verschwenden, dass diese Sympathiebekundung einen weiteren Stolperstein auf seinem Berufsweg bedeutete.

Auf der Karriereleiter für höhere Beamte brachte es jemand ohne Parteibuch in Österreich nicht weit. Vielleicht wäre er kurz vor der Pensionierung noch zum Ministerialrat ernannt worden. Doch bevor es dazu kommen konnte, starb der promovierte Jurist, der zuvor nie über Herzprobleme geklagt hatte, einen Sekundentod. Nach 36 Jahren glücklicher Ehe war Mutter einsam zurückgeblieben. Allein in dieser für sie viel zu großen Wohnung, denn Elena lebte damals längst in Rom und war nur zum Begräbnis des Vaters nach Wien gekommen.

Weil es ohnedies niemanden kümmerte, ließ Ilse alles, wie es war. Aber wozu hätte sie auch etwas ändern sollen? Die verspiegelten Schränke, in denen sich das Licht der Messingleuchter brach, die Anrichte mit ihrem elegant geschwungenen Aufsatz, der runde Esstisch, die Stühle mit den hohen, schmalen Lehnen – allesamt Jugendstilmöbel in mattem Schwarz, die Werner Hubinek bei einem Trödler aufgestöbert und eigenhändig restauriert hatte, waren von zeitloser Schönheit.

Elena hatte die Fernbedienung längst zur Seite gelegt und sich in Erinnerungen verloren. Unter dieser stuckverzierten Decke hatte sie ihre Jugend verbracht, mit diesen Bildern an den Wänden gelebt, die ihre Eltern von Flohmärkten, aber auch von Vernissagen unbekannter Künstler angeschleppt hatten. Neben Radierungen und Stichen hingen abstrakte Ölmalereien in kühnen Farbkombinationen, neben Aquarellen und Holzschnitten zarte Aktzeichnungen.

Es war noch nicht einmal Mittag, als sich eine dicke Wolkendecke auf Wien herabsenkte und den Raum in ein diffuses Zwielicht tauchte. Der für den Feiertag Maria Empfängnis angekündigte Schnee würde nicht mehr lang auf sich warten lassen. Übergangslos glitt Elena in den Schlaf, aus dem sie erst Stunden später fieberfrei und hungrig erwachen sollte. Vorerst aber bemerkte sie nichts, was um sie vorging. Nicht die Rückkehr ihrer Mutter, die nur kurz im Wohnzimmer Nachschau hielt, bevor sie sich mit Ercole in die Küche zurückzog. Und auch nicht das Läuten ihres Mobiltelefons, das vergessen in ihrem Schlafzimmer lag.

Als Elena die Augen wieder aufschlug, stand Ilse aufbruchbereit vor der Couch. Friseur und Kosmetikerin hatten gute Arbeit geleistet. Mit den silberblond getönten, raffiniert geschnittenen Haaren und dem dezenten Make-up sah ihre Mutter um einiges jünger als ihre 66 Jahre aus.

„Kompliment! Du wirst Norbert keine Schande machen“, konstatierte Elena und musterte zufrieden das schlichte Jackenkleid aus graublauer Naturseide, das sie noch nicht kannte.

„Norbert wartet bereits vor dem Haustor. Er ist gerade mit dem Taxi gekommen, als ich mit dem Hund nochmals unten war. Ercole hat alles erledigt und gefressen hat er auch. Dein Essen findest du im Kühlschrank. Und hier ist dein Handy. Ich nehme an, du willst heute noch mit Giorgio telefonieren. Schönen Abend, mein Kind. Ich muss jetzt wirklich los."

Bevor Elena noch etwas entgegnen konnte, fiel bereits die Wohnungstür ins Schloss. Auch wenn sie heute Früh ihre Grippe noch verwünscht hatte, angesichts des Flockenwirbels vor den Fenstern war sie jetzt froh, nicht mehr hinauszumüssen. Seit sie das Skifahren aufgegeben hatte, konnte sie Minusgraden, eisigem Wind und Schneetreiben ganz und gar nichts mehr abgewinnen. Dass sich Ercole ihrer Ansicht eindeutig anschloss, war unübersehbar. Mit seinem vom Spaziergang noch nassen Fell lag er neben der Heizung und gedachte offenbar nicht, diesen Platz in absehbarer Zeit wieder aufzugeben. Nicht einmal jetzt lässt sich dieser Köter aus seiner Ecke holen, stellte Elena amüsiert fest. Normalerweise sprang er wie elektrisiert auf, sobald sie die Überreste einer Mahlzeit in die Küche trug. Diesmal aber riskierte Ercole lediglich ein Auge, bevor er sich mit einem wohligen Seufzer noch fester zusammenrollte.

Ob Mutter wohl für ihn eine Knackwurst an den Christbaum hängen wird, in Silberpapier gewickelt wie ein riesiges Bonbon? So wie einst für ihre Kindheits-Hündin Cora? Garantiert! Und wie früher würde es sich Ilse nicht nehmen lassen, eine bis zur Decke reichende Tanne anzuschleppen. Seit Giorgio sein Kommen fix zugesagt hatte, liefen die Weihnachtsvorbereitungen im Hause Hubinek auf Hochtouren. Der alte Christbaumschmuck, der im obersten Regal des Abstellraums jahrelang ein vergessenes Dasein gefristet hatte, war ebenso hervorgeholt worden wie die mit Englein und Glocken bestickten Tischdecken oder die aufziehbare Uhr, die nichts anderes als „Stille Nacht" spielen konnte. Unmengen an Vanillekipferln hatte Mutter bereits gebacken, denen weitere Unmengen Weihnachtskekse aller Art folgen würden.

Die einzige Chance, sich dem mütterlichen Vorweihnachts-Terror zu entziehen, war die Flucht. Welch ein Glück, dass die nur denkbar beste Ausrede bereits im Anrollen war – im wahrsten Sinn des Wortes. Die drei Oberösterreicherinnen auf Schienen, die anderen vier auf Schneereifen über die Westautobahn. Wenn sich die Wetterlage bis übermorgen nicht besserte, würden vermutlich auch das Ehepaar Raffenseder aus Passau sowie Maximilian Wild und Adele Bernhardt aus München ebenfalls mit dem Zug reisen. Lediglich Ludwig Jakubowski wollte aus Düsseldorf anfliegen, doch ob der Krefelder tatsächlich kommen konnte, war fraglich.

Wie auch immer, Elena hatte für alle in der *Pension Donizetti* hinter der Votivkirche gebucht: ein Doppelzimmer mit Zusatzbett für das Damen-Trio, ein weiteres für die Passauer und ein drittes für Adele und Ludwig. Nur Max wollte lieber im *Hotel Regina*, einem renommierten Vier-Sterne-Haus gleich gegenüber, absteigen. Keine schlechte Wahl, aber doch um einiges teurer als die kleine, gepflegte Pension in der Ferstelgasse, die noch immer ein echter Geheimtipp war. Denn die unter Insidern gehandelte Adresse fand sich nach wie vor in keinem Reiseführer, was der Besitzerin nicht das Geringste auszumachen schien. Sie bevorzugte eine Klientel, die dank Mundpropaganda zu ihr kam und die Oase der Stille unweit der viel befahrenen Währinger Straße zu schätzen wusste.

Die Zimmer waren reserviert, die Karten für ein Kammerkonzert im Stephansdom und ein weiteres Adventkonzert in der Otto-Wagner-Kirche am Steinhof bestellt – die Gäste konnten kommen. Über weitere Details des Programms würde sie sich frühestens morgen noch einmal den Kopf zerbrechen, beschloss Elena. Oder überhaupt abwarten, was gewünscht wurde, und dann erst disponieren. Für normalerweise längst ausgebuchte Veranstaltungen würde sie heuer problemlos Karten bekommen, und zwar zu regulären Preisen. Die weltweite Wirtschaftskrise hinterließ im Wien-Tourismus merkbare Spuren und hatte auch vor dem Ticket-Schwarzmarkt nicht Halt gemacht. Niemand zahlte derzeit bis zum Zehnfachen des Kartenpreises, nur um Weltstars Weihnachtslieder singen zu hören.

Gejammert wurde, wo immer man hinhörte. Klagen über ein nur schleppend anlaufendes Weihnachtsgeschäft in der City waren zwar nichts Neues, wohl aber, dass auch die Hotellerie, die im Advent stets Rekordbuchungen aufzuweisen hatte, in den Chor einstimmte. Offenbar gab es diesmal wirklich gute Gründe, sich Sorgen zu machen, dachte Elena. Sogar im *Donizetti* bekam man aufgrund von Absagen noch freie Zimmer.

Automatisch griff sie nach der Fernbedienung und diesmal drückte sie auch die Einschalttaste. Und zwar gerade noch rechtzeitig, wie sie der Ankündigung der Moderatorin von „Wien heute“ entnahm. In Kürze würde die Eröffnung der „Ersten Internationalen Krippenschau“ mit einer Liveschaltung in die Wiener Hofburg übertragen werden. Um nur ja kein Detail zu versäumen, schob Elena einen der beiden Fauteuils so nahe wie möglich an den Bildschirm. Auch in der Innenstadt schneite es noch immer, wie sie sehen konnte, denn die Regie hatte sich einen Schwenk auf den Heldenplatz in seinem Winterkleid nicht entgehen lassen, bevor der Kameramann den großen Festsaal im Kongress- und Veranstaltungszentrum der Hofburg ins Visier nahm.

„... und begrüße ich ganz besonders herzlich Cavaliere Fausto Zampognaro aus Italien, der diese kostbare Barockkrippe nicht nur eigenhändig restauriert, sondern auch persönlich nach Wien gebracht hat." Fast hätte Elena, die aus alter Gewohnheit bei offiziellen Ansprachen stets nur mit halbem Ohr hinhörte, die Lobeshymne des Bürgermeisters verpasst. „Ohne dieses herausragende Beispiel neapolitanischer Krippenbaukunst wäre diese Ausstellung, die sich zu Recht als internationale Kunstschau bezeichnet ..."

Die weiteren Worte rauschten an Elena allerdings wieder vorbei. Fausto Zampognaro kam in Großaufnahme ins Bild und nahezu zeitgleich läutete ihr Handy.

„Giorgio, was glaubst du, wen ich gerade vor mir habe? Einen eleganten Neapolitaner, der sich von unserem Bürgermeister Rosen streuen lässt. Dein Spezialfreund Zampognaro ist der Star der Krippenausstellung." Funkstille. „Bist du noch dran?"

„Ja, bin ich. Freut mich zu hören, dass er den Wienern gefällt. Du findest ihn doch auch ganz sympathisch. Aber ich mag ihn nicht." Giorgio versuchte erst gar nicht, seine Abneigung zu verbergen.

„Zu mir und meiner Gruppe war er reizend. Du verzeihst ihm nur nicht, dass er dir einen Rüffel eingetragen hat."

„Das auch, aber ich will gerecht sein, an unserem Zusammenstoß war ich auch nicht ganz unschuldig. Was ich verabscheue, sind Leute, die sich über alle anderen erhaben fühlen. Die glauben, dass sie sich über Recht und Gesetz ungestraft hinwegsetzen können."

„Kann er doch auch! Wir wissen doch beide, was los ist. Dass in der Camorra nicht viele über ihm stehen.

Er ist einer der Bosse, und die spielen nach ihren eigenen Regeln. Ich kenne zwar Neapel nicht so gut, aber es wird dort nicht viel anders zugehen als auf Sizilien. Und mit der Mafia müsstest du dich doch auskennen, weil ..."

„... weil was? Willst du damit andeuten, dass ich mit der Mafia auch nur das Geringste zu tun habe?", fauchte Giorgio, der Elena nur selten ins Wort fiel.

„Fahr mich nicht an. Gar nichts will ich andeuten. Ich spreche nur von Realitäten, die weder du noch ich ändern können. Tatsache ist, dass in Neapel keiner an der Camorra und auf Sizilien keiner an der Mafia vorbeikommt. Oder kennst du in Trapani keine Mafiosi?" Giorgio zog deutlich hörbar den Atem ein, aber er sagte kein Wort, weshalb Elena unverdrossen fortfuhr.

„Ich will doch damit nur sagen, dass wir beide unabhängig voneinander schon mit dem einen oder anderen Mitglied der Mafia an einem Tisch gesessen sind. Und einige davon vielleicht sogar recht sympathisch gefunden haben. Das sind doch nicht alle Killer!"

Noch immer fiel Giorgio keine passende Antwort ein. Mit vielem hatte Elena zweifellos recht, doch sein Instinkt sagte ihm, dass hinter der Fassade der Zampognaro-Läden nicht nur Geld weißgewaschen oder der Staat mit Preiskartellen oder anderen Machenschaften betrogen wurde. Hinter den Heiligen, Engeln und Krippenfiguren verbarg sich weit Schlimmeres, aber wie sollte er das beweisen?

„Themenwechsel! Zampognaro wird zum Unwort des Jahres erklärt und wer es ausspricht, zahlt Strafe, wobei die Höhe noch festzulegen ist. Viel wichtiger ist, dass du in zwei Tagen bei mir bist. Und um die Krippenausstellung kannst du ja einen großen Bogen machen. Wien hat auch noch anderes zu bieten."

„Wovon ich überzeugt bin", fing Giorgio erleichtert den Ball auf, den Elena ihm zugeworfen hatte. „Aber auch über Wiens Sehenswürdigkeiten möchte ich jetzt nicht sprechen. Erzähl mir lieber, was du heute getrieben hast."

Ein Wunsch, dem Elena bereitwillig nachkam. In aller Ausführlichkeit schilderte sie die Qualen eines Hubinek-Wickels, bis Giorgio sie mit seinem Lachen unterbrach.

„*Carissima*, ich sehe dich vor mir. Du kannst dich nicht rühren, außer deiner Nasenspitze ist nichts zu sehen, aber du schimpfst wie ein Rohrhuhn."

„Nicht Huhn, Spatz. Rohrspatz heißt das", korrigierte ihn Elena nun ebenfalls lachend. Höchste Zeit, dass du in Wien deine Deutschkenntnisse auffrischst. Und zieh dich für die Reise warm an, damit du dir nur ja keine Erkältung einfängst. Sonst blüht dir garantiert eine Rosskur. Du weißt jetzt, was dich erwartet, wenn Mutter dich in die Hände bekommt. Glaub ja nicht, dass sie irgendwelche Hemmungen hat!"

Immer noch grinsend legte Elena das Handy beiseite. Mehr als zwanzig Minuten hatte sie mit Giorgio telefoniert und dabei die Weltnachrichten, die bei abgeschaltetem Ton über den Bildschirm geflimmert waren, versäumt. Unschlüssig, ob sie weiter fernsehen wollte, stand Elena auf. Ein Schwall frischer Luft könnte nicht schaden, dachte sie, und ging ins Bad, um sich Ilses Morgenmantel anzuziehen, bevor sie ein Fenster öffnete.

Wie viele Jahre trägt Mutter den wohl schon, fragte sie sich, als sie die abgewetzten Ärmelkanten näher in Augenschein nahm. Ewig! Das gute Stück dürfte einmal ziemlich teuer gewesen sein und jetzt muss es sich eben amortisieren, ganz im Sinn von Papa, spöttelte Elena ihn Gedanken. Das heißt, es wird erst weggeworfen, wenn es zerfällt. Sie lächelte. Unter Ilses Christbaum würden weder ein Telefon noch ein Flachbildschirm stehen.

Gleich morgen wollte Elena losziehen, um für ihre Mutter den schönsten und teuersten Morgenmantel von ganz Wien aufzutreiben!

30. Kapitel

Eigentlich schade, dass die Österreicher keine Monarchie mehr haben! Fausto Zampognaro, kaiserlicher Krippenregisseur am Hof der Habsburger, das wäre ein Titel ganz nach seinem Geschmack. Nicht zum ersten Mal betrachtete Fausto es als bedauerlichen Irrtum seines Schöpfers, dass er nicht früher auf die Welt gekommen war, als er kurz vor zehn Uhr morgens die Prachtstiege zu den Ausstellungsräumen der Hofburg emporschritt. Im 18. Jahrhundert hätte er besonders gern gelebt. Damals, als sich der Hochadel Neapels um die teuersten Stücke aus der Porzellanmanufaktur Capodimonte gerissen und der Bourbone Karl III. einen Künstler wie den genialen Modelleur Giuseppe Mosca engagiert hatte, der für das perfekte Arrangement der Krippe im königlichen Palast verantwortlich war.

Nicht anders als er in Wien. Unter seiner Regie waren die mehr als hundert *pastorelli, „Hirten“*, wie in Neapel alle Krippenfiguren genannt werden, zum Leben erweckt worden. Unter den stuckgerahmten Deckengemälden und funkelnden Kristalllustern des Festsaals tummelten sich Musikanten und Gaukler, Lumpensammler, Marktschreier und Feuerschlucker. Gassenkinder trieben sich zwischen Maronibratern, Scherenschleifern und Bettlern herum. In den Wirtsstuben wurde getanzt und gezecht, während biedere Hausfrauen mit prall gefüllten Körben vom Einkauf heimeilten.

Eine Krippe wie diese hatte man in Wien noch nie zuvor gesehen. Entsprechend groß war auch das Interesse, wie Fausto mit Befriedigung feststellen konnte. Seine Geschäfte liefen besser, als er es sich vorgestellt hatte. Ein dezent neben der unverkäuflichen Schaukrippe angebrachtes Hinweisschild verwies nämlich auf seinen Stand im danebenliegenden Zeremoniensaal, an dem seine Assistenten Gianni und Pietro bald wieder von Interessenten umlagert sein würden.

Wirtschaftskrise hin oder her, die Figuren der teuersten Kategorie waren am gefragtesten. Wenn er sich nicht schleunigst um Nachschub kümmerte, könnte es bei Maria und Josef und den Heiligen Drei Königen sogar bald zu einem Engpass kommen. Dass in einer sorgsam versperrten Kiste Caspar, Melchior und Balthasar in jeweils mehrfacher Ausführung lagerten, änderte nichts daran, denn diese Exemplare waren für eine ganz andere Klientel reserviert.

Nachdem sich Fausto vergewissert hatte, dass noch genügend Mohren, Tänzerinnen, Kamele, Affen und Papageien aus ihrem Gefolge vorhanden waren, griff er zu seinem Mobiltelefon. Das Gespräch dauerte länger als vorgesehen, denn die Nachrichten aus Neapel waren alles andere als erfreulich. Diese verdammten Weiber! Am schlimmsten trieb es diese Pia Angelina, die Tochter des Goldschmieds aus der Via Nilo, die er seit Kindesbeinen kannte. Ihr Vater Alberto und sein Onkel Bruno, der ihn zu sich in seinen Krippenladen in die Via Gregorio Armeno geholt hatte, waren nicht nur beide Geschäftsleute an der Spaccanapoli, sondern sogar befreundet gewesen.

Bisher hatten die Frauen, die seit einigen Monaten vor den Schulen im Sanità-Viertel Wache hielten, seine Geschäfte kaum gestört. Die Dealer waren einfach für ein paar Tage untergetaucht oder in andere Bezirke ausgewichen. Danach lief alles wieder wie gehabt, denn bis ein Streifenwagen erschien, war die Ware längst verteilt. Die Polizisten, von denen nicht wenige in Faustos Diensten standen, schritten nur ein, wenn es sich gar nicht mehr vermeiden ließ.

Seit Neuestem aber postierten sich diese Furien, ausgerüstet mit Trommeln und Trillerpfeifen, an den lukrativsten Umschlagplätzen der Stadt und veranstalteten einen Höllenlärm, sobald sie eines Verdächtigen nur ansichtig wurden. Über die Tumulte in der Galleria Umberto oder rund um die Via Toledo berichteten mittlerweile bereits die Medien. Selbst in Neapel, wo sich niemand daran stieß, wenn Prostituierte auf den Straßen Feuer anzündeten, um auf Papptafeln weithin sichtbar zu verkünden, dass sie *vere putane* – also echte Huren und kein Transvestiten – waren, sorgten trommelnde Frauen aus bürgerlichem Haus für eine Sensation.

Statt Junkies und Dealer sollte die Polizei lieber den Serienmörder jagen! Erbost dachte Fausto daran, dass all seine Interventionen bei höchster Stelle, endlich Druck auf die Ermittlungen zu machen, bisher vergeblich geblieben waren. Doch nicht nur die Mordkommission, auch seine eigenen Leute, die er noch vor seiner Abreise nach Wien darauf angesetzt hatte, tappten nach wie vor im Dunkeln.

Es nützte nichts, die Sache musste aufgeklärt werden, wenn er nicht sein Gesicht verlieren wollte. Ein Fausto Zampognaro konnte es sich nicht leisten, die Fäden aus der Hand zu geben, und nach seiner Rückkehr würde er in seinem Imperium gründlich aufräumen! Wenn seine alten Vertrauensleute nicht taugten, dann mussten eben neue her. Die Erfahrung hatte ihn gelehrt, dass man die Zügel nicht schleifen lassen durfte. Nicht im Geschäfts- und auch nicht im Privatleben, wie das unerfreuliche Ende seiner Liaison mit Nicola wieder einmal gezeigt hatte.

Noch immer nagte an Fausto die Erinnerung an seine erste Nacht in Wien. Um fünf Uhr Früh war Nicola in die Suite geschlichen, offenbar in der Hoffnung, dass er ihre dümmlichen Ausreden schlucken würde. Dass sie wenige Stunden später bereits im Flugzeug nach Neapel sitzen könnte, damit hatte sie nicht gerechnet. Mit einem ruinierten Pelzmantel und ohne Aussicht auf einen neuen! Auch das Luxusapartment in Santa Lucia, das Fausto als Liebesnest für sie beide gemietet hatte, war auf seine Anweisung gekündigt worden, als Nicola noch nicht einmal gelandet war. Rache schmeckte süß. Aber noch süßer schmeckte die Aussicht auf das ganz große Geld, das er demnächst machen würde, wenn in Wien alles so weiterlief wie geplant.

Fausto blickte auf seine Uhr. In wenigen Minuten sollte sich ein Kunde einstellen, der an einem der Heiligen Drei Könige interessiert war. Oder besser gesagt daran, was dieser Weise aus dem Morgenland dem neugeborenen Christuskind mitbrachte. Doch dieser Caspar führte keine Myrrhe mit sich, sondern einen Stoff, aus dem ganz andere Träume gewebt waren. Eigentlich müsste *Zampognaro, Drogen en gros et en détail* über meiner Koje stehen, dachte er in einem Anflug von Humor, als er den in roten Brokat gekleideten Mohren sorgsam in einem Karton mit seinem Firmen-Emblem verstaute. Die entgeisterten Mienen der wichtigtuerischen Juroren, die wie bei allen hochpreisigen Verkaufsausstellungen durch die Räume patrouillierten, würde er gerne sehen, wenn sie erfuhren, was unter ihren Augen tatsächlich vor sich ging.

Zu ihren Aufgaben zählte es, darauf zu achten, dass keine minderwertige Ware zu überteuerten Preisen angeboten wurde. Aber sie sollten auch kontrollieren, dass nachträglich nichts eingeschmuggelt oder Wertvolles ohne Rechnung gegen Bares verkauft wurde. Überall auf der Welt waren Kunstmessen ein idealer Boden, Schwarzgeld zirkulieren zu lassen, und die Wiener Krippenschau bildete keine Ausnahme.

Schmunzelnd beobachtete Fausto einen dieser Juroren, der es offenbar auf seinen Stand abgesehen hatte. Betont unauffällig war der Mann auch heute schon mehrmals vorbeigeschlendert. Bei ihm würde er nichts zu beanstanden haben, beglückwünschte sich Fausto zu seinen Vorsichtsmaßnahmen. Auch wenn es Gianni oder Pietro noch so jucken mochte, kein einziges Stück durfte ohne exakt ausgefüllten Rechnungsbeleg den Besitzer wechseln. Wer Großes will, darf sich nicht mit Kleinigkeiten abgeben, diese Lektion hatte Fausto früh gelernt. Und er war dabei, in das bisher größte Geschäft seines Lebens einzusteigen.

Die Idee, die dahintersteckte, war ebenso einfach wie genial. Mit dem Fall des Eisernen Vorhangs hatten sich auch in seiner Branche neue Märkte eröffnet, die allerdings immer schwieriger zu bedienen waren. Während die Nachfrage nach Drogen aller Art in Prag oder Budapest unvermindert stieg, wurden die Kontrollen von Jahr zu Jahr schärfer. Die Schengen-Grenzen erwiesen sich als weit dichter, als es EU-feindliche Politiker dem Wahlvolk weismachen wollten. Über die alten Handelswege aus dem Osten kam längst nicht mehr genügend Stoff in den Westen, zu dem sich nunmehr auch Länder wie Tschechien oder Ungarn zählen durften.

Was lag also näher, als den Spieß ganz einfach umzudrehen und die Märkte in Mittel- und Osteuropa von der anderen Seite her zu bedienen. Dank jahrzehntelang gepflegter Verbindungen nach Südamerika kannten Italiens Drogenbosse keine Engpässe und konnten in jeder beliebigen Menge liefern, was immer auch gewünscht war. Wer in der internationalen Suchtgiftszene in die erste Liga aufsteigen wollte, hatte jetzt seine Chance – und Fausto gedachte, sie zu nutzen.

Nicht weniger als ein Kilo Heroin, eineinhalb Kilo Kokain und 400 Pillen Ecstasy hatte Fausto höchstpersönlich in Säckchen verpackt, in Watte gebettet und gleich einer ganzen Heerschar Heiliger Drei Könige unterschoben, und zwar im wahrsten Sinne des Wortes. Wie es sich gehörte, trugen die Weisen aus dem Morgenland Myrrhe, Gold und Weihrauch in den Händen – und eine ganz und gar unheilige Last unter ihren reich bestickten Gewändern.

Über die Verteilung hatte sich Fausto nicht lang den Kopf zerbrechen müssen. Alle Figuren, den Originalen des 18. Jahrhunderts nachempfunden, entsprachen der im barocken Neapel als verbindlich festgelegten Normgröße von 35 bis 40 Zentimetern. Somit konnten auch alle mit der exakt gleichen Menge Rauschgift befrachtet werden, was die Übergabe an die Kontaktpersonen in Wien maßgeblich erleichtern sollte. Um aber auch jegliche Gefahr einer Verwechslung zu vermeiden, war Fausto auf ein denkbar simples System verfallen: Kokain für Caspar, Ecstasy für Melchior und Heroin für Balthasar.

Nicht genug damit, auch Cannabis, an dem ursprünglich weniger Interesse geherrscht hatte, war kurz vor Faustos Abreise in größeren Mengen bestellt worden. Mehr als acht Kilo Schwarzen Afghanen aber hatte er in der Eile nicht auftreiben können und selbst das musste erst einmal klug verstaut werden. Was lag also näher, als auf sein bewährtes Verfahren zurückzugreifen. Faustos engste Mitarbeiter waren darin geübt, Krippenzubehör wie Weinfässchen mit Drogen aller Art zu bestücken. Als Kunden getarnt konnten Dealer die heiße Ware unauffällig und vor aller Augen abholen. Eine simple Methode, die in Wien – wenn auch in weit größerem Stil – ebenfalls funktionieren sollte.

Nervös rückte Fausto ein paar Figuren um einige Millimeter zurecht. Insgesamt vier Krippen in verschiedenen Ausstattungen hatte er an seinem Stand arrangiert, der mit 120 Quadratmetern einer der größten war. Ein guter Geschäftsmann darf nicht kleckern, er muss klotzen – nach dieser Devise hatte er es weit gebracht und zähneknirschend die horrende Miete an das Wiener Kongresszentrum überwiesen. Sein Ärger über die unerwartet hohen Spesen aber war begeistertem Staunen gewichen, sobald er die Räumlichkeiten der Verkaufsausstellung zum ersten Mal betrat. Allein der Festsaal musste an die tausend Quadratmeter umfassen, schätzte Fausto, als er über den glänzenden Parkettboden schritt, mit zurückgelegtem Kopf, um die Deckengemälde zu betrachten. Er war beeindruckt, auch wenn ihm kein einziger der verewigten Großen aus Österreichs Geschichte auch nur das Geringste sagte.

Restlos begeistert aber war Fausto beim Anblick des nur etwa halb so großen, aber an Prunk kaum zu übertreffenden Zeremoniensaals. Marmorsäulen, Goldverzierungen, Kristallluster – an nichts war hier gespart worden. Und mittendrin war der Name Zampognaro in großen Lettern zu lesen. Der „Dudelsackspieler" aus einem unbedeutenden Ort am Vesuv hat es weit gebracht, sagte er sich voll Stolz. Denn nichts anderes waren seine Vorfahren gewesen: *zampognari*, bitterarme Hirten, die in der Adventszeit mit ihren selbst gefertigten Dudelsäcken in den Dörfern aufgespielt hatten.

Die Freude über den Stand mit seinem Namenszug und dem Firmen-Emblem – ein *pastorello*, der mit

Hingabe auf seinem Dudelsack blies – erfüllte Fausto jedes Mal aufs Neue, wenn er den prächtigsten Saal der Hofburg betrat. Die Nachrichten aus Neapel hatten seine gute Laune nur vorübergehend trüben können. Freundlich nickte er dem umherschlendernden Juror zu, der diese Geste offenbar als Einladung auffasste und auf ihn zusteuerte. Ausgerechnet in diesem Moment tauchten im Hintergrund zwei Männer auf, in denen Fausto unschwer die erwarteten Kontaktpersonen erkannte. Dümmer hätte es nicht laufen können, dachte er, während er sich dem etwa gleichaltrigen Mann zuwandte, der ihn lächelnd begrüßte.

„Sehr erfreut, Signor Zampognaro. Norbert Cordes mein Name. Sie kennen mich aus der Jury, aber es wäre zu viel verlangt, dass sie sich jeden Einzelnen von uns merken. Haben sie Lust auf einen Kaffee?"

„Immer. Aber nicht sofort. Ich habe einen *appuntamento*. Eine Verabredung, so sagt man doch? In einer halben Stunde habe ich Zeit. *Bene*? *A più tardi*." Ohne eine Antwort abzuwarten, ging Fausto mit ausgebreiteten Armen auf die erwarteten Kunden zu.

Was haben denn diese zwei Typen hier zu suchen?, wunderte sich Norbert. Wie Besucher einer Krippenschau sahen sie jedenfalls nicht aus. Wahrscheinlich sollten sie nur etwas abholen, aber die Frage war, wie viel Bares sie dafür über den Tisch schoben. Ohne Rechnung, wie anzunehmen war.

Norbert beschloss, die Angelegenheit aus einiger Distanz diskret im Auge zu behalten. Das gehörte schließlich zu seinem momentanen Job, der freilich nur am Rand mit seiner sonstigen Tätigkeit zu tun hatte. Ihn interessierten Fälschungen, aber keine Schwarzgeldsünder! Sonst wäre er Finanzfahnder und nicht Kunstexperte geworden, hatte er sich bei seiner

Frau beklagt, als er erstmals für eine Aufpasserrolle in der Hofburg „ausgeliehen“ werden sollte. Für die Antiquitätenmesse und auf Ansuchen der Gemeinde Wien um Dienstfreistellung. Doch Monika hatte nur gelacht. Das wäre laut Elena doch die beste Beamten-Amortisierung!

Beamten-Amortisierung, also wirklich! Insgeheim amüsierte sich Norbert darüber köstlich. Wieder einmal hatte Helene Hubinek den Nagel auf den Kopf getroffen. Von wegen Elena! Für ihn würde sie immer die freche kleine Helene bleiben, die ihm mit ihrer Schlagfertigkeit schon als blutjunge Studentin aufgefallen war. Also würde er sich jetzt amortisieren, indem er diesem nicht unsympathischen Neapolitaner mit dem Dudelsack-Tick ein wenig auf die Zehen trat. Dass der Mann ziemlich gut Deutsch konnte, erleichterte die Sache erheblich. Noch zögerte Norbert, denn wie immer war es ihm peinlich, seine Amtsbefugnisse auszuspielen. Aber sobald Zampognaros seltsame Kunden aus den Tiefen des weitläufigen Stands auftauchten, gab er sich einen Ruck.

„Darf ich bitte einmal sehen, was Sie Schönes erstanden haben.“ Auf die freundliche Aufforderung eines Jurors reagierten die meisten erstaunt, manche ungeduldig und einige verärgert. Die zwei jungen Männer, die es plötzlich ziemlich eilig zu haben schienen, zählten eindeutig zur dritten Kategorie.

„Aber das ist doch kein Problem“, griff Fausto rasch ein. „Machen Sie dem Signor Cordes die Freude.“ Nach einem raschen Blickwechsel stimmten die beiden sichtlich widerwillig zu. „Ihnen gefällt Caspar wohl am besten“, bemühte sich Norbert um eine freundliche Konversation, während er den schwarzen König aus Afrika behutsam aus dem Karton heraushob. „Eine besonders schöne Arbeit. Sie haben gut gekauft, meine Herren. Gratulation.“ Norbert erhielt auch darauf keine Antwort, weshalb er sich Zampognaro zuwandte.

„Sie wissen wahrscheinlich, dass der Name Caspar in der Übersetzung *Schatzmeister* bedeutet. Genau das bin ich für den österreichischen Staat. Darf ich also um die Rechnungsbelege bitten.“

„Schatzmeister? Ich verstehe nicht“, antwortete Fausto, doch dann begriff er. *„Un maestro di tesoro!* Und Sie wollen die *ricevuta fiscale* sehen. Mit Vergnügen. Bei mir hat alles seine Ordnung.“

Offenbar wirklich, dachte Norbert. Doch bevor er sich mit einer höflichen Floskel aus der Affäre ziehen konnte, fuhr sein Gegenüber bereits fort.

„Bei einem Kaffee können wir gern weiterplaudern, aber das muss leider warten. Wie Sie sehen, bekomme ich schon wieder Besuch.“

Das Rappeln seines auf lautlos gestellten Handys nahm Norbert die Entscheidung ab, ob er seinen Kontrollgang fortsetzen oder eine Pause einlegen sollte.

„Grüß dich Helene! Wieder von den Toten auferstanden?“

„Musste ich ja. Meine Gruppe ist gestern angekommen. Und im Moment bin ich ganz in deiner Nähe. Besser gesagt, ich stehe vor dem Eingang zum Kongresszentrum. Kannst du mich abholen? Ich mag nämlich für einen kurzen Tratsch mit dir keinen Eintritt zahlen.“

„Ich soll dich und deine Leute hereinschmuggeln? Das kannst du nicht von mir verlangen!“

„Du brauchst nicht gleich entsetzt aufzuheulen. Nur mich allein. Drei von meinen Gästen habe ich zu Sissy in die Kaiserappartements geschickt, der Rest ist in der Schatzkammer und ich bin für eine gute Stunde frei. Das möchte ich nutzen, um mir ein Bild von der Krippenausstellung zu machen. Damit ich mich nicht wieder blamiere, wenn ich am Sonntag mit allen acht wiederkomme. Oder besser gesagt mit neun, denn dann ist Giorgio auch schon in Wien."

„Dann lerne ich endlich deinen Commissario kennen. Ich bin schon gespannt."

„Er ist kein Commissario mehr, sondern Capitano."

„Im Mai hast du noch gesagt, er ist nicht *deiner*. So ändern sich die Zeiten", lachte Norbert. „Aber du kannst dein Handy einstecken. Dreh dich um, ich stehe nämlich zehn Schritte hinter dir."

Als sich Elena umwandte, sah sie ihren Freund unter dem Eingangsportal stehen, der ihr fröhlich zuwinkte. „Komm schon, draußen ist es mir ohne Mantel zu kalt."

„Womit hast du dich denn blamiert?", wollte Norbert wissen, während sich Elena den festgetretenen Schnee von ihren Stiefeln klopfte.

„Mit dem verwünschten Antwerpener Altar! Wer hinter der Votivkirche wohnt, will auch hinein, habe ich mir gedacht. Deshalb habe ich mein Programm damit begonnen und brav die Geschichte vom Attentat auf den jungen Kaiser heruntergebetet. Und dass sich der Architekt den Grundstein für sein Erstlingswerk vom Ölberg in Jerusalem bringen hat lassen. Und zwar jener für Wien so wichtige Heinrich Ferstel, den sich jeder leicht merken kann, der in der *Pension Donizetti* wohnt."

„Das klingt nicht besonders originell und auch nicht unbedingt nach einer fachkundigen Führung, aber wo lag das Problem?"

„Dass ich – Wienerin, geboren und aufgewachsen im neunten Bezirk – keine Ahnung von der Existenz dieses unglaublichen Kunstwerks gehabt habe. Da muss erst ein Antiquitätenhändler aus München daherkommen, um mir diesen einzigartigen Passionsaltar zu zeigen. Flämische Schnitzkunst aus der zweiten Hälfte des 15. Jahrhunderts, jede Figur ein Originalwerk der Spätgotik, das und noch viel mehr hat Max Wild wie aus der Pistole geschossen heruntergebetet. Und ich bin wie ein begossener Pudel danebengestanden."

„Bescheidenheit steht dir nicht schlecht, meine liebe Helene. Aber ich kann dich beruhigen. Der Altar war seit 1986 aus Sicherheitsgründen vorübergehend entfernt und erst im Jahr 2000 wieder in der Votivkirche aufgestellt worden. Zu dieser Zeit hast du längst im Ausland gelebt. Und die Skandale davor konntest du gar nicht mitbekommen, denn da warst du noch nicht einmal auf der Welt. 1956 wurden vier der schönsten Figuren gestohlen. Dank der Interpol hat man sie gefunden, doch nach aufwändigen Restaurierungsarbeiten sind dieselben vier Figuren 1970 ein zweites Mal verschwunden, und wie es scheint, diesmal für immer."

„Das ist ja unfassbar. Ich habe geglaubt, nur in Italien werden die Kirchen geplündert!"

„Hast du eine Ahnung! Auch in Österreich stehlen sie wie die Raben. Ich könnte so einige Geschichten aus dem Nähkästchen des Denkmalamts ausplaudern. Darf ich aber nicht, weil viele Skandale gezielt heruntergespielt werden."

„Das wird Giorgio aber besonders interessieren. Morgen kommt er, einen Tag früher als ursprünglich geplant. Er ist schon so gespannt darauf, dich endlich kennen zu lernen."

„Beruht auf Gegenseitigkeit. Aber jetzt schau dich um! Wir stehen hier im Festsaal, in dem man die kostbarsten Schaustücke zu sehen bekommt. Auf dem Podium das absolute Spitzenobjekt – eine neapolitanische Krippe aus dem Barock. Unverkäuflich natürlich und von unschätzbarem Wert. Doch von den schönsten Figuren werden Kopien in exzellenter Ausführung angeboten, aber keine unter 2500 Euro ..."

„Von Zampognaro, ich weiß! Den kenne ich aus Neapel und ich werde ihn auch begrüßen, wenn ich mehr Zeit habe. Aber jetzt erklär bitte weiter."

„Daneben siehst du eine Tiroler Krippe aus Privatbesitz, die unter Denkmalschutz steht. Ebenfalls 18. Jahrhundert. Vor der Euro-Einführung wurde sie von Kollegen auf eine halbe Million Schilling geschätzt. Viel zu niedrig meiner Ansicht nach und heute mindestens 70.000 Euro wert. Nur um dir eine Vorstellung über die Größenordnungen dieser Sammlerstücke zu geben. Als Nächstes zeige ich dir eine etwas jüngere Hallstätter Krippe ..."

Eine halbe Stunde später schwirrte Elena nach dem Crash-Kurs in alpenländischer Krippenkunde der Kopf. So genau hatte sie das alles eigentlich gar nicht wissen wollen, aber wenn Norbert einmal in Fahrt geriet, war er kaum noch zu stoppen.

„Alles schön und gut, aber was ist das Internationale an dieser Schau?", wagte Elena, mit einer Zwischenfrage den Redefluss doch zu unterbrechen. „Bisher habe ich Beispiele aus dem Alpenraum und aus Süditalien gesehen, aber das kann doch nicht alles sein."

„Ist es auch nicht", lachte Norbert. „Wir haben hier Krippen aus mehr als dreißig Ländern in aller Welt. Aber dabei handelt es sich nicht um antike Stücke, sondern um Kunsthandwerk ab dem späten 19. Jahrhundert, vorwiegend aber aus dem 20. Jahrhundert."

Erst jetzt bemerkte Elena die vielen kleinen Ausstellungsstände, die sich in der breiten Seitengalerie in einem Kunterbunt der Nationen aneinanderreihten. Der Glaube an das Wunder in einem Stall in Bethlehem kannte keine Grenzen, Jesus, Maria und Josef überquerten Ozeane und verbanden Kontinente. Ob in Uruguay oder Äthiopien, ob auf Madagaskar oder den Philippinen, ob in Syrien oder im Kaukasus – überall wurde die Geschichte von der Geburt Christi erzählt. Allerdings jeweils auf eine ganz spezielle Weise.

Holz, Ton, Maisstroh und Papier, Glas, Silber und edles Gestein, Kamelknochen, Muschelschalen und Kalebassen, woraus immer Menschenhand etwas schnitzen, formen oder modellieren konnte, war hier vertreten. Der Bogen spannte sich von goldschimmernden Ikonen aus Armenien über bunte Hinterglasmalereien aus der Slowakei bis zu blau-weißen Fliesenbildern, den berühmten Azulejos aus Portugal. Steckkrippen, Reisekrippen, Kastenkrippen und Wandkrippen in allen nur denkbaren Größen und Farben, aber auch winzig kleine Ställe in Mohnkapseln, Streichholzschachteln oder in einer Palisanderfrucht – Elena kam aus dem Staunen nicht mehr heraus.

Am allerbesten aber gefielen ihr die äthiopischen Hirten mit ihren vor Staunen weit aufgerissenen Augen, die vor einer bildschönen Maria und ihrem Kind niederknieten. Eine von Leben erfüllte Momentaufnahme, festgehalten auf einem Stück Ziegenleder in Rot, Blau, Gelb und ein paar Tupfern Weiß. Mehr an Farben hatte der Künstler nicht benötigt, um eine der fröhlichsten Krippenszenen zu malen, die Elena je gesehen hatte. „Schau doch, hier gleich daneben. Eine Krippe aus Japan, mit Maria als Geisha und Josef als Samurai!“

„Allmählich musst du dich losreißen“, mahnte Norbert mit einem Blick auf die Uhr.

„Nicht bevor du dir diese Schnitzarbeit aus Kamerun genau angeschaut hast. Was fällt dir auf?"

„Dass alle Personen schwarzhäutig sind. Aber das ist auch bei afrikanischen Krippen fast immer der Fall."

„Schon, aber Schwarz ist nicht Schwarz, denn am schwärzesten ist Caspar, der Mohrenkönig. Aber jetzt muss ich mich wirklich beeilen. Bis Sonntag. Dann besuche ich auch Signor Zampognaro."

„Du kennst ihn? Der Mann gefällt mir. Er versteht wirklich etwas von seinem Handwerk. Und in Ordnung ist er auch."

„Wenn sich mein lieber naiver Hofrat da nur nicht täuscht", antwortete Elena mit einem leisen Lachen.

Verblüfft starrte Norbert sie an. Was wollte sie mit dieser kryptischen Äußerung bloß andeuten?

Doch bevor er sie fragen konnte, war Elena bereits wie ein Wirbelwind davongestürzt.

31. Kapitel

„Klug von Ihnen, dass Sie uns schon vorgestern Nachmittag hierhergeschleppt haben!“ Mit erhobenem Zeigefinger wies Edmund Raffenseder auf die Scharen an Tagesbesuchern, die am dritten Adventsonntag busweise aus ganz Österreich, aber auch aus Ungarn, Tschechien und der Slowakei zum größten Christkindlmarkt Wiens herangekarrt wurden. Von allen Seiten strömten sie mit erwartungsvollen Gesichtern zu dem seltsamen Dorf, das sich mit seinen roh gezimmerten Holzhütten seit einigen Wochen vor dem Wiener Rathaus ausgebreitet hatte.

Ein Lob aus dem Mund eines Schwierigen zählt doppelt, sagte sich Elena, als die Straßenbahn kurz anhielt und das unverwechselbare Duftgemisch aus gebrannten Mandeln, Gewürznelken und heißem Rum durch die offenen Türen hereinwehte.

„Wir steigen erst bei der Babenberger Straße aus.“ Im letzten Moment hielt Adele Bernhardt das Damen-Trio aus Steyr zurück. Wenn sie auch schon seit Jahrzehnten in München lebte, wie man zur Hofburg kam, hatte die gebürtige Wienerin nicht vergessen. „Außer Sie wollen sich die Krippenschau entgehen lassen.“

„Auf gar keinen Fall. Deswegen sind wir doch gekommen“, gab Fritzi Kramer zurück, während ihre beiden Freundinnen noch einen sehnsüchtigen Blick zurückwarfen. Liesi Oberhauser und Gerti Berger hatten den Freitagabend noch in bester Erinnerung. Sie waren am Christkindlmarkt geblieben, bis die letzten Verkaufsstände ihr kunterbuntes Sortiment an Kitsch und Handwerkskunst verstaut und auch die Punschbuden nichts mehr ausgeschenkt hatten. Der „Adventzauber“, wie ihn die Wien-Werbung in ihren Prospekten versprach, hatte für die drei Oberösterreicherinnen aber erst danach so richtig begonnen. In Gesellschaft einiger charmanter Wiener, mit denen sie in die Innenstadt weitergezogen und für heute – zu Einbruch der Dämmerung, Treffpunkt unter dem großen Weihnachtsbaum – vage verabredet waren.

Gestern hatte das etwa vier Uhr nachmittags bedeutet, denn unter dem dichten Hochnebel, der sich ab November wie eine dicke, graue Decke über dem Häusermeer ausbreitete, setzte die Dunkelheit früh ein. Heute aber wölbte sich ausnahmsweise einmal ein stahlblauer Himmel über der Stadt. Endlich hatte sich die Sonne durchgesetzt, und wie es aussah, würde sie sich an diesem Tag auch nicht so bald wieder vertreiben lassen.

„Wie unglaublich schön", rief Ludwig Jakubowski begeistert aus, als er Arm in Arm mit Adele durch das Äußere Burgtor schritt und der in ein Wintermärchen verwandelte Heldenplatz vor ihnen lag: rechter Hand die geschwungene Fassade der Neuen Burg, zur Linken der freie Blick hinüber zum schneebedeckten Volksgarten, hinter dem sich in der Ferne wie von Künstlerhand gemalt zart die Silhouette des Kahlenbergs abzeichnete.

„Was hält uns noch in Krefeld oder München? Ziehen wir doch gemeinsam in dein Wien!" Unmerklich schüttelte Adele den Kopf. Werden Männer eigentlich nie erwachsen? Was ihnen gefällt, wollen sie haben, sofort und auf der Stelle. Auch wenn ihre Wünsche völlig unsinnig waren. Mit seinen 73 Jahren würde sich Ludwig ebenso wenig aus seiner gewohnten Umgebung lösen können wie sie mit ihren bald 75! Plötzlich aber blieb sie abrupt stehen. Was sprach wirklich gegen eine Rückkehr zu ihren Wurzeln, überlegte Adele. Es wäre gleichzeitig auch der Aufbruch in eine gemeinsame Zukunft, wie kurz sie auch immer währen mochte.

„Kommen Sie doch bitte alle zu mir!“ Elena, die unter dem Reiterdenkmal des Prinz Eugen auf ihre acht Schäfchen wartete, brachte Adele abrupt in die Gegenwart zurück. „Bevor wir uns in der Ausstellung aus den Augen verlieren, kurz das Weitere: Um halb eins finden sich alle bitte beim Ausgang ein. Danach essen wir in einem typischen Wiener Lokal und fahren anschließend mit der U-Bahn nach Schönbrunn. Dort lasse ich Sie dann auf einem der schönsten Weihnachtsmärkte allein. Kommen Sie nicht zu spät in Ihre Pension zurück, denn um sieben hole ich Sie alle wieder ab. Für unseren Abschiedsabend beim Heurigen.“

„Ohne uns“, unterbrach Edmund Raffenseder. „Oder haben Sie vergessen, dass wir nur bis Sonntag gebucht haben? Wir müssen noch heute Abend nach Passau zurück. Leider, wie ich ausdrücklich vermerken möchte.“ Auf die Abreise des Ehepaars hatte Elena tatsächlich vergessen, wie sie mit einem entschuldigenden Schulterzucken eingestand.

„Sie verlassen uns aber erst am Montag, oder?“, wandte sich Elena an die drei Damen, die erst einige Blicke untereinander austauschten, bis Liesi sich endlich zu einer Antwort entschließen konnte. „Stimmt, morgen mit dem Nachmittagszug. Aber für heute Abend haben wir schon etwas vor.“

„Bleiben also nur noch Ludwig, Max und ich!“ Adele hatte die Situation als Erste erfasst und auf den Punkt gebracht. „Wie bei dem alten Kinderreim: ... dann waren es nur noch drei ... Wir drei aber kommen gut auch ohne Sie zurecht. Ich nehme an, das ist auch in Ihrem Sinn“, wandte sich die ehemalige Lehrerin mit autoritätsgewohnter Stimme an den Antiquitätenhändler, der mit unbeteiligter Miene neben ihr stand.

„Wenn das so ist, findet unser Abschiedsessen eben heute Mittag statt. Und über den Abend sprechen wir noch“, kam Elena einer Antwort zuvor und lächelte Max an, bevor sie Ludwig zuzwinkerte. „Auf Sie und Adele wartet nämlich gleich eine Überraschung.“

Dass Giorgio seit gestern ebenfalls in Wien war, konnten die beiden wirklich nicht ahnen, dachte Elena belustigt. In Neapel hatten sie ihn knapp verpasst, aber jetzt würden sie ihn in Kürze sehen. Wenn Mutter nicht im letzten Moment mit einer ihrer unseligen Spontanideen dazwischenfunkte! Als Elena heute Früh aufgebrochen war, um ihre Gäste vom *Donizetti* abzuholen, waren Giorgio und Ilse gerade erst aufgestanden. Sie würden in die Hofburg nachkommen, hatten sie unisono erklärt. Nach dem Frühstück, dafür aber auf direktem Weg.

Theoretisch könnten sie schon da sein, überlegte Elena, während sie diesmal an der Kassa Tickets für alle löste. Falls sie sich nicht schon wieder verplaudert und auf sie vergessen hatten. Wie gestern Abend, als den beiden die längste Zeit gar nicht aufgefallen war, dass sie sich nach nur einem Glas Wein in ihr Zimmer zurückgezogen hatte.

Vom ersten Moment an waren Giorgio und ihre Mutter ein Herz und eine Seele gewesen. „Weil ihr euch so ähnlich seid“, hatte er ihr beschwipst und glücklich erklärt, als er weit nach Mitternacht endlich zu ihr ins Bett gekrochen war. Nicht ahnend, dass das ungefähr das Letzte war, was Elena hören wollte. Aber wenn sie sich nichts anmerken ließ, würde Giorgio niemals erraten, dass er mit den drei Worten „wie deine Mutter“ eine verbale Waffe besaß – treffsicher und jederzeit einsetzbar.

„Sie sind die versprochene Überraschung! Wie schön, Sie zu sehen!“ Während die anderen noch am

Eingang innehielten, um den großen Festsaal in all seiner Pracht zu bestaunen, war Adele bereits ans andere Ende des Raums geeilt. „Giorgio, Sie sind es wirklich. Lassen Sie sich umarmen!“

„Das Vergnügen ist ganz auf meiner Seite. Und hier ist ja auch schon Signor Ludwig.“ Interessiert beobachteten die anderen, die mit Elena langsam herangeschlendert waren, das nicht enden wollende Begrüßungsritual.

„Und Sie müssen Elenas Mutter sein! Sie ist Ihnen wie aus dem Gesicht geschnitten.“ Adele hatte die blonde Frau an Giorgios Seite sofort richtig eingeordnet. Elenas Reaktion auf ihre Worte war ihr allerdings entgangen.

„Erraten. Ich bin Ilse Hubinek. Und wenn mich nicht alles täuscht, sind Sie die berühmte Adele. Meine Tochter hat mir schon so viel ...“

„Lasst die gegenseitige Beweihräucherung und seht euch lieber die Ausstellung an“, fuhr Elena ungewohnt heftig dazwischen. „Ihr steht unmittelbar neben dem interessantesten Objekt, der Krippe aus Napoli, hier oben auf dem Podium.“ Dann aber riss sie sich zusammen und wandte sich im gewohnt freundlichen Tonfall an die Umstehenden. „Im Zeremoniensaal nebenan finden Sie Fausto Zampognaro. Sie erinnern sich? Neapel! Via Gregorio Armeno! Ich habe ihn auch noch nicht begrüßt und werde das jetzt nachholen. Wer mich begleiten möchte ...“

„Auf mich wirst du leider verzichten müssen“, zischte Giorgio, der sich plötzlich allein gelassen fühlte. Wie auf ein Kommando war die gesamte Schar – inklusive Mutter – ihrer Führerin gefolgt, allen voran Fritzi Kramer, die ihre Stunde gekommen sah. Bevor Elena irgendwie eingreifen konnte, stürzte die geprüfte Krippenbaumeisterin auf Fausto zu. Nur Max hatte sich wie stets im Hintergrund gehalten.

„Ein Anschauungsunterricht in Körpersprache, wie er besser nicht sein könnte“, wandte er sich an Giorgio, der nach ein paar zögernden Schritten immer noch unentschlossen war, ob er kehrtmachen oder bleiben sollte. Die beiden Männer waren einander nicht vorgestellt worden, doch beide wussten, wen sie vor sich hatten. „Unsere liebe Fritzi ist von der Natur mit ganz besonderen Waffen ausgestattet worden und jetzt gedenkt sie, diese auch einzusetzen!“

Zuvor hatte Giorgio die Damen in Elenas Gruppe bloß mit einem flüchtigen Blick gestreift, doch nun sah er genauer hin und begriff, was der andere meinte. Fritzi Kramer verkörperte geradezu perfekt jenen Typ kleiner, agiler Frauen, die in ihrer Jugend mit einem bemerkenswerten Dekolleté – und in späteren Jahren mit einer imposanten Oberweite – auftrumpfen können. Ihre Hüften bleiben schmal und die Beine schlank, denn jedes zusätzliche Kilo wandert ausschließlich in die oberen Körperregionen.

Sobald man den Bug eines Schlachtschiffs in voller Fahrt auf sich zukommen sieht, kann man sein Heil nur noch in der Flucht suchen. Genau das hatte Fausto offenbar im Sinn, als Fritzi Kramer, Busen voraus, auf ihn zusteuerte. Zu seinem Pech aber war er noch in ein Gespräch verwickelt. Wie festgenagelt stand er da und sah seinem Schicksal, das sich in Gestalt einer heftig gestikulierenden Frau in einem zu kurzen und zu engen Kostüm auf ihn stürzte, gottergeben entgegen. Mit einer zur Abwehr erhobenen Hand, die Fritzi in Verkennung der Situation freudig ergriff und wie einen Pumpenschwengel schüttelte.

„Herr Zampognaro! Ihretwegen bin ich nach Wien gekommen. Ich musste Sie einfach wiedersehen. Es war so schön bei Ihnen in Neapel."

Wer zum Teufel war diese Frau? Fausto hatte nicht die geringste Ahnung. Er betrank sich eigentlich nie, also konnte er auch keinen Filmriss in seiner Erinnerung haben. Zumindest war sie mit ihm per Sie, was das Schlimmste – Gott möge abhüten – eigentlich ausschloss. Fast hätte er sich ganz automatisch bekreuzigt, was Giorgio und Max sicher größten Spaß bereitet hätte. Aber auch ohne Draufgabe genossen die beiden die Vorstellung, die zu ihrem Bedauern allmählich zu Ende ging, in vollen Zügen. Elena hatte nämlich beschlossen, Fausto zu Hilfe zu kommen, und war an Fritzi vorbeigeschlüpft.

„Cavaliere! Gratulation! Zum neuen Titel, zur Krippe und zu Ihrem Fernsehauftritt. Sie kennen mich flüchtig aus Neapel. Ich bin Elena Martell, die Reiseleiterin, der Sie im Herbst ..."

„Aber natürlich! Sie sind ja aus Wien, jetzt erinnere ich mich", unterbrach sie ein sichtlich erleichterter Fausto, der erst jetzt die offenbar zu Elena gehörenden Leute bemerkte. „Und das sind, wenn ich nicht irre, alles Herrschaften, die mit Ihnen damals unterwegs waren. Wie die Signora hier." Mit geübter Freundlichkeit blickte Zampognaro die über das ganze Gesicht strahlende Fritzi an, bevor er einen Blick in die Runde warf. Plötzlich aber war sein Lächeln wie weggewischt.

Was hatte dieser verdammte Carabiniere hier zu suchen? Wie lange stand er schon dort und warum starrte er ihn mit unbewegter Miene an? Fausto war sich sicher: Das war der Mann, der erst vor kurzem die Frechheit besessen hatte, in voller Uniform in seinem Laden zu erscheinen. Polizei bei Fausto Zampognaro –

das hätten vielleicht manche gern, aber so weit würde es nie kommen. Wozu pflegte man schließlich seine Verbindungen! Damals hatte er sofort zum Telefon gegriffen, damit man diesem Kerl eine entsprechende Lektion erteilte.

Routiniert plauderte Fausto weiter, während ein Gedanke nach dem anderen durch seinen Kopf jagte. Einzig und allein Elena war aufgefallen, dass er nicht mehr bei der Sache war, und als sie den Kopf wandte, wusste sie auch warum. Giorgio dachte offenbar nicht daran, näher zu kommen. Ihm genügte es, seinen Kontrahenten, der sichtlich immer nervöser wurde, über die Köpfe hinweg zu fixieren.

Zum zweiten Mal innerhalb weniger Minuten rettete Elena die Situation, indem sie in die Hände klatschte, um die Aufmerksamkeit der Gruppe auf sich zu lenken. „Wie vereinbart in zwei Stunden beim Ausgang. Und Ihnen, Cavaliere, noch viel Erfolg in Wien."

Auch Elenas Körpersprache war unschwer zu entziffern, als sie Giorgio, der noch immer reglos im Raum stand, zuzischte: „Komm jetzt, bitte. Deine Rachegefühle kannst du ausleben, wenn ich fort bin." Ohne eine Antwort abzuwarten, hakte sie sich bei ihm unter und zog ihn mit sich.

„Das ist aber interessant", murmelte Fausto. „Diese Wienerin und der Polizist! Was haben die miteinander zu tun?" Bevor er irgendetwas unternahm, musste er das erst einmal herausfinden. „Gianni, geh ihnen nach. Vielleicht kannst du aufschnappen, was sie reden. Wo steckst du überhaupt?"

Von seinem Assistenten, der sich in Hörweite seines Chefs befinden sollte, kam keine Antwort. Auf den ersten Blick hatte Gianni in Fritzi jene vollbusige Frau erkannt, die einfach ins Depot mit der heißen Ware hereinspaziert war und sich ein präpariertes Fässchen geschnappt hatte. Es war ihm gar nichts anderes übrig geblieben, als sie niederzuschlagen, und es war auch alles gut gegangen. Der Boss hatte von dem Zwischenfall nie etwas erfahren. Was aber, wenn die Frau ihn gegen jede Wahrscheinlichkeit wiedererkennen würde? Er war zwar damals von hinten an die Ausländerin herangeschlichen, aber sicher war sicher. Besser, er verschwand, bevor sie ihn hier zu Gesicht bekam. Damit riskierte er schlimmstenfalls einen Rüffel.

Während ein wütender Fausto noch immer nach Gianni Ausschau hielt, suchte Elena nach Norbert, was sich auf knapp viertausend Quadratmeter Ausstellungsfläche als schwierig erwies. Giorgio und er kannten einander bisher nur vom Telefon, und sie wäre nur allzu gern bei der ersten Begegnung der beiden Männer dabei gewesen. Schließlich blieb ihr aber gar nichts anderes übrig, als unverrichteter Dinge mit ihrem Tross abzuziehen. Ohne Max, der ein paar Händler aufsuchen wollte, aber auch ohne Giorgio. Nach Schönbrunn würde er lieber allein mit ihr fahren, nächsten Sonntag vielleicht, hatte er kategorisch erklärt. Der Weihnachtsmarkt mitsamt seinem Kulturprogramm liefe ihm nicht davon, wohl aber diese einzigartige Krippenschau. Herr Wild wäre da ganz seiner Meinung. Außerdem sollte sich jemand um Ercole kümmern. Ilse allein könnte man die Verantwortung für den Hund doch nicht aufbürden.

Elena war noch nicht einmal im Freien angelangt, als Ilse im dichten Gewühl Norbert Cordes erblickte. „Darf ich bekannt machen?“, begann sie, doch die zwei Männer in ihrem Schlepptau benötigten ihre Dienste nicht. Wieder einmal hielt sich Max dezent im Hintergrund, als Elenas liebster Jugendfreund strahlend auf Giorgio zuging. „War wirklich allerhöchste Zeit, dass wir uns persönlich kennen lernen. Monika platzt schon vor Neugierde und lässt unbekannterweise herzlich grüßen. Demnächst kommen Sie und Elena zu uns, soll ich ausrichten. Aber heute Abend muss ich ihr alles haargenau schildern. Was Sie gesagt haben, wie Ihre Stimme klingt, wie Sie aussehen ..."

„Was Frauen eben alles so wissen wollen", lachte Giorgio erleichtert, dass sich das erste Treffen mit Norbert so locker anließ. „Ich danke für die Einladung, aber den Termin muss Elena ausmachen, denn ich habe keine Ahnung, was alles in ihrem Kalender steht. Abgesehen davon sollten wir uns einmal allein verabreden. Sie erinnern sich, wir haben wegen Elenas Weihnachtsgeschenk telefoniert. Aber jetzt wollen wir Sie nicht länger aufhalten."

„Ein paar Minuten kann ich schon erübrigen", antwortete Norbert, bevor er sich dem gut gekleideten Mann an Ilses Seite zuwandte: „Norbert Cordes vom Denkmalamt."

„Maximilian Wild von der Isar. Abtrünniges Mitglied aus Elenas Truppe."

„Von der Antiquitätenhandlung Wild in München? Ja! Das ist eine Überraschung. Ich wollte Sie immer schon einmal aufsuchen." Norbert war unübersehbar hoch erfreut. „Wie spät ist es? Noch nicht einmal dreizehn Uhr? Dann kann ich Ihnen ein paar von den meiner Ansicht nach interessantesten Stücke zeigen."

Geschickt wich Norbert dem Besucherstrom aus, der sich von der Seitengalerie in die umliegenden Säle ergoss. „Wir befinden uns jetzt im frühbarocken Leopoldinischen Trakt", erklärte er, als Giorgio und Max die Geheime Ratsstube betraten. Dass sie Ilse unterwegs verloren hatten, fiel ihnen auch jetzt nicht auf.

Fasziniert betrachtete Max Wild einen dunkelgrün gestrichenen Holzkasten mit einer kleinen Handkurbel an der Seite.

„Damit kann man Arme und Augen von Maria und Josef bewegen. Mit Gurten versehen konnte der immerhin einen halben Meter im Quadrat messende Kasten am Bauch getragen werden. Eine mobile Krippe, um etwa 1700 in Süditalien oder Spanien geschnitzt. Genaueres weiß man nicht, aber beachten Sie das südländische Äußere der Figuren. Auch das Jesuskind kann mit den eingesetzten Glasaugen rollen, sich aber sonst nicht rühren. Wie sie sehen, ist es nach der Manier barocker Wickelkinder in weiße Seidenbänder und goldene Spitzen gefascht."

So ähnlich muss nach ihrer Schilderung Elena im Hubinek-Wickel ausgesehen haben, amüsierte sich Giorgio. Um sein Grinsen zu verbergen, hatte er sich zu einem weit kleineren Schaustück niedergebeugt. Doch als er näher hinsah, musste er kein Interesse vorheucheln. „Und das kleine Ding da, Dottor Cordes ..."

„... ist ein Nähkasten-Kripperl, etwa um 1800, mit schräg abfallendem Deckel. Ist er aufgeklappt wie hier, schwebt ein auf die Innenseite gemaltes Himmlisches Jerusalem über den geschnitzten Figuren. Mit wächsernen Köpfen und Händen und reicher, fast noch barock anmutender Bekleidung. Nur das nackte Christkind ist zur Gänze aus Wachs geformt." Norbert war in seinem Element und kaum noch zu bremsen.

„Die im Winter brotlosen Schiffsleute aus dem Salzburger Oberndorf haben solche Krippchen gegen Entgelt zur Weihnachtszeit herumgezeigt", fuhr Norbert fort, während er bereits zur nächsten Rarität – einer barocken Knochenkrippe aus Saalfelden – weiterging. „Ähnliche Stücke finden sich in den jeweiligen

Heimatmuseen. Alles Originale, keine Kopien. Obwohl ich mir durchaus vorstellen könnte, dass gerade von diesen Krippen Duplikate ein gutes Geschäft sein könnten. So wie diese meisterhaften neapolitanischen Krippenfiguren, die gleich nebenan angeboten werden."

„Von Fausto Zampognaro, ich weiß", knurrte Giorgio.

„Zu ziemlich gesalzenen Preisen, wenn ich das bemerken darf", meldete sich Max zu Wort. „Aber mit Kopien ist das immer so eine Sache. Wer ein solches Nähkasten-Kripperl nachschnitzt, könnte nur allzu leicht in Versuchung geraten, es als ein altes Stück auszugeben, das er irgendwo auf einem Dachboden gefunden hat. Aber wer wüsste das besser als Sie, Doktor Cordes."

„Die Grenzen sind immer fließend. Aber um damit durchzukommen, braucht ein Fälscher Holz, Leinwand, Farben oder im konkreten Fall auch eine Wachsmischung aus der entsprechenden Epoche. Da gibt es unendlich viele Fallstricke. Die Untersuchungsmethoden werden zwar immer ausgefeilter, aber nicht selten sind die Täter ihren Jägern um eine Nasenlänge voraus."

„Wem sagen Sie das! Seit Monaten habe ich mich mit kaum etwas anderem beschäftigt. Seither weiß ich wenigstens, was ich alles nicht weiß." Nicht zum ersten Mal dachte Giorgio mit Schrecken daran, dass er demnächst die Kunst-Polizei von Catania leiten sollte.

„Damit stehen Sie nicht allein. Ich bin seit Jahrzehnten im Antiquitätengeschäft, aber je tiefer ich in die Materie eingedrungen bin, umso unwissender komme ich mir vor", gestand Max, der in Münchner Kunsthändlerkreisen als *der* Möbel-Experte schlechthin galt, zu seinem eigenen Erstaunen ein. „Erst kürzlich bin ich auf einen ‚echten' Chippendale hereingefallen ..."

„... und der Armstuhl hat sich als lupenreines 19. Jahrhundert entpuppt. Soll vorkommen", lachte Norbert. „Ähnliches ist mir natürlich auch schon passiert. Aber wenn wir schon beim Thema sind: Neuerdings gibt es in Wien ein Fälschermuseum. Eine hübsche, kleine Privatsammlung mit exzellenten Beispielen, wie man es gut oder auch schlecht machen kann. Das wäre doch für Sie beide von Interesse. Morgen habe ich ab Mittag frei. Was halten Sie davon?"

„Das wäre großartig. Wann und wo?", platzte Max heraus und kam damit Giorgio zuvor, der nur noch zustimmend nicken konnte.

„Vis-à-vis vom Hundertwasser-Haus. An sich hat das Museum wie fast alle anderen Montag geschlossen. Aber auf Anfrage sperren sie auf. Vielleicht haben wir Glück und es ist eine Gruppe angesagt. Und wenn nicht, zahlen wir drei eben einen Gruppentarif. Die Welt kann das auch nicht kosten. Ich werde mich gleich darum kümmern. Treffpunkt Kaffee-Bar, sagen wir in einer halben Stunde?" Zur Unterstreichung seines Vorhabens zog Norbert sein Handy hervor und eilte davon. Gefolgt von Max, der noch einige Einkäufe tätigen wollte.

Giorgio blickte auf die Uhr. Sein Magen hatte sich nicht geirrt, Mittag war längst vorbei und außer ein paar Keks hatte er zum Frühstück nichts heruntergebracht. Er musste nicht nur dringend etwas essen, sondern auch Ilse aufstöbern. Als er schon fast aufgeben wollte, erspähte er sie unweit der Cafeteria.

„Gulaschsuppe oder Würstel?" Ilse, die ihn erfreut beim Arm gepackt und geistesgegenwärtig sofort an einen eben frei gewordenen Tisch gezogen hatte, hielt sich erst nicht lang mit dem Studium des Speisenangebots auf. „Das passt in Wien immer. In jedem Lokal und zu jeder Tageszeit. Und was darf es für unseren Hofrat sein?"

„Gar nichts", antwortete Norbert, der sich durch das gesteckt volle Lokal zu ihnen durchgezwängt hatte. „Ich kann leider nicht bleiben und wollte eigentlich nur Giorgio Bescheid geben. Morgen, vierzehn Uhr, Löwengasse 28. Herr Wild weiß es schon und er kommt natürlich auch. Viel Spaß noch! Küss die Hand Ilse, *ciao* Giorgio."

Neugierig blickte Ilse die beiden Männer an, aber lieber hätte sie sich die Zunge abgebissen, als zu fragen. Giorgio wiederum kam nicht auf die Idee, dass Elenas Mutter immer alles sofort wissen wollte. In seiner Ahnungslosigkeit verlor er kein Wort über seine Verabredung, doch als Ilse immer schweigsamer wurde, dämmerte ihm allmählich doch, dass er vielleicht etwas falsch gemacht haben könnte.

„Ich muss zum Hund, Sie können ja noch bleiben", erklärte sie kurz angebunden, sobald er den letzten Bissen hinuntergeschluckt hatte.

„Kommt überhaupt nicht in Frage, dass Sie allein heimfahren, vier Stock hinauflaufen, Ercole spazieren führen und nochmals hundert Stufen steigen."

„Hundertzwanzig, wenn man genau sein will. Sie kommen also mit?"

„Selbstverständlich. Und Sie schicken mir den Hund einfach hinunter. Ercole wird ja wohl noch allein bis zur Haustür finden."

„Unglaublich, auf welche Ideen Männer verfallen, wenn sie sich einen Weg ersparen wollen!" Das Zwinkern in Ilses Augen nahm ihren Worten die Schärfe. Es war ihr noch nie gelungen, länger zu schmollen.

Giorgio würde ihr schon noch erzählen, was er mit Norbert und diesem Max Wild vereinbart hatte. „Aber ich bin recht froh, dass Sie mir Ercole abnehmen. Er hat heute noch gar keinen Auslauf gehabt. Aber gleich um die Ecke ist der Lichtentaler Park. Dort gibt es eine Hundezone."

„Hundezone?" Giorgio sprach zwar perfekt Deutsch, aber dieser Ausdruck war ihm neu.

„Ein Areal nur für Hunde. Und Elenas Liebling wird sie ohne Umwege hinführen."

So war es dann auch. Wie geplant war der Hund durchs Treppenhaus gerast und von Giorgio beim Tor empfangen worden. Doch danach hatte Ercole das Kommando übernommen. Als Giorgio vor dem Franz-Josefs-Bahnhof stehen blieb und überlegte, welche Richtung er nun einschlagen sollte, zerrte ihn Ercole ungeduldig hinter sich her, bis der Hund schließlich wedelnd vor einem umzäunten Gehege innehielt. Freudig begrüßt von einem Rudel der unterschiedlichsten Vierbeiner, die hinter der Gittertüre auf den Neuankömmling warteten. Und nicht nur auf ihn.

„Das ist doch der Sizilianer", wurde Giorgios Ankunft von einer Frau undefinierbaren Alters kommentiert, die in einen knielangen Anorak vermummt auf einer von drei im Karree aufgestellten Holzbänken saß. Verblüfft starrte Giorgio sie an. Woher wusste diese Person, die er noch nie zuvor gesehen hatte, woher er stammte?

„Sie meint doch nicht Sie, sondern Ercole", erklärte ein älterer Herr, dem die Verwirrung des Fremden nicht entgangen war. „Was glauben Sie, wie lange man mich Molly genannt hat? Ich heiße Erwin, aber das wissen immer noch nicht alle. Aber meine als Hund verkleidete Ziege dort drüben kennt jeder. Molly, komm her.“ Die Was-auch-immer-Mischung, die mit ihrem Bärtchen tatsächlich einer freundlichen Geiß nicht unähnlich sah, machte allerdings nicht die geringsten Anstalten, dem Ruf zu folgen. Stattdessen lief sie laut bellend auf die andere Seite des umzäunten Areals, um sich in eine Auseinandersetzung zwischen einem struppigen grauen Rüden und einem schwarzen Labrador zu mischen. Erschrocken fuhr Giorgio auf, als Ercole an ihm vorbeiflitzte, um sich ebenfalls in das von Knurren begleitete Gerangel zu stürzen.

„Jerry und Oscar balgen sich nur um den Ball“, hielt ihn eine kräftig gebaute junge Frau zurück, bevor sie sich in aller Ruhe eine Zigarette anzündete. „An Ihrer Stelle würde ich mich lieber um Ercoles Hinterlassenschaft kümmern.“ Was um aller Welt meinte diese Person damit? Hinterlassenschaft? Zum zweiten Mal an diesem Tag zweifelte Giorgio, der immerhin deutsche Philologie studiert hatte, an seinen Sprachkenntnissen. Erst als Erwin eingriff und auf den Metallständer neben der Eingangstür deutete, konnte er sich den Zusammenhang zusammenreimen. Giorgio kannte die Halterungen für Plastiktüten zur Entsorgung von Hundekot aus dem kleinen, feinen Positano an der Costiera Amalfitana, das als erster Ort Süditaliens solche Vorrichtungen aufgestellt hatte.

Mittlerweile war es stockfinster geworden, doch in der Hundezone herrschte nach Büroschluss Hochbetrieb. Offenbar kannte hier jeder jeden und auch Giorgio wusste bald, dass der Mops Hugo, der immer wieder die seltsamsten Kopfstände vollführte, zu der chic gekleideten Dame gehörte, die sich angeregt mit der Besitzerin einer Hündin namens Gucki unterhielt.

Fasziniert beobachtete Giorgio diesen Mikrokosmos inmitten einer Millionenstadt, in dem es zuging wie einst um einen sizilianischen Dorfbrunnen. Nur selten griffen die angeregt plaudernden Menschen ein, um einen Vierbeiner, der es allzu toll trieb, zur Räson zu bringen. Ercole konnte sich in einem Rudel weit größerer Artgenossen offenbar behaupten, denn außer einem gelegentlichen Bellen war von ihm nichts zu hören. Beruhigt fischte Giorgio nach seinem Päckchen „Diana Rosso“. Doch bevor er sich eine Zigarette anstecken konnte, ließ ihn das scharfe Kommando einer Männerstimme erschrocken zusammenfahren. „Zeus, Apollo! Sofort zu mir!“ Im Gegensatz zu vielen Sizilianern hatte Giorgio keine Angst vor Hunden, doch allzu großen Exemplaren begegnete er mit ziemlichem Respekt.

In Erwartung, dass in der nächsten Sekunde zwei riesige Doggen auf ihn zustürzen könnten, sprang er hinter den nächsten Baum. Von den erwarteten Bestien war jedoch weit und breit nichts zu sehen, weshalb er sich vorsichtig wieder hervorwagte. Lediglich zwei zierliche Zwergpinscher schnupperten an seinen Beinen, als er zurück in den Lichtkreis trat, den eine Straßenlaterne auf die voll besetzten Parkbänke warf.

„Zeus, lass den Herrn in Ruh’, Apollo das gilt auch für dich!“ Mit einem entschuldigenden Lächeln griff ein gut aussehender junger Mann nach den Vierbeinern, die sich trotz ihrer Wolljäckchen vor Kälte zitternd in seine Armbeugen schmiegten. Das waren die Träger antiker Götternamen! Froh darüber, dass keiner seine Flucht vor diesen Winzlingen bemerkt hatte, rief Giorgio nach seinem griechischen Helden. Der aber hörte und sah nichts, weil er eben dabei war, seinem Namen alle Ehre zu machen. Mit gefletschten Zähnen stand Ercole einem dreimal so großen Dogo Argentino gegenüber, und er wich auch keinen Zentimeter zurück, als sein Feind ein immer dumpferes Grollen aus seiner mächtigen Kehle hören ließ.

Das war kein Spiel mehr! Verzweifelt blickte sich Giorgio in der Runde um, doch bis irgendwer reagierte, hatte Ercole nach Punkten gewonnen. Ohne seinen tollkühnen Gegner eines weiteren Blickes zu würdigen, war der mächtige Kampfhund nach einem letzten bedrohlichen Knurren davongetrottet.

Ercole konnte seinen Triumph offenbar selbst nicht fassen, denn nach wie vor stand er reglos auf der Stelle. Nur langsam senkte sich sein gesträubtes Fell, während die bedrohlich hochgezogenen Lefzen noch immer sein kräftiges Gebiss preisgaben. Es war das jahrtausendealte Erbe seiner Vorfahren, die darin geübt waren, ihre messerscharfen Fangzähne in die Flanken eines Wildschweins zu schlagen.

Von einem Moment zum anderen aber war Ercole wieder der Alte. Elenas gutmütiger Begleiter, der schwanzwedelnd jeden begrüßte und schlimmstenfalls einer Fliege etwas zuleide tun konnte. Für einen Sekundenbruchteil aber hatte Giorgio die Mordlust in den Augen des Hundes gesehen. Ohne zu zögern würde er jedem an die Gurgel springen, der Böses im Schilde führte.

32. Kapitel

Die Ankunft hatte sie sich ganz anders vorgestellt. Als Pia Angelina nach mehr als zwölf Stunden Fahrt in einem überheizten Abteil kurz nach halb neun Uhr Früh ins Freie kletterte, empfing sie ein eisiger Wind. An Handschuhe hatte sie nicht gedacht, als sie gestern Nachmittag von Neapel aufgebrochen war, um drei Stunden später in Rom in den EuroCity nach Wien zu steigen. Das konnte doch unmöglich der Südbahnhof sein? Die Endstation der Zugfahrt, die vielleicht auch zur Endstation ihres bisherigen Lebens werden könnte. Aber alle Fahrgäste waren ausgestiegen, wie sich Pia Angelina nochmals überzeugte, bevor sie ihre Reisetasche ergriff und über den verwaisten Perron dem Ausgang zuging.

In Neapel war ihr alles ganz einfach erschienen. Laut dem Stadtplan in ihrem Reiseführer konnte ein Taxi vom Bahnhof bis zu der Unterkunft, von der diese Elena an dem Abend im Pfarrhaus gesprochen hatte, kein Vermögen kosten. Von Wien war damals die Rede gewesen. Dass ein Pfarrer auch einmal Urlaub machen sollte und wie preiswert man in ihrer Heimatstadt wohnen konnte, wenn man die richtigen Adressen kannte. Pia Angelina hatte nur mit halbem Ohr zugehört, denn für sie war damals allein schon der Gedanke an eine Wien-Reise pure Illusion gewesen.

Elenas Geheimtipp aber hatte sie sich gemerkt. Es gab nur einen, der für eine „Pension Donizetti“ Pate gestanden sein konnte – Gaetano Donizetti. Wie könnte sie diesen Namen jemals hören, ohne an den Gaetano denken zu müssen, der sie vor zwanzig Jahren vergewaltigt und geschwängert hatte. Mit einem Sohn, den sie geboren und begraben hatte. Leandros Tod zu rächen, war das Einzige, was ihr geblieben war. Nur deswegen war sie nach Wien gekommen. Dass sie ihr Rachefeldzug ausgerechnet in eine „Pension Donizetti“ führen sollte, erschien ihr wie ein zynischer Scherz der Vorsehung.

Unschlüssig, ob sie sich nicht am besten gleich ein Taxi nehmen sollte, folgte Pia Angelina dem Menschenstrom, bis sie vor einer Metro-Station mit der Aufschrift „U 6 Meidling“ stand. Sie wusste zwar nun endlich, wo, nicht aber, weshalb sie hier gelandet war. Gestern noch wäre sie am Südbahnhof angekommen, mit dem Stichtag 14. Dezember aber sollte der sich für viele Jahre in eine riesige Baustelle verwandeln.

Ohne viel zu überlegen, ließ sich Pia Angelina von den anderen ins Innere eines Waggons schwemmen. Erst als der silberfarbene Zug anfuhr, fiel ihr ein, dass sie keinen Fahrschein besaß. Erschrocken zuckte sie zusammen, als ein Mann in einem dunklen Mantel auf sie zutrat. „Kann ich Ihnen helfen?“ Wie peinlich, das war sicher ein Kontrolleur, und weil sie kein Wort Deutsch sprach, konnte sie auch nichts zu ihrer Rechtfertigung vorbringen. „Do you speak English?“ Verlegen schüttelte Pia Angelina den Kopf. *„Solo Italiano.“*

„Parlo, ma poco. Dove vuole andare?“

Glück muss man haben, dachte sie. Und das gleich doppelt. Dieser freundliche Signore war nicht hinter Schwarzfahrern her, und wenn sein Akzent auch grässlich war, er verstand Italienisch, sobald sie nur langsam und deutlich genug sprach.

„Wo muss ich aussteigen?“, fragte Pia Angelina und zog einen Zettel mit der Adresse hervor, die sie im Internet gefunden hatte.

„Die Ferstelgasse kenne ich, die ist bei der Votivkirche. Sie steigen bei der Alser Straße aus. Fünf Haltestellen nach mir. Dort nehmen Sie eine Straßenbahn Richtung Schottenring. Aber es ist auch zu Fuß nicht mehr weit. Ich muss Sie jetzt verlassen. Viel Vergnügen in Wien!“

Bevor sie sich bedanken konnte, war der hilfsbereite Mann bereits im Gewühl der Aussteigenden verschwunden. Kaum zehn Minuten später fuhr der Zug in die Station Alser Straße ein. Ein zweites Mal riskiere ich lieber nichts, beschloss Pia Angelina. Die richtige Straßenbahn hatte sie zwar auf Anhieb gefunden, doch sie hatte noch immer keine Ahnung, wo sie ein Ticket kaufen konnte. Ihre Tasche war nicht besonders schwer, weshalb sollte sie, statt nochmals schwarzzufahren, das letzte Stück nicht einfach zu Fuß gehen? Außerdem lechzte sie nach einem Kaffee und auf dem Weg würde sie sicherlich eine Bar finden.

Nach ein paar Schritten entdeckte Pia Angelina bereits ein Café, das ihr mit seinen schmuddeligen Vorhängen wenig einladend erschien. Entschlossen schlenderte sie weiter und mit jedem Schritt gefiel ihr die Straße mit den hohen Patrizierhäusern besser. Überraschend viele junge Menschen tummelten sich vor weihnachtlich geschmückten Schaufenstern, Studenten, wie Pia Angelina angesichts der legeren Kleidung vermutete. Kurz entschlossen folgte sie zwei Mädchen in Jeans und Parkas, die auf ein Kaffeehaus auf der anderen Straßenseite zusteuerten. Doch bevor sie ebenfalls ins warme Innere trat, fiel ihr das Schild „Pension Aurora“ an dem danebenliegenden Hauseingang auf.

Vielleicht sollte sie gleich hier nach einem Zimmer fragen, überlegte Pia Angelina, während sie den Zucker in ihrem Cappuccino umrührte. In der Eile ihres Aufbruchs hatte sie nichts reserviert und daher wurde sie im *Donizetti* auch nicht erwartet. Doch dann verwarf sie die Idee. Je näher zur Innenstadt, desto besser, sagte sie sich, als sie an die Pistole in ihrer Tasche dachte. Und an Fausto, den sie in der Hofburg finden würde. Allzu weit konnte es auch nicht mehr sein, und tatsächlich erblickte sie schon bald die zwei spitzen Türme der Votivkirche, die sie von einem Foto in ihrem Reiseführer kannte.

Als Pia Angelina am Haus Ferstelgasse 2 läutete, waren seit ihrer Ankunft in Meidling noch keine zwei Stunden vergangen. Ein Summton ertönte und sie betrat das Innere eines Hauses, das den Zeitgeschmack um 1900 widerspiegelte. Wer es sich leisten konnte, hatte damals an nichts gespart. Riesige Atlanten duckten ihre Schultern unter der Last des Gewölbes, das über eine breite Schautreppe zum eigentlichen Treppenaufgang führte. Doch davor lag noch eine von Kandelabern flankierte Eingangshalle von der Größe eines Tanzsaals. Bis in Kopfhöhe waren die Wände mit dunkelgrünen Marmorplatten verkleidet. Raffiniert angebrachte Spiegel warfen das Tageslicht, das nur spärlich bis hierher vordringen konnte, zurück. Aus diesem Halbdunkel wand sich ein Gitter aus kunstvoll verschnörkeltem Schmiedeeisen in einer Endlosschlinge fünf Stockwerke hoch empor.

Pia Angelina hatte nicht verstanden, was ihr die weibliche Stimme an der Gegensprechanlage erklärt hatte, doch dass sie hier falsch war, begriff sie rasch. Ein Hinweispfeil auf einem Messingschild mit der Aufschrift „Donizetti“ wies ihr den Weg durch den schwarz-weiß gefliesten Gang, der die gesamte Länge des Vorderhauses durchmaß und an einer Schwingtür endete. Dahinter lag ein verschneiter Innenhof mit mächtigen Bäumen, die ihre kahlen Äste vor einem zweiten, ebenso hohen Haus ausbreiteten. Es war unverkennbar der architektonische Zwilling, doch bei ihm hatte man auf eine allzu pompöse Ausstattung verzichtet.

Die Rezeption der Pension lag im Halbstock, wo Pia Angelina bereits erwartet wurde. Um einem weiteren Redeschwall, den sie ohnedies nicht verstehen würde, vorzubeugen, legte sie mit einem verlegenen Lächeln ihren Pass vor. „Signora Lombardo, *benvenuto*. Sie möchten ein Einbettzimmer? Sie haben Glück, ich habe soeben ein Storno bekommen, sonst wären wir ausgebucht“, erklärte die Frau, deren Stimme sie zuvor gehört hatte, in fließendem Italienisch. „Wie lange möchten Sie bleiben?“ Eine Frage, die Pia Angelina sich selbst gern beantwortet hätte.

„Bis Sonntag“, antwortete sie nach kurzem Zögern.

„Aber Sie sind sich nicht sicher, doch das spielt keine Rolle. Geben Sie uns nur rechtzeitig Bescheid, wenn Sie früher abreisen wollen. Hier ist Ihr Pass zurück, wenn Sie bitte hier unterschreiben. Und das sind Ihre Schlüssel, der goldene fürs Zimmer, der silberne für das Haustor. Soll ich Sie begleiten? Nummer 7 finden Sie im ersten Stock rechts. Nein, wirklich nicht? Kann ich sonst noch etwas für Sie tun? Unsere Rezeption ist von sieben Uhr Früh bis Mitternacht besetzt. Wenn Sie Restauranttipps brauchen ...“

„... Danke vielmals, vielleicht später. Vielen Dank.“ Im Moment sehnte sich Pia Angelina, der alles viel zu schnell ging, nach nichts anderem als der Abgeschiedenheit ihres Zimmers.

Besser hätte sie es nicht treffen können, stellte sie fest, als sie die Tür zu Nummer 7 aufstieß. Sie hatte nicht viel mehr als eine Kammer erwartet. Möbliert mit dem Allernötigsten und mit einer winzigen Nasszelle ausgestattet, die sich Bad nannte. Im *Donizetti* aber waren Singles keineswegs zweite Wahl. Am liebsten hätte Pia Angelina die anheimelnde Atmosphäre des Raums auf sich wirken lassen, doch sie durfte die Gedanken an das, was sie vorhatte, nicht länger verdrängen. Kaum hatte sie hinter sich abgesperrt, verschwendete sie keinen weiteren Blick an ihre Umgebung. Wer mit dem Teufel tanzte, durfte sich keine Schwäche leisten. Warum zögerte sie dann, ihren höllischen Kumpanen aus den Tiefen ihrer Tasche zu befreien? Seine vier Spießgesellen hatten ihre Arbeit schon erledigt. Auch wenn die Toten von Neapel, über die neuerdings so viel geschrieben wurde, nur kleine Fische gewesen waren.

Jetzt lag es an ihm, dem Größten und Ältesten, das teuflische Werk zu vollenden.

Pia Angelina schlug das Papier zurück, das die Figur umhüllte. Als wäre sie zum Leben erwacht, grinste ihr eine Fratze entgegen. Neben einem Zeitungsfoto von Fausto Zampognaro, der lächelnd einen blond gelockten Engel in die Kamera hielt. „Der Cavaliere – Neapels Weihnachtsbotschafter in Wien" – es konnte kein Zufall gewesen sein, dass ihr gestern Früh die Schlagzeile von einem Stapel alter Zeitungen ins Auge gesprungen war. Wie in Trance hatte sie danach in der Kiste gewühlt, in der ihr Vater seine Schnitzereien aufbewahrte. Und wie von selbst war ihr die feuerrote Figur, die er als junger Mann einem Trödler im Grödner Tal abgekauft hatte, in die Hand gelitten. Als unmissverständliches Zeichen. Der Oberteufel war bereit, sich den ganz großen Fisch zu holen. In Wien. Weil man an den Mann, der sich in Neapel keinen Schritt ohne seine Leibwächter bewegte, nur dort herankommen konnte.

Waren wirklich kaum mehr als 24 Stunden vergangen, seit sie ihren mörderischen Plan gefasst hatte?

Während ihr Vater ahnungslos seine Siesta hielt, war Pia Angelina in aller Heimlichkeit aus dem Haus geschlichen. Ein Flugzeug zu nehmen wagte sie nicht. Nicht mit Alberto Lombardos Pistole im Gepäck. Und mit einem geschnitzten Teufel, der jenen aufs Haar glich, die man im Zusammenhang mit den mysteriösen Mordanschlägen tagtäglich in den Zeitungen abgebildet sah. Es war klüger gewesen, die mühselige Bahnfahrt auf sich zu nehmen. Jetzt galt es, den letzten Schritt zu wagen. Das breite Bett mit dem hübschen, geblümten Überwurf lockte, doch Pia Angelina ließ sich nicht verführen.

Ausruhen konnte sie später auch noch, jetzt wollte sie erst einmal die Lage sondieren. Möglicherweise gab es in der Hofburg Sicherheitskontrollen, deshalb würde sie die Pistole vorerst in ihrer Reisetasche zurücklassen. Abgesehen davon konnte sie Zampognaro dort nicht erschießen, ohne selbst sofort gefasst zu werden. Gelang es ihr aber herauszufinden, in welchem Hotel er abgestiegen war, könnte sie ihn dort abpassen. Oder ihn verfolgen, wenn er sich auf den Weg in ein Restaurant machte. Falls ihm am Abend noch nach Essen zumute war. Für einen Sekundenbruchteil verwandelten sich Pia Angelinas klare Gesichtszüge in eine boshafte Fratze. Den Teufel würde sie so rasch wie möglich in Position bringen. Sobald Zampognaro ihn erblickte, würde er wissen, dass niemand anderer als er als nächstes Opfer auserkoren war.

Ein rascher, schmerzloser Tod wäre viel zu gnädig für den Mann, der mehr als jeder andere die Schuld an Leandros langsamem Sterben trug. Ihn, den Schlimmsten von allen, in Furcht und Schrecken zu versetzen, war der eigentliche Zweck der teuflischen Aktion gewesen. Er sollte sich zitternd vor Todesangst vor seinem eigenen Schatten fürchten, sollte schon auf Erden die Qualen der Hölle erleiden. Als kleinen Vorgeschmack darauf, was ihm bis ans Ende der Zeiten blühte.

Angeblich rätselte die Polizei noch immer, weshalb jeder einzelne Mord dieser unheimlichen Serie mit einer Teufelsfigur angekündigt worden war. Pia Angelina hielt das jedoch für eine geschickte Taktik, um den oder die Täter aus der Reserve zu locken. Sie war überzeugt, dass die Ermittler die Symbolik längst entschlüsselt hatten. Eine Teufelsgestalt, die neben ihren auserkorenen Opfern lauerte, war ein Zeichen. Wie der Todeskuss der Mafia für einen Boss, dessen Leben verwirkt war. Oder der Stein im Mund eines hingerichteten Verräters.

Mit Zampognaros Seelenfrieden wird es bald vorbei sein, dachte Pia Angelina. Wieder war alles ganz einfach gewesen. Niemand hatte sie kontrolliert, als sie die Ausstellungsräume der Hofburg betrat. Ab jetzt musste sie vorsichtig sein. Alles hing davon ab, ob sie den Teufel ungesehen neben den Dudelsackspieler stellen konnte. Ein Ding der Unmöglichkeit, wie sie bald enttäuscht einsehen musste. Die Krippe aus Neapel, die exponiert auf einem Podest in der Mitte des großen Festsaals thronte, war wie kein anderes Schauobjekt ständig von Ausstellungsbesuchern umlagert. Was also tun?

Wie sie einem kleinen Hinweisschild entnahm, konnte man Duplikate neapolitanischer Krippenfiguren bei Fausto Zampognaro im anschließenden Saal erwerben. Sollte sie sich in die Höhle des Löwen wagen? Zögernd folgte sie einer Besuchergruppe. Dahinter verborgen näherte sie sich dem ausgeschilderten Stand, der allerdings seltsam verlassen wirkte. Pia Angelina konnte nur vermuten, dass hinter den Stellwänden Verkaufsgespräche im Gange waren. Jede Sekunde konnte Zampognaro aus dem Inneren auftauchen.

Noch immer unschlüssig, was sie tun sollte, ging sie ein paar Meter näher – und konnte kaum glauben, was sie vor sich sah. Als wäre er ihr durch Zauberhand vorausgeeilt, blickte ihr der Dudelsackspieler, den sie unmittelbar zuvor in der Barockkrippe gesehen hatte, vom Pult der Koje entgegen. Das war keine Hexerei, schalt sich Pia Angelina einen Augenblick später. Der gewiefte Geschäftsmann hatte offenbar einmal mehr seinen Namen zu Werbezwecken genutzt und eine Kopie der Barockfigur als Blickfang aufgestellt.

Jetzt oder nie, sagte sie sich, als sie den Teufel aus ihrer Manteltasche zog und mit einer blitzartigen Bewegung neben dem etwa gleich großen Dudelsackspieler platzierte. Am liebsten hätte sie auf dem Absatz kehrtgemacht und den Raum fluchtartig verlassen, doch Pia Angelina war klar, dass sie nichts Dümmeres tun könnte. Mühsam beherrscht verließ sie mit langsamen Schritten den Saal. Den unauffälligen Mann in der Ecke bemerkte sie nicht.

Norbert Cordes sah der dunkelhaarigen Frau in dem glockig geschnittenen, kurzen Mantel nach. Seltsam, dass sie ihn nicht bei der Garderobe abgegeben hatte. Auch wenn sie ihn offen trug, war sie damit viel zu warm für die gut geheizten Ausstellungsräume angezogen. Neugierig geworden, wollte er ihr folgen, als ihn ein spitzer Schrei herumfahren ließ. Fausto Zampognaro hatte ihn ausgestoßen. Der Mann war doch nicht etwa vor dem feuerroten Teufel, der seinen Dudelsackspieler angrinste, erschrocken? Offenbar doch, denn mit zitternden Händen wies er auf die geschnitzte Figur.

„Wer war das?“, krächzte er. „Haben Sie den Mann gesehen, der diesen Teufel gebracht hat?“

„Nein, keinen Mann. Eine Frau. Sonst ist niemand auch nur in die Nähe Ihres Standes gekommen.“

„Wie sah sie aus? Um Himmels willen, beschreiben Sie mir diese Frau.“

Ein verrücktes Volk, diese Neapolitaner, wunderte sich Norbert. Zampognaro führt sich auf, als hätte er den Leibhaftigen höchstpersönlich vor sich.

„Schlank, nicht allzu groß, dunkle Haare, dunkler Teint, schmales Gesicht. Hatte lange, schwarze Hosen unter einem roten Mantel an und ist vor nicht einmal einer Minute in aller Ruhe hinausgegangen. Mehr kann ich Ihnen ...“

Bevor er aussprechen konnte, war der Italiener bereits davongestürzt. Soll mir auch recht sein, sagte sich Norbert. Hauptsache, es war nichts passiert, was seine Anwesenheit erforderlich machte. Seine Verabredung mit Giorgio und Max Wild hätte er nämlich äußerst ungern abgesagt. Höchste Zeit, dass er sich aufmachte. Sobald er fort war, konnte seinetwegen gleich eine ganze Schar Teufel die Hofburg heimsuchen.

Weder von Zampognaro noch von der geheimnisvollen Frau war eine Spur zu sehen, als Norbert wenig später die Hofburg verließ. Er hätte sie nur bemerken können, wenn er nicht zur Ringstraße, sondern Richtung Innenstadt gegangen wäre. Aber auch das nur per Zufall, denn unabhängig voneinander achteten beide darauf, stets in Deckung zu bleiben. Pia Angelina, die mit ihrer bisherigen Mission hochzufrieden war, wollte so unauffällig wie möglich erkunden, ob es vom Ausstellungszentrum vielleicht einen Hinterausgang gab, durch den ihr Opfer ungesehen schlüpfen konnte, während sie den Haupteingang bewachte. Fausto Zampognaro wiederum wusste, dass er seine Feindin aufspüren musste. Um vom Gejagten zum Jäger zu werden.

Er war sich noch immer nicht sicher, wer sie war. Doch Cordes' Angaben hatten einen ganz bestimmten Verdacht in ihm geweckt. Auf dem Heldenplatz konnte er weit und breit niemand entdecken, auf den die Beschreibung auch nur im Entferntesten zutraf. Sie musste aber noch ganz in der Nähe sein. So schnell er konnte, lief Fausto in die überwölbte Passage, die stadteinwärts führte. Und tatsächlich, da war sie. Er konnte die zierliche Gestalt am Ende des dunklen Ganges gerade noch sehen, bevor ihm eine entgegenkommende Reisegruppe den Blick versperrte. Rücksichtslos bahnte er sich seinen Weg, doch als er wieder ins Freie trat, war sie verschwunden.

Nach mehr als einer Woche in Wien hatte Fausto zwar nicht viel von der Stadt gesehen, in der Hofburg aber kannte er sich aus. Geradeaus weiterzugehen, machte wenig Sinn, überlegte er. Sobald die Frau den Michaelerplatz erreicht hatte, würde er sie im Gewühl der Touristen und Weihnachtseinkäufer nie finden. Besser standen seine Chancen, wenn sie gleich rechts in den Schweizerhof abgebogen war. Sollte er es auf einen Versuch ankommen lassen? Zwischen der Burgkapelle und dem Eingang zur Schatzkammer würde sie ihn sofort entdecken. Andererseits könnte sie zum Greifen nahe sein und ihm doch noch entwischen, wenn sie nicht umdrehte, sondern zum Josefplatz weiterging. Fausto entschied sich, gut versteckt das Schweizertor im Auge zu behalten. Entweder sie tauchte innerhalb kurzer Zeit dort auf oder er musste für diesmal die Verfolgungsjagd aufgeben.

Faustos Kalkulation ging auf. Kaum hatte er in einer Mauernische Position bezogen, betrat Pia Angelina den

Platz. Da war dieses Miststück! Pia Angelina Lombardo, die schlimmste der wild gewordenen Weiber, die ihm in Neapel das Leben schwer machten! Er hätte es sich eigentlich denken können, dass sie hinter den Teufelsmorden steckte. Alles passte zusammen. Und jetzt sollte er an die Reihe kommen. Aber da hatte sie ihre Rechnung ohne Fausto Zampognaro gemacht. Nicht er würde in Wien sterben, sondern sie.

Während Pia Angelina noch überlegte, was sie bis zum Abend anfangen sollte, hatte Fausto bereits sein Handy hervorgeholt. „Gianni, komm sofort. Du findest mich auf dem Burgplatz. Nein, du Idiot, nicht auf dem Heldenplatz. Du läufst gleich rechts durch die Passage. Sofort, hörst du!"

Die Lombardo kannte Gianni nicht, also konnte er ihr problemlos folgen, um herauszufinden, wo sie wohnte. Alles Weitere war dann Chefsache. Und der Chef würde seine Sache gut machen. Mit seinen kalten grauen Augen musterte Fausto die Frau, die sich nach einem prüfenden Blick zum Himmel die Kapuze vom Kopf zog und die Passage betrat. Sofort griff er wieder zum Handy.

„Wo bist du? Gut. Dir wird gleich eine Frau in einem roten Mantel entgegenkommen. Der folgst du, egal wo sie hingeht. Du lässt sie erst aus den Augen, wenn sie ein Hotel betritt. Ja natürlich, es kann auch eine Pension sein. Frag nicht so dumm, ich will wissen, wo sie wohnt. Hörst du, nur den Namen und die Adresse. Und verhalte dich unauffällig. Sie darf nichts merken."

33. Kapitel

Manchmal konnte Elena ein schrecklicher Snob sein, dachte Giorgio, als er eine Stunde vor seiner Verabredung mit Norbert und Max aus dem Taxi stieg. Alle Italiener wollten das Hundertwasser-Haus sehen, hatte sie heute beim Frühstück gespöttelt, als er sie nach der Löwengasse gefragt hatte. Und er wäre offenbar keine Ausnahme. Er könnte es sich natürlich ansehen. Aber ohne sie, denn in Wien gäbe es weit Interessanteres.

Ob sie damit vielleicht das Fälschermuseum meinte, hatte er hinterlistig gefragt. Das wäre gleich vis-à-vis. Elena musste klein beigeben. Davon hatte sie noch nie etwas gehört. Am liebsten hätte sie sich den drei Männern angeschlossen, doch sie war bereits mit Monika Cordes und ihren Lieblingsgästen Adele und Ludwig zu einem Einkaufsbummel verabredet. Zu ihrem Privatvergnügen, denn ihr Reiseleiter-Job war gestern Abend offiziell zu Ende gegangen.

Elena hatte nicht immer recht! Das bunte Haus mit den geschwungenen Mauern, Erkern und Zwiebeltürmchen musste nicht unbedingt ihr Geschmack sein, ein interessantes Architekturexperiment aber war es allemal. Giorgio war froh, dass er es gesehen hatte.

„Das kann man zwar nicht fälschen, aber kopieren", lachte Norbert ihm entgegen, als Giorgio mit einer Plastiktüte voller Hundertwasser-Memorabilien aus dem Innenhof des gegenüberliegenden Hauses trat. „Lektion Nummer eins. Ein Haus kann man nicht fälschen, aber kopieren. Ist dem Herrn Stowasser passiert, aber er hat sich gewehrt und viel Geld dafür kassiert."

„Stowasser, ich verstehe nicht."

„Und der Vorname war nicht Friedensreich, sondern schlicht Friedrich. So hieß Hundertwasser mit bürgerlichem Namen. Wenn er Ihnen so gut gefällt, sollten Sie sich seinem Fan-Tross anschließen und zum KunstHaus pilgern. Dort finden Sie noch mehr krumme Wände, gewellte Böden und mosaikgeschmückte Säulchen. Weil die gerade Linie gottlos ist, wie Hundertwasser nicht müde geworden war, zu verkünden."

„Sie mögen ihn nicht", stellte Max Wild, der sich pünktlich im Fälschermuseum eingefunden hatte, trocken fest.

„Nicht besonders, das gebe ich zu. Friedrich Stowasser hat mir ein bisschen zu viel behübscht. Tankstellen, Müllverbrennungsanlagen und sogar Autonummernschilder. Damit zur Lektion Nummer zwei. Gefälscht wird nur, was sich gut verkauft. Das aber richtet sich nach dem jeweiligen Zeitgeschmack. Manches, was Sie hier sehen werden, gehört zu den Ladenhütern der heutigen Kunstszene." Norbert wartete, bis ihm Giorgio und Max ins Kellergewölbe des Museums gefolgt waren.

„Und manches ist heute wieder gefragt", korrigierte ihn eine junge Frau, die von etwa einem Dutzend Zuhörern umringt, mit der angekündigten Sonderführung eben begonnen hatte. „Oder sind Sie anderer Meinung, Doktor Cordes?"

„Keineswegs. Sie haben hier ein paar Bilder, die Sie vermutlich um ein Vielfaches des Preises verkaufen könnten, den Sie vor ein paar Jahren dafür hingelegt haben. Der Cézanne beispielsweise. Aber jetzt will ich nicht weiter stören." Norbert waren die unwilligen Blicke einiger Besucher, die ungeduldig auf die Fortsetzung des Vortrags warteten, nicht entgangen.

„Sie meinen natürlich den gefälschten Cézanne?", hakte Max Wild mit leiser Stimme nach.

„Nein, ich spreche von der Cézanne-Kopie. Für eine Fälschung wäre sie nicht gut genug. Der Klimt hier übrigens auch nicht. Das Gold ist nur Bronzefarbe und der Rest ist viel zu wenig pastos. Hervorragend hingegen ist dieser Botticelli. Hier wurde sogar die Restaurierung am Original in die Kopie mit einbezogen. Auch das Krakelee ist nahezu perfekt. Keine groben Risse, sondern nur zarte Sprünge, wie sie sich nach dem Auftragen verschiedener Firnisse bilden."

Giorgio schwirrte der Kopf. Er wusste zwar, dass *pastos* teigig bedeutete, schließlich leitete sich der Fachbegriff für dickflüssig aufgetragene Ölfarbe vom Italienischen *pasta* ab, und den französischen Ausdruck Craquelé kannte er ebenfalls. Aber wenn er Norbert richtig verstand, waren schlechte Kopien nur Kopien, gute hingegen Fälschungen.

„Irrtum, denn das wäre allzu einfach", korrigierte ihn Norbert. „Auf der Akademie und in privaten Malerschulen wird Kopieren gelehrt und natürlich ist es das Ziel, größtmögliche Perfektion in der jeweiligen Technik zu erreichen. Und das ist auch gut so, denn nur wer akademisches Malen beherrscht, kann ein guter Restaurator werden. Dass damit gleichzeitig auch dem Betrug Tür und Tor geöffnet wird, ist die Kehrseite der Medaille."

„Zum Glück für den Kunsthandel aber sind Altmeisterfälscher eine aussterbende Berufsgruppe", wandte Max Wild ein. „Abgesehen vom Können, die Arbeit tut sich heute kaum noch einer an. Ein etwa zweihundert Jahre altes Bild perfekt zu fälschen, kann Jahre dauern. Abgesehen von den Kosten für das Material, das einer Prüfung standhalten muss. Viel billiger ist es, auf ein unsigniertes Gemälde einen bekannten Namen zu setzen und das Ganze als Original im Internet an Leichtgläubige zu verkaufen."

„Das machen Dilettanten, und davon gibt es nicht wenige", bestätigte Norbert. Aber auch Könner vergreifen sich nur noch selten an alten Meistern. Es sei denn, sie wären so genial wie ein van Meegeren, Hory oder Mrugalla."

„Aber das sind doch alles Fälscher ..."

„Richtig, Giorgio, aber das waren Spitzenleute, die mittlerweile Kultstatus genießen. Der geniale Tom Keating, der nach eigenen Angaben mehr als 2000 Werke von hundert verschiedenen Künstlern gefälscht hatte, ist 1984 gestorben. Und noch im selben Jahr hat ein renommiertes Auktionshaus wie Christie's mehr als 200 seiner Bilder versteigert. Die erzielte Summe blieb geheim, aber sie soll beträchtlich gewesen sein. Und ein *echter Keating* ist heute schon fast so teuer wie das Original, das als Vorbild gedient hatte."

„Fälschungen werden gefälscht? Verrückt!"

„Aber wahr. Und leider nicht immer gut. Inzwischen sind einige so schlechte Keatings, Hebborns oder Horys in Umlauf, dass diese sich im Grab umdrehen müssten."

„Oder auf Rufschädigung klagen." Lachend schlenderte Max weiter, um sich ein Bild anzusehen, das ihn besonders interessierte.

„Die Rötelzeichnung von Vermeer ist garantiert ein Original." Die Museumschefin, die ihre Gruppe mittlerweile verabschiedet hatte, war unbemerkt hinter die drei letzten Besucher getreten.

„Allerdings nur ein echter van Meegeren, um den ich Sie dennoch beneide", antwortete Norbert, der nach einem Blick auf die Uhr zum Aufbruch drängte.

„Sie können sich Zeit lassen", antwortete sie, doch die Männer wollten ihre Geduld nicht über Gebühr strapazieren. Ohne weitere Verzögerung folgten sie ihr, um den noch schuldigen Eintritt zu bezahlen, doch zu ihrer Überraschung schüttelte die junge Frau den Kopf. „Weil bald Weihnachten ist, war es heute gratis. Dafür laden Sie mich auf einen Kaffee ein, Herr Doktor, wenn wir uns das nächste Mal im Dorotheum über den Weg laufen."

„Ein Kaffee wäre auch jetzt keine schlechte Idee", meinte Max, als sie alle drei wieder auf der Straße standen.

„Den könnten wir bei mir trinken, falls sie meine Miniaturen-Sammlung interessiert. Meine Frau ist mit Elena in der Stadt unterwegs und meine Tochter auf der Uni. Wir wären also völlig ungestört."

„Nur allzu gern", antwortete der Münchner, der an dem Wiener Kunstexperten immer größeren Gefallen fand.

„Eine gute halbe Stunde müssen Sie sich aber noch in Geduld fassen. Ich wohne bei der Döblinger Hauptstraße. Wir müssen zuerst die U-Bahn und anschließend den 37er nehmen ..."

„Wer fährt schon mit dem 37er?", unterbrach ihn Max. „Nicht, wenn es Taxis gibt. Und schon gar nicht bei diesem Wetter. Ich lade natürlich auf die Fahrt ein."

Während Max nach einem Wagen Ausschau hielt, fiel Norbert plötzlich ein, was er Giorgio die ganze Zeit über erzählen wollte. „Übrigens, bevor ich vergesse, Ihr Freund Zampognaro ..."

„Das ist nicht mein Freund ..."

„Weiß ich doch. Also dieser Zampognaro hat sich heute Mittag ziemlich eigenartig aufgeführt."

„Inwiefern?"

„Irgendwer hat einen roten Teufel neben seinen Dudelsackspieler gestellt und er ist total ausgerastet. Eine hübsche Arbeit übrigens. Barock, wenn mich nicht alles täuscht. Entweder ein Original oder sehr gut nachgeschnitzt."

„Wer war das? Norbert, sagen Sie schon, wer hat die Figur gebracht? Haben Sie ihn gesehen?"

„Giorgio! Was ist denn los mit Ihnen? Sie sehen ja aus, als hätte der Blitz neben Ihnen eingeschlagen. Eigenartig, dass Sie das interessiert. Zampognaro hat mich auch sofort danach gefragt. Es ist doch nichts gestohlen worden, ganz im Gegenteil."

„Wer war der Mann? Würden Sie ihn wiedererkennen? Glauben Sie mir, es ist wichtig."

Zum zweiten Mal an diesem Tag stellte Norbert fest, dass diese Süditaliener wahrlich ein seltsames Völkchen waren. Erst zuckte der Neapolitaner aus und jetzt der Sizilianer.

„Es war eine Frau. Hübsch, wenn auch auf eine herbe Art. Etwa so alt wie Elena, genauso schlank und auch ungefähr so groß. Können Sie damit etwas anfangen?", fragte er neugierig. „Aber jetzt kommen Sie, wir müssen einsteigen. Herr Wild hat gerade ein Taxi aufgehalten."

„Tut mir leid, aber ich kann nicht mitkommen. Ich melde mich. Und vielen Dank für heute Nachmittag."

Kopfschüttelnd eilte Norbert zum Wagen, aus dem der Fahrer bereits ungeduldig winkte. Aber auch Giorgio verlor keine Zeit. Sofort drückte er die entsprechende Handytaste. „Elena, wo bist du? In der Nähe vom Stephansplatz. Gut. Dann kannst du in zwanzig Minuten zu Hause sein. Nein, ich erkläre dir am Telefon gar nichts. Aber glaube mir, ich habe gute Gründe, dich von deinen Freunden loszureißen. Ich möchte nichts Überstürztes unternehmen und brauche deinen Rat. Dringend. Bis gleich."

Fröstelnd schlang Giorgio die Arme um sich. Es war bitterkalt geworden und finster wurde es allmählich auch. Kein Wetter für einen Sizilianer, der ein paar Grad unter null bereits als sibirische Kälte empfand. Als Giorgio schon verzweifeln wollte, kam endlich ein Taxi. Im eisigen Wind, der alles noch viel schlimmer machte, hatte er keinen klaren Gedanken fassen können. Im warmen Inneren des Wagens aber drehte sich die Spirale in seinem Kopf immer schneller.

Nach dem Auftauchen der Teufelsfigur gab es nicht den geringsten Zweifel. Fausto Zampognaro stand als Nächster auf der Todesliste. Und der Mörder ist ihm nach Wien gefolgt. Aber das waren auch schon die einzigen Tatsachen, die unumstößlich feststanden. Der Serienkiller von Neapel hatte seine Taten stets auf dieselbe Weise angekündigt. Nur sein *modus operandi* war fast jedes Mal ein anderer gewesen. Giorgio rekapitulierte. Das erste Opfer war erstochen, das zweite erschossen, das dritte erschlagen und das vierte wiederum erschossen worden. Aus derselben Waffe, wie ihm Commissario Verbelli versichert hatte.

Seit der gemeinsamen Pressekonferenz waren der Leiter der Mordkommission und Giorgio fast so etwas wie Freunde geworden. Oder zumindest befreundete Kollegen, die den Amtsweg ignorierten und Informationen gänzlich informell austauschten. Erst am vergangenen Freitag hatte sich Franco Verbelli mit Giorgio zu einem Mittagessen verabredet, um dessen Meinung zu den neuen Fakten einzuholen. Oder vielmehr zu den Thesen, die ein vom Polizeichef höchstpersönlich engagierter FBI-Profiler aufgestellt hatte.

Laut dieses Experten handelte sich bei dem Gesuchten mit höchster Wahrscheinlichkeit um einen Mann. Als Begründung führte er zwei wesentliche Punkte ins Treffen: Frauen werden ungleich seltener zu Serientätern. Und wenn, dann morden sie in der Regel immer nach dem gleichen Schema. Nach kurzer Überlegung hatte sich Giorgio dieser Ansicht angeschlossen und seither eine Mörderin nicht mehr ernsthaft in Erwägung gezogen. Sofern er überhaupt noch an die Geschehnisse in Neapel gedacht hatte. Nun war er von ihnen eingeholt worden. Eigentlich müsste er sofort Verbelli informieren, doch der leise Verdacht, der in seinem Hinterkopf nistete, ließ ihn zögern.

Entweder steckte diese unbekannte Frau mit dem Mörder unter einer Decke, doch das war eher unwahrscheinlich. Oder aber man musste nicht nach einem Serienkiller suchen, sondern nach vier verschiedenen Tätern, die jeweils einen Mord auf dem Gewissen hatten. Oder Täterinnen, denn das wäre kein Widerspruch zu dem Profil des FBI-Manns. Plötzlich fügten sich die Hinweise wie die bunten Splitter eines Kaleidoskops zu einem Bild, das er nicht mehr länger wegwischen konnte.

Wie betäubt stieg Giorgio in der Porzellangasse aus dem Wagen. Im selben Moment kletterte eine schwer bepackte Elena ebenfalls aus einem Taxi. „Bin ich nicht pünktlich?“, rief sie ihm fröhlich entgegen. Giorgio antwortete nicht, sondern nahm ihr schweigend einen Teil der Last ab und ging zum Haustor voraus. Elena musste noch den Fahrer bezahlen, weshalb sie ihm nicht sofort nachlaufen konnte. Im ersten Stock holte sie ihn ein. „Möchtest du mir vielleicht erklären, was das soll? Ich stürze Hals über Kopf zu dir und dann redest du nicht einmal mit mir.“

„Bitte warte, bis wir oben sind. Und entschuldige mein Benehmen, aber ich bin mitten in einem Albtraum.“ Bestürzt sah Elena ihn an. Erst wollte sie etwas erwidern, dann aber griff sie stumm nach ihren Paketen. Immer noch wortlos betraten beide die Wohnung, doch bevor sie ihre Mäntel ablegen und in Elenas Zimmer verschwinden konnten, stürzte Ilse in den Flur. „Auf euch wartet eine Überraschung“, rief sie aufgeregt. Das war ungefähr das Letzte, was Giorgio jetzt brauchen konnte. Doch bevor Elena ihre Mutter bremsen konnte, ging die Wohnzimmertür auf.

Mit ausgestreckten Armen ging Padre Daniele Buonanno seinen Freunden entgegen.

34. Kapitel

In ihrer Neugier konnte Ilse lästig und manchmal sogar penetrant sein. Doch wenn es ernst wurde, war sie feinfühliger, als man ihr gemeinhin zutraute. Als sie die betroffenen Mienen Giorgios und ihrer Tochter sah, stutzte sie. „Meine Kekse! Die müssen schon längst aus dem Rohr!" Mit einem leisen Aufschrei verschwand sie in der Küche.

Die berühmte Sekunde, die zur Ewigkeit wurde – Elena hatte nie gedacht, dass es sie wirklich gab. Wortlos starrten die beiden Männer einander an. Wie in Zeitlupe ließ Daniele seine ausgebreiteten Arme sinken, doch dann gab er sich einen Ruck.

„Entschuldige den Überfall, Elena. Aber ich wusste nicht, was ich sonst hätte tun können."

„Was ist passiert?", fragte Giorgio, bevor Elena antworten konnte. „Etwas Schlimmes, ich ahne es."

Elena begriff gar nichts. Unschlüssig, ob sie ihrer Mutter in die Küche folgen sollte, fasste sie erst einmal Daniele am Unterarm. „Gehen wir ins Wohnzimmer. Was auch immer geschehen ist, hier herumzustehen bringt gar nichts." Sie stieß die Tür auf, doch statt die bequeme Polstergarnitur anzusteuern, ging sie zum Esstisch. Bei dem bevorstehenden Gespräch würde sich keiner gemütlich in einem Fauteuil zurücksinken lassen.

„Setzt euch. Ich schaue nur kurz nach Mutter."

„Nein, bitte bleib, Elena. Vielleicht fällt dir etwas ein. Aber erst Giorgio. Was weißt du?"

„Der Teufelsmörder ist in Wien. Und er ist hinter Zampognaro her. Und du kennst ihn, Daniele. Kennst ihn nur allzu gut. Oder sollte ich sie sagen, denn es ist doch eine Frau?"

Verwirrt blickte Elena von einem zum anderen. „Wieso? Ist Zampognaro angegriffen worden? Aber das kannst du doch gar nicht wissen. Du warst doch nicht in der Hofburg, sondern im Museum. Jetzt sprich endlich."

„Eine Frau hat einen Teufel auf Zampognaros Stand gestellt. Genau so einen Teufel wie bei den vier anderen Opfern. Norbert hat sie dabei beobachtet, sich aber nichts dabei gedacht. Er hat ja keine Ahnung, was in Neapel los ist."

„Norbert?", warf Daniele ein.

„Ein Freund von mir", erklärte Elena rasch, bevor sie sich wieder Giorgio zuwandte. „Deswegen hast du mich angerufen. Wer ist die Frau? Ihr wisst es!"

„Pia Angelina. Nach Norberts Beschreibung kann nur sie es gewesen sein. Und wenn du nachdenkst, passt alles zusammen. Deswegen ist auch Daniele hier, stimmt's?"

„Stimmt. Pia Angelina ist gestern Nachmittag verschwunden. Und mit ihr die Pistole ihres Vaters. In seiner Verzweiflung hat er mich noch in der Nacht angerufen. Wir nehmen an, dass sie Sonntagabend mit dem Zug gefahren ist. Mit der Waffe konnte sie kein Flugzeug nehmen. Aber ich konnte fliegen, also müssten wir fast zeitgleich angekommen sein. Doch offenbar hat sie keine Zeit verschwendet, wenn sie bereits bei Zampognaro war."

„Warum hast du mich nicht verständigt? Dann hätten wir sie vielleicht am Bahnhof abfangen können."

„Weil mein Telefonverzeichnis unlesbar ist. Vor zwei Tagen habe es in der Jeanstasche vergessen und es ist in die Waschmaschine geraten", sagte Daniele kleinlaut. „Alle Nummern sind weg. Ich habe bei dir im Amt angerufen. Aber deine Handynummer haben sie nicht herausgerückt. Nur deine Urlaubsadresse, die du zum Glück hinterlassen hast. Deswegen bin ich vom Flughafen direkt hierhergefahren. Wir müssen Pia Angelina finden. Wo kann sie nur sein? Wir können doch nicht alle Hotels und Pensionen abklappern. Und die Polizei um Hilfe bitten können wir auch nicht."

„Das ist vielleicht gar nicht notwendig", sagte Elena nachdenklich. „Erinnerst du dich an den Abend bei dir, Daniele? Damals haben wir von Wien gesprochen und ich bin sicher, ich habe Euch meine Lieblingspension genannt. Das mache ich nämlich immer. Die *Pension Donizetti* lebt von der Mundpropaganda."

„Da Pia Angelina damals nicht vorhatte, nach Wien zu fahren, hat sie sich den Namen sicher nicht gemerkt", warf Giorgio ein. „Du wusstest ihn doch auch nicht mehr, Daniele?"

„Donizetti? Gaetano! Das ist es. Ich hatte es vergessen, aber Pia Angelina sicher nicht. Gaetano hieß der Vater ihres Sohnes. Kannst du dort anrufen und nach ihr fragen?" Vor Aufregung war Daniele aufgesprungen und er setzte sich erst wieder nieder, als ihm Elena bestätigend zunickte: „Die Signora Lombardo ist heute Früh angekommen. Aber sie ist im Moment nicht im Haus."

„Wir können jetzt nur Ruhe bewahren. In der Hofburg kann sie nicht an Zampognaro heran. Dort ist er sicher. Also wird sie ihm zu Ausstellungsschluss auflauern. Aber er ist vorgewarnt. Somit hat sie nur eine Chance, wenn sie ihn zu seinem Hotel verfolgt, um dort eine Gelegenheit abzupassen. Das heißt, dass wir das Gleiche tun müssen. Ich übernehme Zampognaro und du, Daniele, versuchst Pia Angelina beim *Donizetti* zu erwischen."

„Und was ist mit mir?“, begehrte Elena auf.

„Du bleibst schön brav zu Hause. Das ist kein Räuber-und-Gendarm-Spiel, sondern blutiger Ernst.“

Zu Giorgios Überraschung gab Elena sofort nach. „Dann verliert keine Zeit. Ich kann das alles noch immer nicht glauben. Vielleicht gibt es eine andere Erklärung. Aber los, erst einmal müsst ihr Pia Angelina finden.“ Daniele wollte schon zu einer Antwort ansetzen, doch dann wandte er sich Giorgio zu.

„Keine Polizei, ich flehe dich an. Wenn wir sie haben, sprechen wir über alles.“

„Du verlangst viel von mir“, sagte Giorgio ernst. „Und weißt du, was der größte Witz dabei ist? Dass ausgerechnet ich Zampognaro beschützen muss. Ein Polizist soll einem Gangster das Leben retten.“

Nachdem die Wohnungstür hinter den beiden Männern ins Schloss gefallen war, ging Elena in die Küche. „Mutter, ich möchte dir eine Dose Vanillekipferl abschnorren. Für Adele. Ich habe versprochen, sie und Ludwig zum Flughafen zu bringen und das wäre doch ein nettes kleines Geschenk.“

„Kriegst du. Was ist eigentlich los? Dieser Padre Daniele ist reizend, aber warum ist er plötzlich bei uns aufgetaucht? Was will er von Giorgio?“

„Männersache. Ich habe auch nicht alles mitbekommen“, wich Elena geschickt aus. Doch Ilse konnte sie nicht so leicht etwas vormachen. „Wäre ja ganz was Neues, dass du dich einfach abspeisen lässt.“

Tatsächlich hatte Elena nicht eine Sekunde daran gedacht, Daumen drehend zu Hause zu bleiben. Die Verabredung mit Adele und Ludwig, die allerdings wirklich zum Flughafen mussten, hatte sie erfunden. Aber es war ein guter Vorwand, ebenfalls im *Donizetti* aufzutauchen. Sie würde sich zwar diskret im Hintergrund halten, denn sie kannte Pia Angelina ja kaum. Doch sie war zur Stelle – und nur darauf kam es ihr an.

* * *

Daniele konnte mit den weit ausholenden Schritten seines Freundes kaum mithalten, wagte es aber auch nicht, ihn zu bremsen. Eile war geboten, doch das war nicht der einzige Grund, warum er wortlos dahinstürmte. Man musste kein Gedankenleser sein, um zu wissen, was in Giorgios Polizistenseele vorging. Wie viel Verständnis er auch immer für Pia Angelina aufbringen mochte, eine Mörderin konnte und wollte er nicht decken. Einen Verrat begehen aber auch nicht.

„Wenn das vorbei ist, musst du Pia Angelina dazu bringen, dass sie sich freiwillig stellt", sagte Giorgio, als sie beim *Hotel Regina* angelangt waren. „Dort drüben ist die Ferstelgasse. Beim zweiten Haustor auf der linken Seite muss sie hinein. Dort ist das *Donizetti*. Du wartest am besten gegenüber. Ich fahre in die Hofburg. Aber vorher speichern wir noch gegenseitig unsere Handynummern ein. Für alle Fälle."

Hätten die beiden Männer aufgeblickt, statt ihre Köpfe über die Mobiltelefone zu beugen, alles wäre ganz anders gekommen. So aber bemerkten sie nicht, dass Pia Angelina nur wenige Meter entfernt direkt auf sie zukam. Fast hätte sie aufgeschrien, als sie Padre Daniele erkannte, doch geistesgegenwärtig wich sie leise zurück, um sich in der Dunkelheit des kleinen Votivparks zu verbergen.

Ihr Vater hatte ihr den Priester nachgeschickt, das wurde ihr schlagartig klar. Und der andere musste sein Polizisten-Freund sein. Den hatte sie nur einmal flüchtig im Pfarrhaus gesehen. Jetzt fehlte nur noch Elena, die Freundin dieses Commissario. Von ihr war allerdings weit und breit nichts zu sehen, aber höchstwahrscheinlich hatte sie die beiden ins *Donizetti* geschickt.

Vorsichtig spähte Pia Angelina aus ihrem Versteck und sah gerade noch, wie Daniele gegenüber der Pension im Schutz einer Hauseinfahrt Wache bezog. Keine Frage, er wusste, dass sie hier wohnte. Der Polizist aber ging in die andere Richtung. Was hatte er vor? War er unterwegs in die Hofburg, um ihr Opfer zu warnen? Vermutlich. Ihr Vorhaben, auf dem Heldenplatz auf Zampognaro zu warten, musste sie für heute aufgeben. Und ins *Donizetti* konnte sie jetzt auch nicht zurück. Plötzlich durchzuckte sie eine Idee. Ihren Pass hatte sie bei sich und genügend Geld auch.

Padre Daniele wird bald kalte Füße bekommen, dachte sie mit einem Anflug von Mitleid. Wie lang er in dieser Kälte wohl ausharren wird, bis er begreift, dass sie nicht zurückkommt. Im *Donizetti* wird man sie frühestens morgen vermissen. Ihr Gepäck brauchte sie jetzt nicht wirklich und auch mit der Pistole konnte sie heute nichts mehr anfangen. Eine Zahnbürste und ein Nachthemd wollte sie unterwegs kaufen. Und wenn nicht, ging es zur Not auch ohne.

Um aus der Sichtweite des Priesters zu bleiben, umrundete Pia Angelina den Park und schlug den Weg ein, den sie am Morgen gekommen war. In der *Pension Aurora* in der Alser Straße würde niemand sie vermuten.

***

Ein paar Stunden Fegefeuer werde ich mir damit ersparen! Dass ich für einen zutiefst unsympathischen Mann den Schutzengel spiele, muss mir in der himmlischen Buchführung doch irgendwie angerechnet werden, sagte sich Giorgio grimmig. Als er noch überlegte, ob er im Freien auf Zampognaro warten sollte oder ob es im Foyer einen verborgenen Winkel gab, tauchte dieser überraschend im beleuchteten Eingangsportal auf. Seltsam, wollte der Mann jetzt schon die Hofburg verlassen? Die Ausstellung schloss wie immer erst um acht und am Abend fanden sich erfahrungsgemäß die finanzkräftigsten Käufer ein.

Giorgio kam nicht dazu, weitere Spekulationen anzustellen. Immer wieder um sich blickend strebte der Krippenhändler dem Neuen Burgtor zu. Fühlte er sich verfolgt? Erst als ein schwarzer Mercedes hielt, begriff Giorgio, dass Zampognaro nicht nach Pia Angelina, sondern nach einem freien Taxi Ausschau gehalten hatte. Entwischt! Jetzt konnte nur noch Daniele eingreifen. Während er hinter dem Wagen zur Ringstraße lief, drückte Giorgio die zuvor eingespeicherte Nummer.

Am Ring ging absolut nichts mehr. Zampognaros Taxi war nur drei Autolängen weitergekommen und stand hoffungslos eingekeilt im Stau. Aber wo wollte der Mann hin? Konnte es sein, dass er bereits herausgefunden hatte, wo Pia Angelina wohnte? Durchaus möglich. Einen Mafioso seines Kalibers zu unterschätzen, konnte ein tödlicher Fehler sein. Ein Zampognaro würde nicht tatenlos abwarten, sondern den Spieß umdrehen. Und vom Gejagten zum Jäger werden. Dann aber war Pia Angelina in höchster Gefahr.

Die Autoschlange hatte sich kaum bewegt, als ein Tramwagen in die Station einfuhr. Mit der Straßenbahn würde er gleich schnell am Ziel sein. Wenn er sich nicht verkalkuliert hatte und Zampognaro tatsächlich zur Ferstelgasse unterwegs war. Sobald er eingestiegen war, konnte er unter Umständen nur hilflos zusehen, wie ihm das Taxi entwischte. Giorgio beschloss, das Risiko einzugehen. Sein Instinkt sagte ihm, dass er sich nicht irrte.

* * *

Elenas Entschluss, ins *Donizetti* zu fahren, stand fest. Wenn sie einmal dort war, konnten die Männer sie nur schwer wieder heimschicken. Außerdem war es bei dieser Kälte vernünftiger, die Pension vom Auto aus zu beobachten. Daniele musste mittlerweile zum Eiszapfen erstarrt sein. Minus sechs Grad hatte es im Moment und es würde noch frostiger werden. Besser, sie ließ noch einige Zeit verstreichen. Umso willkommener würde sie sein, wenn sie mit ihrem *Punto* vorfuhr.

In der Zwischenzeit sollte sie aufräumen oder zumindest die Säcke und Pakete, die in wildem Durcheinander noch im Vorzimmer lagen, in ihr Zimmer bringen. Den Pullover für Giorgio würde sie später im Schrank ihrer Mutter verstauen, damit er ihn nicht vorzeitig fand. Es war zwar vorerst nur ein Notgeschenk, aber besser als gar nichts. Was sie ihm noch unter den Christbaum legen könnte, wusste sie noch immer nicht. Aber bis Weihnachten waren glücklicherweise noch zehn Tage Zeit. Und für Ilse hatte sie immerhin schon das Richtige: einen Traum von einem Morgenmantel, sündhaft teuer und viel zu schade für die eigenen vier Wände. Vielleicht sollte sie ihrer Mutter dazu noch eine Wellness-Woche in einem wirklich guten Hotel schenken? Das war *die* Idee schlechthin!

Fast hätte sie vergnügt vor sich hin gepfiffen, doch dann dachte sie an Pia Angelina und ihre gute Laune war wie weggewischt. Von Daniele kannte sie die traurige Lebensgeschichte der Lombardos zumindest in groben Zügen. Umso mehr hatte sie die Kraft bewundert, die eine Frau aufbringen musste, um es mit der übermächtigen Drogenmafia aufzunehmen. Heimtückischer Mord – und das gleich vier Mal – passte ganz und gar nicht zu dem Bild, das Elena von Pia Angelina gewonnen hatte. Aber wenn sie es nicht war, wer sonst?

Von Andrea war der erste Hinweis gekommen, dass Dealer wie er die auserkorenen Opfer waren. Wie sich zeigte, hatte er recht behalten. Auch sein Leben war an einem seidenen Faden gehangen. Nach dem Anschlag auf ihn hatte es noch einen Mord gegeben. Vier Tote, vier Teufelsfiguren – und die fünfte war jetzt in Wien aufgetaucht. Gemeinsam mit Pia Angelina. Nein, es konnte keinen Zweifel geben, dass sie und vielleicht auch ihre Frauengruppe hinter all dem steckten.

Während sich das Rad ihrer Gedanken weiter drehte, griff Elena nach ihrer Neuerwerbung. Dem glockig fallenden Mantel hatte sie beim heutigen Bummel einfach nicht widerstehen können. In der Innenseite ihres Kleiderschranks war ein Spiegel angebracht, in dem sie sich betrachten konnte.

„Steht dir ausgezeichnet", sagte Ilse, die mit einer Keksdose in der Hand ins Zimmer getreten war. „Setz die Kapuze auf. Ja, sie fällt locker und der Pelzbesatz schmeichelt auch. Wenn sie nämlich zu eng geschnitten ist, macht sie optisch einen zu kleinen Kopf und man sieht aus wie ein Huhn."

„Mach dir keine falschen Hoffnungen", erklärte Elena, die ihre Wintermäntel stets in Wien zurückzulassen pflegte, wenn sie Richtung Süden fuhr. Ilse „borgte" sie sich dann aus und kam auf diese Weise fast jedes Jahr zu einem neuen Modell. „Erstens ist das meine Lieblingsfarbe und zweitens ist das gute Stück ziemlich kurz und deswegen zum Autofahren ideal. Der Mantel kommt diesmal mit."

Ilse grinste. Pech gehabt! Zu ihren Haaren würde dieses satte Bordeaux ebenfalls gut passen. Ein wenig verlegen folgte sie ihrer Tochter zurück ins Vorzimmer, wo Ercole bereits aufgeregt um seine Leine herumtänzelte.

„Du willst den Mantel doch nicht gleich anziehen? Für die Hundezone ist er viel zu schade."

„Ich gehe nicht in den Lichtentaler Park. Ich fahre und Ercole nehme ich mit. Vielen Dank für die Vanillekipferl. Warte bitte nicht mit dem Essen auf uns."

„Willst du mir nicht endlich sagen, was hier vorgeht?"

„Wenn ich das selbst wüsste, Mutter."

„Dann erkläre mir wenigstens, was dieser Priester von Giorgio will!"

„Würde es dir übrigens viel ausmachen, wenn Daniele bei uns übernachtet?", versuchte Elena, ihre Mutter von der heiklen Frage abzulenken.

„Ich habe meine ganzen Italienischkenntnisse aufgeboten und ihn bereits eingeladen, bei uns zu wohnen. Aber er hat herumgedrückt. Vielleicht kannst du ihn überreden. Seine Reisetasche hat er ja schon dagelassen. Mir würde es Freude machen. Wem schneit schon ein echter Priester ins Haus? Noch dazu vor Weihnachten."

Es hatte funktioniert. Statt weiter nachzuhaken, war Ilse ins leer stehende Gästezimmer geeilt, um die Heizung aufzudrehen. Es würde Stunden dauern, bis es im einstigen Arbeitszimmer ihres Mannes, das sie kaum mehr benutzte, angenehm warm war. Dann musste sie noch abstauben, das Bett überziehen und überlegen, was sie den drei vorsetzen könnte, wenn sie endlich auftauchten. Einen Punsch? Aber nicht so ein Gesöff, wie es aus den billigsten Zutaten auf den Christkindlmärkten angeboten wurde. Ihr berühmter Burgunderpunsch würde genau das Richtige sein. Rotwein hatte sie zu Hause, aber keine Orangen und auch keinen Curaçao.

Sie musste sich beeilen, dann könnte sie noch rasch einkaufen gehen, überlegte sie. Nur Minuten nach ihrer Tochter verließ Ilse das Haus. Wenn sie nicht alles täuschte, sah sie gerade noch die Rücklichter von Elenas *Fiat Punto* um eine Biegung der Porzellangasse verschwinden.

* * *

„Ein Mann ist gerade hineingegangen. Deiner Beschreibung nach war es Zampognaro." Daniele verließ seinen Beobachtungsposten, sobald er Giorgio erblickte, der im Laufschritt am *Hotel Regina* vorbeigeeilt war.

„Dann hatte ich mit meiner Vermutung recht. Er hat in Erfahrung gebracht, wo Pia Angelina wohnt und lauert ihr auf. Ich überlege nur, ob wir ihn stellen sollen." Giorgio rang nach Luft, bevor er fortfuhr. „Aber mit welchem Argument? Kein Gesetz verbietet ihm, sich in dem Haus aufzuhalten. Nein, es ist klüger, hier auf Pia Angelina zu warten. Geh du dich dort drüben im *Café Maximilian* aufwärmen und löse mich ab, sobald du aufgetaut bist."

Dankbar nahm Daniele das Angebot an. Doch bevor er sich abwandte, erspähte er aus den Augenwinkeln eine Frau, die eben das Haustor zur *Pension Donizetti* aufstieß. „Das ist sie, ich erkenne ihren roten Mantel." Als Giorgio herumfuhr, sah er gerade noch, wie eine mit einer Kapuze verhüllte Gestalt im Eingang verschwand. Nur für einen kurzen Moment hatten sie nicht aufgepasst und schon war das Schlimmste passiert: Zampognaro und Pia Angelina – allein in einem Hausflur.

„Jetzt aber rasch“, schrie Giorgio, und stürzte über die Straße. Verzweifelt drückte er den Klingelknopf an der Gegensprechanlage. „Ausgerechnet jetzt lassen die sich Zeit“, tobte er. Doch dann sprang das Tor endlich auf.

Der Anblick, der sich ihnen im Halbdunkel des langen Ganges bot, ließ die beiden Männer erstarren. Die blonden Haare wie einen Fächer um ihren Kopf ausgebreitet, lag Elena reglos am Boden. Neben ihr kniete Zampognaro, der vor Schmerz schrie, denn Ercole hatte sich in seine rechte Hand verbissen. Das Messer, das sie zuvor gehalten hatte, war wie der Inhalt einer Keksdose zu Boden gefallen. Ercole knurrte nur leise, während er immer fester zupackte.

„Nicht loslassen!“, rief Giorgio ihm zu, während er sich über Elena beugte.

„Der kann nichts mehr tun, dafür sorge ich!“ Daniele hatte das von Vanillekipferln und Staubzucker umringte Messer ergriffen und hielt es drohend an Zampognaros Hals. „Eine Bewegung und ich steche zu.“ Wie Giorgio hatte auch er beim Militär eine Nahkampfausbildung absolviert und wusste genau, was zu tun war. Später würde er sich fragen, was er bei einer Gegenwehr wirklich gemacht hätte. Den Mann zumindest schwer verletzt, um Elena zu retten? Dem Priester blieb die Entscheidung erspart.

„Befreien Sie mich von dieser Bestie“, war alles, was Zampognaro hervorstoßen konnte und blickte Daniele mit schmerzverzerrtem Gesicht an. Ercole begriff, dass er sein Opfer freigeben konnte, doch nach wie vor rührte er sich nicht von der Stelle. Mit gefletschten Zähnen stieß er ein heiseres Knurren aus, jederzeit bereit, wieder zuzuschnappen.

„Was ist geschehen?“, flüsterte Elena, als sie Giorgios Gesicht über sich sah. Vor lauter Erleichterung war er unfähig, etwas zu sagen. Vorsichtig hob sie die Hand, um ihren schmerzenden Kopf abzutasten. „Eine Beule. Aber sonst fehlt mir nichts“, erklärte sie und versuchte aufzustehen.

„Du rührst dich nicht, bis die Rettung kommt“, befahl Giorgio, der seine Stimme wieder gefunden hatte. Hektisch suchte er nach seinem Handy, wo auf dem Display die Notrufnummern aufleuchteten. Elena griff nochmals nach ihrem brummenden Kopf. „Ich bleibe doch nicht auf dem eiskalten Boden liegen“, erklärte sie mit fester Stimme, die ganz und gar nicht zu ihren zittrigen Knien passte. An Giorgios Arm geklammert zog sie sich hoch. Erst jetzt sah sie Zampognaro, der mit der linken Hand seine blutende rechte umklammert hielt. „Der braucht die Rettung viel dringender!“

„Und die Polizei. Er hat dich ermorden wollen, ist dir das klar? Wenn Ercole nicht gewesen wäre ...“

Eine durchdringende Sirene war zu hören und durch die Scheibe des Haustors drang flackerndes Blaulicht. „Mach ihnen auf“, sagte Elena, die sich mittlerweile zu Füßen eines der beiden Riesenatlanten auf eine Stufe gesetzt hatte. Dann ging alles sehr schnell. Zampognaro wurde mit der Ambulanz weggebracht, während Giorgio heftig auf einen Polizeibeamten einsprach. Von den Hausbewohnern war der Vorfall unbemerkt geblieben. Im Vorderhaus gab es nur Büros, die längst unbesetzt waren. Und von den Pensionsbewohnern hatte sich in den dramatischen zwanzig Minuten niemand blicken lassen. Als Adele und Ludwig wenig später zum Flughafen aufbrachen, war von dem Geschehen außer ein paar zertretenen Vanillekipferln auf dem Schachbrettmuster des Gangs nichts mehr zu sehen.

„Wahrscheinlich hatte er es auf meine Handtasche abgesehen“, gab Elena wenig später auf dem Kommissariat in der Boltzmanngasse zu Protokoll. „Den Hund, der voraus in den Hof gelaufen war, hat er offenbar nicht gesehen. Ercole ist durch die Schwingtür wieder zurück und mir zu Hilfe gekommen. So ist zum Glück nichts Schlimmeres passiert.“

Es war weit nach zehn Uhr, als Elena, Giorgio, Daniele und Ercole endlich in die Porzellangasse zurückkehrten. Ein Streifenwagen hatte sie hingeführt, Elenas Auto war in der Ferstelgasse zurückgeblieben. Sie wollten den *Fiat* morgen holen. An Schlaf war vorerst freilich nicht zu denken, denn nun ließ sich Ilse nicht mehr mit ein paar Halbwahrheiten abspeisen.

Bevor sie zu einer ersten Erklärung ansetzte, griff Elena in ihre Tasche. Kommentarlos stellte sie die blutrote Teufelsfigur auf den Tisch, die sie unter dem Atlanten gefunden hatte.

35. Kapitel

Als Elena am nächsten Morgen aufwachte, erschien ihr alles wie ein böser Traum. Die Beule, die mittlerweile zur Größe eines Hühnereis angeschwollen war, aber holte sie schnell in die Realität zurück. Automatisch tastete sie nach Giorgio, doch das Bett neben ihr war kalt und leer. Er musste offenbar schon vor längerer Zeit aufgestanden sein. Nach nur wenigen Stunden Schlaf, denn bis weit nach Mitternacht hatte er immer wieder mit den Behörden in Österreich und Italien telefoniert. Als sie eben beschloss aufzustehen, betrat ein müder, aber strahlender Giorgio das Zimmer.

„Mit Zampognaro ist es aus und vorbei. Nein, nein, er ist nicht gestorben. Die Ärzte haben zwar stundenlang um seine Hand gekämpft und wie es aussieht, wird er sie behalten. Aber einen Dudelsackspieler wird er nie wieder schnitzen können. Und etwas anderes auch nicht. Ercole hat ganze Arbeit geleistet und ein paar Sehnen durchtrennt. Es geht ihm den Umständen entsprechend. Doch ein freier Mann wird er so bald nicht sein."

„Wie lang wird er für den Überfall auf mich ins Gefängnis müssen?"

„Das dürfte seine geringste Sorge sein. Wie mir meine österreichischen Kollegen erzählt haben, will sein Anwalt erreichen, dass der Anschlag nicht als Mordversuch eingestuft wird. Kommt er damit durch, ist die Strafe für versuchten Raub mit Körperverletzung nicht allzu hoch. Er wollte sogar versuchen, gegen Kaution freizukommen, sobald er das Spital verlassen kann. Aber da habe ich ihm einen Strich durch die Rechnung gemacht."

Elena überlegte. Die Wiener Polizei konnte nichts von der Verwechslung mit Pia Angelina wissen und somit auch nichts von Zampognaros Tötungsabsichten. Wenn Giorgio aber geredet hatte ...

Er erriet, was sie ihn fragen wollte. „Nochmals nein. Von Pia Angelina weiß niemand etwas. Daniele ist unterwegs, um sie im *Donizetti* abzufangen. Irgendwann muss sie ja ihre Sachen holen und wahrscheinlich wird sie das heute Früh versuchen. Bevor sie jemand in der Pension vermisst. Aber zurück zu Zampognaro. Noch in der Nacht hat die Europol seine Werkstätten und Lager durchsucht und genügend Drogen gefunden, um ihn für Jahre hinter Gitter zu bringen."

„Dann wird er also ausgeliefert?"

„Nicht so bald, denn auch in seinem Stand in der Hofburg sind die Kollegen vom Rauschgiftdezernat fündig geworden. Raffiniert versteckt unter den Kleidern der Heiligen Drei Könige. Allerdings in vergleichsweise geringen Mengen. Offenbar waren das nur Probelieferungen für seine künftigen Abnehmer in Österreich und Osteuropa. Die Kollegen vermuten schon seit einiger Zeit, dass die italienischen Syndikate neue Märkte erschließen wollen. Zampognaro aber hatten sie nicht im Verdacht. Seine Tarnung bei der Internationalen Krippenschau war für eine Geschäftsanbahnung geradezu ideal."

„Ich sehe schon die Schlagzeilen: *Cavaliere in carcere*", stellte Elena amüsiert fest. „Diesen Gag werden sich die Journalisten sicherlich nicht entgehen lassen. Weil natürlich jeder Leser auf den ersten Blick glauben muss, dass es *den* Cavaliere endlich erwischt hat. Aber bis Cavaliere Berlusconi dran ist, wird wahrscheinlich noch einiges Wasser die Donau hinunterfließen müssen."

„Sagt man so bei euch? Gefällt mir." Giorgio war erleichtert, dass Elena ihren Humor wiedergefunden hatte. Ihre gelöste Stimmung war allerdings nur von kurzer Dauer. Wie gern hätte sie den Stress der vergangenen Stunden einfach weggelacht. Es war zwar alles einigermaßen glimpflich ausgegangen, doch sie wusste, die wahre Tragödie stand noch bevor. Dass Zampognaro auf allen Linien verloren hatte, dass er machtlos zusehen musste, wie sein Imperium in Trümmer fiel, war vielleicht eine härtere Strafe für ihn als die, die Pia Angelina ihm zugedacht hatte. Für ihn waren die Würfel gefallen, aber war geschah jetzt mit ihr?

Elena beschloss, nicht länger um den heißen Brei herumzureden. „Was hast du mit Pia Angelina vor? Wirst du sie ans Messer liefern?"

Giorgio schwieg. Bisher hatte er sich zu keiner Entscheidung durchringen können.

„Du würdest sie am liebsten davonkommen lassen?", sagte er nach einer Weile leise. „Aber ich weiß nicht, ob ich das kann."

„Ganz ehrlich, ich weiß es auch nicht. Auf der einen Seite kann ich Pia Angelina verstehen. Als Leandro starb, ist auch ein Teil von ihr gestorben. Ihre Lebensfreude, ihre Erwartungen für die Zukunft. Sie suchte Gerechtigkeit, doch als sie begriff, dass die Schuldigen weitermachten, als wäre nichts geschehen, wollte sie nur noch Rache. Und aus den Tätern wurden Opfer. Vermutlich kann man das Mitleid mit jenen, die man nicht kennt, leichter verdrängen. Aber wenn ich an Andrea denke, gelingt mir das nicht mehr. Er ist nicht nur ein Name für mich, sondern ein Mensch aus Fleisch und Blut. Wie die anderen auch, die weniger Glück hatten als er."

„Wenn ich nur wüsste, was Daniele wirklich denkt. Immerhin hat er Andrea gerettet. Für ihn muss die Entscheidung noch schwieriger sein als für uns."

„Glaube ich nicht“, antwortete Elena. „Irdische Gerechtigkeit ist für ihn nicht das Entscheidende. Er überlässt es Gott, das Richtige zu tun. Deswegen wird er sich vor Pia Angelina stellen.“

„Warten wir es ab“, beendete Giorgio eine Diskussion, die nirgendwohin führen konnte. „Was ich jetzt erst einmal brauche, ist ein Kaffee. Und wie ich deine Mutter kenne, steht unser Frühstück längst auf dem Küchentisch.“

„Um Himmels willen, es ist schon neun Uhr. Ercole muss dringend hinunter!“

„Schon erledigt“, rief Ilse durch die geschlossene Tür. „Kann mir vielleicht jemand aufmachen?“ Ein Tablett in den Händen balancierend trat sie ein. „Ausnahmsweise Frühstück ans Bett, mein Kind!“ Behutsam strich sie ihrer Tochter die Haare zurück, um die Beule zu begutachten. „Wenn der Bluterguss sich auflöst, wirst du aussehen wie ein Waschbär. Mit attraktiven schwarz-blauen Ringen um die Augen“, konstatierte sie, während sie den verführerisch duftenden Kaffee aus der noch blubbernden Espressokanne in die Tassen goss. „Wenn ihr mehr wollt, müsst ihr nur rufen.“

Kaum war die Tür hinter Ilse zugefallen, klopfte es. „Darf ich hereinkommen?“ Mit ernstem Gesicht betrat Daniele den Raum, den Elena nicht nur zum Schlafen, sondern auch als Wohn- und Arbeitszimmer eingerichtet hatte. Verlegen blickte er sich um. „Ich muss mit euch reden.“ Elena, die noch im Nachthemd war, blieb im Bett sitzen, während die beiden Männer auf dem Ledersofa neben dem Schreibtisch Platz nahmen.

„Der Portier im *Donizetti* hat mich in Pia Angelinas Zimmer gelassen. Kurz nach sieben kam sie dann. Sie hatte natürlich keine Ahnung, was geschehen war.“

„Wo hat sie die Nacht verbracht?“

„In einer Pension in der Nähe. Dorthin ist sie geflüchtet, nachdem sie Giorgio und mich in der Ferstelgasse zufällig entdeckt hatte.“

„Und wo steckt sie jetzt?“

„Sie wartet unten auf mich. Im Taxi. Wir fliegen in zwei Stunden nach Hause. Ich wollte mich nur noch von euch verabschieden.“

„Stellst du dir das nicht ein wenig einfach vor, Daniele?“ Der Zorn in Giorgios Stimme war nicht zu überhören. „In Neapel gibt es vier unaufgeklärte Mordfälle, wir wissen, wer es getan hat, und du erwartest, dass wir nichts unternehmen. Nein, so geht das nicht.“

„Pia Angelina ist keine Mörderin. Sie wäre nur fast zu einer geworden, aber das ist durch Gottes Gnade nicht passiert.“

„Was soll das heißen“, fuhr Giorgio auf. „Wer, wenn nicht sie, hat die vier Dealer auf dem Gewissen. Und um ein Haar auch noch Andrea.“

„Ich kann mich nur wiederholen. Pia Angelina hat nichts getan.“ Ohne den Blick von seinem Freund abzuwenden, griff Daniele in seine Rocktasche. „Lies diesen Brief! Er ist für die Mordkommission in Neapel bestimmt, allerdings soll ich ihn erst nach Alberto Lombardos Tod überbringen. Er hat ihn mir am Sonntag mitgegeben. Falls die Dinge in Wien aus dem Ruder laufen sollten. Ich habe ihn heute Früh angerufen, nachdem Pia Angelina gekommen war. Alberto weiß nun, was gestern Abend passiert ist. Und auch, dass ihr seine Tochter für schuldig halten müsst. Deswegen soll ich euch das Schreiben heute schon zeigen.“

Während Giorgio das Kuvert öffnete, sprang Elena auf, um ihm über die Schulter zu schauen. Es war nur eine Seite, in altmodischer, aber klarer Handschrift verfasst und es dauerte nur wenige Sekunden, bis die beiden sie gelesen hatten.

„Alberto Lombardo! Auf ihn wäre ich nie gekommen“, brach Giorgio das Schweigen. „An dem Geständnis gibt es nichts zu rütteln. Er hat sie hintereinander umgebracht. Oder es versucht, wie bei Andrea Bozza. Mit einer Woche Abstand war dann Vittorio Mattanza dran. Das kann ich mir gerade noch erklären. Vielleicht hat er gewartet, ob man den verschwundenen Bozza nicht doch noch als Leiche findet. Aber warum hat er zwei Monate verstreichen lassen, bis er den *pizzaiolo* erschossen hat? Das erklärt er mit keinem Wort.“

„Von Ende September bis Ende November war Alberto im Spital. Er wollte es noch einmal mit Chemotherapie und Bestrahlungen versuchen“, antwortete Daniele.

„Um sein Teufelswerk zu vollenden?“

„Ja. Bei dem Pizzawirt hat er es noch geschafft. Aber an Zampognaro kam er nicht heran. Und um ihm nach Wien zu folgen, war er bereits zu schwach.“

„Deswegen sollte seine Tochter für ihn einspringen? Das kann ich mir nicht vorstellen“, warf Elena ein.

„Sie wusste von gar nichts. Pia Angelina hat nach eurer Pressekonferenz erstmals Verdacht geschöpft. Sicher war sie sich aber seit Sonntag. Sie hat den Teufel gefunden, den Leandro immer wieder nachgeschnitzt hatte. In der Kiste lag nur noch das Original. Da ist ihr Entschluss gefallen. Ihr Vater sollte nicht sterben, bevor nicht der Hauptschuldige zur Hölle gefahren war. Und Wien war ihre letzte Chance, denn mehr als ein paar Wochen hat Alberto nicht mehr.“

Es war alles gesagt. Daniele verstaute das Geständnis wieder in seiner Tasche, bevor er stumm seine Freunde umarmte. Doch er hatte die Tür noch nicht erreicht, als Elena ihn zurückrief. „Du hast den Teufel vergessen! Er gehört Alberto."

„Nein, Elena. Er wird diese Ausgeburt der Hölle, die ihm und anderen so viel Leid gebracht hat, nicht noch einmal in Händen halten. Pia Angelina ist meiner Meinung und sie bittet euch, die Figur zu vernichten. Egal, was sie wert sein mag. Verbrennt sie, zerhackt sie oder werft sie in die Donau, wo sie am tiefsten ist. Ich bin sicher, ihr werdet das Richtige tun."

Daniele war längst gegangen, als Elena und Giorgio noch immer Hand in Hand auf dem Sofa saßen. Vom Schreibtisch grinste sie der Teufel mit seiner hinterhältigen Fratze an. Im schräg einfallenden Morgenlicht wirkte er seltsam lebendig. Ganz so, als wartete er nur auf seinen nächsten Einsatz.

„Daraus wird nichts, Freundchen!" Auch Elena konnte eine gehörige Portion Bosheit in ihre Stimme legen. „Du wirst kein Unheil mehr stiften, das garantiere ich dir."

„Verbrennen oder ertränken?", murmelte Giorgio, während er sich im Stillen fragte, ob er nicht vielleicht auch schon zu spinnen anfing. Weil er es normal fand, dass Elena mit einer Holzfigur wie mit einem lebenden Wesen sprach.

„Weder das eine noch das andere. Auf diese Weise hat man noch nie dem Teufel den Garaus gemacht. Du wirst schon sehen, ich weiß etwas viel Besseres."

36. Kapitel

Hand in Hand stapften Elena und Giorgio mit ihren dicken Stiefeln durch den frisch gefallenen Schnee, begleitet von einem glücklich herumtollenden Ercole. Über ihnen wölbte sich ein klarer, wolkenloser Himmel, auf dem noch der letzte Widerschein der Sonne lag, tief unter ihnen verdunkelte bereits die Abenddämmerung den zugefrorenen See. Hin und wieder war ein leises Knacken zu hören, wenn ein Ast sich von seiner Schneelast befreite. Oder der Ruf eines Vogels, der über den angezuckerten Wipfeln noch eine letzte Runde zog, bevor er im Dickicht des Waldes sein Nest aufsuchte.

In stummem Einverständnis sprachen die beiden nicht mehr über die Tage vor Weihnachten. Wie Giorgio im Stillen befürchtet hatte, war ihnen nach Danieles Abschied nur eine kurze Ruhepause vergönnt gewesen. Nach den Razzien in Neapel und Wien hatte sich die österreichische Polizei nicht mehr mit Zampognaros lahmer Erklärung für den Überfall auf Elena Martell zufriedengegeben. Warum hätte ein reicher Mann wie er aus heiterem Himmel eine Frau niederschlagen und mit dem Messer bedrohen sollen, um ihr die Handtasche zu rauben?

Den Ermittlern war klar, dass etwas ganz anderes dahinterstecken musste, doch keine der weiteren Einvernahmen förderte ein Motiv zutage. Auf Anraten seines Anwalts schwieg der Beschuldigte, aber auch das Opfer war zu keiner erhellenden Aussage bereit gewesen. Elena Martell war Fausto Zampognaro in Neapel nur ein einziges Mal begegnet und konnte sich für den Anschlag absolut keinen Grund vorstellen. Und sie war nur deshalb an diesem Abend in die Ferstelgasse gekommen, um ihren Freunden – Adele Bernhardt und Ludwig Jakubowski – zum Abschied ein kleines Weihnachtsgeschenk zu bringen.

Die Überreste der Vanillekipferl wurden gefunden, die anschließende Durchleuchtung der *Pension Donizetti* hatte die Aussage des Opfers bestätigt, sonst aber kaum etwas ergeben. Eine Pia Angelina Lombardo aus Neapel war am Tag des Überfalls angekommen und am nächsten Morgen von einem Mann abgeholt worden, der sich als Priester ausgewiesen hatte. Eine Rückfrage in Italien ergab, dass es sich bei dem Geistlichen um einen gewissen Padre Daniele Buonanno handelte. Er wäre im Auftrag des todkranken Alberto Lombardo nach Wien geflogen, um die Tochter ans Sterbebett des Vaters zu holen. Dass die Frau offenbar aus privaten Gründen nach Österreich gekommen war, wurde durch die Angaben des Portiers im *Donizetti* bestätigt: Pia Angelina habe die Nacht nicht in der Pension verbracht, denn als er dem Priester frühmorgens aufgesperrt habe, sei ihr Zimmer leer gewesen. Kurz darauf sei die Signora allerdings erschienen und gemeinsam mit ihrem Besucher mit einem Taxi zum Flughafen aufgebrochen.

Aber nicht nur Elena hatte eine Reihe unangenehmer Einvernahmen über sich ergehen lassen müssen, auch Giorgio war nicht ungeschoren davongekommen. Seine Aussagen vor den österreichischen Kollegen verursachten ihm kein Kopfzerbrechen, immerhin war von ihm der entscheidende Hinweis für eine Razzia in der Hofburg gekommen. Andernfalls hätten Zampognaros Assistenten, die nun ebenfalls in Untersuchungshaft saßen und eisern schwiegen, die Kisten mit den Drogen vermutlich verschwinden lassen. Echte Probleme aber bereitete ihm Commissario Franco Verbelli, der sofort einen Zusammenhang zwischen einem Amok laufenden Rauschgifthändler und der engagierten Kämpferin gegen Drogen witterte, die sich „zufällig“ zur selben Zeit in Wien befand.

An einen „Zufall“ dieser Art zu glauben, fiel dem Leiter der neapolitanischen Mordkommission schwer, doch er stand mit seinem Verdacht auf verlorenem Posten. Wenn alle Beteiligten weiterhin mauerten – und es sah ganz danach aus, dass auch Capitano Giorgio Valentino ihn im Stich ließ –, würde er nie etwas beweisen können. Zampognaros Stand wie auch dessen Hotelzimmer waren auf der Suche nach einer ganz bestimmten Teufelsfigur nochmals auf den Kopf gestellt worden, aber das hatte nichts erbracht.

Bei dem letzten Telefonat, das Commissario Verbelli mit Giorgio führte, machte der Neapolitaner seinem sizilianischen Kollegen mehr als deutlich klar, wovon er felsenfest überzeugt war: Ein fünfter Teufel existierte, als nächstes Opfer war Zampognaro auf der Liste gestanden und als Hauptverdächtige kam nur Pia Angelina Lombardo in Frage. Irgendetwas aber war in Wien schiefgelaufen, was den Anschlag auf Elena Martell zur Folge hatte. Capitano Valentino und seine Freunde sollten nur ja nicht glauben, dass die Mordkommission von Neapel den Akt schließen werde, solange ein Franco Verbelli dort Chef war. Giorgio nahm diese Kriegserklärung durchaus ernst, und es wäre wahrscheinlich klüger gewesen, wenn er den Teufel, den einzigen Beweis für einen Zusammenhang mit der Mordserie, nach diesem Gespräch vernichtet hätte. Doch dafür war es damals längst zu spät gewesen.

Wenn er jemals eine Chance gehabt hätte, Elena von ihrem Plan abzubringen, hätte Giorgio an diesem turbulenten Dienstag sofort eingreifen müssen: Daniele und Pia Angelina konnten noch nicht einmal in Rom gelandet sein, als Max Wild bereits in der Porzellangasse eintraf. Herbeigebeten von Elena, die mit einer zurechtgeschminkten Version aufwartete, die wie alle guten Lügen nur knapp an der Wahrheit vorbeischrammte. Wie Max morgen in der Zeitung lesen würde, war Zampognaro wegen eines Anschlags auf sie verhaftet worden. Er hatte sie allerdings nicht töten, sondern bloß einschüchtern wollen, um Giorgio auf gute alte Mafiaweise zu erpressen. Wenn er nicht über die wahren Geschäfte des Krippenhändlers schwieg, würde seine Freundin sterben.

Um seine Drohung zu unterstreichen, hatte Zampognaro einen Teufel aus seiner Sammlung nach Wien mitgebracht und ihr in die Tasche gesteckt. Offenbar eine alte Arbeit, möglicherweise sogar ein Original aus dem 18. Jahrhundert und von beträchtlichem Wert. Den Behörden wollte sie die Figur aber nicht übergeben, das würde, um die Eigentumsverhältnisse klarzustellen, nur zu bürokratischen Verwicklungen führen. Außerdem könne die österreichische Polizei die wahre Bedeutung, die von dieser symbolischen Warnung ausgehen hätte sollen, nur schwer begreifen. Behalten wollte sie das teuflische Geschenk aber auch nicht. Also sei sie auf die Idee verfallen, die Figur für die berühmte Krippensammlung des Bayerischen Nationalmuseums zu stiften. Am besten unter dem Namen Wild, denn ihn kannte man in München und es würde niemand annehmen, dass irgendetwas mit der Figur nicht stimmen könnte.

Nach wie vor war sich Giorgio nicht sicher, ob Max die Geschichte wirklich geglaubt hatte. Aber er würde den Teufel verlässlich im Museum abliefern. Allein schon aus Dankbarkeit, dass Elena und Giorgio ihn über das Geschehen informiert hatten. Nicht auszudenken, wenn er ahnungslos in der Hofburg erschienen und der Polizei in die Hände gelaufen wäre. Er hatte vorgehabt, noch am selben Vormittag bei Zampognaro eine große Lieferung an Krippenfiguren zu bestellen, und angesichts der Ereignisse wäre es fraglich gewesen, ob man ihm die Harmlosigkeit seines Auftrags auch tatsächlich abgenommen hätte.

Giorgio zweifelte keine Sekunde daran, dass Elenas perfider Plan aufgegangen war. Einen Teufel zu verbrennen, würde diesem doch nur höllischen Spaß bereiten, hatte sie gelacht. Qualen kann solch ein Satansbraten nur im Himmel erleiden – und was könnte himmlischer sein als ein Engelschor zu Ehren des neugeborenen Gottessohnes. Also verschaffen wir ihm doch teuflische Weihnachten – und zwar solche, die für ihn niemals enden: in der Krippe eines Museums.

Es gehört schon einiges dazu, sich so etwas auszudenken, dachte Giorgio mit leisem Unbehagen, als er die Frau aus den Augenwinkeln musterte, die an seiner Seite durch den Schnee stapfte. Für ihre Verhältnisse hatte Elena ziemlich lang kein einziges Wort gesprochen, und das war zumeist ein untrügliches Zeichen dafür, dass sie wieder einmal etwas ausbrütete. Diesmal aber war Giorgios Misstrauen unberechtigt. Elena heckte nichts aus, sie konnte nur ebenso wenig wie er die Gedanken an die Ereignisse in Wien ohne weiteres verdrängen. Alberto Lombardo hatte gestanden – und damit seine Tochter von jeder Schuld freigesprochen. Daniele glaubte ihm oder er gab es zumindest vor, bei Giorgio aber war sie sich alles andere als sicher. Er hatte zwar nie wieder an das Thema gerührt, doch Elena kannte den Mann, den sie liebte, vielleicht besser, als er ahnte. Ein leiser Zweifel würde für immer bleiben – in ihm und auch in ihr.

Aber die Erfahrung hatte sie gelehrt, keine Kraft an Dinge zu verschwenden, die sie nicht mehr ändern konnte. Zwar würden sie die Schatten über ihrem ersten gemeinsamen Weihnachtsfest immer wieder einholen, doch mit der Zeit allmählich verblassen. Wie jetzt bereits in dieser Märchenlandschaft, die nur ihnen allein gehörte. Ein solches Pflaster für die Seele war Elena vorgeschwebt, als sie sich im allerletzten Moment ein ganz besonderes Weihnachtsgeschenk für Giorgio ausgedacht hatte. In einem Paradies ohne Sündenfall wollte sie mit ihm das alte Jahr verabschieden und das neue begrüßen. Es sollte ein gänzlich anderer *capodanno* sein als jeder, den er zuvor erlebt hatte. In einer verwunschenen Winterlandschaft.

Erst hatte sie im Reisebüro und danach im Internet nach einem Ort ihrer Vorstellung gesucht – vergebens. Wo immer es in Österreich Berge und Schnee gab, schien man sich mit Haut und Haar dem touristischen Spektakel verschrieben zu haben.

Dann aber war ihr, wie so oft, der Zufall zu Hilfe gekommen. Ein paar Tage vor Weihnachten war Ilse auf die Idee verfallen, für Giorgio uralte Fotoalben hervorzukramen. Während sich die beiden königlich über die Bilder amüsierten, die Elena vom Baby bis zum Teenager zeigten, hatte sie selbst die Bände mit den von ihrer Mutter akribisch festgehaltenen Urlaubserinnerungen durchgeblättert.

1983, im Jahr vor ihrer Matura, war sie mit ihren Eltern für zwei Wochen in Hallstatt gewesen. Wehmütig betrachtete Elena das lachende Gesicht ihres Vaters. Wenn sie richtig rechnete, war er damals achtundvierzig gewesen, also nur zwei Jahre älter als Giorgio heute. Wie lang hatte sie nicht mehr an diesen unbeschwerten Sommer gedacht! Sie sah das schlaksige Mädchen vor sich, lang hingestreckt auf dem Boden des flachen Holzbootes, mit dem es auf den See hinausgerudert war, der sich selbst an einem heißen Augusttag auf nicht mehr als fünfzehn, sechzehn Grad erwärmte. Mit einem Mal vermeinte sie das Prickeln des eiskalten Wassers auf ihrer Haut zu spüren und den Duft des in der Sonne trocknenden Holzes zu riechen.

Viel konnte sich dort, wo sich bescheidene Häuser an steil abfallende Hänge krallten, um nicht dachüber in den See zu stürzen, nicht verändert haben. Aber wie würde Hallstatt wohl im Winter aussehen? Vermutlich einsam, denn was konnte man am schmalen Uferstreifen des Sees schon unternehmen? Nichts, was Touristen, die im Sommer mit ihren Wanderschuhen durch eine der reizvollsten Landschaften Österreichs zogen, anlocken könnte. Das war es, wonach sie bisher vergebens gesucht hatte.

Der Rest war einfach. Elena fand im Internet alles, was sie brauchte. Den „Bräugasthof", ein bereits 1472 urkundlich erwähntes architektonisches Juwel mit gotischen Gewölben und meterdicken Mauern, das wie eine Trutzburg unmittelbar am Ufer stand. Als sie die kleine Fotogalerie anklickte, die nicht nur die Sehenswürdigkeiten des Ortes, sondern auch die Besitzer des Gasthofs zeigte, überfielen sie längst verloren geglaubte Erinnerungen mit aller Macht. Arnold und Verena Lobisser, ein wenig grauer geworden, aber sonst kaum verändert, lächelten sie vom Bildschirm an. Sie hatte den Betrieb geführt, er war Lehrer an einer Holzfachschule gewesen. Seit Verena, die Jüngere, das Heft in die Hand genommen hatte, genossen beide den Ruhestand.

Mit der Juniorchefin war sich Elena am Telefon schnell einig geworden, bevor sie Giorgio das Kuvert mit dem Gutschein unter den Christbaum gelegt hatte. Für eine Woche Urlaub in Hallstatt, im schönsten

Zimmer des „Bräugasthofs“. Angesichts von Giorgios Geschenk war ihres zwar nur eine Bagatelle, aber damit hätte sie ohnedies niemals gleichziehen können. Eigentlich konnte Elena es noch immer nicht fassen. Mit allem Möglichen hatte sie gerechnet, als sie das gar nicht allzu große Päckchen auswickelte, aber nicht damit: Umgeben von einem wunderschönen Renaissancerahmen lächelte ihr Maddalena entgegen. Nicht irgendeine, sondern *ihre* Maddalena, die sie für immer für sich verloren geglaubt hatte.

Ercoles aufgeregtes Gebell holte Elena in die Gegenwart zurück. Glücklicherweise ging es dem Hund, der sich an den Belohnungen für seine Heldentat hoffnungslos überfressen hatte, wieder gut. „So etwas will ein Jagdhund sein?“, lachte Elena, als ihr Vierbeiner sich nicht rührte, sondern einem von ihm aufgestöberten Schneehasen nur entgeistert nachstarrte. „Aber es wird ohnedies langsam Zeit umzukehren. Was meinst du, sollten wir uns am Rückweg die Pfarrkirche ansehen? Dort soll es ...“

„Keine Fremdenführung, so stand es im Gutschein. Schon vergessen?“, unterbrach sie Giorgio. „In weiser Selbsteinschätzung hast du mir einen Urlaub ohne Besichtigungs-Stress versprochen!“

Dagegen konnte Elena, die sich nur allzu gern den spätgotischen Marienaltar angesehen hätte, leider nichts mehr einwenden. Gegen den nächsten Programmpunkt würde Giorgio jedoch schwerlich etwas auszusetzen haben.

„Sobald es finster wird, sollen wir zu den Lobissers auf ein Glas Wein kommen. In ihre privaten Räume. Verena, die Ältere, will uns etwas besonders Hübsches zeigen und ich weiß auch schon was“, gab sich Elena geheimnisvoll, doch Giorgio revanchierte sich prompt.

„Anschließend zeigt Arnold uns seine Werkstatt. Mich hat er schon hineinschnuppern lassen und mir sogar schon eine Kostprobe geliefert. Du wirst staunen, was dich erwartet."

„Sag du zuerst", forderte Elena lachend. „Dann verrate ich dir auch, was du gleich sehen wirst."

„Umgekehrt. Denn so ganz trau' ich dir nicht", feixte Giorgio zurück. „Es ist ja deine Spezialität, immer ein zusätzliches Ass im Ärmel zu haben."

„Diesmal nicht, aber einverstanden. Die Lobissers besitzen eine Rarität – eine Hallstätter Krippe aus dem frühen 18. Jahrhundert. Und sie ist vollständig, denn was zerbrochen oder verloren gegangen war, hat Arnold eigenhändig nachgeschnitzt."

Dass Giorgio sich darüber amüsieren würde, hatte Elena erwartet. Nicht aber mit einem Lachanfall, an dem er fast erstickt wäre.

„Das glaubt uns Daniele nie, wenn wir's ihm erzählen", japste Giorgio, als er endlich wieder Luft bekam. „Krippenschnitzer auch noch! Das ist wirklich fast zu viel. Was meinst du denn, was Arnold Lobisser sonst noch zu bieten hat? Was ist sein Fachgebiet?"

„Instrumentenbau, das ist mir bekannt", gab Elena zurück. „Verena hat irgendetwas von Drehleiern gemurmelt."

„Kann sein, aber was glaubst du, worauf sich unser Hausherr in allererster Linie spezialisiert hat? Welches Instrument er nicht nur meisterhaft anfertigt, sondern inzwischen leidenschaftlich gern spielt?" Wieder drohte Giorgio vor unterdrücktem Gelächter die Stimme zu versagen, doch dann stieß er hervor:

„Dudelsäcke! Arnold Lobisser gilt unter Kennern als *die* Kapazität für Dudelsäcke schlechthin. Wir sind bei einem echten *zampognaro* zu Gast!"

Epilog

Ein Höllenfürst kommt anders daher! Nichts, aber auch schon gar nichts ist von seiner eleganten Erscheinung geblieben. Er sah wieder aus wie damals vor mehr als zweihundert Jahren, als er von geschickten Händen aus einem Stück Holz befreit worden war.

Damals aber war er nur einer unter vielen geschnitzten Teufeln gewesen. Bis man ihm die rostigen Ketten abgenommen und sein zerschlissenes Gewand ausgezogen hatte. Nur ein wenig Lack – und schon war aus dem Ladenhüter mit seinem dümmlichen Gesicht ein diabolisch grinsender Mephisto geworden.

Die feuerrote Farbe hatte ihm magische Kräfte verliehen, die er zu nützen gedachte.

Seiner diabolischen Ausstrahlung wegen war er sogar kopiert worden – und seine teuflische Armee hatte eine ganze Stadt in Angst und Schrecken versetzt. Die letzte, große Aufgabe aber sollte seine Sache sein. Ihm, dem Clan-Chef persönlich, war es anvertraut gewesen, einen ganz großen unter den menschlichen Teufeln zur Hölle zu schicken.

Dann aber war alles plötzlich schiefgelaufen.

Als Verlierer stand er nun da, wie einst mit einem Würgeeisen um den Hals und schweren Ketten an den Händen. Umringt von einer Schar jubelnder Engel hatte man ihn dazu verdammt, vor seinem Bezwinger zu stehen: dem neugeborenen Heiland, der gekommen war, um die Menschheit zu erretten.

Er selbst aber war von Stund an nichts anderes als ein armer Teufel, der den Himmel auf Erden zu erleiden hatte.

Gefangen in einem zeitlosen Traum, in dem Weihnachten niemals enden würde.